Un Animal Sauvage

DU MÊME AUTEUR

Chez le même éditeur

Les Derniers Jours de nos pères, 2012
Prix des Écrivains genevois 2010
Mention spéciale du Prix Erwan Bergot 2012

La Vérité sur l'Affaire Harry Quebert, 2012
Prix de la Vocation Bleustein-Blanchet
Grand Prix du Roman de l'Académie française
Prix Goncourt des Lycéens 2012

Le Livre des Baltimore, 2015

La Disparition de Stephanie Mailer, 2018

L'Énigme de la chambre 622, 2020

L'Affaire Alaska Sanders, 2022

www.rosiewolfe.com

JOËL DICKER

Un Animal Sauvage

– ROMAN –

ROSIE & WOLFE

Éditions Rosie&Wolfe
Case Postale, 1211 Genève 3

ISBN 978-2-88973-047-6

Les faits

Le 2 juillet 2022, à Genève, un braquage retentissant défraya la chronique.

Ce livre raconte l'histoire de ce hold-up.

PROLOGUE

Le jour du braquage

Samedi 2 juillet 2022

9 heures 30.

Les deux braqueurs venaient de pénétrer simultanément dans la bijouterie par deux accès différents.

Le premier par l'entrée principale, comme un client ordinaire. Sa tenue élégante avait donné le change à l'agent de sécurité, la casquette et les lunettes de soleil étant de mise en ce mois de juillet.

L'autre, encagoulé, était passé par l'entrée de service, forçant une employée à lui ouvrir la porte sous la menace d'un fusil à canon scié.

Rien n'avait été laissé au hasard: ils avaient eu accès aux plans du magasin, aux horaires du personnel.

Une fois à l'intérieur, la Cagoule avait attaché l'employée dans l'arrière-boutique et avait rapidement rejoint son complice. La Casquette, dès qu'il l'avait aperçu, avait brandi le revolver qu'il gardait à la ceinture et s'était mis à hurler: « C'est un braquage, personne ne bouge! » Puis il avait sorti un chronomètre de sa poche et l'avait enclenché.

Ils disposaient exactement de 7 minutes.

PREMIÈRE PARTIE

Les jours qui précédèrent son anniversaire

Chapitre 1
20 jours avant le braquage

→ **Dimanche 12 juin 2022**
Lundi 13 juin
Mardi 14 juin
Mercredi 15 juin
Jeudi 16 juin
Vendredi 17 juin
Samedi 18 juin (Week-end à St-Tropez)
Dimanche 19 juin (Week-end à St-Tropez)
Lundi 20 juin (anniversaire de Sophie)

C'était une maison moderne. Un grand cube, tout en verre, qui se dressait au milieu d'un jardin impeccable, avec piscine et grande terrasse. La propriété était entourée par la forêt. L'endroit était une oasis, un petit paradis secret à l'abri des regards, auquel on accédait par un chemin privé. À l'image de leur maison, ceux qui vivaient ici faisaient rêver: Arpad et Sophie Braun étaient le couple idéal et les parents comblés de deux enfants merveilleux.

Ce matin-là, Sophie ouvrit les yeux à 6 heures pile. Depuis quelque temps, elle se réveillait systématiquement à la même heure. À côté d'elle, Arpad, son mari, était plongé dans un sommeil profond. C'était dimanche, elle aurait voulu dormir encore un peu. Elle se retourna dans le lit, sans succès. Finalement, elle se leva discrètement, passa une robe de chambre et descendit à la cuisine pour se faire un café. Elle allait avoir quarante ans dans une semaine et n'avait jamais été aussi belle.

Depuis l'orée des bois, on voyait parfaitement l'intérieur du cube de verre. Un homme, qui se savait invisible dans ses vêtements de sport sombres, était accroupi derrière un tronc, les yeux rivés sur Sophie, dans sa cuisine.

Sophie, son café à la main, observait la lisière de la forêt qui marquait la fin de son jardin. C'était son rituel du matin. Elle embrassait du regard son petit royaume, sans se douter qu'on l'épiait.

À quelques kilomètres de là, au centre de Genève, une Peugeot grise aux plaques françaises roulait sur une avenue déserte. Dans le jour naissant, on ne distinguait pas son conducteur à travers le pare-brise. Le véhicule attira l'attention d'une patrouille de police. Des gyrophares bleus illuminèrent les façades des immeubles alentour. Les policiers procédèrent au contrôle de la Peugeot et de son conducteur. Tout était en ordre. L'un des policiers demanda au conducteur ce qu'il venait faire à Genève. « Une visite de famille », répondit-il. Les policiers, visiblement satisfaits, repartirent. Le conducteur se félicita de cette voiture d'occasion, achetée à très bon prix et surtout en toute légalité. C'était le meilleur moyen de passer inaperçu.

Sophie, à la fenêtre, continuait d'observer son jardin. Parfois, elle surprenait un renard qui vagabondait sur la pelouse. Il lui était même arrivé de voir un chevreuil. Elle adorait cette maison, acquise avec son mari une année auparavant. Ils vivaient jusqu'alors dans un appartement au cœur de Genève, dans le quartier de Champel. L'idée d'une maison, avec un jardin pour les enfants, leur trottait dans la tête depuis un moment. La hausse des prix de l'immobilier les avait décidés à vendre leur appartement avec une belle plus-value et à se mettre à la recherche d'une maison. Lorsqu'ils avaient visité cette villa d'architecte située dans la commune huppée de Cologny, ils n'avaient pas hésité une seconde. Ils se réveilleraient tous les matins dans ce cadre enchanteur, tout en étant à quatre kilomètres du centre de Genève où ils travaillaient tous les deux. Quelques arrêts de bus, douze minutes de voiture, quinze minutes de vélo électrique pour les bobos, il n'en fallait pas plus pour passer d'un univers à un autre.

L'homme, caché dans les taillis, observait à présent Sophie à l'aide d'une petite paire de jumelles militaires. Il scrutait son corps élancé que dévoilait sa robe de chambre courte et s'arrêta sur le haut de sa cuisse où apparaissait le tatouage d'une panthère.

Quelques dizaines de mètres derrière lui, son chien attendait patiemment, attaché à un arbre. L'animal, couché sur un tapis de feuilles, semblait habitué à cette routine qui durait depuis maintenant plusieurs semaines. Son propriétaire venait ici tous les matins. À l'aube, il s'installait là et observait Sophie à travers les baies vitrées. Les Braun dormaient les stores ouverts, et il voyait tout: il la regardait se lever, descendre dans la cuisine se faire un café et le boire à la fenêtre. Elle était tellement désirable. Il était obnubilé par elle. Obsédé.

Son café bu, Sophie monta à l'étage et rejoignit la chambre conjugale. Elle se déshabilla et se glissa nue dans le lit où son mari dormait encore.

Depuis la forêt, l'homme la regardait avec envie. La réalité se rappela bientôt à lui. Il devait filer, il devait être de retour chez lui avant que Karine et les enfants ne se réveillent.

Il détacha son chien et repartit comme il était venu: en courant. Il prit le chemin forestier, retrouva la route principale et atteignit rapidement le village de Cologny. Il rejoignit un petit bloc de maisons mitoyennes. Un groupe d'habitations identiques, une résidence bon marché pour familles de la classe moyenne, qui avait fait jaser dans cette commune chic habituée aux villas de luxe.

En franchissant la porte de chez lui, il entendit sa femme l'appeler:

— Greg? C'est toi?

Il trouva Karine dans le salon, en train de lire tout en buvant son thé. Les enfants dormaient encore.

— Déjà debout, ma chérie? s'étonna-t-il, jouant faussement le détachement.

— Je t'ai entendu te lever et je n'ai pas réussi à me rendormir.

— Désolé, je ne voulais pas te réveiller. Je suis allé courir avec le chien.

Greg, qui n'avait que Sophie en tête, rejoignit sa femme sur le canapé et se colla contre elle. Mais Karine n'était visiblement pas d'humeur à ça.

— Arrête, Greg, les enfants vont se réveiller. Pour une fois que je peux bouquiner tranquille.

Greg, déconfit, monta à l'étage prendre sa douche dans la salle de bains attenante à leur chambre à coucher. Il resta un long moment sous le jet d'eau tiède. Ses escapades matinales pourraient lui coûter cher si on le découvrait. Il risquait son boulot. Karine le quitterait. Lui-même éprouvait de la honte à épier ainsi une femme chez elle. Mais il ne pouvait pas s'en empêcher. C'était tout le problème.

Sa fascination pour Sophie avait commencé un mois plus tôt, au cours d'une soirée donnée chez les Braun. Depuis ce soir-là, il n'était plus le même.

*

Un mois plus tôt.
Samedi 14 mai 2022.

Greg et Karine auraient pu venir à pied, mais le temps maussade les avait incités à prendre la voiture. Depuis chez eux, le trajet dura à peine trois minutes. De leur maison, ils remontèrent la route de la Capite puis, en suivant l'indication du GPS, ils bifurquèrent sur le petit chemin privé bordé par les bois, qui menait à la maison des Braun.

— C'est fou, releva Greg en découvrant le trajet, je viens souvent courir par ici avec le chien, mais je ne savais même pas qu'il y avait une maison au bout de ce chemin.

C'était la première fois qu'ils venaient chez Sophie et Arpad. L'occasion était une fête organisée pour le quarantième anniversaire d'Arpad. À en juger par les nombreuses voitures garées le long du chemin, il y avait déjà du monde. Greg prit l'un des derniers espaces libres du replat herbeux et ils marchèrent en direction du portail laissé ouvert, dont le dessin métallique détonnait dans la végétation environnante.

Arpad et Greg avaient fait connaissance au club de football local au sein duquel leurs fils, d'âge similaire, jouaient ensemble. Les deux pères de famille faisaient partie de l'équipe des bénévoles en charge de la buvette attenante au terrain de foot qui, les jours de match, permettait de renflouer un peu la caisse du club. Ils avaient rapidement sympathisé.

Karine, elle, ne connaissait pas les Braun. Elle se sentait nerveuse. Elle était facilement mal à l'aise quand elle se trouvait en terrain inconnu. Pour se donner une contenance elle se mit à parler :

— C'est sympa qu'ils nous aient invités.

Greg acquiesça.

— Ils ont invité combien de personnes ? demanda-t-elle.

— J'en sais rien.

— Arpad ne te l'a pas dit ?
— Non.
— Mais plutôt une dizaine de personnes ? Une trentaine ? À quoi est-ce que je dois m'attendre ?
— Je ne sais pas. Je ne suis pas le régisseur de la soirée.
— Arpad aurait pu le mentionner au détour d'une conversation.
— Il ne l'a pas fait.
— Vous parlez de quoi quand vous tenez la buvette du club ensemble ?
Greg haussa des épaules :
— Des enfants, de la vie, des banalités… Mais certainement pas des détails de sa fête d'anniversaire.
— En tout cas, dit Karine pour clore cette conversation qui ne menait à rien, c'est sympa qu'ils nous aient invités.
Ils continuèrent de marcher en silence. Il y avait beaucoup de silences entre eux en ce moment. Karine avait la conviction que leur déménagement à Cologny, une année auparavant, ne leur avait pas fait de bien. Jusque-là, ils avaient vécu dans un appartement de location au centre de Genève, dans le quartier des Eaux-Vives. Une rue animée, des commerces à proximité, le lac Léman tout à côté. Un appartement dans lequel ils étaient bien, certes un peu étroit pour leur famille de quatre, mais au loyer imbattable. Et puis il y avait eu ce petit héritage du côté de Greg (sa grand-mère). Depuis qu'il avait touché cet argent, Greg s'était mis à parler comme un petit-bourgeois. Il fallait investir, de préférence dans la pierre, plus sûre que les marchés boursiers. Et puis les banques prêtaient 80 % de la somme nécessaire, avec des intérêts historiquement bas. Il s'était donc mis à éplucher les annonces immobilières et il était tombé sur ce projet à Cologny : des jolies petites villas mitoyennes, à acheter sur plan. C'est vrai que les images faisaient rêver. Une maison à soi, avec un petit morceau de jardin. Une vie à la campagne, à quelques minutes de la ville. Greg affirmait qu'ils ne pouvaient pas se tromper : le marché immobilier n'avait cessé de monter depuis des décennies. Ils avaient donc franchi le pas. Tout s'était enchaîné très facilement. La banque avait prêté l'argent, ils avaient signé l'acte de vente chez le notaire. Et voilà comment, une année plus tôt, ils étaient arrivés dans la très chic commune de Cologny. Mais dès son installation, Karine ne s'était pas sentie à sa place.

D'abord, elle avait trouvé que la maison était plus petite qu'elle ne l'avait imaginé : il y avait une grande différence entre les pièces qu'elle s'était représentées sur les plans et la réalité. Elle s'y sentait un peu à l'étroit, alors que la surface était nettement plus grande que celle de leur ancien logement. Elle avait fini par comprendre que son malaise tenait surtout à son nouvel environnement. Car dans cette opulente banlieue de Genève, la plupart des habitants affichaient un succès financier et social insolent : avocats, banquiers, chirurgiens, hommes d'affaires, grands patrons. Les voitures et les villas en disaient long sur la réussite de leurs propriétaires. Karine se demandait sans cesse ce qu'elle et Greg fabriquaient ici, elle vendeuse dans un magasin de mode, et lui fonctionnaire. Son sentiment s'était accentué lorsqu'au détour des conversations elle s'était rendu compte que, parmi les propriétés pour millionnaires, la résidence pour classe moyenne dans laquelle elle et sa famille s'étaient installées faisait tache. Elle avait même découvert, horrifiée, que les habitants de Cologny surnommaient cette petite grappe de maisons *la verrue* et que le conseil municipal avait été jusqu'à tenir une séance spéciale et approuvé un arrêté pour empêcher à l'avenir toute construction de ce genre.

Tous les jours, après avoir déposé les enfants à l'école, située à quelques minutes à pied, Karine sautait dans le bus A, qui reliait la campagne au centre-ville. En chemin, le bus traversait son ancien quartier des Eaux-Vives. Elle éprouvait alors une pointe de nostalgie. Elle descendait du bus au rond-point de Rive pour rejoindre la rue du Rhône où se trouvait la boutique qui l'employait. Se fondant dans la foule, elle se sentait apaisée.

Greg et Karine franchirent enfin le portail et découvrirent l'intérieur de la propriété. Une cour pavée donnait sur un garage vitré à l'intérieur duquel on pouvait voir deux Porsche. Juste derrière, la maison, toute en verre et au design moderne.

— Ils ne s'emmerdent pas ! siffla Karine. Qu'est-ce qu'ils font déjà dans la vie ?

— Arpad travaille dans une banque, Sophie est avocate.

Ils se présentèrent devant la porte et Greg sonna. Au travers des baies vitrées, ils pouvaient voir la fête battre son plein. Des quadragénaires au look BCBG s'agitaient gentiment sur de la musique du moment, une coupe de champagne à la main.

Karine observa son reflet dans une vitre : elle était classe et élégante, habillée comme toujours avec goût. Pourtant, elle ne se trouvait pas à la hauteur de la soirée. En ce moment, rien n'allait plus. Elle avait quarante-deux ans et le sentiment que sa jeunesse était derrière elle. Son miroir le lui répétait chaque matin.

Puis la porte s'ouvrit et, aussitôt, tant Greg que Karine furent frappés par un électrochoc en découvrant devant eux ce couple extraordinaire venu les accueillir : Sophie et Arpad. Ils représentaient tout ce qu'ils n'étaient plus : amoureux, souriants, rieurs, bras dessus bras dessous. Un duo. Des alliés.

Arpad, splendide, chic et décontracté en même temps, vêtu d'un pantalon italien parfaitement coupé et d'une chemise à la blancheur éclatante, dont les derniers boutons, restés ouverts, laissaient deviner un torse musclé.

Sophie, elle, portait une robe noire divine, courte sur les cuisses, sexy en diable, qui sculptait sa poitrine ferme, tout en révélant ses jambes magnifiques qu'allongeaient davantage ses escarpins Saint-Laurent.

Voir Sophie et Arpad, ce soir-là, c'était recevoir la foudre.

Karine et Greg furent accueillis chacun par une accolade joyeuse suivie d'embrassades, avant d'être entraînés à l'intérieur de la maison et présentés aux autres invités. Arpad leur servit du champagne, puis Sophie attrapa Karine par la main pour aller la présenter à ses amies. Karine, soulagée et soudain parfaitement à l'aise, but d'un trait sa coupe. Sophie la lui remplit aussitôt. Elles trinquèrent ensemble.

Karine était sous le charme. Quelques minutes plus tôt, devant la porte d'entrée, elle condamnait d'avance Sophie et Arpad pour le crime de leur maison, de leurs voitures, de leurs existences. Elle avait été trompée par les apparences. Elle les avait imaginés hautains, cassants, puants. Ils étaient tout le contraire. Ils dégageaient une chaleur et une douceur sans pareilles.

Ce soir-là, pour la première fois depuis qu'elle était arrivée à Cologny, Karine fut véritablement heureuse. Elle dansa, elle s'amusa, elle se trouva belle. Elle se sentit à sa place. L'espace d'une soirée, elle s'aima à nouveau.

Mais cette rencontre était en réalité une collision. Un choc frontal. Un accident dont personne n'avait saisi l'ampleur. Sauf Greg, et pour cause. Depuis qu'il était entré dans cette maison, il ne pouvait plus détacher son regard de Sophie. Il était électrisé. Ce n'était pourtant pas la première fois qu'il la voyait, mais il la découvrait sous un jour nouveau. Au bord du terrain de football ou à la boulangerie du village, il n'avait pas pris la mesure de sa beauté, de cette animalité qui se dégageait d'elle.

Tandis que Karine s'amusait et enchaînait les coupes de champagne, Greg, parfaitement sobre, passa la soirée à épier Sophie. Tout ce qu'elle faisait le fascinait: sa façon de parler, de sourire, de danser, de toucher l'épaule de son interlocuteur. Aux alentours de minuit, lorsque ce fut le moment du gâteau, il la regarda regarder Arpad et il aurait voulu être lui. Elle s'accrocha à son cou, l'embrassa longuement et l'aida à couper les premières parts. Puis, devant tout le monde, elle lui apporta un paquet-cadeau. Arpad sembla surpris, il le fut encore plus lorsqu'il découvrit, sous l'emballage, un coffret Rolex. Il l'ouvrit et en sortit une montre en or. Elle la lui enfila autour du poignet. Il regarda la montre, totalement stupéfait. Puis il murmura quelque chose à l'oreille de sa femme et l'embrassa encore. Leur complicité faisait rêver.

Vers une heure du matin, alors que la fête était à son apogée, Greg ne vit plus Sophie dans la petite foule des convives. Il se mit aussitôt en chasse et la débusqua dans la cuisine, où elle mettait des verres dans le lave-vaisselle. Il voulut l'aider, mais dans un geste maladroit il heurta un verre qui se brisa sur le sol. Il se précipita pour ramasser les morceaux épars, et comme elle s'accroupissait à côté de lui pour faire de même, sa robe remonta et dévoila, sur sa cuisse, un tatouage de panthère. Greg était complètement envoûté. Pire: il venait de tomber amoureux.

— Je suis vraiment désolé, lui dit-il. Je voulais aider et voilà le résultat…

— Il n'y a pas de mal, le rassura-t-elle en souriant.

*

Sous la douche, un mois après cette soirée d'anniversaire, Greg repensait à ce que Sophie lui avait dit: « Il n'y a pas de mal… », mais le mal était en lui. Le lendemain de la fête, en se promenant dans la forêt avec Sandy, leur golden retriever, il avait découvert qu'il pouvait rejoindre la propriété des Braun en passant par les bois. De là, on avait une vue imprenable sur l'intérieur du cube de verre. Greg n'avait pas pu s'empêcher d'observer la famille Braun installée dans son salon. Il était revenu le lendemain à l'aube, à la faveur de son jogging avec le chien. Il avait vu Sophie debout à la fenêtre. Depuis, il revenait tous les matins.

Sa douche terminée, Greg s'habilla et descendit à la cuisine. Entre-temps, ses enfants s'étaient levés et prenaient leur petit-déjeuner. Il les embrassa, s'installa à table et s'efforça, comme tous les matins depuis un mois, de se convaincre que tout irait bien et que sa place était ici, avec eux.

Mais dans exactement vingt jours sa vie allait basculer.

Samedi 2 juillet 2022

Le jour du braquage

9 heures 31

La Cagoule repoussa le vendeur et le directeur du magasin dans l'arrière-boutique. La Casquette força l'agent de sécurité à verrouiller la porte du magasin avant de l'entraîner à son tour à l'abri des regards. Si quelqu'un passait devant la vitrine, il ne verrait qu'un magasin vide.

Encore 6 minutes.

Chapitre 2

19 jours avant le braquage

~~Dimanche 12 juin~~
→ Lundi 13 juin 2022
Mardi 14 juin
Mercredi 15 juin
Jeudi 16 juin
Vendredi 17 juin
Samedi 18 juin (Week-end à St-Tropez)
Dimanche 19 juin (Week-end à St-Tropez)
Lundi 20 juin (anniversaire de Sophie)

7 heures 30, à la Maison de verre.

Tandis que Sophie achevait de se préparer à l'étage, Arpad, aux fourneaux, confectionnait une pile de pancakes sous le regard amusé de ses deux enfants, installés au comptoir de la cuisine. Visiblement de très bonne humeur, il leur servait l'un des numéros dont il avait le secret, envoyant les crêpes voler en l'air, d'une poêle à l'autre, les rattrapant tout en faisant des grimaces qui déclenchaient l'hilarité de sa progéniture.

— En général, on mange des pancakes seulement le week-end, fit remarquer Isaak, du haut de ses presque sept ans. Il y a une occasion spéciale ?

— C'est la fête ! s'enthousiasma Léa, quatre ans.

— La vie est une fête, fit remarquer Arpad.

Sophie apparut dans la cuisine.

— Votre père a raison, dit-elle. La vie est une fête. Ne l'oubliez jamais.

Elle embrassa ses enfants puis enlaça son mari qui lui tendait une tasse de café. Blottie contre lui, elle contemplait avec bonheur son petit monde.

— Si la vie est une fête, pourquoi faut-il aller à l'école ? interrogea Isaak.

— Nous avons un philosophe parmi nous, s'amusa Arpad.

— Ça veut dire quoi un *phisolophe* ? demanda Isaak.

— Tu le sauras si tu continues d'aller à l'école, répliqua Sophie.

— Qui nous emmène à l'école ? s'enquit Léa.

— Je peux les emmener, proposa Arpad à Sophie.

Arpad était en tenue de sport, visiblement pas du tout prêt à rejoindre la banque.

— Tu as perdu ton travail ? demanda Sophie avec humour.

Il éclata de rire :

— Je devais prendre le petit-déjeuner avec un client anglais qui a raté son vol hier soir. Je vais en profiter pour faire un footing et arriver un peu plus tard.

Sophie regarda l'heure.

— Je veux bien que tu déposes les enfants. Ce matin j'ai une réunion importante que je dois encore préparer.

Elle déposa sa tasse fumante sur le comptoir, puis embrassa tendrement chacun des siens. Elle emprunta le couloir vitré qui menait directement au garage, monta à bord de sa voiture et quitta son petit paradis.

Quelques minutes plus tard, elle passait devant l'école primaire de Cologny. Il était tôt et les lieux étaient déserts. Elle ralentit à la hauteur de l'arrêt de bus à la recherche de la silhouette de Karine. Grâce à l'anniversaire d'Arpad, non seulement les deux femmes avaient sympathisé, mais elles avaient découvert qu'elles travaillaient à proximité l'une de l'autre, rue du Rhône. La boutique de mode se situait à quelques dizaines de mètres de l'immeuble qui abritait le cabinet d'avocat de Sophie. Depuis la fête, celle-ci embarquait Karine dans sa voiture chaque fois qu'elle la repérait à l'arrêt de bus. Ce moment de covoiturage offrait aux deux nouvelles amies l'occasion d'un plaisir partagé. Sophie s'en rendit compte lorsque, ce matin-là, n'apercevant pas Karine, elle éprouva une pointe de déception. Elle aimait sa compagnie. C'était une femme directe, sans fard et sans calcul. Ses anecdotes savoureuses transformaient le trajet jusqu'au centre-ville en un moment sympathique.

Sophie garait sa voiture dans le parking souterrain du Mont-Blanc, où elle louait une place à l'année. Les deux femmes en ressortaient par les escalators qui donnaient sur le quai du Général-Guisan, face au lac Léman et aux nuées de mouettes et de cygnes blancs que nourrissaient des passants. Elles faisaient encore quelques pas ensemble et se quittaient sur la rue du Rhône.

Ce matin-là, au moment où Sophie se garait dans le parking du Mont-Blanc, à Cologny, dans la cuisine de la Verrue, Karine faisait une scène à Greg, sous le regard des garçons qui avalaient leurs céréales. Le motif de la dispute était les nouveaux horaires des joggings de Greg: jusqu'alors, il ne courait qu'occasionnellement le matin, et quand c'était le cas, il partait dès potron-minet et revenait à temps pour être prêt avant le réveil des enfants. Or, depuis un mois, non seulement il courait tous les matins sans exception, mais surtout il avait décalé le moment de sa course, si bien que Karine se retrouvait systématiquement seule avec les deux enfants et finissait immanquablement par arriver en retard au travail.

— Tu vas courir trop tard! reprocha-t-elle à son mari.

— Je suis parti à 5 heures 45 ce matin! se défendit Greg.

— Et le temps que Monsieur se douche, se prépare et vienne prendre tranquillement son petit-déjeuner, moi je dois gérer tout le reste! Pourquoi tu as changé d'horaire? Quand tu partais courir à 5 heures, ça fonctionnait très bien. Et tu disais que tu aimais ça, sortir tôt.

— C'était trop tôt, je suis crevé. J'ai le droit de dormir un peu!

— Et moi, j'ai le droit d'avoir un peu d'aide!

— Il faut bien que quelqu'un promène le chien, objecta Greg.

Sandy, le chien, était arrivé avec l'inauguration de la maison: très mauvaise idée. Le minuscule jardin de la Verrue ne lui offrait pas l'espace suffisant pour se dépenser.

— Sandy n'a pas besoin de courir dans les bois pendant une heure!

— Mais moi, j'ai besoin de m'aérer le matin, avant toute la pression du boulot.

— Eh bien, aère-toi le soir, quand tu ne mets pas tout le monde en retard! Je vais encore arriver à la bourre à la boutique. Tu veux que je me fasse virer?

Greg s'efforça de calmer le jeu:

— File, dit-il. Je m'occupe des enfants. Je peux arriver un peu plus tard au boulot.

Karine embrassa ses garçons, ignora délibérément les lèvres de son mari, et s'en alla.

L'air frais lui fit du bien. Elle marcha d'un pas pressé jusqu'à l'école et rejoignit l'arrêt de bus, espérant voir arriver Sophie. Elle aimait son côté facile et décontracté. Elle admirait l'aisance avec laquelle Sophie glissait sur la vie, alors qu'elle-même avait l'impression de trébucher sur chaque obstacle. Et ce n'était pas une question d'argent, mais de personnalité.

La voiture de Sophie n'était toujours pas en vue quand le bus arriva. Karine monta à bord. Elle prit place à l'arrière et sortit de son sac un petit paquet, une babiole achetée la veille à l'intention de Sophie. Elle défit le papier d'emballage et dévoila un gobelet isotherme pour le café, idéal pour les trajets en voiture. Sophie disait qu'elle n'avait jamais le temps de finir son café avant de quitter la maison. Karine se trouva soudain un peu ridicule, assise dans son bus, son cadeau à la main. Elle manquait terriblement de confiance en elle.

Peu après le passage du bus, Arpad, toujours en tenue de sport, déposa Léa et Isaak à l'école de Cologny. Au moment de s'élancer pour son jogging, il tomba sur Greg, qui venait lui aussi d'accompagner ses enfants en classe.

— Tu as le temps pour un café? proposa Arpad.

Greg jeta un regard à sa montre pour mesurer son retard, puis décréta, dans un sourire malicieux:

— Allez, avec plaisir. Au point où j'en suis... Mais je ne veux pas empiéter sur ta course à pied...

— J'irai en fin de journée.

— Ta femme te laisse courir quand tu veux?

— Oui, pourquoi?

— Pour rien.

Les deux hommes s'installèrent au tea-room tout proche et commandèrent deux expressos. Greg se sentit soudain particulièrement bien. C'était lié à la présence d'Arpad, à sa décontraction, à sa faculté déconcertante de planifier un jogging en matinée de semaine pour finalement s'installer devant un café. Le quotidien de Greg était, lui, tout en rigueur et contraintes. Entre les enfants et le boulot, il avait l'impression de n'avoir le temps pour rien. Et quand il pouvait prendre quelques jours de congé pour récupérer des heures supplémentaires, Karine s'arrangeait pour l'envoyer faire des courses, lui demandait de réparer un meuble ou d'emmener Sandy chez le vétérinaire.

Arpad, entre deux gorgées de café, parlait à Greg mais celui-ci ne l'écoutait pas, trop occupé à l'observer. En dépit des apparences, Arpad et Greg se ressemblaient. Tous les deux étaient de bons pères de famille, des maris attentifs. Mais pour Greg, il était évident qu'Arpad avait quelque chose en plus. Une forme de supériorité naturelle. Il l'enviait pour cela. Il l'enviait surtout pour Sophie.

— Tu en penses quoi ? interrogea Arpad, ramenant Greg à la conversation.

Greg n'avait aucune idée de ce dont parlait Arpad. Il répondit :

— Qu'il me faudrait être un peu plus comme toi.

Arpad rit :

— C'est-à-dire ?

— Une vie avec des horaires plus flexibles, mieux payé, tout ça quoi !

— T'inquiète pas, j'ai aussi mon lot d'emmerdes, nuança Arpad. Crois-moi, à la banque l'essentiel de mes clients sont des enquiquineurs, jamais contents. Ils te demandent de faire des investissements pour eux, tu endosses toutes les responsabilités. Quand ça se passe bien, c'est normal à leurs yeux. Et quand les marchés sont chahutés, c'est de ta faute.

— Je ne parlais pas seulement du boulot. La famille aussi…

— Tout n'est pas toujours rose non plus. Qui dit enfants, dit soucis. Et il m'arrive de me prendre la tête avec Sophie.

Tu parles, songea Greg, *je sais comment elle te réveille le matin.*

Arpad poursuivit :

— D'ailleurs Sophie va avoir quarante ans dans exactement une semaine, et je ne lui ai pas encore trouvé son cadeau. Toute suggestion est la bienvenue.

Greg, désignant au poignet d'Arpad la Rolex en or offerte par Sophie, lui dit :

— Il faudra faire aussi bien que ça.

Arpad ne répondit rien.

— Vous allez organiser une fête chez vous ? reprit Greg.

— J'en sais rien. Sophie prétend qu'elle ne veut pas en faire une montagne. On va passer le week-end chez ses parents à Saint-Tropez pour le fêter en famille. On verra pour le reste.

Greg, ayant constaté l'heure au cadran de la Rolex, se leva.

— Faut que je file, dit-il.

— Moi aussi. Vas-y, les cafés sont pour moi.

Arpad paya l'addition, puis s'imposa malgré tout un jogging. Il rentra ensuite à la Maison de verre, prit une douche, revêtit un costume parfaitement coupé, et quitta son domicile à bord de sa Porsche. Cela faisait un moment qu'Arpad se creusait la tête à propos des quarante ans de Sophie : il voulait marquer le coup avec un cadeau unique, original, dont le symbole dépasserait la valeur pécuniaire. Mais depuis cette foutue Rolex, il se demandait s'il ne devait pas offrir à Sophie un bijou malgré tout ? Tracassé, il décida de faire un détour rapide par la rue du Rhône, l'artère de Genève qui concentrait toutes les bijouteries et les marques de luxe : un coup d'œil aux vitrines l'inspirerait peut-être. Il laissa sa voiture à la hauteur de la place Longemalle et remonta la rue du Rhône à pied, espérant ne pas tomber sur Sophie. Il passa rapidement les magasins de montres, puis ralentit devant les devantures des joailliers. Un bracelet ? Un pendentif? Il n'était pas convaincu. Dans la vitrine de la boutique Cartier, il vit une bague en forme de tête de panthère, sculptée dans de l'or, sertie de diamants et dont les yeux étaient deux petites émeraudes. Arpad resta subjugué par la beauté et la perfection de l'objet. La panthère, c'était elle. Il entra aussitôt dans le magasin. Il ne pouvait pas, en cet instant, imaginer les conséquences de sa trouvaille.

À la fin de cette journée, lorsque Sophie quitta l'immeuble qui abritait ses bureaux, elle ne remarqua pas l'homme qui la guettait depuis plusieurs heures. C'était le conducteur, arrivé la veille au volant de la Peugeot grise d'occasion aux plaques françaises. Elle rejoignit d'un pas pressé le parking du Mont-Blanc pour y récupérer sa voiture. L'homme la suivit discrètement, en prédateur.

La chasse pouvait commencer.

Samedi 2 juillet 2022

Le jour du braquage

9 heures 33

C'était un ballet parfaitement orchestré.

La Cagoule tenait en respect les otages du bout de son fusil à canon scié, tandis que la Casquette passait des colliers de serrage en plastique autour des poignets et des jambes du vigile et du vendeur. Le seul à ne pas être saucissonné était le directeur du magasin. Les braqueurs savaient exactement ce qu'ils faisaient.

La Casquette l'entraîna avec lui et l'emmena jusqu'au coffre principal, tandis que la Cagoule surveillait les deux otages dans la pièce.

Il restait encore 4 minutes.

Chapitre 3

18 jours avant le braquage

~~Dimanche 12 juin~~

~~Lundi 13 juin~~

→ **Mardi 14 juin 2022**

Mercredi 15 juin

Jeudi 16 juin

Vendredi 17 juin

Samedi 18 juin (Week-end à St-Tropez)

Dimanche 19 juin (Week-end à St-Tropez)

Lundi 20 juin (anniversaire de Sophie)

19 heures 30, à Cologny.

À son arrêt du centre du village, le bus déposa une habituée : Karine. Elle marcha en direction de la Verrue, d'un pas fatigué. La journée avait été longue, passée debout la plupart du temps, à présenter des vêtements à ses clients, ou accroupie pour les aider à enfiler des chaussures. Ses pieds, son dos et son crâne lui faisaient mal. Pour couronner le tout, le trajet du retour avait été particulièrement désagréable : le bus était bondé et elle s'était retrouvée écrasée au milieu des autres voyageurs, ballottée au gré des coups de frein et d'accélérateur. À l'époque de leur ancien appartement, elle pouvait rentrer à pied chez elle. Quinze minutes de marche en longeant les rives du lac Léman. Toujours un moment agréable, quelle que soit la météo. Mais ce satané bus... Sophie lui avait bien proposé de la ramener en fin de journée, mais elle finissait toujours trop tard, la boutique fermant ses portes à 19 heures.

En arrivant à la Verrue, Karine constata que la voiture de Greg n'était pas encore là : il avait dû faire des heures supplémentaires. Pour changer... Cela signifiait que le dîner n'était pas prêt. Elle eut un instant de découragement devant la porte de sa maison. Puis elle entra. Dans le petit salon en désordre, ses deux garçons hurlaient et s'écharpaient, sous l'œil impuissant de Natalia, la nounou.

Natalia, vingt ans, passait l'essentiel de son temps à se prendre en photo. Elle ne rangeait pas, ne nettoyait pas, ne faisait pas à manger (*je suis là pour m'occuper des enfants*) mais, comme disait Greg : « Elle est de confiance, c'est le plus important. » Surtout, elle acceptait un salaire horaire incroyablement bas qui contentait tout le monde : Karine et Greg pouvaient se le permettre et Natalia était payée pour jouer sur son téléphone pendant que les enfants tournaient en rond jusqu'au retour de leurs parents.

Karine libéra Natalia, envoya les garçons à la douche et entreprit de cuisiner. Après avoir inspecté le frigo, elle renonça à tout épluchage, nettoyage, découpage et opta pour des lasagnes surgelées. Il y avait une bouteille de vin ouverte, elle s'en servit un verre. Il n'était plus très bon, mais tant pis. Pendant que le four préchauffait, elle vida l'évier de son lot de vaisselle sale (*merci, Natalia*). Puis elle nettoya le gobelet isotherme qu'elle avait acheté pour Sophie et qu'elle avait finalement utilisé, elle. Son téléphone portable sonna: c'était précisément Sophie. Karine décrocha avec empressement.

— Je t'ai ratée ce matin à l'arrêt de bus, regretta Sophie.

— Je suis de nouveau partie à la bourre, soupira Karine. Les enfants et tout ça. Greg et sa foutue course à pied...

Karine perçut de la musique en arrière-fond, elle imagina Sophie à un concert. Peut-être à l'Opéra. Elle demanda:

— Je te dérange?

— Non pas du tout, c'est d'ailleurs moi qui t'appelle, fit remarquer Sophie.

— C'est parce que j'entends de la musique classique derrière toi, je me disais que...

— C'est Arpad qui nous inflige ça, expliqua Sophie en lançant un clin d'œil amusé à son mari affairé à ses casseroles.

Elle dégustait un verre de vin, lovée dans le canapé du salon. Arpad, depuis le comptoir de la cuisine, rappela à l'attention de sa femme et de son interlocutrice: *Celui qui fait le dîner choisit la musique!*

— Ton mari cuisine? demanda Karine.

— Il dit que ça le détend.

— L'homme parfait, décréta Karine.

Tout en parlant, elle contemplait son intérieur en désordre et ses lasagnes industrielles. Ses garçons déboulèrent de l'étage en hurlant de plus belle. Elle n'était qu'à l'autre bout du fil, mais elle se sentait dans un autre monde.

— Il faut que je te laisse, dit Karine à Sophie, j'ai deux enfants à moitié nus et affamés dans mon salon.

— Je connais ça, dit Sophie en souriant.

— J'en doute, répondit Karine. Toi, tu as un orchestre symphonique dans ton salon, moi j'ai un zoo.

Sophie éclata de rire:

— Je te prends demain matin? demanda-t-elle.

— Si je suis prête à temps...

— Je te prends chez toi. Je klaxonne quand je suis là, et tu n'as qu'à laisser Greg se débrouiller. À demain, ma belle.

Sophie l'avait appelée *ma belle*. Personne ne lui avait dit ça depuis bien longtemps. Karine s'empara du gobelet isotherme et décida de l'emballer à nouveau. Elle avait bu dedans, mais elle pouvait le lui offrir quand même, non?

Ce soir-là, à la Maison de verre, la famille Braun dîna du repas préparé par Arpad. Puis Léa et Isaak partirent se coucher et ce fut le rituel du soir: les enfants et Sophie se serrèrent dans le lit d'Isaak, et Arpad leur lut théâtralement quelques chapitres du livre qu'ils avaient commencé quelques soirs auparavant. La lecture du soir était toujours un moment de grande connivence familiale. Arpad ne se lassait jamais de voir sa petite troupe suspendue à ses lèvres. Et plus son auditoire était pris dans l'histoire, plus il redoublait d'efforts et d'effets dans sa narration. Le temps pouvait s'arrêter.

Ce soir-là, à la Verrue, la famille Liégean dîna tardivement des lasagnes qui avaient trop cuit. Puis, au moment où les enfants étaient enfin sur le point de se coucher, l'aîné avoua en pleurant qu'il n'avait pas fait ses devoirs et qu'il aurait des ennuis en classe. Greg dut l'aider pour ses maths. Il y eut des agacements, des cris et les devoirs furent finalement faits par Greg lui-même. Après cet épisode, les enfants étaient très agités et leur père dut déployer des trésors de patience pour les mettre au lit. Lorsqu'ils furent enfin endormis, Greg rejoignit Karine dans la cuisine. Elle terminait la vaisselle. Le silence froid qui régnait dans la pièce était l'indice de la mauvaise humeur ambiante. Greg s'efforça de lancer la conversation:

— Tout le monde dort enfin. Natalia aurait quand même pu contrôler les devoirs.

— Je te laisserai le lui dire, répondit Karine d'un ton sarcastique. La dernière fois que je lui ai fait une remarque, elle s'est vexée.

— Il faudrait quand même vérifier les devoirs avant le dîner, suggéra Greg.

— Est-ce que le *il faudrait* s'adresse à moi? demanda Karine, qui contenait difficilement son agacement. *Il faudrait* peut-être aussi que tu ne rentres pas aussi tard à la maison, non?

— Je t'ai envoyé un message…

— Si tu crois que je vois mes messages avec les garçons qui crient autour de moi. Je n'ai même pas le temps d'aller aux toilettes !

— Je suis désolé, dit Greg qui voulait à tout prix éviter une nouvelle dispute. La prochaine fois j'appellerai. Je devais absolument terminer des rapports. Tout est devenu tellement bureaucratique, c'est fatigant. Comme si on n'avait pas déjà assez de paperasse. Le prochain que j'entends dire que les fonctionnaires ne fichent rien, je lui en colle une !

Karine, qui voulait elle aussi désamorcer la tension, acquiesça pour montrer de l'intérêt à ces propos insipides. Elle s'en fichait de ces histoires de paperasse et de ces intrigues de bureau. Elle voulait un peu plus de rêve dans sa vie. Au fond, elle ne pouvait pas le dire à son mari, mais elle voulait une vie comme celle d'Arpad et Sophie. La vaisselle terminée, Greg s'installa au salon devant la télévision.

— Je vais vite prendre une douche, dit Karine. On peut continuer notre série ensuite.

Mais lorsque Karine réapparut dans le salon, en robe de chambre, Greg avait déserté le canapé. Il était sur le pas de la porte, en train d'enfiler son manteau, la laisse du chien à la main.

— Tu vas où ? s'étonna-t-elle.

— Promener Sandy.

— À cette heure-ci ? Il peut parfaitement aller faire pipi dans le jardin.

— Est-ce que quelqu'un a promené Sandy depuis ce matin ? demanda Greg en connaissant déjà la réponse.

— Non, concéda Karine.

— Alors il faut bien que quelqu'un s'y colle. Si je ne le promène pas, personne ne le fera.

— C'est un reproche ? s'agaça Karine.

— Non. Un simple constat.

— C'est toi qui voulais un chien, rappela-t-elle.

— Ce sont les enfants qui voulaient un chien, nuança Greg.

— Les enfants veulent aussi un poney. Est-ce que cela veut dire que nous aurons bientôt un poney dans notre salon ?

Greg haussa les épaules. Inutile d'ergoter. Il siffla Sandy et disparut avec lui dans la nuit.

Il avait quitté la maison en pensant ne faire que le tour du pâté de maisons. Mais un pas en entraînant un autre, il se retrouva sur la route de la Capite et continua jusqu'au chemin privé qui menait à la Maison de verre. C'était plus fort que lui. Il pénétra dans la forêt et se faufila entre les rangées d'arbres, comme il l'avait déjà fait le matin même. Arrivé à proximité de la lisière, Greg enroula la laisse de Sandy autour d'un tronc : le chien, familier de la manœuvre, se coucha placidement sur un tapis de feuilles mortes. Greg disparut dans les taillis, guidé par les lumières de la maison. Il se tapit dans les branchages pour observer l'intérieur du grand cube dont les baies vitrées offraient une impressionnante vue de coupe. Et quel spectacle il découvrit dans le salon ! Sophie, nue sur le canapé, s'offrait à son mari, qui, derrière elle, imprimait en elle son mouvement.

Greg les dévorait du regard. Après la scène du salon, il les épia jusque dans leur chambre. Il les devina prenant une douche, puis il les vit se promener nus dans la pièce, aller et venir avec leur brosse à dents dans la bouche, avant de se blottir dans le lit l'un contre l'autre. Ils lurent pendant un moment. Lorsque la lumière s'éteignit, Greg rentra chez lui et se glissa dans le lit conjugal aux côtés de Karine qui dormait déjà.

À la Maison de verre, une fois que Sophie fut endormie, Arpad se releva et descendit à la cuisine. Il était incapable de fermer l'œil. Il ruminait. Il attrapa son téléphone portable et fit défiler sur l'écran les photos qu'il avait prises le matin même à la boutique Cartier. Il contempla longuement cette bague en forme de tête de panthère. Pour l'enfiler, on glissait le doigt à travers la gueule de l'animal. C'était un travail d'orfèvrerie extraordinaire. Il était convaincu que cette panthère représentait le cadeau d'anniversaire parfait pour Sophie. Mais, au vu du prix astronomique du bijou, il avait eu une hésitation et avait dit au vendeur qu'il reviendrait.

Il était tourmenté. Il savait qu'il devait renoncer à ce bijou.

Il était temps de tout avouer à Sophie. De cesser cette mascarade.

Mais il ne pouvait pas lui faire ça à une semaine de son anniversaire.

15 ANS PLUS TÔT

SEPTEMBRE 2007

Saint-Tropez

Il ne reviendrait plus jamais à Saint-Tropez.

Cet endroit qu'il avait tant aimé, il le quittait pour toujours. Il ne pouvait plus rester ici, c'était trop risqué.

En quelques heures, Arpad venait de tirer un trait sur une partie de sa vie. Il allait disparaître vite et bien, sans laisser de traces.

Il avait commencé par son appartement. À la petite vieille qui lui louait un meublé au-dessus de chez elle, il avait fait valoir un « impératif familial ». Elle n'avait pas posé de questions et s'était surtout empressée d'accepter les deux mois de loyer qu'il lui avait apportés dans une enveloppe en guise de préavis. Puis il avait vidé les lieux et entassé tout ce qu'il possédait dans sa petite voiture.

Il s'était ensuite rendu au *Béatrice*, l'un des hauts lieux de la nuit tropézienne, où il travaillait depuis une année. Il supervisait toute la partie bar et accueil de ce restaurant branché qui se métamorphosait en club au fil de la soirée. Au gérant de l'établissement, il raconta qu'il venait de décrocher un emploi dans la finance : une offre qu'on ne pouvait pas refuser. Le gérant avait été très compréhensif. « Arpad, tu n'as pas à t'excuser. Tu as été à l'université pendant cinq ans. Je n'avais encore jamais vu un responsable du bar diplômé en économie. Tant mieux pour toi. Mais j'aurais aimé que tu me dises que tu cherchais un job en parallèle, que je puisse commencer à recruter un remplaçant. »

Au *Béatrice*, il espéra voir Sophie, mais elle n'était pas encore là. Comme il ne parvenait pas à la joindre par téléphone, il arpenta les rues de Saint-Tropez à sa recherche. En vain. Tant mieux, au fond : elle n'aurait avalé aucun de ses mensonges. Il devrait peut-être renoncer à elle pour la protéger.

Son dernier arrêt dans la région fut dans une station-service où il fit le plein. Pendant qu'il remplissait le réservoir d'essence, il copia dans un calepin deux numéros : celui de Sophie et celui de Patrick Müller, un banquier suisse, rencontré au *Béatrice*, qui pourrait certainement lui être utile. Lorsque ce fut fait, il détruisit sa carte SIM et se débarrassa de son téléphone en l'abandonnant dans une poubelle. On ne le retrouverait plus.

Il rejoignit ensuite l'autoroute. Direction nord.

Il ne reviendrait plus.

C'est ce qu'il croyait.

Chapitre 4
17 jours avant le braquage

~~Dimanche 12 juin~~
~~Lundi 13 juin~~
~~Mardi 14 juin~~
→ **Mercredi 15 juin 2022**
Jeudi 16 juin
Vendredi 17 juin
Samedi 18 juin (Week-end à St-Tropez)
Dimanche 19 juin (Week-end à St-Tropez)
Lundi 20 juin (anniversaire de Sophie)

5 heures 45 du matin, à Cologny.

La campagne était encore plongée dans l'obscurité. Greg courait à un bon rythme sur la route de campagne, son chien filait à côté de lui. Les deux silhouettes, qui venaient de quitter la Verrue, rejoignirent rapidement la forêt. Greg s'arrêta au milieu des bois, attacha Sandy à un arbre et alla s'installer dans les taillis pour observer la Maison de verre. Tout était encore éteint.

Greg s'assit par terre et sortit de son sac à dos un thermos de café. Il se servit une tasse et attendit le début du spectacle. Une lumière s'alluma soudain dans la cuisine. Sophie y apparut et se fit un café. Greg rangea sa gourde et s'empara de ses jumelles. Il nota qu'elle était de plus en plus matinale.

Sophie se posta devant la baie vitrée, sa tasse à la main. Elle était vêtue d'un t-shirt et d'un short. Greg admira ses jambes, les examinant longuement au travers de ses jumelles. Il remonta lentement le tracé de ses chevilles, ses mollets, ses genoux puis ses cuisses, et s'arrêta sur le tatouage de panthère. Une sonnerie retentit dans sa poche, brisant le silence tranquille des bois. C'était son téléphone. *Merde!* pesta Greg. Il s'empara de l'appareil et comprit, au numéro qui s'affichait sur l'écran, que c'était le boulot. Il décrocha – il n'avait pas le choix – et s'adressa à son interlocuteur en chuchotant, comme il l'aurait fait si sa femme dormait à côté de lui.

Il faisait encore sombre dehors, aussi le regard de Sophie fut-il immédiatement attiré par un bref faisceau de lumière à l'orée de la forêt. Cela n'avait duré qu'un instant, mais elle avait parfaitement identifié une lueur artificielle. Elle ouvrit la porte-fenêtre et crut percevoir une voix d'homme. Son cœur bondit dans sa poitrine : il y avait quelqu'un dans la forêt, juste là. Elle poussa un cri et alluma toutes les lumières.

Greg comprit qu'il avait été repéré. Il détala jusqu'à son chien pour le détacher, mais la laisse, au gré des mouvements de l'animal, s'était enroulée en un nœud que Greg n'arrivait plus à défaire. Il commença à paniquer. Il pouvait entendre Sophie qui appelait Arpad à la rescousse. La lumière de la chambre s'alluma.

Greg s'acharnait sur la laisse. Plus il tirait, plus le nœud se serrait. Cet imbécile de chien ! Il n'avait pas de couteau, impossible de couper l'épaisse lanière de cuir. Il se retourna vers la Maison de verre et aperçut Arpad qui déboulait de la cuisine dans le jardin en hurlant *Qui est là ?*

Le nœud de la laisse résistait toujours. Greg était en proie à la panique. Il voyait la lumière d'une lampe de poche approcher dangereusement et entendait les cris d'Arpad, qui devait être aussi effrayé que lui. Encore quelques mètres et il serait pris. Ne pouvant faire autrement, il décrocha la laisse du collier de son chien et détala à toute allure, entraînant l'animal avec lui et laissant la lanière autour de l'arbre. Arpad arriva à l'orée des bois et balaya les troncs du faisceau de sa lampe. Il vit une ombre s'enfuir. *Stop !* s'écria-t-il, le cœur dopé par l'adrénaline. *Arrêtez-vous !*

Greg courait aussi vite qu'il pouvait. La peur lui donnait des ailes. Son chien avait de la peine à le suivre. Sur la route, il accéléra encore la cadence et prit la direction de la Verrue.

Arpad avait renoncé à poursuivre la silhouette. Il retourna à la maison et appela la police.

Greg, de retour chez lui, abandonna le chien au rez-de-chaussée et se précipita dans la chambre pour prévenir Karine. *Le bureau m'a appelé, je dois partir tout de suite.* Elle dormait encore, mais la phrase de Greg la fit se dresser immédiatement dans son lit. *Sois prudent*, lui dit-elle d'une voix douce. *Appelle-moi quand ce sera terminé.* Il acquiesça et quitta la maison en tenue de sport. Comme le voulait le protocole, il fallait, en cas d'appel urgent, rejoindre le quartier général le plus vite possible. Il sauta à bord de son Audi de fonction garée devant la maison et démarra en trombe. En pleine accélération, tenant le volant d'une main, il ramassa de l'autre le gyrophare posé sur le tapis de sol côté passager et le colla sur le toit du véhicule. Puis il enclencha les lumières et la sirène de son véhicule banalisé.

Dans la Maison de verre, l'agitation avait réveillé Isaak et Léa. Arpad et Sophie s'étaient efforcés de calmer le jeu pour ne pas traumatiser les deux enfants.

— Rien de grave, mes chéris, leur assura Sophie. Sans doute un promeneur. Je ne m'y attendais pas, ça m'a surprise.

— Si c'était un promeneur, pourquoi vous avez appelé la police ?

— Quand on a un doute, il vaut mieux vérifier, la police est là pour ça, répondit Arpad comme si c'était parfaitement normal.

Sophie s'enferma avec les enfants dans sa chambre et leur mit un film à la télévision. Isaak, enchanté, demanda si on ne pouvait pas appeler la police tous les jours et Léa voulait savoir si, en raison des évènements, l'école était annulée.

— C'est mercredi, lui rappela Sophie, il n'y a pas école, ma chérie.

— Est-ce qu'on pourra prendre le petit-déjeuner au lit ? demanda Léa.

— Bonne idée, approuva Sophie.

— Est-ce qu'on pourra voir les policiers ? espéra Isaak.

— Certainement, confirma Sophie qui peinait à dissimuler sa préoccupation.

Léa saisit sa chance :

— Est-ce qu'on peut manger des bonbons pour le petit-déjeuner ?

— Non, répondit Sophie avec une inflexion agacée qu'elle regretta aussitôt.

Son ton trahissait sa nervosité. Elle avait un mauvais pressentiment.

Dans le jardin, Arpad sillonnait le gazon, à la lisière de la forêt. Il n'y avait pas de barrière, ni de haie. La nature faisait la démarcation, c'était d'ailleurs le charme particulier de cet endroit. Il songea qu'il avait peut-être été naïf de s'y croire à l'abri.

Greg, à bord de sa voiture de police, filait à toute allure sur la rampe de Cologny et rejoignit les quais du bord du lac Léman. Les voitures des travailleurs matinaux se rangèrent sur le bas-côté pour laisser place au véhicule d'urgence qui fonça jusqu'au rond-point de Rive puis continua sa route jusqu'au quartier des Acacias, où se trouvait le quartier général de la police.

Quelques minutes plus tard, Greg entrait dans les vestiaires du groupe d'intervention où ses collègues étaient déjà en train de s'équiper. Comme toujours dans ces moments-là, l'ambiance était tendue mais calme. L'heure était au sérieux et à la concentration. Greg, comme les autres policiers, revêtit son uniforme noir, son gilet pare-balles, et posa sa cagoule sur la tête sans la dérouler encore. Puis, en tant que commandant de permanence, il donna le briefing général sur la base des informations reçues un peu plus tôt par téléphone. « Départ pour la rue des Pâquis. La brigade criminelle a voulu cueillir un individu chez lui. Grosse résistance du mec, qui a repoussé les inspecteurs et qui est maintenant enfermé chez lui. À nous d'aller le déloger. On en saura davantage sur place. »

La dizaine de policiers monta à bord de trois véhicules qui partirent en file indienne. Ils traversèrent la ville, projetant sur les façades des immeubles les lumières de leurs gyrophares. Greg, sur le siège passager de la voiture de tête, se dévisageait avec malaise dans le rétroviseur. Il avait eu chaud. Lui, le chef d'équipe du groupe d'intervention, respecté et apprécié de tous, avait manqué de se faire prendre comme un vulgaire voyeur.

7 heures, à la Maison de verre.

Deux véhicules de patrouille de police-secours étaient garés devant le portail des Braun. À l'intérieur de la maison, un agent prenait la déposition de Sophie, tandis que les trois autres policiers sur place inspectaient l'orée des bois, accompagnés par Arpad. À l'étage, Léa et Isaak regardaient la télévision.

Dans la forêt, les policiers ne savaient plus guère où regarder. Leur ronde ne les avait menés à rien. Ils avaient examiné attentivement la partie limitrophe du sous-bois sur toute la longueur de la propriété des Braun sans trouver d'indices. Il y avait bien cette laisse attachée à un arbre. Mais il y avait aussi, à proximité, un vélo pour enfant complètement rouillé, et des emballages en plastique par-ci par-là. Même ici, les forêts étaient des poubelles.

— Et vous dites que l'individu était derrière ce buisson? demanda encore un policier à Arpad pour montrer qu'il prenait la situation au sérieux.

— Oui.

Par acquit de conscience, le policier s'accroupit pour observer le sol une énième fois, mais la terre sèche était vierge de toute trace.

— Malheureusement, il n'y a pas grand-chose qu'on puisse faire, expliqua-t-il à Arpad. C'était peut-être un rôdeur, ou un cambrioleur en repérage. Si ça peut vous rassurer, je doute qu'il s'agisse de quelqu'un qui voulait pénétrer chez vous: les cambrioleurs n'entrent pas dans les maisons à l'heure où tout le monde se lève. Ils préfèrent opérer quand les lieux sont vides, ou la nuit quand tout le monde dort.

— C'est rassurant, dit Arpad.

— Vous avez une alarme chez vous? demanda le policier.

— Non.

— Vous devriez. De nos jours, ce n'est pas un gros investissement.

— Vous allez faire venir la police scientifique? demanda Arpad.

— Pour quoi faire? On n'a pas trouvé d'empreintes.

— Est-ce que ce n'est pas justement à *eux* de trouver les empreintes? fit remarquer Arpad. Il y a cette laisse, attachée à un arbre. C'est quand même étrange, non?

— Laissez-moi appeler la brigade des cambriolages pour les informer, indiqua alors l'agent d'un ton faussement concerné.

Le policier s'éloigna de quelques pas pour téléphoner à la centrale. Il demanda à parler à l'inspecteur de permanence de la brigade des cambriolages, rattachée à la police judiciaire. Il se doutait bien que son interlocuteur l'enverrait sur les roses, mais il voulait être irréprochable: on ne savait jamais à quoi s'en tenir avec ces types des quartiers huppés qui connaissaient tous du beau monde et qui n'hésitaient pas à se plaindre en haut lieu lorsqu'ils considéraient ne pas avoir été pris suffisamment au sérieux.

L'inspecteur décrocha et l'agent de police-secours lui fit un rapide exposé des faits.

— Donc, si je résume, tu as quoi? demanda l'inspecteur.

— Au mieux, une laisse de chien attachée à un arbre sur la voie publique.

— Une laisse attachée à un arbre, tu es sérieux? Par quel moyen sont-ils entrés dans la maison?

— Non, personne n'est entré dans la maison, précisa l'agent. Il n'y a pas eu d'effraction. La dame buvait son café et elle a vu quelqu'un, en dehors de son jardin, qui semblait l'épier.

L'inspecteur ricana, clôturant le dossier et la conversation par la même occasion:

— Vous êtes sympas, les gars, mais je dois déjà gérer trente véritables cambriolages par jour. Votre bonne dame a vu un promeneur dans la forêt, la belle affaire!

*

8 heures du matin.

Au centre de Genève, la rue des Pâquis était bouclée par

la police. Un large périmètre de sécurité tenait les badauds à l'écart de l'agitation.

Greg, le visage masqué par sa cagoule, sortit d'un véhicule de commandement à l'intérieur duquel il venait de terminer un point de situation avec les hauts gradés de la police. Il marchait sur le trottoir pour rejoindre ses hommes lorsqu'il tomba nez à nez avec l'inspectrice Marion Brullier, de la brigade criminelle. Elle faisait partie de l'équipe de policiers repoussés à l'aube par le forcené. Greg l'avait immédiatement remarquée en arrivant. Une belle jeune femme. Sourire désarmant. Très attirante.

— Garde-le pour toi, mais on va lancer l'assaut, indiqua Greg à l'inspectrice. Ce cirque a assez duré.

Il n'était pas censé donner ce genre d'informations, même à une collègue, mais c'était tout ce qu'il avait trouvé pour alimenter la conversation.

— Ça me semble une bonne idée, sourit l'inspectrice.

Tout ce qu'elle pouvait voir de son interlocuteur était ses yeux qui pointaient derrière sa cagoule. Elle lui trouvait un regard fulgurant. Ce type lui plaisait.

— C'est quoi ton nom ? demanda-t-elle.

— Liégean.

— Je veux dire ton prénom.

— Greg.

— Enchantée, Greg. Je m'appelle Marion.

— J'enlèverais bien la cagoule pour les présentations, mais c'est interdit.

— Tant mieux, répliqua Marion, comme ça je garde la surprise pour la prochaine fois.

Greg comprit que l'inspectrice était en train de flirter. En pleine intervention, c'était une première pour lui. Il en fut presque décontenancé. Cela faisait d'ailleurs bien longtemps qu'on ne l'avait pas dragué. Il avait oublié combien c'était agréable.

À la Verrue, Karine, guillerette, s'apprêtait à partir au travail. Ce matin, Sophie devait venir la prendre à la maison. Natalia, qui s'occupait des enfants le mercredi matin, était arrivée à l'heure. Tout allait pour le mieux.

— Bonne journée, Natalia, dit Karine avant de franchir le pas de la porte. N'oublie pas : à 10 heures, les garçons ont leur…

— … entraînement de foot, l'interrompit Natalia. Ne vous en faites pas, j'ai l'habitude.

Karine s'en alla. Elle se posta devant la Verrue, tenant son sac dans une main et dans l'autre le gobelet isotherme, réemballé dans du papier cadeau, qu'elle comptait bien offrir à Sophie.

Quelques minutes s'écoulèrent. Pas de Sophie en vue. Karine songea à l'appeler, mais elle ne voulait pas paraître importune. Après tout, Sophie n'était pas son chauffeur, ses enfants l'avaient peut-être mise en retard. Elle enfila ses lunettes de soleil, elle trouvait que ça faisait classe. Elle attendit encore. Natalia, qui l'aperçut par la fenêtre de la cuisine, la héla cavalièrement :

— Tout va bien, Karine ?

— Oui, oui, tout va bien, répondit Karine, renvoyant, d'un geste agacé, Natalia à ses occupations.

— Cool vos lunettes, dit Natalia en refermant la fenêtre.

Karine les enleva aussitôt : il n'y avait pas encore de soleil et elle ne voulait pas faire plouc. Elle consulta sa montre, puis se décida à appeler Sophie.

— Tu m'as oubliée, *ma belle* ? plaisanta Karine d'un ton mal assuré lorsque Sophie décrocha.

— Oh zut ! je suis désolée…

Karine se décomposa. Sophie l'avait oubliée.

— Il m'est arrivé un drôle de truc ce matin, lui expliqua Sophie, je ne peux pas trop parler maintenant mais je te raconterai.

Karine n'écoutait plus, toute à sa déception.

— Ne t'inquiète pas, dit-elle, avant de raccrocher tristement.

Elle marcha jusqu'à l'arrêt de bus. En chemin, elle trouva une poubelle et, par dépit, y jeta le gobelet.

Karine n'était pas la seule à attendre Sophie.

À deux pas de l'arrêt de bus, il y avait un tea-room. Dans le parking attenant à l'établissement était garée la Peugeot grise. Son conducteur était attablé en terrasse, faisant semblant de lire le journal.

Il guettait le passage de Sophie. Elle était en retard ce matin.

Il commençait à connaître parfaitement ses habitudes.

C'était bon de la retrouver.

À la Maison de verre, Sophie faisait les cent pas dans la cuisine.

— Ça ne sert à rien de tourner en rond ici, lui dit Arpad en la prenant doucement par les épaules. Pourquoi tu ne vas pas au bureau, histoire de penser à autre chose ?

— Je ne suis pas tranquille… On est censés partir ce week-end chez mes parents…

— Je vais faire installer une alarme, promit Arpad. Je vais contacter une entreprise de sécurité ce matin même. Ce sera fait avant notre départ.

— Mais c'était qui ce type qui me matait ?

— T'as entendu les flics, dédramatisa Arpad, c'était probablement rien.

— Comment ça, *probablement rien* ? Un type nous espionne, et toi tu dis que c'est rien !

— Soph', si c'était vraiment un cambrioleur en repérage, crois-moi, tu lui as ôté l'envie de revenir. Et puis ne t'inquiète pas, je ne bouge pas d'ici aujourd'hui.

Les mercredis, Arpad travaillait depuis la maison. Cela lui permettait d'avoir un peu de temps avec les enfants. Hormis un bref aller-retour pour accompagner Léa et Isaak à leurs activités, il y aurait quelqu'un en permanence.

Sophie se résigna à partir travailler. Mais elle n'était pas tranquille.

Ce sentiment la poursuivit durant tout son trajet en voiture. Et sortant, à pied, du parking du Mont-Blanc pour rejoindre son bureau, elle eut l'impression que quelqu'un la suivait. Elle se retourna plusieurs fois, scruta les passants. Sans rien déceler de particulier. Elle se sentait comme un paquet de nerfs. Elle avait besoin de parler à une amie et la première personne à qui elle songea fut Karine.

Lorsque Karine vit Sophie entrer dans la boutique, elle perçut immédiatement que quelque chose n'allait pas.

— Que t'arrive-t-il, Sophie ?

Sophie retint un sanglot :

— Est-ce qu'on peut prendre un café ?

— Évidemment !

Le magasin disposait d'une machine à café pour les clients, mais au vu de la situation, Karine informa ses collègues qu'elle s'absentait brièvement et emmena Sophie au *Café des Aviateurs*, de l'autre côté de la rue.

— Pardon, s'excusa Sophie, je débarque comme ça... Tes collègues ont dû me prendre pour une folle.

— Mais pas du tout, la rassura Karine.

Karine, en son for intérieur, frétillait d'impatience. C'est elle que Sophie était venue trouver dans un moment de détresse. Elle trépignait de savoir ce qui se passait. Elle la pressa :

— Raconte-moi tout, *ma belle*.

Depuis que Sophie l'avait appelée *ma belle*, la veille au soir, Karine le lui servait en retour à chaque occasion dans l'espoir d'y avoir droit encore un peu elle aussi.

— On a eu un intrus ce matin à la maison, raconta Sophie.

— Quoi ?

— Enfin, pas vraiment à la maison. Mais c'était tout comme... J'étais en train de boire mon café, vers 6 heures du matin, quand j'ai remarqué un type dans la forêt qui m'épiait.

— Et après ça ?

— J'ai allumé les lumières, j'ai crié. Arpad est accouru. Mais le type s'était enfui.

Karine posa sa main sur celle de Sophie :

— Oh, je suis désolée ! lui dit-elle. Ça a dû être une expérience très pénible. Vous avez appelé la police ?

— Bien sûr. Ils sont venus, ils ont inspecté les bois, mais sans rien trouver.

— Ils vont ouvrir une enquête ?

— Tu parles ! Ils ont dit qu'il n'y avait pas grand-chose qu'ils puissent faire : pas de traces, pas d'effraction, rien. Comme s'ils s'en fichaient.

— Attends, se rebiffa Karine, il faut absolument en parler à Greg.

— Tu crois ?

— Absolument, il pourra sûrement faire quelque chose, affirma Karine, enorgueillie de son importance soudaine. Il n'en parle jamais, mais il est haut placé.

Karine n'en révéla pas davantage pour ne pas éventer le secret qui entourait le poste de son mari. Les Braun savaient que Greg était policier, mais, comme la plupart des gens qui le connaissaient (à l'exception d'une poignée d'intimes), ils ignoraient tout de ses fonctions exactes. La plus grande discrétion devait entourer les membres du groupe d'intervention, pour des raisons de sécurité. Greg, quand on l'interrogeait, se contentait de dire qu'il était rattaché à police-secours.

Karine, se prenant au jeu de l'enquête, interrogea Sophie :

— Tu mentionnes un *type*. Tu as vu cet homme ? Tu pourrais l'identifier ?

— Non, il faisait trop sombre pour distinguer quoi que ce soit. Mais c'était un homme, j'en suis convaincue. Et ce n'était pas un promeneur, ou je-ne-sais-quel-rôdeur comme le suggèrent les flics : il était caché derrière un buisson et il m'observait… C'était comme… peu importe, tu vas me prendre pour une folle…

— Pas du tout, l'encouragea Karine, parle.

— C'était comme s'il m'attendait.

— Oh mon Dieu ! s'exclama Karine. Quelle angoisse !

— À qui le dis-tu ? C'est la première fois que j'ai peur chez moi.

— Je vais demander à Greg de passer chez vous en fin de journée. Je suis certaine qu'il pourra t'aider à tirer tout ça au clair.

— Merci, *ma belle*, lui sourit Sophie.

Karine s'illumina.

*

Midi, à la boutique.

Karine avalait un sandwich dans une pièce aveugle qui servait de dépôt. Elle lisait sur son téléphone un article en ligne concernant une importante opération de police qui avait eu lieu à l'aube dans le quartier des Pâquis. Un forcené avait dû être délogé par le groupe d'intervention.

Elle découvrait les détails de ce fait divers, mais elle était déjà au courant de l'essentiel depuis un bon moment. Greg lui avait téléphoné, comme il le faisait après chaque opération.

L'article était illustré de quelques photos. Elle reconnut Greg sur l'une d'elles, malgré sa cagoule et son uniforme qui le rendaient anonyme parmi les autres membres de son commando. Depuis des années, ils étaient convenus tous les deux d'un petit signe, connu d'eux seuls, pour qu'elle le reconnaisse. Parmi les différents écussons posés au moyen d'un velcro sur sa tenue d'assaut, il y avait son groupe sanguin, A+. Il le collait systématiquement à l'envers. Elle scruta le cliché, admirant son mari, impressionnant dans sa tenue de combat. On le voyait en train de donner des instructions à une policière en civil, visible seulement de dos.

La réalité de cet instant volé, c'était que l'inspectrice Marion Brullier était venue saluer Greg au terme de l'intervention.

— Merci, lui avait-elle dit, les yeux brillants.

— On est là pour ça, Marion, lui avait répondu Greg. Tu sais où nous trouver la prochaine fois.

Il avait esquissé un sourire que sa cagoule empêchait de voir. Mais Marion l'avait deviné à la façon dont sa mâchoire bougeait.

— Je n'y manquerai pas, avait-elle assuré. Au fait, il faudra que je passe te voir. J'aurai certainement besoin d'un rapport.

Greg sourit encore. Il n'était pas certain du genre de rapport auquel elle venait de faire allusion.

En fin d'après-midi, lorsque Sophie rentra à la Maison de verre, elle trouva Arpad et Greg dans le jardin. Ils inspectaient les fourrés, à l'endroit où elle avait vu cette affreuse silhouette, le matin même.

— Oh Greg, je suis tellement contente de te voir ici!

— Il paraît que mes collègues n'ont pas assuré, regretta Greg.

Sophie haussa les épaules:

— À leur échelle, c'est rien de bien grave.

— C'est pas une raison, rétorqua Greg.

Il tenait en main l'une de ces pochettes en plastique que la police utilisait pour conserver les indices. À l'intérieur, se trouvait une laisse de chien.

— C'est la laisse qui était attachée à l'arbre? demanda Sophie.

Greg acquiesça. À son arrivée, il s'était laissé guider jusque dans la forêt. Il avait fait comme s'il découvrait les lieux. Et lorsque Arpad lui avait désigné la laisse nouée au tronc d'un chêne, Greg avait sorti le grand jeu: il avait enfilé des gants en latex et avait longuement inspecté la lanière de cuir. Accroupi dans la forêt, il avait joué la partition de l'expert de la police scientifique. On pouvait voir l'étui de son arme de service qui dépassait sous sa chemise. Une vraie scène de film. Jugeant que la parodie avait assez duré, il s'était finalement saisi de la laisse et l'avait glissée avec précaution dans le sac en plastique.

— Tu crois que cette laisse est en lien avec cet homme? interrogea Sophie.

— Honnêtement, j'en doute, répondit Greg. Pourquoi une laisse? Et pourquoi laisser derrière lui un tel indice? Mais je vais quand même la faire analyser. Au cas où. Il ne faut écarter aucune piste.

— Merci, lui dit Sophie, reconnaissante d'être enfin prise au sérieux.

Arpad questionna Greg à son tour :

— Selon toi, que faisait ce type ici ? Il n'y a qu'une seule maison... Il était là pour une raison précise, non ?

— Un cambrioleur, suggéra Greg.

— Les flics ont dit que c'était improbable qu'un cambrioleur s'attaque à une maison au moment où ses occupants vont se réveiller.

— Pas s'il était en repérage, fit remarquer Greg. Il observait vos habitudes.

— Qu'est-ce qu'on doit faire ? demanda Arpad.

Greg savourait ce petit moment de supériorité : les Braun étaient suspendus à ses lèvres.

— Rien du tout, décréta-t-il. Ne commencez surtout pas à vous faire des films !

— Tu as raison, approuva Arpad en hochant la tête. Viens, allons prendre un verre.

Ils regagnèrent tous les trois la maison. Sophie s'activa dans la cuisine. Elle versa des noix dans une coupelle et ouvrit une bouteille de vin. Greg, depuis le comptoir, l'observait du coin de l'œil. Il regardait ses mains manipuler le tire-bouchon, ce sourcil gauche qui se fronçait légèrement, trahissant sa concentration. Cette lèvre inférieure qu'elle mordillait souvent. Il retint Sophie avant qu'elle ne remplisse un troisième verre.

— Je suis de permanence toute la semaine, indiqua-t-il. Je devrai me contenter d'un peu d'eau.

— Je peux te proposer quelque chose de plus rigolo que de l'eau, lui dit Sophie. Un jus ? Un Coca ?

— Un Coca, avec plaisir.

Sophie empila des glaçons dans un verre, coupa d'un geste habile une rondelle de citron puis décapsula une bouteille de Coca et déposa le tout devant Greg, en lui adressant un sourire. La scène, si elle avait été filmée, aurait pu servir de publicité pour la boisson. Greg était subjugué. Mais Arpad gâcha ce moment en apparaissant dans son champ de vision pour embrasser sa femme dans le cou avant d'attraper les verres de vin et d'entraîner tout le monde dans le salon.

Greg s'assit sur le canapé, à l'endroit même où, la veille au soir, Sophie se faisait prendre sous ses yeux. Il caressa discrètement le tissu.

Sophie se lova face à lui dans un profond fauteuil. Elle se déchaussa, laissant ses escarpins noirs sur le parquet. Greg admira ses pieds aux ongles vernis en rouge. Puis il lui demanda :

— Tu étais où exactement, ce matin, quand tu as vu ce type dans les buissons ?

— Là-bas, à la fenêtre de la cuisine, répondit-elle en désignant à Greg la paroi vitrée derrière laquelle il l'avait vue à l'aube.

Greg se leva et se posta à l'endroit indiqué. Il se mettait à la place de la proie. C'était étrange de revivre cette scène en inversant les rôles. Surtout, il se rendit compte que le buisson était beaucoup plus proche qu'il ne l'avait imaginé. Avec un peu plus de luminosité, elle l'aurait reconnu sans mal. Il songea qu'il avait été fou. Il ne devait plus recommencer.

Arpad expliqua alors qu'il avait contacté une entreprise de sécurité pour installer une alarme, mais que le seul rendez-vous qu'il avait pu obtenir était pour lundi prochain.

— Une alarme, c'est très bien, approuva Greg. Mais, comme je te l'ai dit, je doute que le cambrioleur revienne de sitôt. Soyez tranquilles et ne changez pas vos habitudes.

— Je crois que je vais m'acheter un flingue, confia Arpad.

— Un *flingue* ? désapprouva Greg.

— T'es malade ? s'emporta Sophie. Je ne veux pas d'une arme dans cette maison !

— Ça, c'est vraiment de la connerie, surenchérit Greg, moraliste. Tu ne veux pas qu'il arrive un accident avec les gamins…

Il retourna sur le canapé pour terminer son Coca, puis saisit l'occasion pour échanger son numéro avec celui de Sophie.

— S'il y a quoi que ce soit, tu m'appelles, insista-t-il. Faut pas te gêner. Et puis, si vous voulez, d'ici à ce que vous ayez une alarme, je ferai des rondes dans la forêt en allant promener le chien.

— Merci, Greg, lui dit Sophie qui semblait rassurée par cette proposition.

Au moment où Greg quitta la Maison de verre, Sophie, pour le saluer, le gratifia d'un baiser qu'elle déposa sur sa joue. Rien de conventionnel, un vrai geste spontané. Pour Greg, c'était un adoubement. Il songea que cette histoire de rôdeur avait du bon. Tout ceci allait lui permettre de se rapprocher d'elle.

Sur le chemin du retour, il avisa une poubelle. Il y jeta la laisse du chien. Il dirait que les analyses n'avaient rien donné.

Ce soir-là, Greg, au moment de promener Sandy, se garda bien d'approcher de la Maison de verre. Néanmoins, les Braun eurent de la visite.

À la faveur de la nuit, la Peugeot grise se gara sur un chemin agricole, à proximité de la forêt. L'homme qui sortit du véhicule connaissait parfaitement les lieux. Il pénétra dans les bois et se faufila jusqu'à la Maison de verre.

Samedi 2 juillet 2022

Le jour du braquage

9 heures 34

Le responsable du magasin déverrouilla le coffre principal. La Casquette lui attacha aussitôt les mains avec un lien plastique et le fit coucher sur le ventre. Puis il ouvrit un à un les tiroirs du coffre, sans toucher à leur contenu. Il cherchait des pierres en particulier et esquissa un sourire victorieux en les trouvant. C'était d'énormes diamants roses.

Il se saisit d'un petit sac en velours et déposa les diamants à l'intérieur. Il y en avait pour plusieurs millions. Il gardait un œil nerveux sur le chronomètre.

Il ne leur restait plus que 3 minutes.

Chapitre 5

16 jours avant le braquage

~~Dimanche 12 juin~~

~~Lundi 13 juin~~

~~Mardi 14 juin~~

~~Mercredi 15 juin~~

→ **Jeudi 16 juin 2022**

Vendredi 17 juin

Samedi 18 juin (Week-end à St-Tropez)

Dimanche 19 juin (Week-end à St-Tropez)

Lundi 20 juin (anniversaire de Sophie)

8 heures 20 du matin.

À la sortie piétonne du parking du Mont-Blanc, Sophie et Karine apparurent en haut des escalators, embarquées dans une joyeuse et intarissable conversation. Elles riaient aux éclats. Il était presque temps pour les deux femmes de se séparer, mais Sophie suggéra à Karine de prolonger ce moment :

— Et si on allait boire un café ?

— Maintenant ? demanda Karine, comme si elle était surprise qu'on puisse apprécier à ce point sa compagnie.

— Si ça ne te met pas en retard, précisa Sophie, prévenante.

— Avec grand plaisir, se rattrapa Karine. Tu sais, je suis un peu la patronne au sein de la boutique. Je fais comme je veux.

Son mensonge prononcé, elle se saisit discrètement de son téléphone et envoya un message à sa responsable.

Enfants malades. Retard. Désolée.

Les deux femmes s'installèrent au *Café des Aviateurs*. Karine choisit une table du fond pour ne pas risquer d'être vue par l'un de ses collègues. Elles discutèrent pendant un bon moment. Leur connivence était si évidente qu'on aurait dit des amies de longue date. Puis Sophie décréta que l'heure de se quitter pour de bon avait sonné : « Il faut que je te laisse, *ma belle* (sourire victorieux de Karine), j'ai une tonne de boulot en retard. »

Au sortir du café, Karine regarda Sophie s'éloigner. Elle contempla sa démarche, sa silhouette, ses cheveux qui ondulaient parfaitement, ses longues jambes joliment bronzées qu'affinait encore sa paire de talons. Karine se demanda alors si on pouvait admirer et détester quelqu'un pour les mêmes raisons : c'était la définition même de la jalousie.

Karine observa Sophie jusqu'à ce qu'elle franchisse la porte du bel immeuble en pierre qui abritait son cabinet d'avocat. Dans son imaginaire, Sophie occupait des locaux luxueux, tout en boiseries et en fauteuils de cuir. À son arrivée, elle était accueillie avec déférence par son armée de collaborateurs, tous tirés à quatre épingles, paradant jusqu'à son immense bureau dont la baie vitrée offrait une vue imprenable sur le lac Léman.

Mais si l'adresse du cabinet de Sophie était certes prestigieuse, la réalité n'avait rien de grandiose. Au dernier étage de l'immeuble, lorsque Sophie poussa la porte d'entrée de son cabinet, le battant, à mi-ouverture, tapa avec fracas contre la porte d'une armoire.

— Désolée! s'écria Véronique, la collaboratrice de Sophie, depuis son bureau. J'ai encore oublié de fermer cette stupide armoire.

— T'inquiète pas, répondit Sophie en dégageant l'obstacle de la main.

C'était un geste habituel. Ce n'était pas la faute de Véronique: les bureaux avaient été terriblement mal conçus. Ce fameux dernier étage consistait en une surélévation récente, ajoutée au bâtiment quelques années auparavant, et sans commune mesure avec le reste de l'immeuble: les pièces étaient exiguës, basses de plafond et dotées de fenêtres étroites qui n'offraient de vue imprenable qu'au prix d'une contorsion. Le cabinet de Sophie se réduisait à un couloir revêtu de linoléum qui desservait trois pièces: le bureau de Sophie, celui de Véronique, ainsi qu'une salle de réunion, rarement utilisée, où s'accumulaient des dossiers, par manque de place. Il y avait aussi une minuscule cuisine et des toilettes. Objectivement, les lieux étaient étriqués et mal agencés, mais Sophie louait le tout à un prix avantageux. Surtout, elle considérait que l'endroit était parfait pour elle. L'emplacement était central et elle avait aménagé le tout avec goût. Elle s'y sentait bien, c'était le plus important. De toute façon, elle n'avait pas besoin de plus de place: elles n'étaient que deux dans le cabinet, elle et sa collaboratrice Véronique, une jeune avocate, vive et travailleuse. Sophie l'aimait beaucoup, elle retrouvait en elle ce qu'elle était à ses débuts.

Sophie s'installa à son bureau et mit en marche son ordinateur. L'écran s'alluma et une notification de l'agenda s'afficha aussitôt, rappelant un rendez-vous le lendemain matin avec l'un de ses plus gros clients, Samuel Hennel.

Véronique, faisant porter sa voix d'une pièce à l'autre, interrogea sa patronne sans bouger de son siège :

— T'es prête pour demain ?

— Pour mon rendez-vous avec Samuel Hennel ? demanda Sophie.

— Non, pour ton week-end à Saint-Tropez !

— Je n'ai pas encore fait les valises. Je ferai ça ce soir. Par contre, demain matin je ne repasse pas ici. J'irai directement chez Hennel depuis chez moi. On prend la route vers midi avec Arpad et les enfants pour ne pas arriver trop tard. Il faut donc que je parte ce soir avec tous les documents pour Hennel.

Véronique, qui avait en général une longueur d'avance, apparut dans l'encadrement de la porte avec un imposant paquet de feuilles. Elle les déposa sur la table de sa patronne.

— J'ai mis des marque-pages pour indiquer les endroits où monsieur Hennel doit apposer sa signature, expliqua Véronique. Je t'ai aussi fait une liste récapitulative des différents documents. Ce sont les formulaires bancaires habituels. Je t'ai tout noté.

Véronique était diablement efficace.

— Merci beaucoup, lui dit Sophie, reconnaissante.

*

17 heures, à la Verrue.

Greg gara sa voiture devant la maison.

Il l'aimait beaucoup, cette bicoque, contrairement à Karine qui s'en plaignait régulièrement. Il se trouvait bien ici, dans ce petit village. Le calme, la nature. Et puis leur jardin, pas très grand certes, mais dont il s'occupait avec soin, y entretenant même un petit potager.

Avant de descendre de voiture, il annonça sa présence par une succession rapide de petits coups de klaxon, signal que reconnaissaient immanquablement ses enfants. En effet, la porte d'entrée s'ouvrit et les deux garçons accoururent pour embrasser leur père, suivis par le chien Sandy et par Agnès, la mère de Karine, qui gardait les enfants les jeudis après l'école.

Greg sortit du coffre de lourds sacs de courses et un bouquet de fleurs pour sa femme. La joyeuse troupe retourna à l'intérieur.

— Ce soir c'est piccata de veau, claironna Greg, tout en déchargeant ses courses sur le comptoir de la cuisine et en mettant les fleurs dans un vase. Vous restez dîner, Agnès ?

— C'est gentil, Greg, mais j'ai mon club de lecture. D'ailleurs, il faut que je file.

Elle embrassa ses petits-enfants. Greg la raccompagna à la porte. Il avisa un radio-réveil qui traînait sur le meuble de l'entrée.

— J'allais oublier, dit Greg en se saisissant de l'objet pour le donner à sa belle-mère. Il est réparé. Il y avait un faux contact, j'ai donné un petit coup de fer à souder. Ça devrait tenir.

Elle lui sourit :

— Merci, tu es un ange.

— Vous savez, Agnès, ils font des nouveaux modèles beaucoup plus modernes aujourd'hui.

— Ça fait quinze ans que je l'ai, il fonctionne encore très bien, la preuve. Les vendeurs veulent vous faire jeter ce qui peut être réparé pour vous vendre leur camelote. Au magasin, ils voulaient me vendre un modèle « plus performant » ! Ce n'est qu'un radio-réveil, comment peut-il être plus performant ? Il te fait un café et te brosse les dents pendant que tu somnoles encore ?

Greg pouffa. Agnès s'en alla, adressant un sourire amusé à son gendre. Elle l'adorait. Elle considérait que sa fille lui menait la vie dure sans raison. Selon Agnès, les couples de la nouvelle génération faisaient moins d'efforts pour s'entendre. Il fallait pourtant que chacun y mette du sien si on voulait que ça marche.

Greg installa les enfants avec leurs cahiers à la table de la cuisine. Tout en passant en revue leurs devoirs, il commença les préparatifs de la piccata. Il enfarina les morceaux de viande et les laissa en attente dans une assiette. Il pressa un citron, coupa du persil et prépara les câpres, afin que tout soit prêt pour cuire la viande dès le retour de Karine. Il improvisa une sauce à la crème pour les tagliatelles. Il mettrait l'eau à bouillir au dernier moment. Les pâtes étaient fraîches et seraient cuites en deux minutes. Les devoirs terminés, il envoya les garçons à la douche et en profita pour en prendre une lui aussi.

Lorsque Karine rentra chez elle, une atmosphère sereine régnait dans la maison. Les enfants jouaient tranquillement, Greg achevait de préparer le repas.

— Le dîner sera servi dans deux minutes, annonça-t-il en versant les pâtes dans une casserole d'eau en ébullition.

Karine remarqua les fleurs sur la table. Elle sourit. Greg enclencha le minuteur de son téléphone et disposa une passoire dans l'évier pour y verser les pâtes dans 1'49, 1'48, 1'47... Puis il posa les yeux sur sa petite famille. Si Sophie, la veille, en le débusquant, l'avait reconnu, il aurait pu tout perdre : son job, sa femme, ses gamins. Il s'était imaginé le pire : son arrestation par ses collègues flics, la garde à vue et l'humiliation d'être considéré par les voisins et toute la petite communauté comme *le Pervers de Cologny*. Qu'est-ce qui lui était passé par la tête d'aller épier une femme chez elle ? Il se demandait d'où venait cette pulsion.

Ce fut une soirée apaisée à la Verrue.

Les enfants couchés, Karine et Greg s'installèrent dans le salon pour regarder leur série télévisée. Comme Karine se levait pour aller se faire un thé, Greg lui demanda un Coca. Elle lui apporta une bouteille, qu'elle se contenta de déposer sur la table basse devant lui, sans même un verre. Il repensa à la façon dont Sophie lui avait préparé sa boisson, avec des glaçons et une rondelle de citron. Karine reprit sa place à côté de lui. Il regarda les pieds de sa femme. Ils n'étaient pas vilains, mais pas aussi soigneusement entretenus que ceux de Sophie.

— Pourquoi tu ne mets pas du vernis ? demanda soudain Greg.

— Je le ferai quand j'aurai le temps, répondit Karine les yeux rivés sur l'écran.

★

Ce soir-là, comme tous les jeudis, Arpad était allé jouer au squash au tennis-club de Cologny avec son ami de longue date Julien Martet. C'était leur rendez-vous hebdomadaire. Après leur match, ils dînaient ensemble au restaurant du club. C'était l'occasion de faire le point sur leurs vies. Au cours du repas, la conversation aborda leur carrière. Julien avait un poste haut placé dans un fonds d'investissement. Il connaissait une ascension vertigineuse qui lui valait l'admiration d'Arpad.

— Comment ça va à la banque ? demanda Julien.

— Ça va. Mais je commence à songer à faire autre chose.

— Rassure-moi : dans la finance toujours ?

— Évidemment. Mais je m'ennuie un peu à la banque. Je ne me vois pas faire la même chose toute ma vie. Je me verrais bien à mon compte.

— Tu sais que j'ai investi dans un projet immobilier au Costa Rica, confia alors Julien. Ça pourrait peut-être t'intéresser à titre personnel. Ou pour certains de tes clients éventuellement ?

— Oui, acquiesça Arpad. Je veux bien que tu m'en dises plus.

— Passe à la maison ce week-end, je pourrai partager avec toi toutes les infos à ce sujet.

— On est à Saint-Tropez ce week-end, on va chez les parents de Sophie.

— Alors je t'appelle demain quand j'ai le dossier sous les yeux.

Arpad rentra chez lui vers 22 heures.

Il trouva Sophie en train de lire dans le salon. Il servit deux verres de vin et ils discutèrent un petit moment. Depuis la forêt proche, une silhouette les épiait. L'homme à la Peugeot grise était revenu. Tapi dans l'obscurité, il scrutait attentivement l'intérieur du cube de verre.

Au même instant, à la Verrue, Greg et Karine venaient de terminer le troisième épisode de leur série. Karine monta se coucher. Greg, lui, sortit promener Sandy. Il fit quelques pas dans la nuit. Le chien semblait apprécier l'absence de sa laisse, gambadant au fil des pistes qu'il reniflait. Greg, en regardant l'animal marauder, songea qu'il devrait impérativement racheter une laisse similaire le lendemain. Avant que Karine ne pose des questions.

Arrivé au bout de la rue, Greg, qui était pourtant sorti sans autre intention que de faire prendre l'air à Sandy, prit soudain la direction de la Maison de verre. C'était plus fort que lui. Mais après les évènements de la veille, pas question de prendre de risques inutiles : Greg adressa à Sophie un message sur son portable.

Je vais faire une ronde dans la forêt avec le chien.

Il longea la route et arriva rapidement à l'orée de la forêt. Il évolua entre les troncs sans un bruit. Sandy furetait loin derrière lui, la truffe plongée dans les feuilles mortes. Comme toujours en ces lieux, Greg ressentait l'excitation du chasseur. Il aperçut bientôt la maison qui se dressait derrière la végétation. Mais les stores étaient tous baissés. Il ressentit une pointe de déception : le spectacle était désormais terminé. Greg allait faire demi-tour, lorsqu'il se figea. Il venait d'apercevoir une ombre à quelques dizaines de mètres de lui. Quelque chose avait bougé à la lisière de la forêt. Son cœur accéléra brusquement.

À trente mètres de Greg, l'homme, accroupi pour mieux se dissimuler, retenait sa respiration. Il s'efforçait de se fondre dans la nuit, mais il avait le sentiment d'avoir été repéré.

Greg, les sens en alerte, interrogea l'obscurité : « Il y a quelqu'un ? »

L'homme resta parfaitement immobile, espérant tromper celui qui le dérangeait.

Greg brandit une lampe de poche et se mit à balayer les troncs et les taillis de son puissant faisceau. « Qui est là ? » s'écria-t-il encore.

L'homme n'avait plus le choix : il bondit hors de sa cachette, faisant craquer les branches du taillis derrière lequel il s'était dissimulé, et se mit à courir aussi vite qu'il le put à travers la forêt.

Greg ressentit une décharge d'adrénaline. Quelqu'un espionnait la maison des Braun ! Sa lampe accrocha brièvement la silhouette qui filait à toute allure dans les ténèbres. « Halte ! hurla-t-il. Police ! Arrêtez-vous ! »

Mais l'ombre continua de détaler entre les arbres.

Greg se lança à sa poursuite.

L'homme, parvenu à l'orée de la forêt, constata qu'il avait semé son poursuivant. Il continua à travers un champ jusqu'à une petite route déserte destinée au trafic agricole. Il se dirigea vers sa Peugeot grise et se précipita à bord. Les portières étaient déverrouillées et les clés déjà sur le contact. Il savait que ces petites précautions pourraient lui sauver la mise en cas de poursuite. Il démarra aussitôt et la voiture fila dans la nuit. Il l'avait échappé belle.

La Peugeot grise s'était volatilisée dans la campagne genevoise lorsque les premiers véhicules de police firent irruption à Cologny. La centrale d'urgence, prévenue par Greg, avait détaché des patrouilles de police-secours ainsi que la brigade canine dans l'espoir de lever une piste. Deux inspecteurs de permanence de la police judiciaire furent dépêchés également.

Greg avait perdu la trace du suspect à la lisière des bois. La chasse à l'homme commença. Les véhicules de patrouille arpentèrent les routes et les chemins alentour, balayant les haies et les bocages au moyen de leurs projecteurs. À l'intérieur de la forêt, les maîtres-chiens lâchèrent leurs bergers allemands. L'un des canidés suivit une trace olfactive jusque sur une route agricole, avant de s'arrêter net.

Le maître-chien alerta les inspecteurs et Greg, et leur indiqua :

— Vu la réaction du chien, je pense que votre suspect est monté à bord d'un véhicule.

Les patrouilles étendirent leurs recherches aux villages voisins, sur les traces d'un véhicule dont on ignorait tout. Autant chercher une aiguille dans une meule de foin. À minuit et demi, le dispositif de police fut levé.

À la Maison de verre, lorsque Greg informa les Braun que ses collègues avaient fait chou banc, Sophie se sentit désespérément seule face à cette menace insaisissable. La présence de Greg la rassurait et, pour le retenir encore un peu, elle prépara du café et des gâteaux secs. Sandy, qui avait été enfermé dans une pièce du rez-de-chaussée pour ne pas déranger dans leur travail les chiens policiers, fit son retour dans la cuisine et vint coller son museau humide contre la cuisse de Sophie. Elle le gratifia d'une caresse affectueuse.

Arpad, l'air grave, avala son café d'une traite et demanda à Greg :

— Qu'est-ce qui se passe à ton avis ?

— Je n'en sais rien. Un homme surveillait votre maison. Reste à savoir pourquoi.

— Le cambrioleur d'hier qui est revenu pour passer à l'action ? suggéra Sophie. Il attendait qu'on se couche pour agir ?

— Je ne crois pas, indiqua Greg.

— Pourquoi pas ? demanda-t-elle.

Il ne pouvait évidemment pas révéler pourquoi il savait parfaitement que les deux incidents n'étaient pas liés. Il se contenta de répondre :

— J'ai le sentiment qu'il y a autre chose…

Greg était tracassé. Que voulait cet homme venu épier les Braun ? S'agissait-il, cette fois-ci, d'un cambrioleur en repérage, qui convoitait cette maison isolée ? Ou il y avait autre chose ? Il se tourna vers Arpad :

— Pardonne-moi, mais il y a une question que je dois te poser…

— Je t'en prie.

— Quelqu'un t'en voudrait-il ? As-tu des ennuis ?

— Non, répondit Arpad en balayant cette hypothèse d'un geste de la main. Je n'ai ni ennemi, ni problème.

Greg resta pensif un instant. Puis il conclut que la cogitation n'amènerait rien de productif.

— Allez vous coucher, suggéra-t-il finalement à Sophie et Arpad. Essayez de vous reposer. Vous pouvez être tranquilles, vos stores sont solides. Votre maison est barricadée.

Sophie raccompagna Greg à la porte.

— J'ai peur, lui dit-elle. Si le type revient cette nuit ?

Greg se voulut rassurant :

— Il ne reviendra pas. Mais s'il y a quoi que ce soit, tu as mon numéro. Tu m'appelles, je suis là en moins de deux minutes. N'hésite pas.

— Merci.

Elle posa une main sur son épaule. Greg pouvait sentir la détresse de Sophie, et cette détresse lui plaisait car elle le mettait dans une position avantageuse. Il lui dit :

— Demain matin, avant 6 heures, en promenant Sandy, je ferai un tour dans la forêt.

— Je serai réveillée. Passe boire un café.

Il se fit désirer :

— Je ne voudrais pas te déranger.

— Tu ne me déranges jamais.

— À demain matin alors.

Lorsqu'elle eut refermé la porte derrière lui, Greg, marchant dans la nuit avec son chien, put laisser s'épanouir l'immense sourire qu'il avait retenu quelques instants plus tôt. Il avait obtenu son invitation.

Au même moment, dans le proche village de Jussy.

La Peugeot grise était garée devant le corps de ferme d'une exploitation agricole. C'était là que l'homme avait sa cache, un petit appartement qu'il louait pour l'occasion. Ici, il était à l'abri, personne ne viendrait le chercher.

Dans sa planque, l'homme passait en revue les photos prises au cours des derniers jours. La Maison de verre, sous différents angles, ainsi que des scènes de vie, capturées au téléobjectif. Arpad dans la cuisine, Arpad avec les enfants, Arpad au téléphone sur la terrasse.

L'homme alluma une cigarette. La flamme du briquet illumina son visage : il était beau. Il devait avoir une cinquantaine d'années. L'acuité de son regard faisait sentir qu'il était un être hors du commun. Sa stature était athlétique. Il se dégageait de lui une impression de force et d'intrépidité.

Il fuma à la fenêtre, un œil sur les alentours. Toujours sur ses gardes. Toujours aux aguets. C'était la raison de sa longévité dans le métier. Mais alors, comment s'était-il laissé surprendre ce soir ? Ça ne lui ressemblait pas. Et qui était ce type dans la forêt, qui criait *Police*? Était-ce vraiment un flic? D'où sortait-il?

L'homme songea qu'il devait redoubler de vigilance. Qu'il ne devait pas se laisser distraire par l'excitation d'être à Genève.

Dans quatre jours il allait se révéler.

13 ANS PLUS TÔT

MAI 2009

Paris

Avenue Montaigne, dans le huitième arrondissement de Paris.

Sophie, toute jeune avocate, prenait ses marques dans le cabinet *Thémard, Tournay & Associés* où elle était employée depuis une année.

Pour elle, qui avait grandi à Saint-Tropez et étudié le droit à l'université d'Aix-en-Provence, cette nouvelle vie loin de son Sud natal était une étape importante. Elle se plaisait dans la capitale et elle aimait son travail. *Thémard, Tournay & Associés* était un cabinet prestigieux. Sophie avait rejoint l'équipe de maître Thémard, l'un des cinq associés, un homme hautain et convaincu de sa supériorité. Il fallait lui donner du *Maître* à longueur de journée, alors que lui se permettait d'appeler ses collaborateurs masculins par leur prénom, et affublait les femmes d'un *mon petit*. Économe de ses deniers, il distribuait en revanche sans aucune parcimonie les propos les plus désagréables. Mais Sophie avait pris le parti de s'en accommoder, consciente que, dans les cabinets renommés, les avocats-associés se plaisaient à marquer leur pouvoir sur leurs subordonnés. Et puis le travail était passionnant, elle aimait le contact avec les clients et ses confrères étaient très sympathiques. Elle savait surtout que c'était la route vers l'indépendance. Son rêve était de monter un jour son propre cabinet.

Sophie habitait un appartement du quatrième arrondissement, petit mais très confortable, niché rue Saint-Paul, à deux pas de la Seine, dans lequel elle accueillait régulièrement ses copines de passage. Ce printemps-là, elle reçut la visite d'une amie qu'elle n'avait pas vue depuis longtemps : Céline, partie vivre à Montréal deux ans auparavant pour y terminer ses études, et désormais de retour en France. Les deux jeunes femmes avaient grandi ensemble à Saint-Tropez. Elles avaient passé leurs étés à travailler dans les restaurants du père de Sophie. Céline avait été hôtesse d'accueil au *Béatrice* jusqu'à son départ pour le Québec, et c'était Sophie qui l'y avait remplacée ensuite.

Le soir où Céline arriva à Paris, les deux amies sortirent *juste pour prendre un verre* sur le coup de 20 heures, pour ne rentrer finalement qu'à 4 heures du matin à l'appartement. Elles s'affalèrent sur le canapé, discutèrent un peu, puis Sophie alla dormir dans sa chambre, laissant le canapé à son amie. Céline entrouvrit un œil à 7 heures du matin. Elle était hagarde. Sophie apparut, fraîche et reposée. Elle sortait de la douche, enveloppée dans une serviette de bain.

— Je sais pas comment tu fais, lui dit Céline. Moi je suis morte, et toi tu vas au travail.

Sophie eut un sourire amusé.

— Va dans mon lit, suggéra-t-elle, tu seras beaucoup plus à l'aise.

Céline ne se fit pas prier et alla s'écrouler dans le lit de son amie. Sophie lui apporta un café puis elle ouvrit sa garde-robe et choisit un vêtement. Comme elle dénouait sa serviette de bain, révélant sa nudité, Céline remarqua l'énorme panthère qui lui marquait la cuisse.

— Tu as un tatouage ?

— Comme tu vois, répondit évasivement Sophie.

— Depuis quand ?

— Depuis deux ans.

Céline admira le dessin.

— Pourquoi une panthère ? demanda-t-elle.

— À vrai dire, admit Sophie, c'est un coup de tête.

— Tu ne vas pas regretter ?

— Peut-être, admit Sophie. J'en sais rien. J'espère que non. Je n'aime pas les regrets, ils sont une trahison de soi-même.

— Tu es une bonne avocate, sourit Céline.

Sophie enfila une jupe. La panthère disparut sous le tissu. Céline regardait son amie se transformer. Quelques heures auparavant, en pantalon de cuir dans un club parisien, puis dévoilant ce surprenant tatouage dans sa nudité, et à présent vêtue comme une parfaite avocate : un caméléon dont elle admirait toutes les métamorphoses.

— Je file, dit Sophie après avoir enfilé un haut. Dors un peu. Sois en forme pour ce soir.

— Ce soir, c'est soupe et au lit à 20 heures ! décréta Céline.

Ce jour-là, en milieu de matinée, Maître Thémard entra en tempête dans le bureau de Sophie.

— *Mon petit*, lui dit-il, Samuel Hennel doit venir ce matin. Votre collègue Jessica étant soi-disant malade, j'ai besoin qu'on me remplisse toute cette paperasse *prestissimo*.

Samuel Hennel était un très riche marchand d'art récemment installé à Genève pour des raisons fiscales. Sophie ne le connaissait pas, elle n'avait jamais travaillé sur son dossier, mais elle savait que Thémard se plaignait souvent à son sujet. Il lui reprochait de l'appeler sans cesse, de le réclamer à Genève, de faire le siège de son bureau à chacune de ses venues à Paris.

Sophie soupesa du regard la pile que venait de lui remettre Thémard.

— Ce sera fait, assura-t-elle sans ciller.

Thémard la fixa : il aimait son assurance.

Sophie, jetant un coup d'œil rapide aux premiers documents de la pile, constata qu'il s'agissait de formulaires administratifs à remplir pour cause de décès.

— Quelqu'un est mort dans l'entourage de monsieur Hennel ?

— Sa femme, répondit Thémard. Il y a trois mois.

— Le pauvre, compatit Sophie.

— D'abord, il est loin d'être pauvre, vitupéra Thémard, et puis ça fait trois mois qu'elle est partie au ciel. Il faut savoir tourner la page à un moment donné. Bref, je peux compter sur vous, *mon petit* ?

— Absolument, dit Sophie. Je m'occupe de tout ça.

Il était évident que Sophie avait de l'avenir dans le métier. Thémard décida de la mettre au défi :

— Rendez-moi encore un petit service, voulez-vous ?

— Bien entendu.

— Recevez-le, vous. Seule. Sa venue n'était pas prévue et je serai pris par un autre rendez-vous. Il sera là à 11 heures.

— C'est dans une heure, fit remarquer Sophie.

— Ça pose un problème ?

— Aucun, assura Sophie d'un ton parfaitement calme.

— *Magnifico !* s'enthousiasma Thémard avant de tourner les talons en lâchant un *grazie mille.*

Lorsqu'il était de bonne humeur, Thémard avait l'agaçante manie de parsemer ses phrases d'expressions italiennes.

Une heure plus tard, Sophie accueillait Samuel Hennel dans l'un des salons de réception du cabinet. C'était un homme qui avait dépassé les soixante-quinze ans, très élégant et à l'abondante chevelure argentée.

— Où est Thémard ? demanda sans ambages Samuel Hennel, en ne voyant dans la pièce que cette jeune avocate qu'il ne connaissait pas.

— Il a eu une urgence, expliqua Sophie. Il m'a demandé de le remplacer.

Le visiteur eut l'air contrarié.

— Je devais absolument le voir. Je repars ce soir à Genève, j'ai tout un tas de documents dont il doit s'occuper et...

Sophie l'apaisa aussitôt :

— J'ai vos documents ici, monsieur Hennel. Tout est prêt. Ne vous en faites pas. Toutes mes condoléances pour votre épouse.

Hennel s'installa à la grande table de travail et Sophie lui présenta, un à un, les documents déjà remplis, qu'il ne lui restait plus qu'à signer. il semblait triste. Éteint. Il paraphait en silence. Dans la pièce, on n'entendait que le bruit du stylo qui glissait sur le papier. À force de signer, il fit se rouvrir une petite plaie qu'il s'était faite à l'index. Quelques gouttes de sang maculèrent le document. Il sortit un mouchoir, l'appliqua sur son doigt quelques instants, puis se remit à signer. Sophie l'interrompit :

— Laissez-moi aller chercher de quoi vous soigner.

Samuel Hennel refusa :

— C'est rien du tout. Je me suis coupé hier.

— Ce n'est pas rien, objecta Sophie, vous saignez.

Sans attendre de réponse, elle s'absenta un instant et revint avec la trousse de premiers secours dont disposait le cabinet. Elle désinfecta la coupure et y appliqua un sparadrap. Il se laissa faire. Quand elle eut terminé, Sophie fit mine de réprimander son client :

— Il faut prendre soin de vous, monsieur Hennel.

— À quoi bon ? C'était Ludmila qui prenait soin de moi.

Sophie, pour avoir rempli les formulaires de décès, savait que Ludmila était sa défunte épouse.

— Eh bien, dit-elle, Ludmila n'aurait pas voulu que vous vous vidiez de votre sang pour une stupide coupure.

Samuel Hennel sourit.

Sophie se saisit alors d'une nouvelle petite pile de formulaires.

— D'où est-ce que ça sort ? demanda Hennel d'un ton soudain méfiant. Je n'ai pas souvenir de vous avoir transmis ces documents-là...

L'ambiance, qui s'était brièvement détendue, semblait lourde à nouveau. Sophie blêmit, imaginant que Samuel Hennel allait se plaindre à Thémard qui s'en prendrait à elle.

— C'est moi qui les ai ajoutés, concéda-t-elle.

— Je me disais bien que maître Thémard n'aurait jamais fait ça.

Sophie s'efforça de se justifier :

— Ce sont des documents concernant votre épouse que l'administration vous demandera de remplir tôt ou tard, j'ai cru bien faire en les ajoutant. Je voulais juste vous simplifier la vie... Je suis désolée...

À ces mots, le regard de son interlocuteur changea :

— Pourquoi seriez-vous désolée ? demanda-t-il en la toisant curieusement. Au contraire, j'apprécie infiniment votre initiative, maître. Ce diable de Thémard sait où me trouver quand il veut me réclamer de l'argent. Mais quand il s'agit de m'aider un peu, il est en général injoignable !

Sophie, sous le coup d'une subite inspiration, imita la pédante élocution de Thémard :

— *Hai voluto la bicicletta, adesso pedala !*

Samuel Hennel éclata d'un rire sonore et joyeux. Son visage était à présent illuminé.

— Ça faisait longtemps qu'on ne m'avait pas fait rire. Est-ce que vous êtes libre pour déjeuner ?

*

Environ une année plus tard, à l'été 2010, l'administration française décida de soumettre à un contrôle rigoureux l'expatriation fiscale de Samuel Hennel. Celui-ci devait gérer cette situation depuis Genève, une récente opération de la hanche l'empêchant momentanément de voyager. Il téléphonait à maître Thémard plusieurs fois par semaine, mais ce dernier lui passait généralement Sophie qui s'employait à le rassurer. Lorsque les appels avec Sophie ne suffirent plus, Samuel Hennel, qui se sentait à Genève comme un lion en cage, réclama que Thémard vienne le voir en Suisse. Sophie relaya sa demande à son patron :

— Alors, après m'avoir cassé les pieds pour que j'aille le voir à Genève, il passe par vous désormais ! s'agaça Thémard.

— Il est coincé chez lui, plaida Sophie.

— Mais qu'est-ce que cela change qu'il soit coincé chez lui ou non ? Je lui ai déjà expliqué dix fois au téléphone que nous avions transmis au fisc toutes les informations nécessaires.

— Cette situation l'angoisse. Je pense que vous voir en personne lui fera du bien.

Thémard lança à Sophie un regard d'oiseau curieux :

— Qui êtes-vous, au fond ? Sa porte-parole ?

— Tout ne peut pas toujours se régler par téléphone. Il faut savoir prendre un peu soin de ses clients.

Sophie avait raison et Thémard le savait. Il capitula :

— Très bien, j'irai. Organisez-moi tout ça, voulez-vous ? Et puisque vous insistez tant, vous viendrez avec moi.

Le voyage en Suisse eut lieu la semaine suivante. Sophie et Thémard firent l'aller-retour en train dans la journée. Partis de bonne heure de la gare de Lyon, ils arrivèrent à Genève en fin de matinée. Ils sautèrent dans un taxi et se rendirent directement chez Samuel Hennel qui les attendait pour déjeuner. Il habitait une maison de maître, au cœur d'une impressionnante propriété du bord du lac, dans la commune de Collonge-Bellerive.

Thémard expédia le repas, passant rapidement en revue les différents éléments du dossier qui préoccupait son client. Hennel avait fait mettre les petits plats dans les grands, mais Thémard était de trop mauvaise humeur pour faire honneur à ses attentions. Il refusa le dessert, accepta de mauvaise grâce un café puis sonna le départ. Dans le taxi qui les ramenait au centre-ville, il dit à Sophie: « Vous avez bien vu que ça ne servait à rien de venir le voir. Rien que du bla-bla. »

Le déjeuner avait été si rapide que Thémard et Sophie disposaient de trois heures de liberté jusqu'au départ du train. Il faisait très beau et Sophie pensait pouvoir aller visiter un peu la ville. Mais Thémard, d'humeur enquiquineuse, lui dit à la descente du taxi: « Soyez gentille: allez trouver du chocolat pour Hennel. Vous le lui apporterez personnellement. Vous apprendrez que ce sont les petites attentions qui comptent dans ce métier. Il raffole des chocolats au kirsch, vous savez, ces petits trucs fourrés à la liqueur. »

Sophie s'exécuta. Elle fit deux chocolateries, mais sans être convaincue par ce qu'on lui proposait. Elle voulait quelque chose de plus symbolique. Une plante éventuellement? Chez un fleuriste, elle trouva un magnifique bonsaï. Samuel Hennel lui avait confié un jour que sa femme cultivait avec passion ces petits arbres japonais.

Sophie acheta le bonsaï, sauta dans un taxi et retourna à Collonge-Bellerive. Arrivée devant le manoir, elle pria le chauffeur de l'attendre, le temps de déposer son cadeau. Elle confia l'arbuste à l'employée de maison et retourna aussitôt dans la voiture. Mais alors qu'ils roulaient sur l'allée en gravier, l'employée leur courut après.

— Attendez! dit-elle à Sophie, le souffle court, par la fenêtre baissée. Monsieur Hennel veut vous voir.

Le taxi fit demi-tour, et quelques instants plus tard, Sophie se retrouva face au maître des lieux, qui lui lança un regard inquisiteur.

— C'est maître Thémard qui vous a demandé d'acheter ça? demanda-t-il.

— Oui, il a pensé que ce clin d'œil vous ferait plaisir.

— Vous êtes une menteuse, dit Hennel en la fixant du regard, je ne vous crois pas un instant.

— Je vous demande pardon? s'offusqua Sophie.

— Ça fait des années que Thémard m'offre systématiquement d'infects petits chocolats fourrés. Et puis, à lui, je ne lui ai jamais parlé des bonsaïs…

Comme Sophie ne répondait rien, il poursuivit:

— Vous avez un peu de temps?

— Pas tellement. Mon train est à 17 heures.

— Vous avez un peu de temps, trancha Hennel. (Se tournant vers son employée.) Réglez le taxi et renvoyez-le, s'il vous plaît. Nous ferons raccompagner Mademoiselle à la gare. (Puis se tournant à nouveau vers Sophie.) Puis-je vous offrir un café?

— Avec plaisir.

*

Après l'été, les ennuis de Samuel Hennel avec le fisc français engendrèrent un contentieux avec la banque genevoise où il avait déposé son argent. Il était nécessaire de se rendre sur place pour discuter directement avec l'établissement. Thémard convoqua Sophie dans son bureau.

— Allez à Genève et occupez-vous de cette affaire, ordonna Thémard, visiblement de mauvaise humeur.

— Seule? s'étonna Sophie.

— Figurez-vous que Hennel a insisté pour que ce soit vous qui veniez. Sans moi. Je vous avoue que ça m'arrange bien, je ne peux pas passer mon temps à aller en Suisse. Je ne sais pas ce que vous lui avez fait, mais il ne jure que par vous.

— Je n'ai fait que mon travail, riposta Sophie. Il a dû apprécier.

Thémard lui adressa un regard las:

— Vous savez, *mon petit*, vous n'êtes pas toujours obligée de répondre.

— Et vous n'êtes pas obligé de me faire des remarques désagréables.

Thémard fut piqué au vif:

— Attention à votre ton, *mon petit*. Je ne vous permets pas... Je vous rappelle que je suis votre patron.

— Justement, vous devriez donner l'exemple.

Thémard, comme il le faisait lorsqu'il s'agaçait, repoussa ses lunettes en écaille du bout du doigt:

— Ça suffit! Ne mordez pas la main qui vous nourrit! Vous filez un très mauvais coton, Sophie! Vous avez intérêt à me régler séance tenante cette histoire avec la banque en Suisse. Votre poste est en jeu!

Le surlendemain, Sophie débarquait à Genève. Un chauffeur l'attendait à sa descente du train et l'escorta jusqu'à une berline noire, à l'arrière de laquelle se trouvait déjà Samuel Hennel. Ils se rendirent directement à la banque.

Pendant le trajet, Samuel récapitula à Sophie la situation dont elle savait déjà tout :

— C'est quand même incroyable, dit-il, les Français veulent bloquer mon argent et la banque suisse est prête à collaborer avec eux.

— Tout va s'arranger, assura Sophie.

— Je ne doute pas une seconde de vos talents, la flatta Hennel.

Arrivés à la banque, Sophie et Samuel furent conduits dans un salon de réception. En pénétrant dans la pièce, Sophie resta stupéfaite en découvrant le banquier qui les attendait. L'homme sembla aussi incrédule qu'elle.

— Sophie ? articula-t-il.

— Arpad ? s'exclama-t-elle.

Ils se dévisagèrent un instant, en silence.

— Vous vous connaissez ? demanda finalement Samuel, témoin amusé de ces retrouvailles.

— De Saint-Tropez, acquiesça Sophie.

Ce jour-là, en quittant la banque, Sophie ne put s'empêcher de se retourner pour observer la façade du bâtiment. Arpad était posté à la fenêtre du troisième étage. Leurs regards se croisèrent. Ils se sourirent.

Samuel Hennel intercepta cette brève communion.

— On dirait une scène de film, dit-il d'un ton amusé.

— C'était juste sympa de le croiser, minimisa Sophie. Des années qu'on ne s'est pas vus.

— C'était sérieux entre vous ?

— On est sortis ensemble quelque temps. Il travaillait pour mon père à l'époque.

— Votre père possède une banque ?

— Des restaurants.

— C'est rassurant de savoir que mon banquier a été formé dans un restaurant, plaisanta Samuel.

— Après l'obtention de son diplôme à Londres, Arpad a fait une brève étape à Saint-Tropez. Pour financer son séjour, il avait trouvé un emploi dans l'un des restaurants de mon père où je travaillais moi aussi tout en terminant mes études de droit.

— Vous ne m'avez pas répondu : c'était sérieux entre vous ?

— Disons qu'on s'aimait bien.

— Pourquoi ça s'est terminé ?

— Ma parole, s'amusa Sophie, vous êtes une vraie commère !

Il éclata de rire. Sophie poursuivit :

— Figurez-vous que ce crétin a disparu de la circulation du jour au lendemain.

— En tout cas, *ce crétin* ne vous laisse pas indifférente…

Avant le train du retour vers Paris, Sophie et Samuel déjeunèrent au restaurant italien de l'Hôtel des Bergues.

— Je vous dois des excuses, dit-il. J'étais parfaitement conscient, en insistant auprès de Thémard pour que ce soit vous qui veniez aujourd'hui, de l'avoir agacé. Mais c'était intéressé… Je voulais vous voir en action, seule. Je voulais savoir si ma décision était la bonne…

Sophie posa un regard circonspect sur son interlocuteur.

— Quelle décision ? demanda-t-elle.

Samuel Hennel avait volontairement attendu qu'elle pose la question pour rebondir :

— De vous proposer de travailler pour moi. À votre compte.

— Que je devienne votre avocate ? s'étrangla Sophie qui ne s'attendait pas du tout à une telle proposition. Thémard va être furieux…

Il sourit :

— Ça veut dire que vous acceptez ?

— Je n'en sais rien. C'est un grand changement.

— Je pense que vous êtes prête à prendre votre destin en main. Il y a une opportunité à Genève pour vous.

— Je viendrais vivre ici ?

Il acquiesça :

— La règle primordiale quand vous vous mettez à votre compte est d'avoir plusieurs clients, c'est-à-dire plusieurs sources de revenus. Je suis déjà vieux, vous devez donc avoir d'autres sources de revenus que moi, pour ne pas vous retrouver dépourvue le jour où je ne serai plus là. Et pour ça je peux vous aider.

— Comment ?

— Il y a, à Genève, toute une colonie de Français aisés qui seraient enchantés de recourir aux services d'une avocate dans votre genre.

— Je suis certaine qu'ils ont déjà chacun leur avocat attitré.

— Vous avez raison. Mais c'est parce qu'ils ne vous ont pas encore rencontrée.

⋆

Après une semaine de réflexion, Sophie accepta la proposition de Samuel Hennel et démissionna du cabinet *Thémard, Tournay & Associés*.

Ce fut le début d'une nouvelle vie pour elle à Genève. Samuel Hennel la présenta à ses amis et à son réseau, pour l'essentiel des Français fortunés comme lui, attirés par la quiétude de la Suisse et par son agréable climat fiscal. Son cabinet d'avocat n'existait pas encore officiellement, mais elle avait déjà plusieurs clients. Elle s'inscrivit au Barreau des avocats étrangers et trouva, grâce à Samuel Hennel, des bureaux à très bon prix situés à une adresse réputée : la rue du Rhône. C'est ainsi qu'elle s'installa au dernier étage de ce bel immeuble en pierre.

Mais, au-delà des perspectives professionnelles, la décision de Sophie de s'établir à Genève était surtout liée à Arpad. Elle l'avait retrouvé enfin ! Il avait disparu de la circulation trois ans plus tôt. Elle en avait eu le cœur brisé.

Il était l'homme de sa vie. C'était tellement évident qu'elle ne fit même pas semblant de chercher un logement : elle emménagea chez lui, dans son appartement du quartier de Florissant.

À les voir ensemble, on se demandait comment ils avaient pu se perdre de vue pendant trois ans. Lorsqu'ils en avaient parlé, eux-mêmes avaient eu de la peine à comprendre ce qui s'était passé.

— Tu penses bien que dès mon départ de Saint-Tropez j'ai essayé de te téléphoner, avait assuré Arpad. Mais les appels ne passaient pas. J'ai appelé au *Béatrice*, j'ai même laissé des messages. On a fini par me dire que tu étais partie en vacances en Italie. J'ai pensé que tu ne tenais pas à moi.

— *Que je ne tenais pas à toi* ? Mais j'étais folle de toi ! Je n'arrivais moi-même plus à te joindre sur ton portable. Comme si ton numéro n'existait pas.

— On me l'avait volé, avait menti Arpad.

— Quant à l'Italie, avait expliqué Sophie, j'étais un peu

déprimée par ton départ, et j'ai accompagné une amie en Toscane pour me changer les idées. Je n'ai jamais eu tes messages à mon retour au *Béatrice*.

À l'époque, Sophie s'était sentie coupable de son absence. Si elle était restée à Saint-Tropez, elle ne l'aurait pas perdu.

— C'est la tristesse qui t'a poussée à faire ce tatouage de panthère sur la cuisse ? avait plaisanté Arpad.

Elle avait souri :

— Le tatouage, c'était un coup de tête. Ça ne te plaît pas ?

— Au contraire !

Ils étaient tellement heureux de s'être retrouvés qu'ils avaient tous les deux mis cette parenthèse de trois ans sur le compte d'un malheureux concours de circonstances.

Mais les concours de circonstances sont drapés d'apparences.

Et il faut se méfier des apparences.

CHAPITRE 6

15 jours avant le braquage

~~DIMANCHE 12 JUIN~~

~~LUNDI 13 JUIN~~

~~MARDI 14 JUIN~~

~~MERCREDI 15 JUIN~~

~~JEUDI 16 JUIN~~

→ **VENDREDI 17 JUIN 2022**

SAMEDI 18 JUIN (WEEK-END À ST-TROPEZ)

DIMANCHE 19 JUIN (WEEK-END À ST-TROPEZ)

LUNDI 20 JUIN (ANNIVERSAIRE DE SOPHIE)

5 heures du matin, à la Maison de verre.

Sophie ouvrit les yeux. La nuit avait été courte. Elle repensait aux évènements de la veille et à cet intrus débusqué par Greg. À côté d'elle dans le lit, Arpad dormait, comme toujours, d'un sommeil profond. Elle descendit à la cuisine. Elle n'osa pas relever les stores. Pour la première fois, elle avait peur chez elle. Soudain une sonnerie sur son portable. C'était un message de Greg: *Je fais un tour dans la forêt. Toujours OK pour un café?*

À 6 heures, lorsque Arpad se leva, il trouva Greg dans la cuisine en grande conversation avec Sophie. Les Braun étaient censés aller à Saint-Tropez pour le week-end, mais Sophie était inquiète à l'idée de laisser la maison pendant deux jours.

— Je ne sais pas si on peut partir, dit Sophie en voyant Arpad.

— Soph', on y va pour fêter ton anniversaire! Toute ta famille sera là...

— Mon anniversaire est lundi prochain. On pourrait y aller le week-end suivant.

— Ta sœur vient spécialement, et ton père a dû prévoir tout un programme.

— Et si ce type revient pendant le week-end?

— Tu sais quoi, si quelqu'un veut se servir, je préfère qu'il le fasse quand on n'est pas là.

Sophie savait qu'Arpad avait raison. Et puis, c'était ridicule d'annuler le week-end à Saint-Tropez. Tout le monde s'en réjouissait, elle la première.

— Je suis juste inquiète de laisser la maison sans surveillance, dit-elle. J'aurais préféré qu'on ait déjà pu installer un système d'alarme.

— Lundi, ce sera fait, assura Arpad. Alarme reliée à un service d'intervention et des caméras dans le jardin. On pourra même tout gérer à distance sur notre téléphone. Ce sera Fort Knox ici. Et tu sais quoi, d'ici là, je vais engager l'entreprise de sécurité pour faire quelques rondes en notre absence.

Greg intervint :

— Garde ton argent, j'ai une meilleure idée. Je viendrai, moi, jeter un œil sur votre maison.

— T'es sûr que ça ne t'embête pas ? demanda Arpad.

— J'habite à côté, c'est vraiment pas un problème. Baissez les stores et partez tranquilles. Je serai par là.

À 7 heures, Léa et Isaak se réveillèrent. Les évènements de la nuit n'avaient nullement troublé leur sommeil et ils ignoraient tout de ce qui s'était passé. Le petit-déjeuner se déroula dans la bonne humeur. Les enfants étaient excités par la perspective du week-end à Saint-Tropez.

— À quelle heure on part ? demanda Isaak à son père. Est-ce qu'on va rater l'école ?

— On part vers midi, répondit Arpad. On viendra vous chercher à l'école et on prendra la route directement.

— Qu'est-ce qu'on va manger ? s'inquiéta Léa.

— Pique-nique dans la voiture ! annonça Arpad.

Les enfants s'enthousiasmèrent.

— Et donc on rate l'école cet après-midi ? interrogea Isaak.

— Oui, confirma Arpad. Vos maîtresses sont déjà au courant.

Les enfants poussèrent des vivats. Mais Léa remarqua que sa mère n'avait pas l'air dans son assiette.

— Tout va bien, m'an ?

— Tout va bien, ma chérie, la rassura Sophie en se forçant à sourire. Je suis juste un peu fatiguée ce matin.

Arpad changea de sujet :

— Mes chéris, si vous avez fini de manger, allez vous préparer pour l'école.

Les enfants montèrent joyeusement à l'étage pour s'habiller.

— Ça va ? demanda-t-il à Sophie.

— Oui, ne t'inquiète pas.

— Je sais que ce départ pour Saint-Tropez t'angoisse, mais ça nous fera du bien à tous.

Elle acquiesça :

— Si j'avais imaginé que tu insisterais un jour pour aller en week-end chez mes parents...

— Gloire à ceux qui t'ont faite.

Elle retrouva le sourire. Il l'embrassa.

— Ma chérie, il faut que je file, j'ai rendez-vous tôt à la banque...

— Oui, pas de problème, tu me l'as dit hier.

— Mais ça m'embête de te laisser seule...

— Ne t'en fais pas, file.

— T'es sûre ?

— Allez, ouste, va-t'en ! Ne sois pas en retard.

Ils s'embrassèrent encore.

Arpad, superbe dans son costume-cravate, quitta la maison et monta dans sa Porsche, direction le centre-ville. Il ne remarqua pas, à la sortie du chemin privé, la Peugeot grise, dissimulée derrière des buissons. Le conducteur regarda Arpad s'en aller. Ce n'était pas lui qui l'intéressait. Il attendait Sophie.

Celle-ci apparut une demi-heure plus tard, au volant de sa voiture. L'homme la suivit discrètement. Elle déposa les enfants à l'école, puis s'arrêta pour prendre un café au tea-room de Cologny. Elle s'installa en terrasse. Il l'observa depuis le parking. Puis, à 9 heures 15, elle se rendit dans la commune voisine de Collonge-Bellerive, où elle disparut derrière le portail d'une imposante propriété en bordure du lac Léman.

Peu après, la Peugeot grise s'arrêta devant la grille. Son conducteur en descendit pour relever le nom figurant sur la sonnette électronique. Internet lui apprit que le maître des lieux était un résident français âgé et riche : un client de Sophie, pensa-t-il. Rien de très intéressant. Il s'en alla.

Au moment où la Peugeot grise disparaissait dans la nature, Sophie garait sa voiture devant le manoir qui dominait l'immense parc. Une employée de maison vint l'accueillir avec déférence et l'escorta jusqu'à la terrasse où l'attendait Samuel Hennel.

— Sophie, s'exclama celui-ci en voyant son avocate arriver, c'était déjà une belle matinée, elle l'est encore plus maintenant que je vous vois !

Il se leva aussitôt et la gratifia d'un élégant baisemain. Elle s'amusa de ses habituelles simagrées :

— Vous ne perdez pas votre sens de l'exagération, Samuel. Comment allez-vous ?

— Bien. Je crois. Je peux vous offrir quelque chose à boire ?

— Un café, avec plaisir.

Samuel se tourna vers son employée de maison, restée en retrait, qui opina de la tête. Sophie prit place autour de la table et admira le panorama. L'endroit en imposait par sa beauté. Samuel s'installa face à elle et lui demanda de but en blanc :

— Vous avez vu le courrier du fisc ? Dois-je m'inquiéter ?

— Vous passez beaucoup de temps en France, lui fit remarquer Sophie. Ils ont matière à gratter.

— Mais vous allez m'arranger ça, hein ?

— Évidemment, le rassura Sophie.

Samuel remit à Sophie un relevé minutieux de ses passages en France. Quatre mois au total sur deux ans.

— Vous croyez que je devrais renoncer à mon chalet de Megève ? Et acheter quelque chose en Suisse à la place ?

— C'est vrai que ce serait mieux, admit Sophie.

Comme elle sortait de sa mallette en cuir les documents préparés par Véronique, il prit un air faussement horrifié.

— Qu'est-ce que c'est que toute cette paperasse ? demanda-t-il.

— Des documents divers. J'ai tout passé en revue, il vous faut simplement signer là où il y a un marque-page.

Il soupira de façon théâtrale. Il n'avait pas beaucoup de distractions et les visites de son avocate l'égayaient.

— De grâce, Sophie ! Offrez-moi d'abord un instant de répit et le plaisir d'une conversation détendue avec vous. Nous nous occuperons de tout cela tout à l'heure.

Sophie éclata de son rire solaire qui lui plaisait tant. Elle avisa un étui à cigarettes sur la table.

— Je peux en prendre une ? demanda-t-elle.

— Évidemment ! répondit Samuel en ouvrant l'étui pour lui présenter une rangée de cigarettes.

Sophie en saisit une. Samuel s'empressa d'allumer son briquet et de le lui tendre.

— Merci, dit-elle, en exhalant une volute blanche.

— C'est rare de vous voir fumer, Sophie. Quelque chose vous tracasse ?

Sophie nota que son client la connaissait bien. Elle hésita à lui parler de l'incident de la nuit, mais y renonça. Elle préféra éluder et orienter la conversation vers un sujet anodin.

11 heures 30, à la Maison de verre.

Le départ pour Saint-Tropez était tout proche. Arpad était en train de charger les bagages dans la voiture lorsqu'il reçut un appel de son ami et partenaire de squash Julien Martet.

— Le projet au Costa Rica va se concrétiser plus vite que je ne le pensais, expliqua Julien avant de faire un bref topo et de donner quelques chiffres.

— J'aurais peut-être des clients intéressés, indiqua Arpad. Je ne suis pas au bureau aujourd'hui. Je peux te rappeler lundi?

— Pas de problème. J'ai de la documentation que je peux t'envoyer par e-mail si tu veux.

— Volontiers, mais sur mon adresse privée. C'est mieux.

Les deux hommes raccrochèrent et, quelques instants plus tard, Arpad reçut de Julien un courriel avec une brochure officielle détaillant le projet immobilier. Une image de synthèse montrait les futurs immeubles, sur le front de mer. Un texte en préambule, à destination des investisseurs étrangers, vantait les mérites et les charmes du Costa Rica.

Arpad s'y vit soudain: le soleil toute l'année, les après-midi à la plage avec les enfants. Depuis quelque temps, il avait envie de changement. Il avait besoin de se réinventer. Il pourrait placer son propre argent dans ce projet immobilier. Un investissement qui lui permettrait peut-être de changer de vie. Lui et sa petite famille, installés au bord de la mer au Costa Rica. L'idée le fit rêver. Qu'en dirait Sophie?

Sophie, justement, arriva à la maison, arrachant Arpad à ses pensées.

— Tout va bien? demanda-t-elle d'un ton amusé en sortant de sa voiture. Tu avais l'air en grande réflexion…

Il l'embrassa et la serra contre lui.

— Je rêvassais, dit-il.
— À quoi ?
— À nos prochaines vacances.
— Oh, quelle destination ?
— Je pensais au Costa Rica.
— *La pura vida* ! Pas mal du tout.

Il décida d'en rester là à propos du Costa Rica. Pas la peine de déstabiliser Sophie avec ses idées de nouveau départ.

— Les valises sont dans le coffre, dit-il, on est prêts à partir.

Ils s'installèrent à bord de la voiture d'Arpad. Ils n'avaient plus qu'à récupérer les enfants à l'école et ils prendraient la direction du sud de la France. Sophie attrapa la main de son mari. Elle se sentait en sécurité avec lui. Ce week-end allait leur faire du bien.

★

17 heures.

La voiture des Braun filait à travers la Provence. Encore une bonne heure de route et ils arriveraient à Saint-Tropez.

À Genève, dans les locaux du groupe d'intervention, Greg et son équipe étaient en train de se défaire de leur équipement lourd. Ils avaient passé leur journée à sécuriser l'arrivée d'un chef d'État à l'occasion d'une conférence internationale. Ils avaient assuré la protection du convoi du dignitaire dès sa descente de l'avion à l'aéroport de Genève, et l'avaient escorté ensuite jusqu'aux Nations unies puis, à l'hôtel *InterContinental*, dont les alentours avaient été bouclés pour l'occasion. Greg, qui avait coordonné toutes les opérations, s'était particulièrement distingué par ses qualités de commandant. On le pressentait même pour remplacer le patron du groupe d'intervention qui était à une année de la retraite.

Alors que Greg était sur le point de partir, on l'informa d'une visite. Une inspectrice de la police judiciaire qui voulait lui faire signer un rapport d'intervention. C'était Marion Brullier. Greg l'emmena faire quelques pas dans le grand hall d'entrée du quartier général de la police.

— Alors, ce rapport ? demanda Greg.
— Ça dépend de toi, répondit Marion.

Elle planta ses yeux dans les siens et Greg en fut presque déstabilisé. À présent qu'il la voyait hors de son rôle de policière, Greg se dit que Marion faisait très jeune. Et ce n'était pas pour lui déplaire. Quel âge pouvait-elle avoir? Même pas trente ans. Tout chez elle était un appel au désir: son corps si ferme, sa fraîcheur d'esprit, sa liberté. Il la déshabillait du regard et il voyait tout ce que Karine n'était plus à ses yeux.

— Tu veux aller boire un verre? proposa Marion.

Greg regarda l'heure.

— J'aurais adoré. Mais je dois filer.

— Ce n'est que partie remise, décréta Marion. Tu veux bien me donner ton téléphone. Au cas où…

— Au cas où *quoi*? demanda Greg.

— Au cas où j'en aurais besoin pour le rapport.

Il lui dicta son numéro. Puis Marion, avant de s'en aller, lui dit encore:

— Au fait: t'es beaucoup mieux sans ta cagoule.

Greg savait pertinemment qu'il se trouvait sur une pente glissante. Et pas seulement avec Marion.

Avant de rentrer chez lui, il fit un détour par la Maison de verre dont Arpad lui avait confié un double des clés. Les Braun étaient partis, il avait le champ libre.

Il savait très bien ce qu'il allait faire ici pendant le week-end.

Samedi 2 juillet 2022

Le jour du braquage

9 heures 36

Le coffre vidé de ses diamants, la Casquette se précipita vers l'arrière-salle de la bijouterie où étaient retenus les trois otages.

— On est prêts à partir, indiqua-t-il d'un ton très calme à son comparse. Je vais vérifier que la voie est libre.

La Cagoule acquiesça d'un mouvement de tête. La Casquette s'en alla discrètement jeter un œil à la rue par la vitrine.

La tension était en train de monter d'un cran.

La sortie de la bijouterie et la fuite étaient les moments les plus périlleux du braquage.

10 ANS PLUS TÔT

JUIN 2012

Genève

6 heures 30 du matin.

Arpad et Sophie terminaient leur jogging quotidien à travers le parc Bertrand, dans le quartier de Champel. De retour à leur appartement de l'avenue Eugène-Pittard, ils se préparèrent pour leur journée de travail. Une journée qui ressemblait à toutes les autres. Et pourtant... Pour la première fois depuis cinq ans, depuis qu'il avait fui Saint-Tropez, Arpad allait devoir affronter son destin.

Ce matin-là, ils marchèrent jusqu'à la vieille-ville proche et prirent leur petit-déjeuner dans un estaminet de la place du Bourg-de-Four. La conversation tourna autour des prochaines vacances. C'était l'été et ils n'avaient encore rien prévu. Les hôtels faisaient le plein de réservations et il fallait agir vite.

— Où est-ce que tu te vois? interrogea Sophie.

— Sur une plage, répondit Arpad. Au bord de la Méditerranée.

— Mais où ça? En Sardaigne? En Espagne?

— Franchement, je n'en sais rien.

— Eh bien, vous avez la journée pour y réfléchir, monsieur Braun. Ce soir, on décide d'un plan.

Ils se levèrent de table. Arpad remarqua que les serveurs et les autres clients les observaient. Ils attiraient les regards. Comme s'ils avaient quelque chose d'irrésistible.

Chacun prit le chemin de son travail.

Sophie descendit la rue de la Fontaine pour rejoindre la rue du Rhône où elle avait installé son cabinet d'avocat. Arpad la regarda s'éloigner. Il vit les passants qui ne pouvaient s'empêcher de la contempler. Il se rendait bien compte que ce n'était pas leur couple qui était l'objet de toutes les convoitises : c'était elle. C'était elle qu'on remarquait, elle qu'on reconnaissait.

Elle avait une aura, un magnétisme, un rayonnement qu'il n'avait pas. Dans toutes ses précédentes relations, il avait toujours été dans la lumière. Mais elle, elle l'éclipsait. Au point qu'il peinait parfois à trouver sa place à côté d'elle. Sa seule consolation – et il se détestait d'y penser – était qu'il gagnait nettement mieux sa vie qu'elle. Elle était encore dans sa phase d'envol avec son cabinet, tandis que lui, à la banque, entre son salaire, sa prime de performance et son bonus de fin d'année, connaissait l'opulence. Mais chaque fois qu'il faisait danser sa carte de crédit entre ses doigts, il ne savait pas vraiment si c'était pour lui faire plaisir à elle, ou pour se rassurer lui.

Il se rendit à pied à la banque privée qui l'employait, rue de la Corraterie. Il aimait ce beau bâtiment chargé d'histoire et son intérieur luxueux. Arrivé au troisième étage, où se trouvait le desk *Clients France, Belgique et Luxembourg* au sein duquel il travaillait, il salua son patron, Patrick Müller, puis rejoignit son bureau.

À son arrivée en Suisse, cinq ans plus tôt, en septembre 2007, Arpad avait tiré un trait sur deux grandes étapes de sa vie. La première s'était déroulée à Londres, où il était né et avait grandi entre un père anglais et une mère suissesse, lui pilote de ligne à la British Airways, elle employée d'une grande entreprise pharmaceutique. La seconde, plus brève, avait eu pour décor Saint-Tropez.

Le passé se trouvait reconstitué sur le bureau d'Arpad sous la forme de deux photos encadrées. Le premier cliché datait de vingt ans et avait été pris à l'aéroport de Heathrow. On y voyait Arpad enfant, à côté de son père en uniforme de commandant de bord, posant devant un Boeing 747. Le père d'Arpad était désormais à la retraite. Sa mère aussi. Tous les deux en profitaient pour passer une partie de l'année à voyager.

L'autre photo, déterrée par Sophie, datait de six ans. On le voyait devant le *Béatrice*, à Saint-Tropez, avec ses collègues de l'époque.

De Londres, Arpad gardait en tête son enfance heureuse dans une jolie banlieue de la capitale. Les sorties au centre-ville lorsqu'il était ado. Ses études de finance à la prestigieuse *London School of Economics*. Le club privé et ultra-*select* où il avait fait ses armes comme barman. À l'été 2006, juste après l'obtention de son diplôme, il avait même décroché un poste auprès d'une prestigieuse banque de la City. Puis il y avait eu cet accident qui avait tout changé. Et sa décision de tirer un trait sur Londres.

À l'époque, lorsque Arpad avait annoncé à ses parents qu'il allait s'établir à Saint-Tropez et travailler au *Béatrice*, sa mère avait été horrifiée :

— Tu es diplômé d'une prestigieuse université et tu vas t'enterrer dans une boîte de nuit d'une ville de seconde zone ?

— C'est un restaurant, maman. Un restaurant assez chic, d'ailleurs. Enfin, disons branché. Et puis Saint-Tropez n'est pas exactement ce que j'appellerais une ville de seconde zone. Je ne comprends pas pourquoi tu réagis comme ça.

La réponse d'Arpad ne servait qu'à faire bonne figure. Sa mère mettait le doigt là où ça faisait mal.

— Tu sais très bien où je veux en venir, Arpad, avait-elle insisté. C'est le motif de ta décision qui m'inquiète.

— Le motif ? Il faut un motif pour s'installer au bord de la Méditerranée, dans l'un des plus beaux endroits de la Côte d'Azur ?

— Tu n'as pas besoin de jouer la comédie avec nous, Arpad. Tu as honte de ce que tu as fait. Tu as honte et tu n'oses plus revenir. Il est temps de tourner la page, Arpad.

— Pas si simple que ça, avait répondu Arpad, baissant la garde. Tu crois que je vais trouver un boulot dans une banque après ce qui s'est passé ? Monsieur Stankowitz va me pourrir la vie, où que j'aille.

— Nous l'avons remboursé, avait rappelé la mère.

— Je sais et j'en ai honte.

— N'aie pas honte. Tout le monde fait une bêtise au moins une fois dans sa vie. Saisis-toi de ta vie, accepte tes erreurs et avance.

— C'est ce que je fais.

— Non, ce que tu fais en allant à Saint-Tropez travailler dans un restaurant, c'est te cacher.

Sa mère avait raison.

Et après la fuite de Londres, il y avait eu la fuite de Saint-

Tropez. En septembre 2007. Arpad avait instinctivement pris la direction de Genève.

*

Cinq années plus tôt.
Septembre 2007.

Un mardi matin, en arrivant à la banque, Patrick Müller reçut, sur son portable, un appel d'un numéro inconnu.

— Bonjour, monsieur Müller, le salua son interlocuteur. C'est Arpad Braun, du restaurant *Béatrice* à Saint-Tropez. Je ne sais pas si vous vous souvenez de moi…

Évidemment que Patrick Müller se souvenait de lui. Il avait passé une partie de son mois de juillet – comme tous les ans – à Saint-Tropez. Au *Béatrice*, où il avait ses habitudes depuis longtemps, il avait immédiatement repéré ce nouvel employé derrière le bar. À sa façon de se comporter et d'interagir avec les clients, Patrick Müller avait immédiatement compris qu'Arpad n'appartenait pas au monde de la nuit. Les deux hommes avaient rapidement sympathisé, et un soir Patrick Müller lui avait demandé :

— Qu'est-ce que vous faites ici ?

— Je travaille ici, avait répondu Arpad, sans bien comprendre le sens de cette question.

— J'ai jamais vu un barman dans votre genre… Vous êtes différent. Vous avez un truc, une aura… Vous êtes acteur, c'est ça ? Et vous travaillez ici en attendant le rôle de votre vie ?

Arpad avait souri :

— J'ai étudié la finance. Mon rêve c'est de devenir banquier. Et j'attends ici le poste de ma vie.

Patrick Müller avait posé une carte de visite sur le comptoir.

— Si vous passez par Genève, téléphonez-moi. Je cherche des gars comme vous dans mon équipe.

Deux mois plus tard, voilà Arpad qui l'appelait. Il était à Genève et il recherchait un emploi. Patrick Müller le rencontra l'après-midi même. Arpad n'avait encore aucune expérience, mais il possédait un charisme certain et Patrick Müller avait précisément besoin au sein de son équipe d'un vendeur capable d'amadouer les clients difficiles. Pour avoir vu Arpad à l'œuvre au *Béatrice*, il était persuadé qu'il ferait des merveilles. Quinze jours plus tard, Arpad commençait sa nouvelle vie à la banque.

L'installation précipitée d'Arpad à Genève provoqua à nouveau l'inquiétude parentale. Le lien avec la Suisse était certes évident: une partie de la famille maternelle vivait à Lausanne. Enfant, Arpad s'y était régulièrement rendu en villégiature chez sa grand-mère ou chez son oncle. Mais les parents d'Arpad avaient le sentiment que quelque chose clochait. Pendant longtemps, même après son recrutement au sein de la banque, sa mère allait l'interroger à ce sujet:

— Arpad, que s'est-il passé à Saint-Tropez?

— Rien, pourquoi?

— J'ai l'impression que tu t'es enfui.

Elle se retenait de dire *encore*.

— Il ne s'est rien passé, maman. J'ai eu l'opportunité de travailler dans une banque et je l'ai saisie.

Il ne pouvait pas lui révéler la vérité. Ni à elle, ni à Sophie.

★

Cinq ans plus tard, Arpad, dans le confort de la banque, croyait avoir fui Saint-Tropez pour toujours. Mais ce jour-là, après le travail, Sophie reparla des vacances devant un verre de rosé. Arpad égrena alors les suggestions:

— On pourrait aller en Grèce. Faire un tour dans les Cyclades.

— Trop de monde.

— La Sicile, alors? Un tour des îles Éoliennes puis Taormina.

— Trop de bateau, dit Sophie qui semblait peu convaincue.

— Et si on descendait en voiture jusqu'à la côte amalfitaine? Et rejoindre ensuite Capri?

— Trop de voiture…

Arpad avait de la peine à imaginer que Sophie ait amené le sujet des vacances sans avoir une idée en tête. Il la poussa à parler:

— Soph', je suis certain que tu as déjà un plan de vacances tout prêt. Pourquoi tu ne craches pas le morceau?

Elle se lança:

— Je veux qu'on aille à Saint-Tropez. Je veux te présenter à mes parents.

— Saint-Tropez? s'étrangla Arpad.

Il devint blême, ce que Sophie remarqua aussitôt:

— C'est l'idée de rencontrer mes parents qui te met dans cet état?

Il s'efforça de retrouver sa contenance:

— Au contraire, je serai heureux de faire leur connaissance, assura-t-il.

Mais Sophie n'était pas dupe:

— Arrête ton baratin. Je vois bien que tu es mal à l'aise. Il y a un problème avec Saint-Tropez?

Arpad comprit qu'il devait vite inventer une histoire plausible et enterrer le sujet.

— J'ai peur que ton père m'en veuille d'avoir quitté le restaurant sans préavis, dit-il alors.

Son mensonge fonctionna.

— Tu te donnes trop d'importance, mon chéri, lui dit Sophie. Mon père n'a aucun souvenir de toi.

— Comment le sais-tu?

— Je lui en ai parlé. Tu n'es pas resté assez longtemps en place et ton départ est passé inaperçu. Désolée de te décevoir. Et puis, tu sais, les managers des différents restaurants ont l'habitude de ce genre de roulement et ils ont un vivier de candidats qu'ils se partagent. Les employés qui rendent leur tablier dans la restauration, c'est assez banal.

Cette nuit-là, Arpad avait eu de la peine à s'endormir. Elle voulait aller à Saint-Tropez. Il ne pourrait pas l'en empêcher. Son passé le rattrapait.

*

Le voyage à Saint-Tropez eut lieu à la toute fin du mois de juillet.

Ils passèrent une semaine chez les parents de Sophie, Jacqueline et Bernard, qui habitaient une magnifique maison, nichée dans la pinède, dominant la mer.

Pour Sophie, le séjour se passa merveilleusement bien. Le charme d'Arpad opéra immédiatement sur ses parents, qui ne tarissaient pas d'éloges à son sujet.

Pour Arpad, les retrouvailles avec Saint-Tropez furent d'abord synonymes d'angoisse. Il craignait qu'on le retrouve. Mais il s'était finalement rendu compte que le temps avait fait son œuvre.

Les années allaient s'écouler.

Il allait y avoir d'autres séjours à Saint-Tropez.

Arpad allait baisser la garde.

Sa vie confortable à Genève l'avait rendu insouciant.

Sa préoccupation, c'était désormais Sophie. Leur couple, leur projet de mariage. Mais aussi et surtout son besoin à lui de briller à côté d'elle, qui captait tant la lumière.

Avec le temps, Sophie s'épanouissait de plus en plus. Mais plus elle devenait éblouissante, plus elle éclipsait Arpad. Il avait besoin d'exister lui aussi. Heureusement son travail à la banque lui permettait de lui tenir la dragée haute. Il avait pris du galon : il était devenu le bras droit de Patrick Müller. Il continuait à gagner bien plus que Sophie et c'était important pour lui. Il considérait que c'était même vital pour la survie de leur couple. Puisqu'elle le surpassait sur tout le reste, tout irait bien tant qu'il la dominerait financièrement.

Mais Bernard, le père de Sophie, allait tout gâcher.

CHAPITRE 7
14 jours avant le braquage

~~DIMANCHE 12 JUIN~~
~~LUNDI 13 JUIN~~
~~MARDI 14 JUIN~~
~~MERCREDI 15 JUIN~~
~~JEUDI 16 JUIN~~
~~VENDREDI 17 JUIN~~
→ **SAMEDI 18 JUIN 2022 (WEEK-END À ST-TROPEZ)**
DIMANCHE 19 JUIN (WEEK-END À ST-TROPEZ)
LUNDI 20 JUIN (ANNIVERSAIRE DE SOPHIE)

Le matin se levait sur Saint-Tropez.

Arpad terminait son jogging dans les calanques, entre les rochers et la mer. Il venait de parcourir une bonne quinzaine de kilomètres dans ce paysage enchanteur. Il était temps de retourner à la réalité de sa belle-famille.

Lorsque la maison des parents de Sophie fut en vue, il parcourut la dernière centaine de mètres en marchant pour reprendre son souffle.

La villa surplombait la Méditerranée. Son cadre était idyllique, mais son architecture correspondait au mauvais goût ostentatoire des années 1980. Cette maison était la fierté de Bernard, le père de Sophie. Il aimait rappeler à qui voulait l'entendre qu'il l'avait *construite*, comme s'il l'avait bâtie de ses mains. Combien de fois Arpad s'était-il retrouvé coincé sur la terrasse par Bernard qui l'avait assommé des mêmes histoires : « Une vue comme ça, on n'en trouve plus à Saint-Trop'. Quand je *l'ai construite*, on faisait ce qu'on voulait. On ne s'encombrait pas de permis ni de toutes ces paperasses ridicules ! » Tout en parlant, Bernard obstruait de son corps massif la porte d'accès à la terrasse, privant son interlocuteur de toute possibilité de retraite. Il fallait l'intervention de Sophie pour libérer Arpad. Elle apparaissait sur la terrasse et gourmandait son père :

— Papa, ne me dis pas que tu es encore en train de soûler Arpad avec tes histoires de construction de maison !

Le fier Bernard se transformait soudain en un petit garçon pris la main dans le pot de confiture. Ce bonhomme costaud et imposant, au charisme de dur à cuire et à la gouaille typique des patrons de boîtes de nuit, qui aimait diriger, dominer, posséder et dont le mantra était « Qui paie commande », se faisait tout petit devant sa fille. Si bien qu'Arpad se sentait obligé de voler à la rescousse de son beau-père :

— Ça me plaît beaucoup ces histoires, assurait-il à sa femme.

Parce qu'il jouait le jeu de la belle-famille comme personne, Sophie adressait à son mari un regard complice signifiant qu'elle lui en serait bientôt reconnaissante. Quant à Bernard, il s'écriait :

— Tu vois, ça lui plaît !

Arpad franchit la porte de la maison.

Tout était silencieux. Tout le monde dormait encore, y compris Sophie. Visiblement, elle trouvait le sommeil ici. Tant mieux. Mais la quiétude d'Arpad fut de courte durée : il avait à peine eu le temps de se faire un café que Jacqueline, sa belle-mère, débarqua dans la cuisine, toute guillerette à l'idée d'avoir bientôt sa famille réunie. La sœur de Sophie, Alice, et son mari Mark devaient arriver en fin de matinée.

— Déjà debout, Arpad ? dit Jacqueline qui aimait constater les évidences.

— Eh oui, acquiesça Arpad qui ne savait jamais comment répondre.

— Quel temps superbe ! ajouta Jacqueline.

— On a vraiment de la chance, approuva Arpad qui ramait pour nourrir la conversation.

Jacqueline était partie pour un monologue. C'était sa spécialité. Le seul capable de la faire taire était son mari. Quand il l'avait assez entendue, Bernard lui disait : « Tu nous casses les oreilles, ma Jaja. » Et Jaja se taisait aussitôt.

Bernard, justement, arriva à son tour dans la cuisine et interrompit sa femme pour s'emparer de la conversation :

— Dis donc, Arpad, cette histoire de type qui espionnait chez vous... Je ne voulais pas en parler hier soir devant les enfants...

— Vous avez bien fait, l'interrompit Arpad en espérant clore déjà le sujet.

Mais Bernard poursuivit, impassible :

— En Suisse, je croyais que c'était tranquille.

— Ça l'est.

— Pas tant que ça, apparemment.

— Vous avez raison, Bernard.

Bernard aimait avoir le dernier mot, et Arpad aimait le lui

laisser. Mais cette fois-ci, Bernard aurait justement préféré avoir tort.

— C'est bien beau de me donner raison, Arpad, mais je t'avoue que ça ne me rassure pas. Je suis inquiet pour ma fille et mes petits-enfants. Et pour toi aussi, bien entendu. Cette histoire me tracasse.

— Bernard, comme je vous l'ai dit, ça ressemble à un repérage en vue d'un cambriolage. Et à mon avis, le type n'est pas près de revenir après avoir manqué de se faire prendre deux fois.

— Il y en a qui rentrent chez vous même quand vous êtes là, et qui vous ligotent ! argumenta Bernard.

— Les flics ont écarté cette hypothèse. Apparemment, les gars qui font ça ne s'attardent pas à faire du repérage. Ne vous inquiétez pas, je prends les choses au sérieux. J'ai demandé à l'un de nos voisins qui est flic de faire quelques rondes et d'ouvrir l'œil. Tenez, d'ailleurs, c'est justement lui qui m'écrit.

Arpad avait envoyé un SMS à Greg quelques instants plus tôt pour prendre des nouvelles. Et Greg venait de lui répondre :

Tout va bien. Suis justement en train de faire un tour.

À six cents kilomètres de Saint-Tropez, Greg remit son téléphone portable dans sa poche. Il se tenait devant la porte de la Maison de verre. Sa voiture était garée dans la cour. Le chien Sandy, prétexte à sa sortie aux yeux de Karine, était dans le coffre et allait y rester un moment. Greg introduisit la clé dans la serrure. Il avait tellement attendu cet instant. Il pénétra à l'intérieur comme dans un temple. Il transportait avec lui une valise en plastique renforcé et une boîte à outils.

Tous les stores de la maison étaient baissés, il était invisible dans la forteresse. Il se promena à travers le rez-de-chaussée. Il inspecta la cuisine, puis le salon. Il était surtout curieux de découvrir les pièces qu'il ne connaissait pas. Il visita longuement celle qui servait de bureau à Arpad, fouillant avidement dans les tiroirs. Il n'y trouva rien d'intéressant.

Il monta à l'étage. Il ne jeta qu'un coup d'œil rapide aux chambres des enfants. Puis il accéda à la chambre conjugale. Lorsqu'il y entra enfin, il ressentit une forme d'émotion. La pièce était bien différente de ce qu'il avait pu entrevoir depuis son poste d'observation, en bas dans les buissons. Elle était plus grande, mieux aménagée. Il observa avec envie le grand lit, dont les montants étaient en bois sculpté. Il s'aventura ensuite dans le dressing où il passa en revue les vêtements. Choisissant des pièces au hasard, il les caressa et les renifla. Puis il s'attaqua aux chaussures. Il trouva les escarpins qu'elle portait le soir de l'anniversaire d'Arpad et les admira. Dans la salle de bains, il étudia ses produits de beauté. Il trouva un flacon de son parfum et s'autorisa à en disperser l'odeur en appuyant sur le diffuseur: en humant les effluves il la retrouva, elle.

De retour dans la chambre, il s'attaqua enfin à la table de nuit. Identifiant sans difficulté celle de Sophie, il en ouvrit les tiroirs avec volupté. Il y plongea les yeux puis les mains, à la recherche des trésors de son intimité. Il trouva du lubrifiant, un vibromasseur et une paire de menottes. Il fut étonné et déçu que cet attirail ne soit pas complété par une tapette ou une cravache. Mais il était désormais curieux de savoir qui, d'Arpad ou Sophie, était attaché aux montants du lit lors de leurs ébats.

Au-delà du plaisir, les raisons de cette inspection de la chambre étaient concrètes. Greg avait apporté à l'étage sa trousse à outils et la valise en plastique. Après avoir étudié la pièce, il jeta son dévolu sur l'une des armoires. Comme il avait besoin de gagner en hauteur, il alla récupérer une chaise dans la chambre de l'un des enfants et la plaça devant l'armoire.

Il allait pouvoir commencer.

Au même instant, attablé à une terrasse, l'homme à la Peugeot grise buvait une eau minérale, insoupçonnable au milieu des nombreux clients. Il observait attentivement les alentours. Il devait connaître son environnement sur le bout des doigts. Le samedi, il y avait un flot ininterrompu de passants. Ce serait à son avantage. À quelques pas de là se trouvait la bijouterie.

L'homme visualisait déjà tout ce qui allait se passer ici dans exactement deux semaines.

Son plan lui semblait parfait.

Le soir tombait sur Saint-Tropez.

Dans un restaurant de la plage de Pampelonne, Bernard trônait au milieu de sa famille, faisant des signes aux serveurs pour qu'ils apportent encore du champagne et du caviar. Et tout en poussant ses invités à se gaver davantage, Bernard les prévenait : « Gardez de la place pour le dîner, ce n'est que l'apéro ! » Il attendait ce moment depuis des semaines : la célébration des 40 ans de Sophie. Sa tribu était au grand complet pour l'occasion. Alice, la sœur de Sophie, et son mari, Mark, étaient arrivés de Cannes dans la journée. Cette soirée, c'était celle de sa fille, mais c'était surtout la sienne. Il avait tout planifié dans les moindres détails.

Mark, le gendre parfait, un Américain originaire de New York, chirurgien esthétique dans une clinique privée de Cannes, s'était installé à côté de Bernard, comme toujours, pour lui faire son numéro de chien docile. Il lui disait qu'il se réjouissait de lui donner des petits-enfants (il ne disait pas *devenir père*, mais bien *donner des petits-enfants*, comme s'il faisait ça pour Bernard). Alice, elle, s'épanchait sur ses fécondations in vitro qui n'avaient pas fonctionné, mais assurait que la prochaine serait la bonne. Elle le pressentait. Puis Alice expliqua doctement qu'elle parlerait en français *aux enfants* et Mark, lui, uniquement en anglais, « comme ça, *ils* seront automatiquement bilingues ».

Arpad, qui était allé faire quelques pas sur la plage, restait en retrait et observait la tablée. Il sentit soudain quelqu'un se glisser contre lui. C'était Sophie. Elle avait l'air heureuse, c'était le principal. Il se pencha à son oreille et imita Alice : « Si on a des enfants, Mark leur parlera en anglais et moi en français, comme ça, ils seront automatiquement des connards. » Sophie éclata de rire. Elle n'était jamais plus belle que lorsqu'elle riait.

À Genève, Greg, Karine et les enfants étaient allés dîner chez les parents de Karine, qui habitaient un appartement du quartier de Malagnou. Autour de la table ronde de la salle à manger, on parlait à bâtons rompus de lectures, de politique municipale et des sujets brûlants de l'actualité.

Ils entamaient le gigot, lorsque Greg sentit son téléphone vibrer dans sa poche. Il jeta un coup d'œil discret à l'écran : c'était un message de Marion Brullier.

T'es tout seul ?

Non, répondit Greg. Il avait tapé ces trois lettres avec son pouce, plaçant le téléphone sous la table. Pas tant par discrétion que par souci de politesse. Comme il avait bien fait ! Car le message suivant fut une photo de Marion seins nus.

Greg, parcouru d'un frisson de panique à l'idée d'être pris sur le fait, remit aussitôt son téléphone dans sa poche. Karine décela son empressement :

— Tout va bien ?

— Le boulot, bredouilla-t-il.

— Mais tu n'es plus de garde, fit-elle remarquer.

— C'est les collègues, mais rien qui me concerne. On a un groupe de messages avec les autres officiers.

Dans sa poche, Greg sentait son téléphone vibrer. Encore et encore. Marion insistait. C'était la première fois que quelqu'un lui envoyait des images de ce genre.

À Saint-Tropez, la soirée d'anniversaire se poursuivait. La famille était passée au dîner. Bernard n'avait pas voulu d'un menu fixé d'avance. Il voulait que chacun puisse choisir, même si finalement il choisirait pour chacun. Et tandis que le serveur prenait commande, il interpellait ses invités : « Mark, Mark, tu ne vas quand même pas passer à côté d'une belle langouste ? Et toi, Arpad, tu devrais prendre l'entrecôte aux truffes ! Elle est proposée pour deux, mais c'est pas si grand. »

À Genève, chez les parents de Karine, le repas était terminé. Les enfants regardaient un film au salon tandis que les adultes, restés à table, prenaient un thé. Greg n'avait qu'une idée en tête :

pouvoir consulter les messages de Marion. N'y tenant plus, il se leva sous le prétexte d'aller jeter un œil sur les enfants et alla s'enfermer dans la salle de bains. L'écran annonçait triomphalement sept messages de Marion.

Message 1 : Ça te plaît ?
Message 2 : Pourquoi tu réponds pas ?
Message 3 : J'ai envie de toi
Message 4 : Tu fais la tête ?
Message 5 : Photo de Marion entièrement nue
Message 6 : Autre photo de Marion entièrement nue en position lascive
Message 7 : Bonne nuit mon chéri, j'espère que tu te fais du bien

Les photos étaient de bonne qualité. Greg les admira chacune plusieurs fois. Puis il commença une réponse :

Excuse-moi j'étais…

Il s'interrompit. *J'étais avec qui ?* songea-t-il. *Avec ma femme ? Chez mes beaux-parents ?* Toutes les réponses lui paraissaient idiotes. En fait, il ne savait pas trop comment s'y prendre. Il n'avait jamais fait ça. Jamais fait *quoi* ? Échanger des messages salaces ou tromper Karine ? Les deux. Après réflexion et quelques hésitations, il décida de répondre à l'image par l'image et de gratifier Marion d'une photo de lui. Il venait de se déshabiller lorsqu'il se rendit compte qu'on l'observait. Six visages étaient braqués sur lui. Là, juste au-dessus du lavabo, sur une petite étagère en verre, à côté d'un tube de crème pour les mains et d'une pile de serviettes en tissu, il y avait une photo encadrée. Greg n'avait encore jamais remarqué ce cliché, qui datait des dernières vacances de ski. On y voyait ses beaux-parents, Karine, les enfants et lui qui souriaient joyeusement.

L'effet fut radical. Greg se rajusta, effaça les messages de Marion et retourna à sa famille.

Minuit à Saint-Tropez.

Sur la plage de Pampelonne, le dîner se concluait par une immense pièce montée surmontée d'une myriade de bougies et de feux de Bengale. Sophie souffla les bougies, aidée par ses enfants. Puis, Bernard et Jacqueline offrirent à Sophie un cadeau qui tenait dans un petit écrin en velours : une paire de boucles d'oreilles en diamants. En découvrant les bijoux, Sophie et Alice émirent des interjections admiratives, mais qui n'exprimaient pas les mêmes sentiments.

Arpad regarda sa femme fixer les diamants à ses oreilles. Les bijoux lui allaient à ravir. Bernard avait du goût. Ou peut-être que Sophie magnifiait tout. Mais ce qui préoccupait surtout Arpad à cet instant était de surclasser le cadeau de Bernard. La date exacte d'anniversaire de Sophie tombait lundi, dans deux jours. Lundi, il retournerait chez Cartier et il achèterait cette bague panthère. Peu importait le prix.

Les haut-parleurs du restaurant firent cesser l'épouvantable musique d'anniversaire qui accompagnait le gâteau et diffusèrent *Only You*, des Platters. Sophie attrapa Arpad par la taille, ils esquissèrent quelques pas de danse. Elle l'embrassa, elle se serra contre lui du plus fort qu'elle put. Elle l'aimait tellement. Les amoureux furent interrompus par les cris de Bernard qui annonçait une grande surprise. Il pria les invités de se tourner vers la plage. La nuit était d'encre, la mer se confondait avec le ciel. Puis soudain, tiré d'une barge à quelques dizaines de mètres du bord, un feu d'artifice illumina l'obscurité.

Les enfants crièrent de joie. Une bonne partie des clients se levèrent de leur table pour venir admirer la flamboyante pétarade. Même les serveurs s'interrompirent pour profiter de l'instant. Alors que tous les regards convergeaient vers le large, Bernard, lui, se tenait dos au feu d'artifice pour contempler la petite foule massée qu'il venait d'impressionner. Pour Bernard, le spectacle c'étaient les autres.

Il était tard dans la nuit lorsque la petite troupe rentra à la maison. Tout le monde voulait se coucher, sauf Bernard qui réquisitionna ses gendres pour lui tenir compagnie. Ils s'installèrent tous les trois sur la terrasse, Bernard sortit les alcools forts et les cigares. Mark se précipita pour accepter la *grappa* et le Cohiba que lui tendit son beau-père. Arpad, lui, n'était pas tenté par l'idée de fumer, mais Bernard lui fourra dans la bouche un énorme barreau de chaise en le sermonnant : « Mon petit Arpad, tu ne vas pas dire non à cette merveille ! »

Il y eut un moment de calme et de silence bienvenu. La nuit résonnait du chant des grillons. Les cigares rougissaient dans la nuit, les bouches exhalaient d'épaisses volutes, les verres se vidaient rapidement, avant d'être aussitôt remplis par Bernard. Celui-ci, contemplant ses gendres avec affection, leur dit :

— Vous ne vous attendiez pas au feu d'artifice, hein ?

Arpad lui fit la réponse qu'il voulait entendre :

— Pas le moins du monde.

— Ça m'a coûté bonbon, dit Bernard. Mais ça valait chaque centime. Vous avez vu la tête des gens quand ça a commencé ?

La conversation glissa alors lentement autour de l'argent. Le sujet n'étant pas tabou pour les Américains, Mark alimenta volontiers le débat, parlant sans gêne de ses revenus. C'est alors que, sans doute aidé par l'alcool, il révéla la pratique plus ou moins avouable à laquelle il s'adonnait dans son cabinet : il faisait des ristournes aux clients qui le réglaient en liquide. Que ce soit pour des implants mammaires ou simplement pour des injections de Botox, il y avait toujours des patients contents de payer cash en échange d'un rabais sur la facture. Mark omettait évidemment de déclarer ces revenus au fisc, qu'il encaissait donc nets d'impôts.

Arpad en resta stupéfait.

— Tu te fais de l'argent au noir ? dit-il, incrédule. Toi, Mark, le chirurgien au-dessus de tout soupçon ?

Bernard, lui, était enchanté.

— Bravo, mon garçon ! s'écria-t-il, admiratif.

Mark sourit, triomphant.

— C'est important d'avoir de l'argent à soi, expliqua Bernard.

— *À soi*, c'est-à-dire non déclaré ? interrogea Arpad.

— C'est-à-dire non ponctionné, précisa Bernard. C'est bien de partager son magot avec l'État, mais pas trop non plus.

— L'argent au noir, c'est de l'histoire ancienne, dit Arpad.

— Ne joue pas les saintes-nitouches, le tança Bernard. Vous, les banquiers suisses, vous étiez les champions de l'argent caché jusqu'à ce que vous baissiez votre pantalon devant les Amerloques. *No offense*, Mark.

— *No worries*, le rassura Mark.

— Ce que je voulais dire, reprit Arpad, c'est qu'il est devenu très compliqué, voire impossible, d'avoir de l'argent non déclaré aujourd'hui.

Bernard haussa les épaules en signe de désapprobation :

— Les zozos qui se font choper sont les idiots qui déclarent trois fois rien aux impôts et roulent en Ferrari. Moi, avec mes restaurants, j'ai passé la majeure partie de ma vie à empocher de l'argent sans le déclarer et je ne me suis jamais fait prendre. C'est pas compliqué, il suffit d'être bien organisé, de s'y connaître un peu en comptabilité, et surtout d'être discret.

Bernard, qui n'avait jamais abordé ce sujet avec ses gendres, avait parlé sur le ton de la confidence. Mais Arpad était au courant de ses pratiques depuis bien longtemps. Sophie lui avait tout raconté.

Lorsque Arpad rejoignit Sophie dans leur chambre, elle dormait déjà. Elle se réveilla en sentant son mari se glisser dans le lit.

— Qu'est-ce que vous avez fait jusqu'à une heure pareille ? demanda-t-elle.

— Ton père nous a fait une conférence sur son argent au noir, répondit Arpad.

— Oh pitié, pas ça ! soupira Sophie.

— Oh si !

Elle s'inquiéta :

— Tu n'as pas dit à mon père que je t'ai tout raconté...

— Évidemment que non.

Elle se blottit contre lui.

— Soph', lui dit-il, j'ai évidemment un cadeau pour toi, mais je te le donnerai lundi, le jour de ton anniversaire. Je ne voulais pas te l'offrir devant tout le monde.

Elle planta ses yeux dans les siens et lui prit le visage entre les mains :

— Mon amour, tu peux même m'offrir un collier de pâtes, ça me rendra heureuse.

Il lui sourit et elle commença à l'embrasser dans le cou. Elle avait envie de lui, mais Arpad n'avait pas la tête à ça. Sophie renonça et lui caressa les cheveux jusqu'à ce qu'il s'endorme. Elle crut noter sur le visage de son mari une inquiétude qui s'effaça lorsque le sommeil s'empara de lui.

À Genève, dans sa cache de Jussy, l'homme à la Peugeot grise ne dormait pas. Il contemplait des photos de la famille Braun. La sonnerie de son téléphone portable brisa le silence. À une heure pareille, c'était forcément l'Estonien qui appelait.

— Le client s'impatiente, dit l'Estonien.

— J'y suis, répondit l'homme.

— À Genève?

— Oui. C'est prévu dans exactement deux semaines.

L'homme ne donnait d'ordinaire jamais de détails, encore moins par téléphone. Mais c'était un cas particulier: il tardait à remplir son contrat et il devait rassurer l'Estonien. Il était un professionnel très respecté dans le milieu, il ne devait pas faillir à sa réputation.

— Tu n'as jamais autant traîné pour faire un coup, fit remarquer l'Estonien.

— C'est différent cette fois, expliqua l'homme.

L'Estonien s'amusa de cette réponse et dit:

— Au fond, tu es un grand sentimental.

L'Estonien raccrocha, satisfait de savoir que la commande serait bientôt honorée.

L'homme, dans sa cache, s'empara d'une photo de Sophie et l'embrassa.

Samedi 2 juillet 2022

Le jour du braquage

9 heures 36

La rue du Rhône où se trouvait la boutique Cartier semblait tranquille. En réalité, le magasin était complètement cerné par la police. Les membres du groupe d'intervention, tapis dans leurs véhicules, attendaient le signal pour donner l'assaut et cueillir les braqueurs en flagrant délit.

Dans un break Audi garé à l'angle du quai du Général-Guisan et de la place du Lac, Greg et son coéquipier, tassés sur leurs sièges inclinés, scrutaient la vitrine du magasin. Greg, au moyen de ses jumelles, en inspecta l'intérieur. Il repéra la silhouette d'Arpad, sa casquette vissée sur la tête, qui observait la rue depuis la vitrine.

Cela faisait six jours que Greg avait tout découvert.

Six jours qu'il attendait ce moment.

Se faire Arpad.

Enfin !

Chapitre 8

13 jours avant le braquage

~~Dimanche 12 juin~~

~~Lundi 13 juin~~

~~Mardi 14 juin~~

~~Mercredi 15 juin~~

~~Jeudi 16 juin~~

~~Vendredi 17 juin~~

~~Samedi 18 juin (Week-end à St-Tropez)~~

→ **Dimanche 19 juin 2022 (Week-end à St-Tropez)**

Lundi 20 juin (anniversaire de Sophie)

Dimanche matin, à la Verrue.

Karine émergeait doucement de son sommeil. La lumière filtrait derrière les stores. Tout était calme. Elle fit machinalement glisser sa main du côté de Greg, pensant constater son absence. Mais à sa grande surprise, elle sentit son corps. Il dormait encore, à côté d'elle. Elle en fut tout heureuse et roula doucement pour se blottir contre lui. Cela faisait des semaines – week-ends compris – qu'elle ne l'avait plus trouvé dans le lit à son réveil. Des semaines qu'il partait à l'aube pour ses entraînements de course à pied – sa nouvelle lubie.

Karine, lovée contre le dos musclé de son mari, se sentit bien. Les enfants étaient déjà debout : elle percevait, depuis le salon, les rires de ses garçons et les voix nasillardes surgies du dessin animé qu'ils regardaient à la télévision.

Greg ouvrit un œil. Il sentit sa femme qui l'enlaçait. C'était agréable. Il se tourna vers elle, elle lui sourit, il l'embrassa. Il eut envie d'elle. Il se montra à la fois tendre et entreprenant, mais elle repoussa son invitation.

— Attends, murmura-t-elle, les enfants sont réveillés…

Il y eut un instant de silence. Greg perçut à son tour le bruit de la télévision, au rez-de-chaussée.

— Ils sont dans le salon, conclut-il avant d'enfouir sa tête entre les seins de sa femme.

Elle l'écarta délicatement :

— On entend tout. Je ne suis pas à l'aise.

Le refus de Karine créa un moment de flottement. Elle y mit un terme en passant à autre chose.

— Ne bouge pas, dit-elle à Greg en se levant, je vais nous faire des cafés.

Elle passa une robe de chambre et descendit au rez-de-chaussée. Elle embrassa les enfants qui dévoraient leur bol de céréales au chocolat face à la télévision. Elle s'en voulait d'avoir repoussé Greg. Lorsqu'elle regagna la chambre, ses cafés en main, elle était bien décidée à lui faire l'amour. Mais elle trouva le lit vide. Greg était sous la douche. Elle hésita à l'y rejoindre, mais finalement elle retourna à la cuisine et prépara le petit-déjeuner.

— On a besoin de se retrouver un peu, déclara Karine à Greg ce matin-là.

— C'est vrai, acquiesça Greg.

Comme il ne relançait pas la conversation, elle dit :

— Les Braun sont en week-end à Saint-Tropez. On devrait faire ça, nous aussi, de temps en temps.

— Ils sont allés voir les parents de Sophie, précisa Greg.

— Peut-être, mais résultat, ils sont à Saint-Tropez, pendant que nous on reste ici.

— Si tes parents vivaient à Saint-Tropez, on irait nous aussi.

Karine s'agaça du manque d'entrain de Greg. Il lui tenait certainement un peu rigueur de son refus.

— Je ne te parle pas de mes parents, Greg. Je te parle de laisser les enfants et partir juste toi et moi. Se trouver un petit hôtel sympa et passer quelques jours loin de la routine. Je voudrais...

Karine s'interrompit, hésitant à terminer sa phrase. Greg l'encouragea à parler librement :

— Tu voudrais quoi ?

Et puis, merde, songea Karine, *pourquoi ne pas dire ce que j'ai sur le cœur ?*

— Je voudrais que nous ressemblions davantage aux Braun, lâcha-t-elle.

— Je ne demande que ça, assura Greg.

La réponse de son mari surprit Karine. Il y eut un silence gêné. Puis Karine dit :

— À propos des Braun, ils sont de retour aujourd'hui. On devrait leur proposer d'aller dîner à la pizzeria ce soir.

Greg approuva l'idée. Karine se saisit aussitôt de son téléphone et rédigea un message à Sophie.

À quelques centaines de kilomètres de là, une Porsche immatriculée à Genève filait sur l'autoroute en direction de Lyon. Arpad était au volant, les yeux sur l'asphalte mais l'esprit ailleurs. L'habitacle était silencieux. Les paysages de la Provence avaient charmé puis bercé les enfants qui dormaient profondément à l'arrière. Sur le siège passager, Sophie s'était assoupie à son tour. Une brève secousse sur le bitume la réveilla. Elle attrapa la main de son mari.

— Merci, dit-elle.

— Merci pour quoi ? s'étonna Arpad.

— D'avoir sacrifié à un énième week-end chez mes parents.

— Entre le feu d'artifice et les diamants, on s'en est tirés à bon compte. Ça aurait pu être bien pire.

Elle rit. Mais elle savait qu'Arpad se cachait derrière ce trait d'humour. Elle subodorait que sa panne sexuelle de la veille au soir était liée à quelque chose qui s'était produit pendant le week-end. Elle aborda le problème frontalement.

— Qu'est-ce qui t'est arrivé hier soir ?

Arpad éluda.

— Rien. J'étais fatigué.

— C'est pas la fatigue qui t'arrête.

Il apprécia le compliment. Elle insista :

— Qu'est-ce qui te tracasse, mon amour ? Et ne me réponds pas *rien*…

Après une hésitation Arpad se lança :

— Les chiffres de la banque du premier semestre vont être merdiques.

— Comme toutes les banques, fit remarquer Sophie. Les marchés financiers sont dans le rouge depuis janvier.

— Effectivement. Mais les *big boss* ont laissé entendre à tout le service que nos bonus de fin d'année risquaient bien de passer à la trappe.

Sophie serra la main de son mari.

— C'est ça qui t'inquiète ?

— Ce qui me tracasse, c'est qu'avec nos dépenses, je ne mets pas grand-chose de côté. Je compte sur mon bonus. Hier soir, ton père et Mark se sont vantés de leurs gains occultes. Ça m'a fait prendre conscience que je n'avais pas de petite caisse secrète, moi. Je crois que je me suis senti un peu… inférieur.

— Arpad, mon amour, promets-moi de ne jamais t'en faire pour des histoires d'argent. Et ne t'inquiète pas, mon cabinet marche bien, et puis…

Elle s'interrompit. Arpad savait qu'elle allait mentionner l'argent de son père. Sophie se rattrapa :

— Et puis on est ensemble, c'est ce que j'ai de plus précieux. J'irais vivre avec toi dans une roulotte s'il le fallait.

Arpad esquissa un sourire.

— C'est la roulotte qui t'amuse ? demanda-t-elle.

— Vendredi, j'ai reçu un appel de Julien.

— Julien Martet ?

— Oui. Il voulait me parler d'un investissement au Costa Rica. Quand j'ai vu la brochure… Ça m'a donné très envie.

— D'investir ?

— D'aller vivre là-bas.

Elle ne put masquer son étonnement. Elle ne s'attendait pas à une telle déclaration.

— Tu te verrais au Costa Rica ? sonda-t-elle.

— Franchement ? Je crois que oui, avoua-t-il. J'ai envie d'une vie plus simple, sans contrainte, sans clients qui me cassent les pieds, sans dépendre des fluctuations du marché. Une vie libre du regard des autres, des attentes, des obligations. Juste nous quatre.

— T'es sérieux ? demanda Sophie, visiblement désarçonnée. Tu serais prêt à tout plaquer ? Abandonner tout ce qu'on a ici ?

— Et pourquoi pas ? J'aime notre vie ici, ne te méprends pas. Mais qu'est-ce qui nous rattache à ces existences que nous passons enfermés dans des bureaux, à attendre quelques vacances par-ci par-là, à mendier une augmentation, alors qu'on pourrait vivre au soleil et être tous les après-midi sur la plage ? Au fond, je crois que je préférerais gagner moins, me contenter de moins, mais être plus libre.

Sophie ne sut que répondre. Bien sûr que la vie semblait plus agréable dans un pays où il faisait beau et chaud toute l'année. Mais ce qu'ils avaient construit à Genève, ce n'était pas rien. Elle ne parlait pas de leur maison, ni de leur train de vie, mais d'eux. Elle trouvait que leur équilibre était harmonieux. Pourquoi vouloir chambouler tout ça maintenant ?

Arpad se rendit compte que ses envies de Costa Rica avaient un peu décontenancé Sophie.

— Je t'aime, dit-il. Je suis heureux avec toi, c'est tout ce qui compte.

Sophie lui sourit et lui serra fort la main.

— Moi aussi. Et je t'aime précisément parce que tu ne t'endors pas sur tes acquis.

La sonnerie du portable de Sophie annonça la réception d'un message. Elle le lut.

— C'est Karine Liégean, indiqua-t-elle. Elle propose d'aller tous dîner à la pizzeria ce soir.

*

19 heures à la Maison de verre.

Au lieu d'aller au restaurant, Sophie avait convié les Liégean à venir manger des pizzas chez eux et profiter de la piscine. Malgré l'heure il faisait encore une chaleur étouffante. Avant de dîner tout le monde s'était baigné. Greg avait exhibé fièrement son corps sculpté. Sophie avait été impressionnée. Elle lui avait dit: « T'es en sacrée forme. » Il avait fait le modeste. Il avait eu de la peine à détacher son regard d'elle, si parfaite dans son maillot de bain deux-pièces. Et cette panthère sur sa cuisse…

Leurs pizzas avalées, les enfants jouaient dans le jardin, tandis que les adultes discutaient à table. Arpad déboucha une deuxième bouteille de vin.

— Avant que j'oublie…, dit Greg en posant sur la table le double des clés qui lui avait été confié.

— Merci, lui dit Sophie. On a pu partir l'esprit tranquille grâce à toi.

— Je n'ai vraiment pas fait grand-chose. Quelques rondes en allant promener le chien. Vous savez, je crois que c'était juste un cambrioleur pas très doué venu faire un repérage et qui ne reviendra pas de sitôt.

Greg s'était finalement rangé à l'idée que le rôdeur de jeudi soir n'était que de passage.

— Et la laisse? demanda Arpad. Tu as eu des nouvelles?

— J'ai eu le labo vendredi, mentit Greg. Ils n'ont rien trouvé dessus. Comme je le pensais, elle devait traîner là depuis un moment. Des gamins sans doute.

Greg nota la façon dont Sophie l'écoutait lorsqu'il parlait en sa qualité de policier. Il se sentait important. Il eut soudain envie de dire qu'il n'était pas qu'un simple flic mais qu'il appartenait à une unité d'élite, qu'il était l'un de ces types en cagoule et en armes lourdes qui interviennent quand ça tourne mal. Qu'il allait prochainement devenir chef de l'unité. Il était sur le seuil de sa confidence lorsque Arpad dit :

— Heureusement, demain l'alarme sera installée. On sera tranquilles pour de bon.

Karine changea soudain complètement de sujet :

— Quels sont vos plans pour les vacances ? demanda-t-elle.

— On va à Saint-Tropez, comme tous les ans, répondit Sophie. On avait aussi pensé à une semaine en Grèce, mais on n'a encore rien réservé. Vous ?

— On loue une maison en Provence avec mes parents. Mais on voudrait aussi pouvoir faire un week-end en amoureux avec Greg. Laisser les enfants et partir tous les deux.

— Un week-end en amoureux, quelle bonne idée ! approuva Sophie, dont la réaction emplit Karine d'orgueil. Ça fait un bail qu'on n'a pas fait ça avec Arpad. Vous allez où ?

— On n'a pas décidé encore. Une suggestion ?

— Madrid est une ville géniale. Sinon, Milan ? Vous pouvez y aller en voiture, c'est pratique.

Ce soir-là, à la Verrue, Karine, tout en se démaquillant dans la salle de bains, repensait à la suggestion de Sophie :

— Pas mal l'idée de Milan, dit-elle à Greg qui était dans la chambre. On pourrait laisser les enfants partir avec mes parents en Provence, et nous on irait en Italie. On les rejoindrait ensuite.

Greg l'écoutait distraitement. Il voyait bien l'effet que Sophie avait sur sa femme. Karine était toujours exaltée lorsqu'elle parlait d'elle. Ce n'est certainement pas lui qui le lui reprocherait, Sophie avait le même effet sur lui. Comme il ne répondait rien, Karine passa la tête par l'encadrement de la porte et s'étonna de voir son mari encore habillé.

— Tu ne viens pas te coucher ?

— J'arrive. Je dois encore aller promener Sandy.

Dans la Maison de verre, Sophie venait de se glisser dans le lit conjugal où Arpad se trouvait déjà, en train de bouquiner. Elle lui retira le livre des mains, et se mit à l'embrasser.

Elle sentit chez lui une hésitation à laquelle elle s'attendait : de l'appréhension, à cause de la panne de la veille.

Pour réparer une panne, il faut d'abord en connaître l'origine, et justement elle avait compris. Tout à l'heure, sur la route du retour de Saint-Tropez, il avait parlé de son bonus à la banque qui allait sauter. Cette année, il allait probablement gagner moins d'argent qu'elle, et sa fierté masculine en prenait un coup. Il avait besoin de reprendre la main. De la dominer d'une façon ou d'une autre.

Guidée par son intuition, Sophie ouvrit le tiroir de sa table de nuit, s'empara de la paire de menottes et s'attacha au montant du lit. Elle lui chuchota : « Vas-y, mon amour. »

D'un geste animal, il releva sa nuisette, baissa sa culotte et entra en elle. Elle sourit : la réparation avait fonctionné.

Mais les Braun n'étaient pas seuls dans leur chambre.

À quelques centaines de mètres de la Maison de verre, une voiture était garée sur un chemin de campagne. Dans le coffre, Sandy prenait son mal en patience. Sur le siège conducteur, Greg avait les yeux rivés sur un écran branché à un récepteur.

L'émetteur se trouvait dans la chambre des Braun, intégré à la minuscule caméra que Greg avait vissée, la veille, dans le cadre de l'armoire. Ce matériel hautement sophistiqué appartenait au groupe d'intervention. Il était utilisé pour des missions d'observation sensibles. La brigade en possédait une vingtaine. Personne, pensait-il, ne remarquerait qu'il en manquait une.

Greg avait désormais l'image et le son de la chambre des Braun. Il regardait Sophie attachée au montant du lit. Il était à la fois médusé et émerveillé par le spectacle.

7 ANS PLUS TÔT

AVRIL 2015

Genève

C'était une chaude après-midi de printemps.

Le parc Bertrand grouillait de promeneurs, de joggeurs, de flâneurs, d'enfants venus dévaler les toboggans et d'amoureux étendus sur le gazon.

Un couple était installé sur un banc d'une allée bordée de marronniers, face au grand bac à sable. Elle, enceinte, était assise et parcourait un journal d'annonces immobilières. Lui était allongé, la tête sur la cuisse gauche de sa compagne, et lisait *Le Maître et Marguerite*. C'étaient Sophie et Arpad.

Sophie allait fêter ses trente-trois ans. Elle attendait leur premier enfant pour le mois de septembre. Une récente échographie avait révélé le sexe du bébé : c'était un garçon. Ils avaient déjà un prénom pour lui : Isaak. Mais, par superstition, ils le garderaient pour eux jusqu'à la naissance.

Arpad et Sophie s'étaient mariés une année plus tôt. Ils s'étaient unis civilement à la mairie de Genève, mais la véritable célébration avait eu lieu à Saint-Tropez – concession d'Arpad à Bernard, car son beau-père aurait été malade à l'idée de ne pas organiser le mariage de sa fille chérie dans son fief.

La prochaine étape était un déménagement : à trois, ils seraient à l'étroit dans leur appartement de l'avenue Eugène-Pittard. Sophie, qui préférait nettement déménager encore enceinte plutôt qu'avec un nouveau-né, cherchait activement leur prochain nid. Les visites effectuées jusque-là n'avaient pas été très convaincantes, mais elles leur avaient permis de circonscrire leur recherche: ils aimaient le quartier de Champel, ils aimaient la proximité avec le parc. C'était ce qui avait orienté la prospection de Sophie. Elle avait finalement trouvé son bonheur, mais elle n'avait pas encore osé en parler à Arpad. L'appartement correspondait en tout point à ce dont ils rêvaient. Elle le savait d'autant plus qu'elle l'avait déjà visité, à l'insu de son mari. Un appartement à l'ancienne, vaste, avec de hauts plafonds, qui faisait un peu penser au style haussmannien. Il était situé sur l'avenue Bertrand, l'une des rues qui bordaient le parc. Tout était parfait, sauf le prix, raison pour laquelle elle n'en avait encore rien dit à Arpad. Elle attendait le bon moment, et elle avait le sentiment que ce moment était arrivé.

Occupés à leurs lectures, ils conversaient malgré tout. Elle agitait les pages de ce journal qu'elle connaissait par cœur à force de le lire et de le relire. Elle commentait les annonces comme si elle les découvrait, cela faisait partie de son stratagème.

— Il y en a un qui a l'air charmant, mais c'est dans un tout autre quartier.

— Je préfère Champel, répondit Arpad sans se détacher de son livre.

— De toute façon, il est sans ascenseur. Pas pour nous.

— Pas pour nous, répéta Arpad comme une machine.

Sophie tourna les pages du journal et eut soudain comme une révélation.

— Je crois que j'ai trouvé quelque chose! s'écria-t-elle d'une voix si convaincue et si déterminée qu'Arpad se releva pour regarder l'annonce.

Sophie pointa du doigt un encadré surmonté du logo d'une agence immobilière de luxe bien connue. Elle lut:

— *Appartement sur l'avenue Bertrand, avec vue sur le parc… Quatre chambres, cuisine moderne, salle à manger, salons en enfilade…* Ça a l'air incroyable!

Sous le descriptif figurait le prix de vente de l'appartement.

— C'est pas à louer, mon cœur, fit remarquer Arpad d'un ton un peu pontifiant.

Jusque-là, dans les discussions avec Sophie, il n'avait jamais été question de devenir propriétaires. Mais elle lui dit alors:

— Et si on achetait? Ce serait vraiment chez nous.

Sentant qu'Arpad ne la prenait pas du tout au sérieux elle ajouta:

— Au lieu de payer des loyers, pourquoi ne pas investir ?
— Mon amour, je gagne très bien ma vie, mais je n'ai pas assez de côté pour nous acheter un appartement de ce standing. Tu as vu le prix ?
— J'ai un peu d'argent de côté, dit alors Sophie.
D'abord, il la crut naïve : il connaissait l'étendue de son patrimoine, qui était modeste. Du moins, c'est ce qu'Arpad pensait. Car Sophie s'était décidée à lui révéler finalement l'un de ses secrets.

Le lendemain de cette conversation, Sophie donna rendez-vous à Arpad à midi sur la place Bel-Air. Comme l'endroit se situait à mi-chemin entre le cabinet de Sophie et la banque qui l'employait, Arpad en déduisit qu'ils allaient déjeuner ensemble. Ou visiter un magasin de meubles pour bébé, comme la semaine précédente. Mais lorsqu'ils s'y retrouvèrent comme convenu, Sophie entraîna Arpad à l'intérieur du Crédit Suisse, dont le bâtiment se situait sur la même place.
— Où va-t-on ? demanda Arpad, déconcerté.
— Je dois te parler de quelque chose.
Sophie s'annonça à un comptoir derrière lequel un employé opina d'un air entendu. Puis elle navigua dans l'établissement jusqu'à un ascenseur. Elle avait l'air de connaître parfaitement les lieux. Ils descendirent au sous-sol et se rendirent à la salle des coffres. Là, ils furent accueillis par un autre employé qui semblait connaître Sophie. Comme le voulait la procédure, elle s'identifia auprès de lui, puis il déverrouilla une porte blindée et les emmena jusqu'à une vaste pièce dont les murs renfermaient des coffres de différentes tailles.
Arpad suivait sa femme avec une perplexité croissante. L'employé s'arrêta devant un coffre et enfonça une clé dans l'une des deux serrures puis s'en alla discrètement. Sophie sortit une clé de sa poche et la fit tourner dans la deuxième serrure. Puis elle ouvrit la porte du coffre et s'écarta pour qu'Arpad puisse voir ce qui se trouvait à l'intérieur.
Il resta complètement stupéfait.

*

— Il va falloir que tu m'expliques, dit Arpad en se laissant tomber sur une chaise.

Ils étaient dans le bureau de Sophie. Se retrouvant seuls et à l'abri des oreilles indiscrètes, ils pouvaient enfin parler. Ils n'avaient pas échangé un mot depuis leur sortie de la banque, une poignée de minutes auparavant. C'était comme s'ils étaient restés en apnée en parcourant les quelques centaines de mètres qui séparaient le Crédit Suisse du cabinet de Sophie. Ce silence avait trahi à la fois le choc d'Arpad et l'ampleur du secret de Sophie.

Cette dernière disposait des barquettes de sushis sur la table, comme si de rien n'était. Mais Arpad n'avait pas du tout la tête à manger. Tout ce à quoi il pensait, c'était ce qu'il avait vu dans ce coffre : des liasses de billets. Des centaines de milliers d'euros, peut-être même un million, sinon plus. Comprenant qu'il était temps de parler, Sophie s'assit à côté d'Arpad et lui prit la main :

— Mon père a amassé beaucoup d'argent au noir, expliqua-t-elle. De ses restaurants et d'opérations immobilières également. Je m'en doutais un peu, car je l'ai toujours vu tout payer en liquide. Tu l'as déjà vu avec une carte de crédit, toi ?

— Non, admit Arpad qui eut immédiatement en tête les images de Bernard sortant des billets de ses poches comme si elles étaient sans fond.

Sophie reprit :

— Je m'en doutais, mais je ne m'étais jamais posé de questions. Jusqu'à notre mariage. Le lendemain de la fête, mon père m'a parlé en tête à tête.

— Je m'en souviens, dit Arpad, vous êtes allés dîner ensemble.

Sophie acquiesça :

— Il m'a expliqué qu'il avait envie de nous faire un beau cadeau, de nous aider, toi et moi, à nous installer dans la vie, mais qu'il n'avait en réalité pas tellement de liquidités sur son compte. Il avait en revanche beaucoup d'argent caché. Il m'a demandé de prendre un coffre dans une banque dès mon retour à Genève. Ce que j'ai fait. Puis, quelques semaines plus tard, ma mère et lui sont passés par Genève, pour nous rendre visite.

— Nous sommes allés passer une journée à Gruyères, se souvint Arpad.

— Cette visite était un prétexte, dit Sophie. C'était pour me donner l'argent. Mon père voulait me l'apporter lui-même en Suisse, pour éviter que ce soit moi qui passe la frontière avec une telle somme.

— Et donc ? demanda Arpad.

— Et donc cet argent dort dans ce coffre depuis plus d'un an, sans que je sache quoi en faire.

— Pourquoi ne m'en as-tu pas parlé tout de suite ? interrogea Arpad, blessé d'avoir été tenu à l'écart de ce secret.

— J'en sais rien. J'appréhendais ta réaction. Je ne voulais pas que tu juges mon père. Et puis, j'avais peur pour toi. Pour ton boulot. C'est de l'argent non déclaré, je ne voulais pas que tu sois mêlé à ça et que ça puisse compromettre ta carrière à la banque.

Arpad était ébranlé par cette révélation. Il ne savait cependant pas si ce qui le bouleversait était le secret en lui-même ou la découverte que sa femme le surclassait financièrement. Sophie, elle, était soulagée par son aveu, mais la réaction de son mari la chamboulait.

— On ferait mieux de rendre cet argent, dit-elle, les larmes aux yeux. Je ne voudrais pas que ce fric casse quelque chose entre nous. Et puis, je suis avocate, quand même ! Je pourrais être radiée du Barreau.

Arpad, retrouvant son rôle de mari protecteur, reprit le dessus.

— Ce serait idiot de le rendre, fit-il valoir. Ton père le prendrait mal, et puis qu'en ferait-il ? Alors que nous, ça pourrait nous donner un joli coup de main…

— Je suis de ton avis, répondit Sophie. D'où mon idée d'acheter un appartement.

Arpad balaya d'emblée cette proposition :

— Il faut rester discrets. Affecter cet argent à nos dépenses courantes. Au supermarché, au restaurant. Les achats du quotidien. Mais pas un appartement, ça éveillerait les soupçons.

— Mais cet appartement de l'avenue Bertrand est génial ! se désespéra Sophie qui ne démordait pas de son coup de cœur. Je nous imagine dedans… il est fait pour nous ! Quand tu le verras, tu seras immédiatement convaincu !

— Tu l'as déjà visité ? demanda Arpad.

Elle prit un air coupable.

— Je voulais être certaine de ce que je faisais avant de te

parler de tout ça. Ça fait un moment que je visite des appartements pour trouver le bon. C'est celui-ci, je te promets. Fais-moi confiance. On y sera tellement bien.

Sophie avait le sens des opportunités. À l'évidence, elle avait longuement mûri cette histoire d'appartement et d'argent de son père, puisqu'elle avait attendu tout ce temps pour lui en parler. Arpad voulait trouver une solution. Pas tant parce qu'il avait envie de se fier à l'instinct de sa femme, mais surtout parce qu'il voulait briller à ses yeux. C'était l'occasion de lui prouver de quoi il était capable. De l'épater.

Une semaine plus tard, lorsque Sophie rentra du travail, elle trouva Arpad qui l'attendait dans le salon. Il était relativement tôt et elle s'étonna de sa présence de si bonne heure.

— Tout va bien? demanda-t-elle.

Elle n'obtint aucune réponse, mais Arpad semblait de très bonne humeur. Il avait mis une bouteille de jus d'orange dans un seau à glaçons et lui en servit dans une flûte comme s'il s'était agi d'un grand champagne.

— Grossesse oblige, dit Arpad, nous fêterons ça au jus d'orange.

Elle le regarda, intriguée:

— Qu'est-ce qu'on fête exactement?

— Je crois que j'ai trouvé, expliqua-t-il.

Elle ne comprit pas tout de suite où il voulait en venir.

— Trouvé quoi? demanda-t-elle.

— J'ai trouvé un moyen d'acheter l'appartement.

Arpad commença son exposé. Il avait l'air très exalté et Sophie adorait le voir dans cet état d'excitation.

— Pour justifier l'achat d'un tel appartement, nous avons besoin d'augmenter nos revenus. Nous allons donc utiliser ton activité d'avocate pour injecter l'argent de ton père dans le circuit officiel.

— Comment? interrogea Sophie.

— Grâce à ce merveilleux moyen de paiement dont dispose la Suisse: *les bulletins de versement*!

Sophie fut dubitative et Arpad lui rappela le fonctionnement des bulletins de versement. Créé dans les années 1900 par la puissante banque postale suisse, le bulletin de versement était alors un coupon de paiement qui permettait de verser de l'argent à un particulier ou à une entreprise, en Suisse. N'apparaissait sur ce document que l'identité du bénéficiaire, celle du payeur n'étant pas indispensable pour procéder au versement. Il suffisait de se présenter à un guichet de poste avec le coupon et la somme correspondante en espèces, et la transaction était effectuée sans qu'aucune question ne fût posée. Hormis la destination finale de l'argent, son flux était impossible à tracer.

— Tu vas créer de fausses factures, poursuivit-il, au nom de clients réels et existants, mais que tu payeras en réalité toi-même, en espèces, dans un bureau de poste avec des bulletins de versement. Tu intégreras ces factures à ta comptabilité, elles entreront dans ton chiffre d'affaires. Personne n'ira vérifier si ces factures ont été réellement adressées audit client. Ne mets pas des sommes folles, reste dans les montants habituels. Augmente le nombre de factures lentement. Il faut monter progressivement.

— Mais je facture en francs suisses, rappela Sophie. Je te rappelle que l'argent de mon père est en euros.

— Pour remplacer les euros par des francs suisses, on fera du change régulièrement dans différentes agences, expliqua Arpad. Personne ne s'étonnera de nous voir revenir souvent: il y a des dizaines de milliers de frontaliers, qui travaillent en Suisse et vivent en France, qui font du change, tous les mois, sur l'intégralité de leur salaire.

Arpad avait l'air tellement sûr de lui. Il avait un côté mauvais garçon qui plaisait terriblement à Sophie. Néanmoins, elle fit remarquer:

— Quelque chose ne fonctionne pas dans ta stratégie. Si, pour rester discrets, on intègre lentement l'argent non déclaré au circuit officiel, il nous faudra un moment avant de pouvoir acheter l'appartement de l'avenue Bertrand. Et il va nous passer sous le nez!

— Sauf si on paie l'appartement beaucoup moins cher que le prix affiché sur l'annonce, indiqua Arpad. Et que ce prix se situe dans nos moyens actuels. Cela n'éveillera aucun soupçon.

— Pourquoi on paierait cet appartement beaucoup moins cher? demanda Sophie.

— Parce qu'on a un sacré de coup de bol! s'écria Arpad. Figure-toi que j'ai parlé au courtier qui s'occupe de cette vente. Moi aussi, je peux faire mes petites enquêtes. J'ai découvert quelque chose sur le propriétaire de l'appartement.

— Qu'est-ce que tu as découvert ?
— Tu verras. Nous avons rendez-vous avec lui à 18 heures.
— Rendez-vous ? répéta Sophie, presque incrédule.
L'appartement de ses rêves allait devenir une réalité.

Deux heures plus tard, Arpad et Sophie traversaient le parc Bertrand main dans la main et débouchaient fièrement sur l'avenue du même nom, qui consistait en réalité en une charmante et tranquille ruelle à sens unique, large pour une seule voiture. D'un côté, les rangées d'arbres centenaires du parc, et de l'autre, un immeuble ancien, en pierre de taille, dans lequel ils s'engouffrèrent.

L'appartement était situé au cinquième étage. Il était encore habité par son propriétaire, Edward Wallon, un homme d'une cinquantaine d'années qui accueillit chaleureusement ses visiteurs.

Ils commencèrent par faire le tour des lieux. Arpad partagea immédiatement l'enthousiasme de Sophie. L'appartement était magnifique, spacieux, bien agencé. Il entretenait un contraste d'époques plaisant : parquets en bois, moulures aux plafonds, mais cuisine et salles de bains ultramodernes. Ils s'installèrent ensuite dans le salon pour discuter. Comme Sophie admirait le tissu du canapé, Wallon leur dit sur le ton de la plaisanterie :

— Les meubles ne sont pas inclus, mais ça peut se négocier.

Arpad saisit l'occasion pour aborder le motif de leur visite.

— Justement, monsieur Wallon, nous ne sommes pas venus uniquement pour visiter.

— Oui, je sais. Le courtier m'a dit que vous vouliez me faire une offre en direct. Je vous écoute.

— Monsieur Wallon, j'espère que vous ne vous offusquerez pas de cette discussion.

— Parlez librement.

— Je crois savoir que vous vendez cet appartement car vous êtes en train de divorcer.

Le visage d'Edward Wallon s'assombrit.

— C'est exact. En quoi cela concerne-t-il notre affaire ?

Arpad ne se laissa pas démonter. Il poursuivit :

— Je sais aussi que cet appartement est intégralement à vous.

— Vous êtes de la police, monsieur Braun ?

— Je n'ai fait que consulter le registre foncier, monsieur Wallon. Tout cela est public...

L'atmosphère, si enjouée quelques instants plus tôt, s'était alourdie. Sophie ne comprenait pas ce qui se passait. Wallon eut de la peine à masquer son agacement :

— Si vous en veniez au fait, monsieur Braun, au lieu de tourner autour du pot.

— Monsieur Wallon, je sais que votre divorce est compliqué. Et que votre future ex-femme s'apprête à vous réclamer une bonne partie de la vente de cet appartement.

Wallon bouillonnait à l'intérieur de lui-même, maudissant en silence ce bavard de courtier qui avait visiblement déballé sa vie privée au premier venu. Il laissa néanmoins Arpad poursuivre. Et celui-ci en vint à sa proposition :

— Que diriez-vous de baisser le prix de vente officiel ? Nous vous paierions la différence en liquide.

Il y eut un silence au terme duquel Wallon demanda :

— De combien parlons-nous ?

Arpad refréna un sourire.

— Un tiers du prix, proposa-t-il. Vous nous vendez cet appartement un tiers moins cher. Vous, vous toucherez évidemment le montant total que vous demandez aujourd'hui, mais personne ne le saura. Et quand votre ex-femme vous réclamera de l'argent sur cette vente, elle ne pourra avoir de prétentions que sur la somme payée officiellement.

Wallon n'eut pas l'air convaincu :

— Elle criera au complot. Elle soulignera la différence entre le prix auquel l'appartement a été mis en vente et le prix auquel il a été vendu.

— Vous êtes libre de vendre au prix qu'il vous plaira. C'est ce qu'on appelle, en Suisse, la liberté économique. Aucune loi ne vous empêche de le brader pour enquiquiner votre future-ex-femme. Et puis, le courtier témoignera volontiers des nombreux problèmes de cet appartement. Pas mal de réfections à prévoir, la tuyauterie, l'électricité et j'en passe. À propos du courtier, je prendrais évidemment à ma charge l'intégralité de sa commission.

Wallon comprit que le courtier était dans le coup. Il dévisagea Arpad pendant un long instant, puis soudain s'écria :

— Marché conclu !

Les deux hommes échangèrent une longue poignée de main. « Champagne ! » décréta Wallon en se levant de son fauteuil. Comme il quittait la pièce, Arpad, affichant un large sourire, se tourna enfin vers Sophie. Il imaginait qu'elle serait fière de lui, mais elle lui adressa un regard noir et furieux.

— Comment tu peux faire une chose pareille ? s'offusqua-t-elle.

Arpad resta interdit.

— On a l'appartement ! dit-il. Quel est le problème ?

— On est en train d'arnaquer sa femme. Voilà le problème ! Elle va se retrouver sur la paille à cause de nous.

— Qui te dit qu'elle va être sur la paille ? Si ça se trouve, c'est elle qui est partie... Elle a peut-être planté ce pauvre Edward pour un autre mec et elle va maintenant tout faire pour saigner son futur ex-mari.

— Oh arrête, Arpad ! Le genre macho ne te ressemble pas du tout.

— Enfin, Sophie, c'est toi qui dis qu'il faut savoir saisir sa chance. Et si ça te choque tant que ça, ne prenons pas cet appartement. Et rendons l'argent à ton père, puisque tu sembles pleine de principes !

*

Deux mois plus tard, au début du mois de juillet, Arpad et Sophie emménageaient dans leur nouvel appartement de l'avenue Bertrand. Sophie, dont le ventre s'était encore considérablement arrondi, dirigeait les manœuvres des déménageurs. Arpad portait des cartons.

C'était le début d'une nouvelle vie.

Chapitre 9
12 jours avant le braquage

~~Dimanche 12 juin~~

~~Lundi 13 juin~~

~~Mardi 14 juin~~

~~Mercredi 15 juin~~

~~Jeudi 16 juin~~

~~Vendredi 17 juin~~

~~Samedi 18 juin (Week-end à St-Tropez)~~

~~Dimanche 19 juin (Week-end à St-Tropez)~~

→ Lundi 20 juin 2022 (anniversaire de Sophie)

Sophie ouvrit un œil.

La lumière du jour filtrait par l'interstice des stores de la chambre à coucher. Elle se tourna machinalement vers sa table de nuit sur laquelle le réveil indiquait qu'il était 6 heures 30. Elle avait dormi plus longtemps que d'habitude. Son sommeil s'améliorait.

Elle sentit soudain le doigt d'Arpad qui lui caressait la nuque et descendait tout le long de son dos nu.

— Joyeux anniversaire ! lui murmura-t-il.

Elle sourit et se tourna vers lui.

6 heures 50.

Greg débrancha l'écran et le posa sur le siège passager. Puis il démarra. Il était en retard, il allait se faire passer un savon par sa femme, il n'avait pas fait pisser Sandy. Tant pis pour Sandy. Il avait besoin d'un alibi : il fit un rapide détour par la boulangerie pour acheter des croissants. Excellente intuition. De retour à la Verrue, il trouva Karine de fort mauvaise humeur. Les enfants étaient intenables et refusaient de s'asseoir à la table du petit-déjeuner.

— T'étais passé où ? aboya-t-elle. T'as pris la voiture ?

— Croissants ! répondit Greg en brandissant son sac de viennoiseries.

Les enfants crièrent de joie. La tension baissa d'un cran. Greg saisit l'occasion pour désamorcer la colère de sa femme :

— Je m'occupe des enfants ce matin. Je les déposerai à l'école… Comme ça, tu peux partir tranquillement pour le travail.

Karine apprécia. Elle ne voulait pas rater Sophie le jour de son anniversaire.

7 heures 45.

À la Maison de verre, Sophie soufflait une bougie avec ses enfants à la table du petit-déjeuner. Ils furent interrompus par les techniciens de l'entreprise de sécurité qui venaient, comme convenu, installer le système d'alarme dans la maison.

— Je m'occupe de ces messieurs, suggéra Arpad à Sophie. Tu peux déposer les enfants à l'école ?

— Évidemment. Mais tu es certain que ça ne t'embête pas de rester ? Je peux m'arranger sinon...

— Aucun souci, j'avais de toute façon déjà prévenu la banque que je serais absent jusqu'en début d'après-midi.

8 heures 10.

Karine trépignait à l'arrêt de bus. Aucune nouvelle de Sophie. Un bus arriva et Karine, déçue, se résigna à le prendre. Elle ne pouvait pas poireauter davantage, elle allait être en retard au travail. Mais au moment de monter à bord, elle entendit un klaxon. C'était Sophie, au volant de sa voiture. Karine s'approcha de la fenêtre ouverte.

— Vous avez commandé un taxi ? lui demanda Sophie en souriant.

Karine lui rendit son sourire :

— Joyeux anniversaire !

— Merci. Monte !

Elle ne se fit pas prier et s'installa sur le siège passager.

— Tu tombes bien, lui dit-elle, j'ai un petit cadeau pour toi.

— Un cadeau ? Il ne fallait pas.

— C'est juste une pensée, minimisa Karine en sortant de son sac à main une petite pochette en soie que Sophie ouvrit au feu rouge.

C'était un bracelet fait d'un fil azur et orné d'une petite pierre bleu nuit.

— C'est un porte-bonheur, expliqua Karine.

— Très joli, s'enthousiasma Sophie en nouant aussitôt le bracelet autour de son poignet.

— Vous faites quelque chose ce soir ? demanda Karine.

— Arpad m'emmène dîner au restaurant japonais de l'Hôtel des Bergues.

— Très bonne adresse, approuva Karine qui voulait jouer les connaisseuses alors qu'elle n'y avait jamais mis les pieds.

— Je n'y suis jamais allée, avoua Sophie. Pour être honnête, j'aurais préféré un plat de pâtes dans un petit italien. Mais tu connais Arpad, il voit toujours les choses en grand.

— Quarante ans quand même, releva Karine, il faut marquer le coup. Tu comptes organiser une fête?

— J'en sais rien. Je ne suis pas sûre d'en avoir envie. J'aime être tranquille, avec mes enfants et mon mari.

Karine l'envia pour cette seule phrase bien davantage que pour sa maison, sa voiture et son style de vie. Elle aimait pourtant ses enfants et Greg, mais une soirée ensemble était souvent synonyme d'ennui ces temps-ci. Elle eut envie de se confier. Elle eut envie de dire: « Si on ne parle pas des enfants avec Greg, on ne parle de rien. » Elle n'osa pas. Tout ce qui sortit de sa bouche fut le reflet de son admiration pour les Braun:

— Quel est votre secret? demanda-t-elle.

— Notre secret?

— Votre secret ensemble, à Arpad et toi. Vous avez l'air tellement bien.

Leur secret? Leur véritable secret se trouvait au sous-sol du Crédit Suisse, place Bel-Air. À quelques pas de la banque privée où travaillait Arpad. Bien caché, à l'abri d'un coffre anonyme parmi des centaines d'autres, dont le numéro d'identification n'était connu que de Sophie et Arpad. Coffre numéro 521.

C'est là que se rendit Arpad ce jour-là, une fois l'alarme installée. Après lui avoir révélé l'existence de cet argent, sept ans plus tôt, Sophie l'avait enregistré auprès de la banque et lui avait dit où elle conservait la clé. Arpad devait pouvoir y accéder, au cas où il lui arriverait quelque chose à elle. Il lui avait juré que, de toute façon, il ne ferait jamais usage de cet argent, sans concertation préalable. Il se l'était juré à lui aussi. Il aurait tant voulu tenir sa promesse.

Arpad contempla les liasses de billets. Au fil des ans, le coffre s'était considérablement vidé. Et mystérieusement rempli. La première fois qu'Arpad avait compté, au moment des révélations de Sophie, il y avait plusieurs millions d'euros. Arpad avait alors compris que Bernard était non seulement bien plus riche qu'il ne le pensait, mais surtout qu'il devait être sérieusement inquiet pour se délester d'un montant pareil. Il se sentait peut-être dans le viseur du fisc français. L'essentiel des fonds avait été utilisé pour l'appartement de Champel. Arpad avait enjoint à Sophie de ne pas dire à son père qu'ils avaient payé cet achat avec son argent, craignant que Bernard ne lui demande de l'aider à écouler encore plus d'argent non déclaré.

— Ne dis même pas à ton père que je suis au courant, avait recommandé Arpad. Je veux rester en dehors de tout ça. Et s'il t'en parle, dis que tu dépenses tranquillement cet argent en voyages et en restaurants.

Sophie avait compris le sérieux de l'affaire :

— Sois tranquille. Il ne saura rien.

— Et n'accepte plus d'argent de sa part, s'il te plaît. Je ne veux pas être davantage complice de ses magouilles.

— Promis.

Mais Sophie avait menti. Elle avait de nouveau accepté de l'argent de son père. Il l'avait prise sur le fait.

★

3 ans plus tôt.
Février 2019.

Dans le bel appartement de l'avenue Bertrand où la famille Braun s'épanouissait, l'heure était au chaos : Isaak, trois ans, et Léa, un an, hurlaient dans le salon. Sophie et Arpad, en manteau sur le pas de la porte, peinaient à cacher leur nervosité. Au milieu du désordre et de la tension, deux figures apaisantes : Bernard et Jacqueline, les parents de Sophie.

— Allez, filez, dit Bernard, tout va bien se passer.

— Allez-y, mes chéris, surenchérit Jacqueline. Ce serait idiot de rater vos avions.

Arpad et Sophie prirent leurs valises et quittèrent l'appartement. Un taxi les attendait dans la rue. Ils se rendaient ensemble à l'aéroport mais ils ne prenaient pas le même avion. Arpad partait à Montréal pour passer quelques jours dans la succursale québécoise de la banque. Sophie, elle, se rendait à Londres avec Samuel Hennel. Son client venait de se séparer d'une partie de sa galerie d'art au profit d'un acheteur anglais, et il y avait encore quelques détails à régler. En l'absence des deux parents, Bernard et Jacqueline étaient venus s'installer dans l'appartement de Champel pour veiller sur les enfants.

Deux ou trois semaines plus tard, Arpad se rendit au coffre du Crédit Suisse pour retirer de l'argent et payer la location de leur chalet à Verbier. Grâce là aussi au miracle de l'argent non déclaré, ils louaient chaque année, pour la saison d'hiver, un chalet impressionnant et luxueux, qui devenait leur nid pendant les week-ends et les vacances.

En ouvrant le coffre, Arpad décida de compter l'argent. Juste pour avoir une estimation de ce qui restait. C'est en faisant ce pointage qu'il se rendit compte que le coffre avait été approvisionné de plusieurs centaines de milliers d'euros supplémentaires. Son sang ne fit qu'un tour : Sophie avait accepté de l'argent de son père. Arpad la confronta à son mensonge le soir même. Une dispute éclata.

— Ton père a profité de sa venue en Suisse pour te refiler encore du fric ! s'emporta Arpad.

Elle joua d'abord les ingénues :

— Non, pas du tout !

— Arrête de me prendre pour un imbécile ! Il y a des centaines de milliers d'euros en plus dans le coffre.

Elle resta interdite. Elle ne pouvait plus nier.

— Je ne savais pas que tu comptais l'argent, répliqua-t-elle.

— C'est pour être certain que tu ne le dépenses pas n'importe comment !

Il regretta aussitôt cette pique inutile. Sophie le fusilla du regard :

— C'est vraiment une remarque minable, Arpad.

Désolé… mes mots ont dépassé ma pensée… Mais promets-moi que c'est fini, Sophie. Plus d'argent de Bernard. On va finir par se faire choper.

*

Trois ans plus tard, face au coffre dans lequel il s'apprêtait à piocher pour acheter à Sophie son cadeau d'anniversaire, Arpad songea que les seules grosses dissensions dans leur couple avaient tourné autour de l'argent.

Sophie avait suivi les injonctions d'Arpad. Après cet épisode de 2019, il n'y avait plus jamais eu d'ajout d'argent. Et peu à peu, leur important train de vie avait goulûment consumé leur trésor.

Arpad, se saisissant d'une liasse, préleva ce dont il avait besoin pour aller acheter la bague chez Cartier. Il s'était régulièrement servi ces derniers mois. Il commençait à craindre que Sophie ne remarque ses ponctions. Il fallait qu'il remette rapidement de l'argent dans le coffre.

17 heures 30, au quartier général de la police genevoise.

Greg avait terminé sa journée de travail. Dans les vestiaires du groupe d'intervention, il venait de troquer son uniforme pour ses vêtements civils, lorsqu'on lui annonça une visite. « Une inspectrice de la Crim' qui veut te voir pour un dossier. » Il devina tout de suite de qui il s'agissait.

Il retrouva Marion Brullier à l'extérieur des locaux de l'unité d'élite. Elle était toute pomponnée. Petite jupe en cuir et talons. Elle n'était certainement pas allée travailler dans cette tenue. Elle proposa :

— Tu as envie de boire un verre ?

Évidemment qu'il en avait envie.

Il y avait plusieurs bars à proximité directe de l'hôtel de police, mais il l'entraîna dans un établissement un peu plus éloigné et plus discret, où il ne risquait pas de croiser des collègues susceptibles de connaître Karine.

— Tu n'as pas répondu à mes messages, lui reprocha Marion lorsqu'ils furent installés à une table.

— Je suis désolé…

— C'est moi qui suis désolée. Je me rends compte que tu n'es pas intéressé… J'avais… j'avais mal compris. Je me suis humiliée avec ces stupides photos. Je ne recommencerai pas.

Il lui attrapa la main.

— J'ai adoré tes photos. Tu me plais énormément… Je peux être complètement honnête avec toi ?

— Bien sûr.

Il faillit parler de sa femme et de ses enfants, mais il eut la bonne idée de s'abstenir. Il lui dit alors :

— Je peux abattre un homme à trois cents mètres, mais je ne suis pas encore expert en photos de moi-même.

Elle eut un sourire mutin :
— Je peux t'apprendre.
Il entra dans son jeu :
— Ah bon ?
— Je ne suis pas qu'une bonne flic, tu sais... J'ai beaucoup de cordes à mon arc.
— Quel genre de cordes ? demanda Greg qui eut soudain en tête l'image de Sophie menottée qui s'offrait à Arpad.
— Oh, c'est ça que tu aimes, petit coquin ? murmura-t-elle.
Greg fut soudain terriblement excité. Il l'imagina sa captive, il l'imagina Sophie. Les idées se bousculaient dans sa tête, le rendant dangereusement insouciant alors que des ennuis s'annonçaient. Car à quelques centaines de mètres de là, dans les locaux du groupe d'intervention, le responsable de l'équipement comptait et recomptait ses caméras d'observation. Il en manquait une.

Au même moment, l'homme à la Peugeot grise faisait les cent pas sur la rue du Rhône, en bas de l'immeuble où se trouvaient les bureaux de Sophie. C'était le grand jour. Cela allait faire une semaine qu'il était arrivé à Genève. Une semaine qu'il attendait ce moment.
Sophie se trouvait dans le hall de l'immeuble. Elle était au téléphone avec Arpad.
— Tu rentres à quelle heure ? lui demanda-t-il. Je suis à la maison, j'ai ouvert du champagne, les enfants sont occupés avec la baby-sitter. Il ne manque que toi.
Elle mentit :
— Je suis coincée au bureau encore un petit moment. Il faut absolument que je termine de rédiger une note pour un client. Je me dépêche.
— Ne rate pas ta propre fête ! la taquina Arpad.
— Mais non, promis !
— Sinon, je bois le champagne avec la baby-sitter et je pars avec elle.
— Attends-moi, idiot !
Ils rirent tous les deux. Elle raccrocha et, poussant la lourde porte de l'immeuble, elle apparut dans la rue baignée de soleil.
Lorsque l'homme l'aperçut, il fondit sur elle.

— Joyeux anniversaire, Sophie !

Sophie se retourna et son visage s'illumina. Elle lui sauta dans les bras.

— Fauve ! s'écria-t-elle. Fauve !

Ils eurent une longue étreinte.

Il était heureux de la retrouver. Cela faisait trois ans qu'il ne l'avait pas vue. À présent qu'il l'admirait de plus près, il constatait qu'elle n'avait pas changé. Au contraire, le temps l'avait rendue encore plus belle, si c'était possible.

Lui-même était rayonnant. Sophie fut frappée par sa beauté. Le temps semblait n'avoir pas eu d'emprise sur lui. Son visage était hâlé, et son t-shirt laissait deviner un corps toujours aussi athlétique.

— Viens, dit-elle, je nous ai réservé une table dans un endroit super sympa au bord de l'eau. Très bons cocktails, très bonne musique.

La terrasse se trouvait à quelques pas de là. C'était un endroit assez à la mode et Fauve fut d'abord intimidé par la clientèle : il trouvait qu'il n'avait pas assez bonne allure. Il aurait dû s'acheter une chemise. Il voulait être à la hauteur. Mais Sophie, comme toujours, le mit immédiatement à l'aise.

— Tu viens d'où ? lui demanda-t-elle. Qu'est-ce qui t'amène ici ? Tu restes combien de temps ?

— Une question à la fois, sourit Fauve. Je viens d'arriver à Genève. Avant ça, j'étais en France, mais tu le sais si tu as reçu mes dernières lettres.

— J'ai gardé toutes tes lettres. Précieusement.

— Comment va Arpad ? demanda Fauve.

— Il va bien. Tout va bien pour nous.

— Ça a l'air. Tu as une mine magnifique. Tu n'as jamais été aussi belle.

Elle était habituée aux compliments, mais là, elle en rougit presque.

— Merci, murmura-t-elle.

— Et les enfants ?

— Ils grandissent trop vite. Regarde…

Elle brandit son téléphone pour montrer des photos de famille. Mais Fauve la regardait, elle, davantage que son écran.

— Tu ne m'as pas dit ce qui t'amène à Genève, demanda encore Sophie.

Il eut un grand sourire et répondit, comme si c'était évident :

— Toi. Uniquement toi. J'avais besoin de te revoir. San Remo ne pouvait pas être notre dernière fois.

⋆

Trois ans plus tôt.
Février 2019.
San Remo.

Après trois jours passés ensemble, ils étaient à une heure de se quitter. Leurs séparations étaient toujours des moments difficiles pour Fauve. Mais cette fois, c'était particulièrement douloureux : Sophie lui avait signifié que c'était fini. Qu'elle ne pouvait plus continuer. Elle ne pouvait plus faire ça à son mari et à ses enfants. Contre eux, Fauve savait qu'il n'avait aucun moyen de lutter.

À la demande de Fauve, ils firent quelques pas sur la plage. Malgré les apparences, il était timide. Il osa finalement lui prendre la main, elle le laissa faire. Ils marchèrent en silence, Quand vint le moment de se quitter, elle pleura. Il fut heureux de ses larmes. Elles signifiaient qu'il avait compté pour elle.

De San Remo, Sophie retourna dans sa voiture de location à Nice où elle devait prendre un vol vers Genève. Elle rappela Arpad avant d'arriver à l'aéroport.

— Alors Londres ? demanda-t-il.

— Tout s'est bien passé. Je crois que Samuel était content. Je suis lessivée, j'ai hâte de rentrer.

⋆

Sur la terrasse, Fauve répéta à Sophie :

— San Remo ne pouvait pas être notre dernière fois !

Elle ne dit rien. Il lui tendit alors une petite carte. L'une de ces cartes de vœux imagées vendues en grande surface. Il regrettait de ne pas avoir utilisé l'enveloppe assortie. Ça aurait fait plus classe. Elle s'en fichait complètement. Elle ouvrit la carte et, à la lecture du mot que Fauve avait inscrit à l'intérieur, elle sentit son cœur s'emballer.

Ma Panthère,

Tu n'es pas faite pour cette vie en cage. Tu t'y es accoutumée, comme un animal dans un zoo. Mais ta routine et ton quotidien sont des barreaux. Ton bonheur est une illusion.

N'oublie pas le juste rappel de Viscontini. Viens avec moi, je veux te faire goûter encore à la liberté.

Je t'aime

Ton Fauve

— Bon anniversaire! lui dit alors Fauve. Je suis venu à Genève pour te retrouver et t'offrir ton cadeau.

★

Ce soir-là, dans la nuit chaude qui s'était installée sur Genève.

À la terrasse du restaurant japonais de l'Hôtel des Bergues qui dominait la ville et le lac Léman, Sophie soufflait une bougie surmontant un soufflé au chocolat.

— Bon anniversaire, mon amour, lui murmura Arpad.

Elle attrapa sa main par-dessus la table.

— Merci. Merci pour tout.

— Ne me remercie pas, dit Arpad, tu n'as pas encore vu ton cadeau. Tu vas peut-être détester.

Elle sourit:

— C'est toi mon cadeau, imbécile.

Il mit la main dans la poche intérieure de son veston et en sortit un petit écrin. Elle l'ouvrit et découvrit à l'intérieur un collier de pâtes, qu'il lui avait confectionné: un clin d'œil à leur conversation dans la voiture, au retour de Saint-Tropez. Il avait utilisé une cordelette élastique qu'il avait passée dans des coquillettes de tailles diverses, préalablement colorées en rose et en bleu.

Elle mit le collier à son cou. Une rivière de diamants ne l'aurait pas rendue plus belle.

Puis Arpad présenta à Sophie un second écrin. Sophie l'ouvrit et, découvrant la tête de panthère scintillante de pierres précieuses, elle resta sans voix. Elle la mit à son doigt et se leva de table pour embrasser son mari.

— Tu es ma panthère, lui dit Arpad.

— Pour toujours, promit Sophie.

Elle embrassa Arpad encore. Puis elle observa longuement le bijou à son doigt, avec une feinte admiration. Elle était complètement déstabilisée. C'était certainement le plus somptueux cadeau qu'elle ait jamais reçu.

Mais ce n'était rien, à côté de ce que Fauve lui avait offert, quelques heures plus tôt.

Un an plus tôt
Juin 2021
Genève

Dans le bureau du notaire, Sophie, puis Arpad, apposèrent chacun leur signature sur l'acte de vente. Le notaire afficha son sourire de circonstance :

— Madame et monsieur Braun, annonça-t-il, vous voilà désormais propriétaires de cette maison.

Sophie et Arpad, pris d'un élan de joie, s'embrassèrent. La Maison de verre était à eux ! Ils serrèrent ensuite protocolairement la main du vendeur. Ce dernier, un architecte connu dans la région, avait dessiné et fait construire cette maison quelques années auparavant. Une maison moderne, toute en verre, entourée d'un magnifique jardin, le tout niché entre des pans de forêt. Il l'avait brièvement habitée avec sa famille, mais ses enfants, déjà grands, avaient rapidement quitté le nid et la bâtisse était devenue trop grande pour sa femme et lui.

Pour Arpad et Sophie, l'aventure de cette maison avait commencé environ une année plus tôt.

Sophie avait eu envie de changer leur appartement de l'avenue Bertrand pour une maison et un jardin. Elle aimait sa vie urbaine et son quartier de Champel, mais Genève offrant le luxe de pouvoir vivre à la campagne à quinze minutes de route du centre-ville, elle trouvait dommage de ne pas en profiter. D'autant que le marché immobilier battait des records : leur appartement avait pris énormément de valeur. Sophie sentait que c'était une opportunité à saisir. Arpad aussi, mais pour des raisons plus pratiques : la vente de l'appartement permettrait de récupérer l'intégralité du pactole de Bernard totalement blanchi. Ils pourraient ensuite utiliser cet argent comme s'il avait été dûment gagné.

L'appartement avait rapidement trouvé preneur. La vente fut conclue en l'espace de quelques semaines, le temps pour Sophie et Arpad de trouver une location dans le quartier et d'y déménager provisoirement, jusqu'à ce qu'ils trouvent une maison. Et cette nouvelle acquisition se présentait sous les meilleurs auspices : entre leur magot désormais officiel et des taux d'emprunt historiquement bas, ils pouvaient viser très haut. Lorsque Sophie et lui, au fil des visites de villas à vendre, découvrirent la Maison de verre à Cologny, ce fut le coup de foudre.

Arpad eut le sentiment que sa vie allait changer.

DEUXIÈME PARTIE

Les jours qui précédèrent la découverte de Greg

Chapitre 10

11 jours avant le braquage

~~Lundi 20 juin (anniversaire de Sophie)~~

→ **Mardi 21 juin 2022**

Mercredi 22 juin

Jeudi 23 juin

Vendredi 24 juin

Samedi 25 juin

Dimanche 26 juin (La découverte de Greg)

19 heures, à Cologny.

Karine poussa la porte de la Verrue, exténuée par sa journée à la boutique. Comme elle s'y attendait, les garçons se chamaillaient dans le salon et la nounou était affalée sur le canapé.

Karine sortit le dîner du congélateur et alluma le four. Elle mit la table pour trois personnes.

— Papa ne rentre pas? demanda l'aîné, constatant qu'il manquait un couvert.

— Il est retenu au travail, expliqua Karine.

Greg, devant la porte de l'appartement de Marion, relut le message envoyé à Karine.

Intervention de dernière minute. Désolé. Je rentrerai tard.

Le message était aussi flou que ses idées. À l'image de ses hésitations. Il releva qu'il avait écrit *désolé* alors qu'il ne s'excusait jamais d'une intervention ou d'une urgence liée à son travail. Il n'était pas désolé de rentrer tard, il était désolé de ce qu'il s'apprêtait à faire.

Marion habitait à Carouge. Un appartement au 9e étage d'une tour. Greg sonna à la porte. Marion ouvrit, grand sourire et petite tenue. Les lumières étaient tamisées, les stores avaient été baissés, des bougies allumées. Greg songeait qu'il y avait bien longtemps que Karine ne l'avait plus accueilli de cette façon.

— C'est sympa chez toi, dit-il en s'installant sur le canapé.

Elle sourit à cette remarque idiote qui trahissait la nervosité de son visiteur. Elle décida de prendre les choses en main. Elle s'assit sur lui et l'embrassa.

— J'ai envie de toi tout de suite, murmura Greg.

Elle se leva pour l'entraîner vers la chambre à coucher. Elle n'avait pas imaginé que cela irait si vite, mais pourquoi pas? Greg l'arrêta: il avait remarqué que le pied de l'armoire du salon ferait parfaitement l'affaire.

— J'ai envie de le faire ici, dit-il en sortant une paire de menottes de la poche arrière de son pantalon.

*

Il était 19 heures 30 lorsque Arpad arriva à la Maison de verre. Jamais il ne rentrait aussi tard. Il remarqua une Peugeot grise immatriculée en France dans la cour. Il se demanda qui était là. Il passa la porte d'entrée, défait. Sophie, qui l'avait vu arriver, l'attendait avec un verre de vin.

— Désolé, dit-il en posant sa mallette en cuir à même le sol, journée de merde à la banque. Les marchés ont dévissé, on vient de tenir une réunion de crise pendant deux heures. Je dois annoncer demain à quatre personnes de mon équipe qu'elles sont virées.

— Aïe! compatit Sophie en lui tendant un verre de bordeaux.

— Merci. À qui est la voiture dehors?

— On a un invité surprise. Ça devrait te mettre de bonne humeur.

Une lueur de curiosité illumina le visage contrarié d'Arpad.

— Qui est-ce? demanda-t-il.

— Devine.

— Donne-moi un indice, réclama Arpad, se prenant au jeu.

— Saint-Tropez, répondit Sophie.

— Si c'est ton père, ce n'est pas du tout une bonne surprise, murmura Arpad, qui semblait avoir retrouvé sa bonne humeur.

Sophie éclata de rire:

— Je te parle de Saint-Trop' du bon vieux temps.

— En lien avec le *Béatrice*? demanda Arpad.

— Exactement.

Arpad prit un instant de réflexion. Trop long pour Sophie qui l'attrapa par la main et l'entraîna dans le salon. Il resta abasourdi.

Le fantôme était revenu.

Samedi 2 juillet 2022

Le jour du braquage

---

2 heures 45 avant le début du braquage

6 heures 45, au quartier général de la police.

Greg était toujours nerveux avant une opération. Il considérait que c'était essentiel pour rester en vie si les choses tournaient mal. Mais cette fois-ci, même s'il ne voulait pas l'admettre, c'était différent : il était spécialement agité. Il avait mal dormi.

Il était arrivé le premier dans les locaux du groupe d'intervention. Il s'était préparé, seul dans les vestiaires. Il avait revêtu, de façon quasi rituelle, son uniforme noir. Sa tenue de combat. Il attendrait la fin du briefing pour enfiler son gilet pare-balles, sa cagoule et son casque tactique.

Il se contempla longuement dans le miroir. Jusqu'à l'irruption de ses premiers collègues. Pendant que les autres se changeaient et se harnachaient, il se rendit dans la salle de briefing.

Aujourd'hui, c'était le jour de l'affrontement.

Chapitre 11
10 jours avant le braquage

~~Lundi 20 juin (anniversaire de Sophie)~~

~~Mardi 21 juin~~

→ **Mercredi 22 juin 2022**

Jeudi 23 juin

Vendredi 24 juin

Samedi 25 juin

Dimanche 26 juin (La découverte de Greg)

6 heures 30 du matin, à la Maison de verre.

— C'était sympa de voir Fauve, non ?

Dans la cuisine des Braun, les questions de Sophie restaient sans réponse. Elle tournait autour d'Arpad qui buvait son café en silence.

Pour la première fois depuis longtemps, c'était lui qui s'était réveillé avant tout le monde. Sophie avait ouvert un œil au moment où il quittait la chambre et s'était empressée de se lever à sa suite. Elle sentait que quelque chose n'allait pas. C'était à cause de Fauve. Elle savait que ce dîner n'était pas une bonne idée, mais Fauve avait insisté. Il voulait découvrir sa vie de famille, voir où elle habitait, retrouver Arpad. Elle n'avait pas su lui dire non. Elle n'avait jamais su lui dire non.

Arpad n'avait aucune envie de parler. Il fit néanmoins un effort pour articuler quelques mots.

— Très sympa de revoir Fauve, assura-t-il sur un ton sans conviction. Tu l'as croisé par hasard en ville ?

— Oui, on est tombés l'un sur l'autre au moment où je sortais du bureau. Il a tout de suite pris de tes nouvelles. Il avait très envie de te voir.

Arpad doutait que Fauve ait débarqué à Genève par hasard. Il avait un très mauvais pressentiment.

— T'avais pas l'air dans ton assiette pendant le dîner, s'inquiéta Sophie.

Comme elle s'en voulait de ce stupide dîner ! Arpad allait se douter de quelque chose à présent. Tout aurait pu être si simple, mais elle allait désormais devoir jongler avec cette complication et redoubler d'efforts pour endormir la vigilance de son mari.

— Ces gens que je dois virer aujourd'hui, mentit Arpad. Ça me pèse sur le moral.

Les licenciements ! Elle avait complètement oublié cette histoire. C'était certainement la raison de la mauvaise mine de son mari, et pas la présence de Fauve. Elle n'avait pas à s'inquiéter. D'ailleurs le dîner avait été très agréable.

C'était mercredi et les enfants n'avaient pas école. En principe, Arpad travaillait depuis la maison ce jour-là et se chargeait de conduire Isaak à son entraînement de football et Léa à sa leçon de tennis.

— Ça t'embête de déposer les enfants ce matin ? demanda Arpad. Je voudrais arriver à la banque avant les gens que je dois virer, pour éviter les échanges de banalités dans l'ascenseur qui se termineraient par « passez me voir tout à l'heure, j'ai une mauvaise nouvelle pour vous ».

— File, lui répondit Sophie. Je m'occupe des enfants. Je n'ai pas de rendez-vous particulier ce matin. Qu'est-ce que je peux faire pour te remonter le moral ? Tu veux qu'on sorte dîner ce soir ? On pourrait proposer à Julien et Rebecca de se joindre à nous.

— Pourquoi pas juste toi et moi ? Un italien. Un plat de pâtes et du bon vin.

— Ça me semble un plan parfait, sourit Sophie.

Il l'embrassa et s'en alla.

À bord de sa voiture, Arpad passa le portail de la Maison de verre et descendit le petit chemin jusqu'à la route de la Capite. Il s'y engagea sans remarquer la Peugeot grise qui l'attendait à l'intersection.

Fauve, derrière le volant, voyant Arpad passer, s'empressa de démarrer. Il était surpris de le voir partir si tôt, ce n'était pas dans ses habitudes. Peu importe, il avait bien fait de venir ici de bonne heure. Il le prit en chasse. Direction : le centre de Genève.

Ce matin-là, à la Verrue.

Karine, en se levant, eut la surprise de trouver Greg dans la cuisine, qui préparait le petit-déjeuner. Il l'accueillit avec un cappuccino.

— Tu n'es pas allé courir? s'étonna Karine.

— J'avais envie de m'occuper de ma petite famille, dit Greg.

Il s'était réveillé euphorique de sa soirée avec Marion. Il n'avait même pas éprouvé le besoin d'aller voir ce qui se passait chez les Braun. En voyant Karine qui se tenait devant lui, il se sentait presque coupable de ne pas se sentir coupable. C'était un drôle de sentiment: il avait toujours ressenti du mépris pour les pères de famille infidèles, et maintenant qu'il avait franchi le pas, il n'avait pas l'impression de trahir Karine. Il était simplement allé chercher quelque chose qu'elle ne pouvait pas lui offrir.

Greg savait très bien ce que Karine lui dirait s'il brandissait une paire de menottes pour l'attacher. Elle prendrait un air dégoûté: « Qu'est-ce que c'est que ce truc? » Il avait bien essayé, par le passé, d'épicer un peu leurs ébats, mais elle l'avait systématiquement envoyé sur les roses, lui demandant de lui *faire l'amour normalement*. Il finissait immanquablement par s'allonger sur elle. Il s'ennuyait. Il ne demandait pas grand-chose au fond, juste qu'on l'écoute un peu.

— T'es rentré à quelle heure, hier soir? demanda Karine. Je ne t'ai même pas entendu.

— Tard, répondit Greg. Une intervention interminable.

— Qu'est-ce qui s'est passé?

— Il fallait interpeller une équipe de voleurs réputés violents dont on avait localisé la planque. On a dû attendre qu'ils soient tous là, ça a pris des plombes.

Greg avait en tête l'image de Marion, attachée, offerte à lui. Vulnérable. Il fallait qu'il pense à autre chose. Karine lui facilita la tâche :

— Tu crois que tu pourrais faire les courses en rentrant du boulot ? Je t'ai fait une liste.

— Pas de problème, j'ai congé aujourd'hui, rappela Greg.

Elle avait oublié, c'était pourtant écrit sur le calendrier familial. Il devait emmener Sandy chez le vétérinaire.

— Je te dirai si je pense à autre chose, dit alors Karine.

Greg comprit que sa femme avait zappé son jour de congé et qu'elle allait à présent se mettre en tête de lui trouver des occupations. Il prit les devants :

— Je vais en profiter pour aller au Brico Loisirs de La Praille pour acheter des planches et réparer le toit du cabanon de jardin. Je te dépose à la boutique, si tu veux ?

Karine aurait préféré y aller avec Sophie, mais pour une fois que Greg prenait une initiative de ce genre, elle se devait d'accepter. Elle écrivit un SMS à Sophie pour lui proposer de la retrouver au *Café des Aviateurs*.

Après avoir conduit Karine au centre-ville, Greg, accompagné de son fidèle Sandy, poursuivit sa route vers Carouge. Le rendez-vous chez le vétérinaire n'étant qu'à 10 heures 30, il avait largement le temps de se rendre avant au Brico Loisirs. Le chien l'attendrait dans le coffre.

À l'intérieur du magasin, Greg déambula un peu. En passant devant les chaînes et les systèmes d'attache, il pensa à Marion. Il décida de lui envoyer un message.

Envie de te voir. J'ai un petit cadeau pour toi.

Il devenait téméraire.

Lorsque Karine retrouva Sophie au *Café des Aviateurs*, elle remarqua aussitôt la panthère en diamants qu'elle portait au doigt :

— C'est ton cadeau d'anniversaire ? demanda-t-elle.

— Oui, sourit Sophie.

Elle retira le bijou de son annulaire pour le tendre à Karine qui l'examina en experte.

— Les détails sont incroyables, dit-elle. Ces yeux... tout est tellement parfait...

— J'ai été gâtée, admit Sophie.

Karine songea que, pour son anniversaire, Greg lui avait offert un livre. Elle rendit la bague à Sophie et lui demanda :

— Samedi après-midi les garçons ont leur match de football... Tu y seras ?

— Je ne peux pas rater ça. Isaak m'en parle depuis dix jours.

C'était une rencontre décisive : la journée finale de leur ligue, qui déterminerait l'équipe championne. Le match avait lieu à Cologny, Arpad et Greg seraient d'ailleurs tous les deux en charge de la buvette.

— Je me disais, reprit Karine presque timidement, qu'on pourrait se retrouver après le match pour un barbecue à la maison...

Elle redoutait un refus, mais Sophie parut immédiatement emballée :

— Avec grand plaisir ! En plus, on annonce un temps magnifique !

Karine fut aussitôt excitée et nerveuse à la fois. Il faudrait se montrer digne des Braun. La table dehors avec des bougies et du très bon vin. Un petit buffet de hors-d'œuvre pour commencer. Et si, au lieu des habituelles salades qui flétrissent au soleil, elle faisait préparer un plateau de fruits de mer? Elle commanderait un assortiment d'huîtres, de grosses crevettes et de tourteaux à la Brasserie Lipp, ils étaient connus pour ça. Avec un champagne bien frais pour accompagner, genre blanc de blancs. Karine sentait que ce barbecue lui causerait un peu d'anxiété au cours des prochains jours, mais ça en valait la peine. Et si la soirée se passait bien, elle proposerait aux Braun de partir en vacances tous ensemble en octobre.

*

Arpad était installé sur la terrasse du café du parc des Bastions. Cela faisait plus d'une heure et deux expressos qu'il était assis là, pensif.

Il venait de régler ses consommations et s'apprêtait à partir lorsque Fauve, qui n'avait cessé de l'observer, décida de passer à l'action. Surgissant de nulle part, il s'assit à sa table.

— Fauve? s'étrangla Arpad qui peinait à contenir sa surprise et son malaise. Qu'est-ce qui t'amène ici?

— J'avais envie de te parler.

Le malaise d'Arpad grandissait. Il décida de jouer cartes sur table:

— Écoute, je ne sais pas ce que tu fais à Genève, je ne sais pas ce que tu me veux. Mais je n'ai rien dit. À personne. J'ai quitté Saint-Tropez du jour au lendemain, je me suis installé ici, personne n'a jamais posé de questions. Je veux juste que tu me laisses tranquille, ma famille et moi.

— Relax, mon ami. C'était il y a quinze ans.

Arpad voulut fuir.

— Désolé, dit-il en se levant, mais je dois absolument filer à la banque.

Fauve pointa alors sur lui un doigt menaçant:

— Assieds-toi, Arpad. Et offre-moi un café, mon ami. Tu as tout le temps. Je sais que tu n'as pas de travail. Tu as été viré de la banque il y a presque six mois.

11 heures, en ce mercredi matin.

En sortant de chez le vétérinaire, Greg sentit son téléphone vibrer dans sa poche, lui annonçant la réception d'un message. Il crut d'abord à une réponse de Marion, mais ce n'était que Karine.

T'es encore chez Brico Loisirs ?

Non

La réponse de Greg lui valut aussitôt un appel de sa femme. Il savait en décrochant qu'elle allait lui demander de retourner là-bas. Il ne se trompa pas :

— Barbecue chez nous avec les Braun samedi soir, annonça Karine. Achète une bonbonne de gaz et ce qu'il te faut pour les grillades. Et regarde si tu trouves une guirlande lumineuse.

— Une guirlande lumineuse ?

— Pour éclairer joliment le jardin.

— On a de la lumière sur la terrasse, fit remarquer Greg.

— C'est pas de la lumière, c'est un projecteur de prison, le rabroua Karine. Il faut quelque chose d'un peu moins lugubre.

— Très bien, je verrai ce que je trouve, promit Greg.

Karine aborda la question de la viande. En général ils achetaient leur viande au supermarché, mais là ils iraient chez le boucher. Pendant qu'elle parlait, Greg reçut un message de Marion qu'il lut aussitôt, détachant son oreille du combiné.

Marion : *Apéro chez moi ?*

Greg : *OK. Quelle heure ?*

Marion : *17 heures ?*

— La boucherie me semble une très bonne idée, dit alors Greg à sa femme. Je retournerai à Brico Loisirs vers 17 heures pour le gaz et les guirlandes. Tu me diras si tu penses à autre chose.

*

17 heures, dans l'appartement de Marion.

Tout était prêt pour recevoir Greg. Elle avait disposé sur une ardoise de la viande séchée des Grisons ainsi qu'un assortiment de fromages. Un magnum de rosé attendait au frais. Ils s'installeraient sur le balcon. Son immeuble était moche mais haut, offrant une belle vue dégagée jusqu'au Jura qui barrait l'horizon. Ils seraient bien là, tous les deux. Après l'apéro, ils pourraient rester à la maison ou aller dîner dehors.

Elle avait hâte de le retrouver. Elle avait adoré la soirée de la veille. À part le début : cette histoire de menottes ne lui avait pas du tout plu. Elle n'avait guère de tabous mais ça, ce n'était pas son truc. Une fois passé ce moment étrange, leur connivence avait été évidente : ils avaient fait des pâtes et bu du vin rouge. Ils avaient passablement ri. Ils avaient longuement parlé. Surtout elle. Elle s'était beaucoup confiée, il l'avait écoutée. C'était agréable d'être avec un homme qui l'écoutait, ça la changeait des mecs qui ne parlaient que d'eux-mêmes. Elle brûlait d'en savoir davantage sur lui. Au sein de la police, sa réputation de flic d'élite n'était plus à faire, mais elle voulait connaître l'homme sous la tenue d'assaut. Qui était vraiment Greg Liégean ? Il ne portait pas d'alliance, n'avait mentionné ni femme ni enfants, elle en avait déduit qu'il était célibataire. Elle rêvait d'une relation sérieuse et sentait qu'il était différent des types qu'elle trouvait sur les applications de rencontres. Le seul défaut qu'elle lui trouvait était son âge : il avait largement douze ou quinze ans de plus qu'elle. Mais après tout, il était en bien meilleure forme physique que la plupart de ses derniers coups. Et il était encore suffisamment jeune pour faire des enfants.

La sonnette de la porte retentit. C'était lui.

Derrière la porte, Greg brûlait de retrouver Marion. Dans son message, elle avait parlé d'*apéro*. Il avait interprété ce mot comme une indication horaire avant tout. Sans doute lui offrirait-elle un verre. Il accepterait par politesse. Mais il ne fallait pas trop traîner, il n'avait qu'une heure devant lui. Il devait relever la nounou à 18 heures.

Marion ouvrit la porte et sauta au cou de Greg pour l'embrasser langoureusement. Celui-ci, ne perdant pas de vue ses contraintes horaires, brandit aussitôt son sac de Brico Loisirs.

— J'ai apporté des jouets ! dit-il victorieusement, en dévoilant les chaînes qu'il avait achetées tout à l'heure.

Marion blêmit et s'écria :

— Ah non ! Pas encore cette horreur !

Greg se ratatina sur-le-champ.

— Je croyais que..., bredouilla-t-il.

— Tu croyais *quoi* ? Je t'ai proposé de venir pour un apéro, pas pour me refaire ton truc. J'ai détesté ! Dé-tes-té !

Greg considéra Marion avec mépris. Sa réaction venait d'éteindre toutes ses ardeurs. Il se sentit néanmoins obligé de se justifier :

— Je pensais que t'avais dit apéro comme ça.

Elle se mit à hurler :

— Un apéro, c'est un apéro ! Et quand on est invité à un apéro, on apporte une bouteille de vin, pas des chaînes pour attacher les gens !

Plus elle vociférait, plus Greg se refroidissait. Il gardait un œil sur sa montre. Comment allait-il se tirer de là ?

*

19 heures 30, à la terrasse du charmant petit restaurant italien situé au centre de Cologny.

L'air était doux, il flottait une atmosphère de légèreté. En ces jours de solstice, la nuit tardait à tomber.

À table, Sophie parlait pour deux. Elle semblait enjouée, de bonne humeur. Comme si rien ne pouvait l'atteindre. Elle était particulièrement belle alors qu'elle ne s'était pas spécialement apprêtée : elle rayonnait. Face à elle, Arpad était mutique. Absent. La mine défaite. Sophie savait qu'il avait eu une mauvaise journée à la banque et qu'elle devait se montrer attentionnée. Mais elle était beaucoup trop exaltée, beaucoup trop excitée par l'irruption de Fauve dans sa vie rangée. Elle fit cependant un effort pour s'intéresser à son mari et à ses soucis de bureau :

— Mon pauvre, tu as vraiment l'air lessivé, dit-elle.

— J'ai connu de meilleures journées, concéda Arpad.

— Comment ça s'est passé à la banque?

— Aussi horrible que je le redoutais. L'un d'eux, pourtant dur à cuire, s'est mis à pleurer comme un enfant. La situation est mauvaise dans toutes les banques, ils auront toutes les peines du monde à retrouver un boulot équivalent. Et même s'ils trouvent quelque chose, ils peuvent faire une croix sur leurs bonus et leurs primes d'ancienneté. Ils ne pourront plus jamais assumer le train de vie des années fastes. Mais ils n'oseront pas y renoncer pour autant. Et il leur faudra continuer à payer les traites de leur belle villa, les écoles privées des enfants et les cadeaux à Madame qui ne se contentera pas d'une vie au rabais. Ils sont condamnés à devenir des systèmes de Ponzi ambulants.

— Tu exagères, nuança Sophie pour nourrir la conversation.

Mais Arpad n'exagérait en rien. Il savait exactement de quoi il parlait. Il venait de raconter à Sophie sa propre expérience. Cela s'était produit au début du mois de janvier. Le jour de son retour des vacances de Noël passées dans un hôtel de luxe de l'île Maurice, il avait été convoqué par la direction. Il était entré dans la salle de réunion en roulant des mécaniques, affichant son air radieux et son bronzage insolent au milieu de l'hiver genevois. Il était tellement aveuglé par lui-même qu'il pensait qu'on allait lui offrir une promotion: le patron de la gestion de fortune globale de la banque avait été licencié quelques semaines auparavant et Arpad se considérait taillé pour le poste.

Mais l'entretien avait tourné court: on lui avait expliqué qu'on l'appréciait beaucoup mais que les temps étaient difficiles. La banque devait « dégraisser ». Les performances d'Arpad, tant les siennes que celles de son équipe, ne rapportaient plus suffisamment et il fallait procéder à des « ajustements ». Un nouveau responsable s'apprêtait à débarquer d'une banque allemande pour faire le ménage. Quant à Arpad, comme le voulait le protocole de sécurité (c'était surtout un moyen pour la banque d'empêcher les employés de partir avec leurs clients), son accès informatique avait été coupé, son badge désactivé et il était libéré, avec effet immédiat, de son obligation de travailler.

Il était sorti de la banque en état de choc. Il avait immédiatement voulu prévenir Sophie, avant de renoncer, le temps de digérer la nouvelle. Le soir venu, il s'était couché à ses côtés sans lui avoir encore rien dit. Et le lendemain matin, il avait fait semblant de partir travailler. Il avait mis le doigt dans l'engrenage d'une comédie qui allait durer plusieurs mois. Il s'était évidemment empressé de postuler dans d'autres banques, mais les horizons étaient bouchés. Tout le monde licenciait, personne n'embauchait. Et plus il avait repoussé l'annonce à Sophie, moins il avait été capable d'affronter la vérité. Il s'était emmuré dans le mensonge.

À leur table du restaurant italien, Arpad regardait Sophie, insouciante, déguster ses pâtes et lui faire la conversation. Un couple heureux. Amoureux. Un couple parfait. En apparence.

Arpad repensait à ce que Fauve lui avait dit le matin même, au café du parc des Bastions :

— Comment j'ai découvert que tu t'étais fait virer ? Parce que je suis passé à la banque, pour te voir. Mais on m'a fait comprendre que tu ne travaillais plus ici depuis janvier. Et comme j'ai eu l'occasion de te suivre un peu dans tes journées passées à errer, j'ai vite compris de quoi il retournait.

Arpad avait pris la mouche.

— Tu m'as suivi ?

Fauve avait aussitôt contre-attaqué :

— J'imagine que Sophie n'est pas au courant…

Arpad avait dévisagé furieusement Fauve. Ce dernier avait insisté :

— Sophie ne sait rien, c'est ça ?

— Non, elle ne sait rien, avait concédé Arpad.

Fauve le tenait à présent. Qu'allait-il lui demander en échange de son silence ?

— Ne t'inquiète pas, l'avait assuré Fauve d'une voix faussement amicale. Avec moi, ton secret est bien gardé. Et puis les secrets, ça nous connaît, pas vrai ?

Arpad, percevant une menace dans le ton de Fauve, l'avait attrapé par le col de son t-shirt.

— Écoute-moi, Fauve, on va arrêter les conneries ! Pourquoi t'es à Genève ?

Fauve avait eu un large sourire.

— J'aime bien quand tu t'énerves. Je retrouve l'Arpad d'avant. Il y a un dur sous ce costume de banquier. Tu veux savoir ce qui m'amène à Genève ? Il y a un braquage à faire, et j'ai besoin d'un coup de main…

Samedi 2 juillet 2022
LE JOUR DU BRAQUAGE

---

2 heures 15 avant le début du braquage

7 heures 15.

Dans la cuisine de la Maison de verre, Arpad buvait un dernier café. Il se tenait debout, à la fenêtre, scrutant l'extérieur comme le faisait si souvent Sophie.

Il avait redouté ce jour, et à présent qu'il y était, il se sentait presque soulagé. Fauve s'était engagé à disparaître dès le lendemain. Un dernier braquage. Leur dernier coup ensemble. Et après, ce serait fini. Arpad se demanda si Fauve tiendrait parole.

Il relut une dernière fois les instructions qu'il avait notées sur un morceau de papier qu'il brûla ensuite dans l'évier pour qu'il n'en reste aucune trace.

16 ANS PLUS TÔT

JUILLET 2006

Draguignan, France

Draguignan, à 50 kilomètres de Saint-Tropez.

Le fourgon cellulaire s'arrêta dans l'enceinte de la prison. Un groupe de nouveaux détenus arrivait. Les hommes, se conformant aux instructions des gardiens, descendirent du véhicule en file indienne et se dirigèrent vers le bâtiment central. Arpad fermait la marche. Il regardait autour de lui, à la recherche de repères. Il était aveuglé par le soleil. Il n'entendait que du bruit et des hurlements. Il était terrorisé.

Arpad, 24 ans, portait un costume élégant mais il avait perdu toute sa superbe. On procéda à son enregistrement au sein de la prison. On lui attribua un numéro d'écrou et on consigna ses effets personnels. Il avait été embarqué par les gendarmes avec pas mal d'argent liquide sur lui. La somme lui fut créditée sur son compte de cantine. Il pourrait améliorer son quotidien. Et entretenir des amitiés. Il dut changer de vêtements, puis il reçut son « paquetage » réglementaire, contenant des draps, une couverture, un nécessaire de toilette et de la vaisselle.

Un surveillant le conduisit ensuite jusqu'à son quartier. Ils s'enfoncèrent dans la prison. Les bruits des grilles qui se referment. Les cris des détenus. Les odeurs. Les regards. Arpad avait le ventre noué par l'angoisse. Ils arrivèrent devant la cellule. Le surveillant fit tourner sa clé dans la serrure et ouvrit la lourde porte. Arpad fit quelques pas à l'intérieur. Il y avait deux lits. L'un d'eux était occupé par un type baraqué et à la mine peu engageante. Arpad se demanda s'il valait mieux le saluer ou se taire. Mais l'homme l'accueillit de façon presque sympathique :

— Salut. Installe-toi.

Arpad posa son paquetage sur le matelas nu et s'empara de ses draps. L'homme lui dit alors, sans quitter la télévision des yeux :

— Tu peux utiliser la table et une des étagères. Je me suis un peu étalé, je vais te faire de la place.

Arpad disposa ses quelques affaires çà et là, sans savoir s'il prenait ses marques ou s'il obéissait simplement à cet homme qui l'impressionnait.

Le compagnon de cellule d'Arpad se prénommait Philippe mais tout le monde ici l'appelait *Fauve*. Environ trente-cinq ans, crâne rasé, un physique impressionnant et une tête de dur. Il dégageait une force sereine. La prison était son royaume : à l'intérieur du centre pénitentiaire, Fauve était respecté de tous. Il avait l'oreille des autres détenus, la confiance des gardiens. Il arbitrait souvent les différends. À lui seul, il contribuait à maintenir une forme de paix au sein de l'établissement.

L'une des règles en prison était de ne pas parler des motifs de sa détention. Mais en général, la réputation des prisonniers les précédait. Fauve était un braqueur chevronné. Il était dans la dernière année d'exécution de sa peine et sa bonne conduite lui avait valu d'être transféré à Draguignan sous un régime carcéral moins strict.

Dès le premier jour, Fauve avait pris Arpad sous son aile. « Marche avec moi et t'auras pas de problèmes », lui avait-il dit. Et comme Arpad était éminemment sympathique, Fauve avait rapidement éprouvé de l'amitié pour ce jeune homme de bonne famille, de dix ans son cadet, dont il se demandait ce qu'il fabriquait ici. Il finit par le lui demander sans détour :

— Le surveillant dit que t'es en préventive...

— Oui.

— Qu'est-ce que tu as fait ?

— Une connerie.

Fauve s'amusa de la réponse :

— Comme tout le monde.

— J'ai voulu épater une fille, précisa Arpad.

— Comme tout le monde.

Arpad sourit. Puis il raconta ce qui s'était passé une semaine plus tôt.

*

Une semaine plus tôt.
Saint-Tropez.

Arpad longeait la côte méditerranéenne à bord d'une Aston Martin aux plaques anglaises. Dans le jour tombant, le golfe de Saint-Tropez s'ouvrait majestueusement devant lui. Au volant du véhicule décapoté, il profitait de la chaleur agréable et de l'odeur enivrante des pins. Il avait quitté Londres le jour même, à 4 heures du matin. Il arrivait enfin à destination.

À l'approche de Saint-Tropez, il continua en direction du village. Il devait pourtant se présenter directement à l'adresse, mais il avait envie de profiter de la voiture. Il avait un peu de temps devant lui, il n'était pas censé être déjà arrivé. Il avait roulé vite et presque sans s'arrêter.

La voiture traversa Saint-Tropez envahi par les touristes en cette période estivale. Les terrasses étaient bondées, les restaurants affichaient tous complet. Arpad fit vrombir le moteur pour le simple plaisir d'attirer les regards. Cela faisait quatre étés qu'il venait à Saint-Tropez. Au fil de ses séjours, aidé par son charme et sa gouaille, il s'était créé un petit réseau dans les lieux à la mode.

Il arriva au *Béatrice* et s'arrêta devant l'établissement, laissant son Aston Martin aux bons soins d'un voiturier. Sur le trottoir, des clients patientaient derrière un cordon, en attendant qu'un agent de sécurité tout en muscles les autorise à approcher. Certains se prévalaient d'une réservation. Les autres ne rentreraient certainement pas. Lui se dirigea directement vers Céline, l'hôtesse d'accueil, qui le gratifia d'une joyeuse accolade.

— Arpad ! s'écria-t-elle. Tu es de retour ?

— Pour deux jours seulement.

— C'est court, regretta Céline.

— Je dois retourner à Londres. J'ai un boulot qui m'attend dans une banque. Les choses sérieuses commencent.

— Oh monsieur le banquier ! s'enthousiasma Céline. Dois-je vous appeler *my lord* ?

— Bientôt, sourit Arpad. Tu as une place pour moi au bar?
— Toujours, pour vous, *my lord.*
Elle l'entraîna à l'intérieur de l'établissement et l'installa au bar où il dîna de pâtes aux truffes. En deuxième partie de soirée, lorsque le restaurant se transforma en club, un groupe de trentenaires attira son attention. Élégants, enjoués et dépensant sans compter. Des bouteilles de champagne comme s'il en pleuvait. Arpad sympathisa avec l'un d'eux et fut invité à se joindre à leur table pour un verre. C'est à ce moment-là qu'il remarqua cette brune ravissante qui le dévorait des yeux.
Arpad délaissa ses amis de circonstance pour aller flirter avec elle. Ils passèrent un moment sur la piste de danse. Ils s'embrassèrent. Puis elle décréta qu'elle devait rentrer.
— Je te ramène? proposa Arpad.
— Tu vas abandonner tes copains?
Elle le prenait pour un membre de la bande.
— Ne t'inquiète pas pour eux, dit-il. Ils me retrouveront.
Il récupéra son Aston Martin devant le restaurant et la fit monter à bord.
— Jolie bagnole, dit la fille.
— Je peux pas me plaindre, répondit Arpad qui se garda bien de préciser que la voiture n'était pas à lui. Tu veux déjeuner demain? Je connais un resto de dingue sur les hauteurs de Saint-Trop'!
Elle ne lui répondit que lorsqu'il la déposa devant chez elle:
— Passe me prendre ici à midi.
Arpad la quitta le sourire aux lèvres. Il envoya un message à monsieur Stankowitz, le propriétaire de l'Aston Martin, pour lui dire qu'il venait enfin d'arriver à Saint-Tropez. *Route plus longue que prévu.* Puis il se rendit à ce qui devait être son pied-à-terre pour les quarante-huit prochaines heures: une villa au bord de la mer, qui appartenait à monsieur Stankowitz également.
Monsieur Stankowitz, lui, se trouvait à 1 400 kilomètres de là, à Londres. C'était un banquier de la City, qui passerait son été à Saint-Tropez à partir de la fin de la semaine. Stankowitz, la soixantaine, divorcé deux fois, était un homme jovial qui, comme tout le monde, s'était pris de sympathie pour Arpad. Les deux hommes s'étaient rencontrés à Londres, dans le club privé de Kensington où Arpad travaillait comme barman tout en poursuivant ses études de finance. C'était un cercle qui

réunissait la crème des banquiers, des avocats et des hommes d'affaires de la capitale. Là-bas, Arpad était dans son élément. Il s'imaginait un jour de l'autre côté du comptoir. En attendant, il bossait dur pour se faire bien voir des membres. Il était rapidement devenu leur mascotte. Arpad plaisait. Les gens recherchaient sa compagnie. Arpad arrosait ces messieurs de scotchs introuvables, entretenait les conversations et récoltait les confidences. Stankowitz appréciait particulièrement ce jeune homme volontaire et ambitieux, à qui il avait promis un poste dans sa banque une fois son diplôme en poche.

Depuis deux ans, Stankowitz confiait même à Arpad le soin de descendre son Aston Martin de Londres à Saint-Tropez en prévision de son séjour là-bas. À la clé pour Arpad : une grosse enveloppe de cash et deux nuits dans la villa du banquier. Il rentrait ensuite à Londres en avion.

En ce soir de juillet, lorsque Arpad gara la voiture dans le garage de la propriété, il ne se doutait pas encore que ce serait la dernière fois qu'il viendrait ici. Il fut, comme toujours, accueilli par Mathilde, l'employée de maison qui habitait sur place.

— Désolé pour l'heure, lui dit Arpad, la route a été longue.

— Ne t'en fais pas, le rassura Mathilde. Tu as dîné ? Je t'ai gardé du gigot.

— Ça va bien, merci, déclina Arpad. J'ai grignoté sur la route. Je suis crevé, je vais aller me coucher.

Mathilde appréciait ce jeune homme poli et travailleur, toujours prêt à lui rendre service. Le matin, il faisait sa chambre et nettoyait systématiquement sa vaisselle. Un garçon respectueux, pas le genre à se faire servir. Monsieur Stankowitz le tenait aussi en haute estime, et il savait juger les gens.

Le lendemain matin, Arpad, réveillé de bonne heure, profita de la maison. Il utilisa la salle de sport, puis il prit son petit-déjeuner au bord de la piscine. À midi, il était censé récupérer cette jolie brune rencontrée la veille au *Béatrice* et l'emmener déjeuner. Un détail le tracassait : hier au soir, il avait déposé la fille en Aston Martin et se voyait mal débarquer aujourd'hui en taxi. Mais la chance semblait être de son côté : dans le courant de la matinée, Mathilde vint le trouver à la piscine et l'informa qu'elle s'absentait quelques heures pour aller voir sa sœur à Cannes. Mathilde partie, la voie était libre. Arpad sortit l'Aston

Martin du garage et se mit en route pour son rendez-vous. Il reviendrait directement après le déjeuner, avant le retour de Mathilde. Ni vu ni connu. Par sûreté, il se promit d'être rentré vers 14 heures.

15 heures.

À la terrasse du restaurant, Arpad et sa conquête du jour étaient encore en train de déjeuner. Elle s'extasiait de la vue sur le Golfe et de ce qu'ils avaient mangé. Lui, l'œil sur sa montre, peinait à cacher sa nervosité. Le repas avait traîné. Sa faute à elle, elle avait voulu boire quelques coupes de champagne avant de passer à table. Lui avait fait semblant de boire. Il ne pouvait pas prendre le risque de rouler ivre. Lorsqu'ils s'étaient enfin attablés, elle avait jeté son dévolu sur les plats les plus chers : *une burrata avec du caviar* suivie de pâtes à la langouste. Et pour arroser tout ça ? « Du bon champagne, avait-elle réclamé, la vie est trop courte pour boire de la piquette. » Le sommelier avait suggéré une bouteille à 500 euros. Le nom du cru provoqua un fort enthousiasme chez la fille et un vent de panique chez Arpad qui rapidement fit les comptes dans sa tête : sa carte de crédit devrait tenir le choc. Heureusement, il avait également sur lui l'argent que Stankowitz lui avait donné.

*

Dans la cellule, Fauve, pendu aux lèvres d'Arpad, était écroulé de rire.

— Cette histoire est absolument géniale ! lui dit-il.

— La suite est encore mieux ! prévint Arpad.

— La suite, réclama Fauve, la suite !

— Le service était interminable. Nos plats arrivent enfin, elle bouffe ses foutus spaghetti à la langouste puis le serveur vient demander si on veut un dessert. Moi, je dis non merci, évidemment. Je n'ai qu'une idée en tête : être de retour à la villa avant Mathilde, l'employée de maison. Mais la fille, elle, dit que pourquoi pas, zieute la carte, se tâte et, finalement, demande un soufflé au chocolat. Le serveur nous dit : « Le soufflé, excellent choix, mais je dois vous préciser que c'est environ 20 minutes d'attente. »

— Ne me dis pas que vous avez pris le soufflé ! s'esclaffa Fauve.

— Bien sûr qu'on a pris le soufflé !

Le rire de Fauve résonna contre les murs de la cellule.

— Quel con ! Mais quel con ! Tout ça pour sauter une fille rencontrée au hasard…

Arpad, content que son récit fasse de l'effet, s'écria de façon théâtrale :

— *Sautée* ? Mais si au moins je l'avais sautée ! Pendant qu'on poireaute pour son maudit soufflé, on termine la bouteille de champagne. Enfin, elle la termine, puisque moi je n'ai quasiment rien bu. Là, je comprends qu'elle est complètement bourrée, et le soleil qui nous tabasse n'arrange pas les choses. Et la voilà qui se met soudain à me parler de son petit copain. Elle m'avoue qu'elle a un mec depuis trois ans, qui vit à Berlin, et qu'elle ne veut pas le tromper. Elle se met à pleurer en gémissant : « Je peux pas faire ça à Eric ! »

★

— Je ne peux pas faire ça à Eric ! répéta la fille en larmes.

Ses sanglots attiraient les regards des clients. Arpad, au comble de la gêne, ne pensait qu'à disparaître.

— Tu n'es obligée de rien, la rassura-t-il en lui tendant un mouchoir. On devrait peut-être y aller…

— Non, refusa-t-elle en se tamponnant les yeux, je veux goûter le soufflé.

Arpad, tétanisé par la tournure des évènements, ne sentait pas son téléphone qui vibrait en vain dans sa poche.

À l'autre bout du fil, Mathilde, qui était déjà de retour à la villa de Stankowitz, raccrocha et se tourna vers les gendarmes qui inspectaient le garage vide.

— Il ne répond toujours pas. Mais je vous le répète, ce n'est pas lui qui a pris la voiture. Ce n'est vraiment pas son genre.

Le soufflé avalé et l'addition payée, Arpad embarqua la fille dans l'Aston Martin et roula à toute allure en direction de Saint-Tropez. Dans l'habitacle régnait un silence de mort. Arpad avait vu que Mathilde avait essayé de le joindre, il la rappellerait une fois à la maison. La priorité était de ramener la voiture au garage.

Mais ils furent bientôt coincés dans des bouchons. Arpad, qui n'avait plus une seconde à perdre, décida de remonter la file de véhicules immobilisés. C'était risqué, mais avec une bonne accélération, quelques secondes suffiraient pour atteindre le carrefour suivant.

L'Aston Martin s'engagea à contresens. Arpad appuya sur l'accélérateur, la fille poussa un cri. La voiture partit comme une flèche. Ils devaient bien rouler à 120 kilomètres/heure lorsque la roue avant droite rencontra un nid-de-poule. Arpad, surpris par l'impact, perdit la maîtrise du véhicule qui partit dans le décor et termina sa course contre des rochers, à quelques mètres de la terrasse d'un restaurant.

Arpad et la fille purent s'extirper seuls de la voiture. Ils étaient sonnés mais ils n'avaient rien. Pas même une égratignure. La voiture, par contre, était un tas de ferraille. Des témoins de la scène accoururent. Quelques minutes plus tard, les véhicules d'urgence débarquaient. C'était le début des ennuis pour Arpad.

Les gendarmes, après les constats d'usage, embarquèrent Arpad. Il pensa qu'il s'agissait de la procédure habituelle et qu'il sortirait dans l'heure. Il devrait certes rendre des comptes à monsieur Stankowitz et il ne s'en défausserait pas. Mais pour le reste, ce n'était qu'un accident. Personne n'avait été blessé. Il n'avait pas bu, il n'était pas drogué. Cependant, à la gendarmerie, la situation se dégrada rapidement. Entre autres à cause de monsieur Stankowitz qui, depuis Londres, avait annoncé vouloir porter plainte. Arpad se retrouva en garde à vue. Il appela alors à la rescousse un avocat de Saint-Tropez qu'il connaissait. L'avocat assura à Arpad qu'il serait libéré sans délai. Mais la garde à vue se prolongea jusqu'à sa présentation à un juge d'instruction.

— Risque de fuite, décréta ce dernier. Le prévenu réside à Londres, il a toutes les raisons de ne pas revenir ici. Je demande son incarcération en vue de son procès.

— C'est insensé, protesta l'avocat. On ne met pas quelqu'un en détention pour un simple accident de voiture !

— Il a volé une voiture ! rectifia le juge. Et il a failli tuer des gens ! Il y avait une terrasse bondée à quelques mètres de l'impact. Votre client aurait pu provoquer un carnage !

— Mon client a emprunté une voiture !

— Ce n'est pas l'avis du propriétaire du véhicule. Votre histoire ne convainc personne à part vous-même.

— Arpad est fraîchement diplômé de l'université, plaida l'avocat. Il a un emploi qui l'attend à Londres. Son incarcération va tout compromettre.

— Il fallait y penser avant de faire n'importe quoi !

Arpad joignit sa voix à celle de son avocat :

— Monsieur le juge, vous n'allez quand même pas me mettre en prison ? implora-t-il.

Mais les supplications restèrent vaines. Il y eut le cliquetis des menottes. La cellule du palais de justice. Le fourgon cellulaire. L'arrivée à la maison d'arrêt de Draguignan.

*

— Tout ça pour du champagne à 500 balles et un soufflé au chocolat, résuma Fauve.

— Tout ça parce que j'aime le fric mais que je n'en ai pas.

— Tu n'en as pas encore, nuança Fauve.

Après six semaines de détention, Arpad fut libéré. Ses parents ayant versé à Stankowitz une somme conséquente en dédommagement de son véhicule, celui-ci accepta de retirer sa plainte. L'accusation de vol tomba. Au terme d'une procédure simplifiée, Arpad fut condamné à une peine de prison avec sursis.

Au moment de quitter Fauve et leur cellule du centre pénitentiaire, Arpad ressentit la solide amitié qui s'était nouée entre eux.

— Notre colocation va presque me manquer, dit-il en lui donnant une dernière accolade.

— Ne dis pas de conneries, mon gars ! Tu verras qu'on est beaucoup mieux dehors. À bientôt.

*

Sept mois plus tard.

Arpad s'était durablement installé à Saint-Tropez.

À sa libération de prison, il ne s'était senti ni le courage, ni l'envie de retourner immédiatement à Londres. La quiétude de Saint-Tropez lui était apparue comme un bon sas de décompression. Mais ce qui devait n'être qu'un séjour limité – il imaginait rentrer tôt ou tard en Angleterre – prit une tout autre tournure lorsque le gérant du *Béatrice* lui proposa de faire un essai au bar du restaurant. Fort de son expérience dans le club privé de Knightsbridge où il avait rencontré monsieur Stankowitz, Arpad fit rapidement des étincelles. Il fut aussitôt engagé, puis promu à la supervision du bar et des réservations.

Arpad s'épanouissait à Saint-Tropez. Il adorait son boulot, dans lequel il excellait. Et puis, il y avait cette fille qui avait débarqué en janvier au *Béatrice*, comme hôtesse d'accueil pour remplacer Céline partie poursuivre ses études à Montréal. Elle s'appelait Sophie, elle était étudiante en droit à Aix-en-Provence. Elle était belle comme le jour. L'alchimie entre Arpad et elle avait immédiatement opéré et ils s'étaient mis à coucher régulièrement ensemble.

Brillante et spirituelle, Sophie n'avait qu'un défaut, être la fille chérie de Bernard, le grand patron du *Béatrice* et de plusieurs autres établissements de la région. Le gérant du *Béatrice* avait mis Arpad en garde :

— Pas touche à la fille du boss, hein ?

— Bien sûr que non, avait menti Arpad. Je ne suis pas fou, quand même.

Arpad se fichait éperdument de Bernard : il ne l'avait d'ailleurs croisé qu'une fois ou deux. Mais il valait mieux rester discrets, et Sophie et lui décidèrent de ne pas afficher leur relation. Le secret avait quelque chose d'excitant, qui pimentait leur liaison. Ils prenaient plaisir à jouer la comédie devant les collègues du *Béatrice* pour mieux se retrouver une fois à l'abri des regards. Et rien n'amusait plus Sophie que de se faire draguer par un client sous les yeux d'Arpad, avant que ce dernier ne demande aux videurs de mettre l'intrus à la porte sous un prétexte quelconque.

Au début du printemps 2007, Fauve fut libéré de prison.

Il atterrit provisoirement chez Arpad, avec qui il était resté en contact. Arpad se démena pour lui : il lui offrit le gîte et lui trouva une place de plongeur au *Béatrice*.

Mais Arpad se rendit rapidement compte que si Fauve était dans son élément en prison, il l'était beaucoup moins à l'air libre, où il avait toutes les peines du monde à s'intégrer. Fauve était un homme charmant, un ami fidèle, mais il était incapable de se plier à la moindre discipline. L'aventure de la plonge tourna court.

— T'es un frère, dit-il à Arpad le jour où il quitta l'appartement après avoir réuni ses quelques affaires dans un sac. Merci de tout ce que tu as fait pour moi, je préfère partir avant de t'attirer des problèmes. Je ne suis pas fait pour cette vie.

— Quelle vie ?

— Une vie d'esclave. À bosser pour les autres. À nettoyer les assiettes sales de ces messieurs dames. Tout ça pour un salaire de misère qui ne me permet même pas de mettre un toit sur ma tête. La vie est courte, j'en ai déjà sacrifié une bonne partie en prison.

— Tu vas où ? demanda Arpad.

— À Fréjus. Un pote peut me trouver un boulot sur le port.

C'était un mensonge. En réalité, Fauve préparait un braquage. Mais à ce stade, Arpad n'en savait encore rien. Insouciant, il retrouvait régulièrement Fauve à Fréjus, dans des lieux improbables pour des soirées *underground*. Il emmenait Sophie avec lui. Ils formèrent bientôt un trio d'inséparables.

Plusieurs mois s'écoulèrent. L'été passa.

Un soir de début septembre 2007, alors que Fauve et Arpad s'étaient retrouvés en tête à tête, Fauve confia à Arpad qu'il était sur un gros coup.

— Un gros coup ? s'inquiéta Arpad.

— Un braquage. La banque postale de Menton. Il y a beaucoup d'argent à se faire. De quoi être à l'abri pour très longtemps.

Arpad resta interdit.

— Pourquoi tu me racontes ça ? finit-il par demander.

— Je cherche un partenaire. Quelqu'un qui sache conduire, si tu vois ce que je veux dire.

Arpad, qui ne sut d'abord que répondre, crut nécessaire de préciser :

— Je… je n'ai jamais braqué.

Fauve eut un sourire rassurant :

— Dans un braquage, plus que l'expérience, c'est la confiance qui compte. Il me faut un type de confiance, un type comme toi. On fait notre coup, on disparaît en Italie. J'ai une planque d'enfer, une bergerie en Toscane où on sera tranquilles quelque temps.

Arpad dévisagea longuement Fauve. Il se demanda ce qu'il entendait par « beaucoup d'argent ».

CHAPITRE 12
9 jours avant le braquage

~~LUNDI 20 JUIN (ANNIVERSAIRE DE SOPHIE)~~

~~MARDI 21 JUIN~~

~~MERCREDI 22 JUIN~~

→ **JEUDI 23 JUIN 2022**

VENDREDI 24 JUIN

SAMEDI 25 JUIN

DIMANCHE 26 JUIN (LA DÉCOUVERTE DE GREG)

5 heures 45 du matin, à proximité de la Maison de verre.

Dans sa voiture dissimulée à l'orée du petit bois, Greg, les yeux rivés sur son écran, regardait Sophie et Arpad dormir. Elle était lovée entre deux oreillers. Lui était allongé sobrement sur le dos.

Sophie bougea. Il crut qu'elle était en train de se réveiller, mais fausse alerte. La caméra ne permettait pas de faire de gros plans, il le regrettait. Il aurait eu envie à cet instant de se rapprocher de son visage, de l'admirer de tout près. Il se rendait compte combien Sophie était unique. En revanche, il était très déçu par Marion. Heureusement, la veille, il avait été capable de se débarrasser d'elle en douceur. Il lui avait promis que c'était fini les menottes, que la prochaine fois ils iraient au restaurant. En quittant son appartement, il avait bloqué son numéro de téléphone pour qu'elle ne puisse plus le contacter.

Dans son lit, Arpad avait les yeux grands ouverts, ce que Greg ne pouvait pas remarquer dans l'obscurité de la chambre. Il ne dormait plus depuis longtemps. Il pensait à Fauve. Pourquoi débarquait-il au bout de quinze ans pour essayer de l'embarquer à nouveau dans un braquage? Fauve lui avait assuré n'avoir rien révélé à Sophie de son licenciement. C'était certainement vrai, car Arpad connaissait trop bien sa femme pour savoir qu'elle n'aurait pas été capable de jouer la comédie. Cela faisait des mois qu'Arpad mentait à Sophie. Sa prime de départ avait essentiellement servi à renflouer sa carte de crédit et payer ainsi rétroactivement leurs vacances de rêve à l'île Maurice. Pour le reste, il avait financé le train de vie de la famille en siphonnant l'argent de Bernard. Fauve, sans connaître les détails, devait se douter qu'Arpad était aux abois. C'était un stratège redoutable. En lui proposant de participer à un braquage, il lui offrait l'occasion de s'en sortir.

Arpad finit par se lever. Il se faufila discrètement dans le dressing pour choisir des vêtements. Il resta un instant nu devant ses costumes : ils habillaient jadis un banquier plein d'avenir, ce n'était plus que les tenues d'un raté qui mentait à sa famille. Il sélectionna un complet crème très léger taillé sur mesure. La comédie durerait un jour de plus. Soudain, il sentit le corps de Sophie contre lui, elle lui agrippa tendrement le torse, mais il se défit aussitôt de son étreinte. Elle prit la mouche :

— Je ne sais pas ce que tu as en ce moment, mais t'es vraiment chiant.

— Pardonne-moi, mais je dois virer des gens aujourd'hui et ça ne m'enchante pas !

— Je croyais que c'était hier que tu avais licencié tes collaborateurs.

Arpad rattrapa son mensonge à la volée :

— C'est tout un processus, dit-il. L'annonce, c'était la première étape. Maintenant, il faut remplir la paperasse, se coordonner avec les ressources humaines de la banque. Officialiser tout ça, quoi !

Il songea qu'il devait arrêter de mentir à propos de son boulot. Chaque fois qu'il prononçait le mot *banque*, Fauve le tenait un peu plus. Arpad enfila à la hâte sa chemise et son pantalon et quitta la chambre avec sa veste sous le bras et ses chaussures à la main. « Je vais te faire un café », annonça-t-il comme si cela allait régler la situation.

Il abandonna Sophie nue dans le dressing. En temps normal, elle aurait suivi Arpad pour le désamorcer. Mais là, elle avait besoin de se désamorcer, elle. À cause de Fauve. Elle devait le retrouver ce matin, ici même. À la maison. Il avait dit que ce serait plus discret. Elle devrait jouer la comédie, partir au travail comme tous les jours. Ne pas éveiller les soupçons. Elle était terriblement nerveuse et avait besoin de faire baisser la pression. Elle s'allongea sur son lit et laissa glisser ses doigts entre ses jambes.

Greg observait, émerveillé. Grisé par l'instant, il s'empara de son téléphone portable et enregistra la scène en vidéo pour pouvoir se la repasser encore et encore.

10 heures du matin, au quartier général de la police.

Les membres du groupe d'intervention étaient en train de s'entraîner au stand de tir lorsque Greg fut convoqué dans le bureau du chef de l'unité. C'était inhabituel d'interrompre un entraînement: le motif de l'entrevue devait être important. En traversant les couloirs, il se demanda si c'était à propos de la succession du chef et de sa potentielle nomination. Mais il allait vite déchanter.

— Greg, lui dit d'emblée le chef, on a un gros problème.

Dans le bureau, se trouvait également Fred, l'armurier et responsable du matériel de l'équipe. Des fusils d'assaut aux casques pare-balles, tout passait par lui.

— Que se passe-t-il? demanda Greg.

— Il y a eu un vol dans nos locaux.

Greg pensa aussitôt à la caméra.

— Un vol? répéta-t-il en regardant tour à tour son chef et Gros Fred (au sein de l'équipe, tout le monde appelait Fred *Gros Fred* alors que celui-ci était plutôt de constitution malingre).

Il essaya d'analyser rapidement la situation: était-ce une vraie question dont ils ne connaissaient pas la réponse, ou une partie de poker menteur? Est-ce que Gros Fred avait découvert la vérité? S'efforçant de ne pas laisser transparaître sa nervosité, il demanda d'un ton concerné:

— Qu'est-ce qui a été volé?

— Une caméra d'observation, répondit Gros Fred.

— Comme celle utilisée pour observer ce gang de cambrioleurs, il y a quelques semaines? s'enquit Greg.

— Exactement.

— Est-ce qu'on n'en aurait pas oublié une sur place? suggéra Greg.

— Non, j'ai fait un inventaire à la fin de la mission d'observation. Toutes les caméras étaient à leur place.

— Enfin, c'est insensé ! dit Greg, s'installant dans son rôle de comédie. Qui aurait pu voler une caméra ?

— C'est ce que j'aimerais savoir, répondit le chef.

Greg était mal à l'aise : ses interlocuteurs parlaient peu. Est-ce qu'ils savaient déjà tout ? Il joua le flic zélé :

— Qui a accès au matériel ?

— Uniquement les membres de l'unité, indiqua Gros Fred. Il n'y a que nous qui ayons accès à ces locaux.

— À ce propos, Greg, dit le chef, il paraît que tu as eu deux fois de la visite ces derniers dix jours…

— Une inspectrice de la PJ qui était sur l'intervention aux Pâquis de mardi dernier. Elle avait des questions pour son rapport. Mais elle n'est pas entrée ici : je suis sorti des locaux et nous avons discuté dans le grand hall d'entrée. À quand remonte le vol ?

— Difficile à dire, répondit Fred. J'ai fait un pointage du matériel jeudi et je m'en suis aperçu à ce moment-là.

— C'est vraiment très étrange, dit Greg. Je ne vois pas un membre de l'unité voler du matériel. Est-ce que vous avez déjà pu jeter un œil à la surveillance vidéo ?

— Oui, confirma le chef. Fred y a passé des heures, en vain.

Évidemment, Greg avait pris ses précautions. Il savait qu'il y avait des caméras. Il avait glissé tout le matériel dans son sac de sport habituel.

Le chef dit alors :

— Si je t'ai convoqué, Greg, c'est parce que je veux que tu mènes discrètement ton enquête à propos de ce vol. Il faut trouver qui est le fruit pourri au sein de notre unité.

Greg acquiesça, arborant un air très sérieux.

— Vous pouvez compter sur moi, assura-t-il.

En sortant du bureau, Greg se demanda ce qu'il devait faire. Le mieux était de trouver un moyen de récupérer la caméra chez les Braun et de balancer tout le matériel dans le lac afin qu'on ne le retrouve jamais. Mais avant cela, il passerait un dernier week-end dans l'intimité des Braun. Puis tout arrêter avant que cela ne tourne mal.

Pour ajouter à ses tracas, Marion débarqua au quartier général de la police pour une visite impromptue.

— Tu dois arrêter de te pointer comme ça…, s'agaça Greg. Mon chef m'a fait une remarque, c'est chaud…

— Je regrette d'en arriver là, mais je ne parviens pas à te joindre et mes messages ne passent pas… tu m'as bloquée ?

— Écoute, Marion, j'ai vraiment été un pauvre type. Je suis marié… j'ai des gosses… j'ai déconné…

Marion se décomposa :

— Tu es marié ? Mais alors quoi, tu avais juste besoin de tirer ton coup ? Tu m'as prise pour qui ?

Greg n'avait aucune intention de s'embarquer dans des explications :

— Je suis vraiment désolé de ce malentendu. Maintenant, arrête de venir ici et laisse-moi tranquille. J'espère que je me suis bien fait comprendre.

*

Arpad errait en ville lorsqu'il reçut une notification sur son téléphone : l'alarme de la maison venait d'être désactivée. Sophie était de retour chez eux. Il sut que c'était Sophie car la femme de ménage (qui ne venait de toute façon pas le jeudi) avait un code différent du leur. Il pensa d'abord que sa femme avait peut-être oublié un dossier à la maison, mais une intuition le poussa à lui téléphoner.

— Salut, chéri, lui dit Sophie. Comment se passe ta matinée ?

— Ça va. Et toi ?

— Rien de spécial. Je suis au bureau.

Elle mentait. Arpad sentit son estomac se nouer. Il articula avec difficulté :

— Alors, bosse bien, à ce soir.

— À ce soir, mon amour.

Il raccrocha. Comment pouvait-elle lui mentir et lui dire *mon amour* ? Il décida de se rendre à la Maison de verre pour voir ce qu'il s'y passait.

Sophie, dans la Maison de verre, resta songeuse. Arpad semblait tendu depuis quelques jours. Et ça n'avait rien à voir avec la banque comme il le prétendait. Il était tendu depuis le retour de Fauve. Le retour de Fauve la mettait, elle, dans tous ses états et Arpad le sentait.

Soudain, la sonnerie du portail retentit. Elle se précipita pour ouvrir. La Peugeot grise entra dans la cour. Fauve, en sortant de l'habitacle, sourit à Sophie venue l'accueillir à la porte de la maison.

— Bonjour, ma panthère, lui dit-il.

Arpad laissa sa voiture sur le bas-côté de la route de la Capite. Il terminerait à pied, pour rester discret. Il remonta le chemin sans issue qui menait à sa maison. Il fit le code du portail, et découvrit, dans la cour, la voiture de Sophie et la Peugeot grise de Fauve.

Il décida de ne pas entrer directement dans la maison, mais de faire le tour par la forêt pour essayer de voir ce qui se passait à l'intérieur du cube de verre. Il longea la limite de la propriété et s'enfonça dans les bois. Il se sentait comme un intrus chez lui. Les pensées se bousculaient dans sa tête.

Il suivit la ligne des arbres et se trouva bientôt un poste d'observation parfait. Un buisson qui semblait permettre de voir sans être vu. Il avança, recroquevillé, et s'installa derrière le rideau de feuilles.

C'est ainsi qu'Arpad, inspectant les pièces de sa propre maison à travers les baies vitrées, surprit Sophie et Fauve dans la chambre à coucher. Ils se tenaient face à face, en grande conversation. Puis Fauve, ouvrant le tiroir de la table de nuit de Sophie, en sortit la paire de menottes. Il échangea encore quelques mots avec Sophie, avant d'éclater de rire. Sophie descendit alors les stores électriques pour se mettre à l'abri des regards.

Arpad resta effaré.

Sophie le trompait.

Il s'enfuit à travers la forêt.

15 ANS PLUS TÔT

17 SEPTEMBRE 2007

Menton, France

Vers 6 heures du matin, comme il le faisait quotidiennement, le directeur de la banque postale de Menton sortit de chez lui pour promener son petit chien.

Les braqueurs qui l'attendaient au coin de la rue détenaient deux informations cruciales : la première était que le directeur vivait seul. Personne ne s'inquiéterait donc qu'il ne revienne pas de sa promenade. La seconde était que les coffres de la banque étaient pleins, au point que le passage d'une entreprise de transport de fonds était prévu le jour même.

Le directeur suivait son itinéraire habituel sans pouvoir distinguer la voiture, dont le moteur tournait mais qui était à peine visible dans l'obscurité. Soudain, une main le saisit et il sentit qu'on appliquait contre sa tempe un canon de revolver.

— Pas un mot, lui dit le braqueur. Boucle-la et coopère, Bruno.

Ils connaissaient son prénom. Le directeur de la banque postale se figea d'effroi et se laissa conduire jusqu'à la voiture. Une seconde silhouette, sortie de l'ombre, attrapa son chien et le fourra dans le coffre. Tout se passa vite et bien.

Le braqueur au pistolet s'assit sur la banquette arrière avec le directeur, le tenant en respect. L'autre s'installa au volant. Aucun mot ne fut échangé. Ils portaient chacun une cagoule surmontée d'une casquette, pour plus de discrétion. La voiture roula à une allure parfaitement normale, phares allumés, pour ne pas attirer l'attention. Tout ce que le directeur pouvait constater, c'est qu'il avait affaire à des pros.

La voiture se gara devant la banque, sur une place de parking.

Mais en position de départ. Le braqueur sur la banquette parla à nouveau :

— Maintenant, Bruno, fais ce qu'on te dit et tout va bien se passer. Tu vas nous faire entrer dans la banque et nous ouvrir le coffre où se trouve l'argent liquide. Si tu nous obéis, dans sept minutes, tout sera terminé.

À ces mots, il sortit de sa poche un chronomètre de sport et l'enclencha en annonçant : *Sept minutes !*

Tout se passa comme un ballet parfaitement réglé. Ils sortirent sans bruit de la voiture. L'un des braqueurs gardait le canon de son arme enfoncé dans le dos du directeur, l'autre portait des sacs vides. Ils se fondirent dans l'obscurité. Seul indice qui pourrait les trahir : le moteur du véhicule resté allumé, prêt au départ. Ils se dirigèrent vers la porte de service. À l'évidence, ils connaissaient les lieux.

Sans broncher, le directeur de la banque fit ce qui était attendu de lui. C'étaient d'ailleurs les consignes de sécurité : en cas de braquage, obéir. Ne rien tenter. De toute façon, consignes ou pas consignes, il n'allait pas risquer sa vie pour protéger de l'argent qui n'était pas le sien. Il tapa le code sur le clavier de la porte, qui s'ouvrit. Il y avait un sas de sécurité. La deuxième porte était protégée par un double système d'ouverture à clé et de reconnaissance digitale. Le directeur plaça son pouce sur le lecteur et la porte se déverrouilla. Ils pénétrèrent dans l'établissement. Il restait encore à débrancher l'alarme. Le directeur s'approcha du boîtier. Le braqueur remonta son pistolet sur sa tempe et lui dit : « Ne t'amuse pas à faire un code bidon. » Le directeur savait très bien ce que l'homme voulait dire. Il y avait un code de sécurité prévu pour ce genre de situation, qui débranchait l'alarme mais alertait la police. Ce jour-là, il décida de ne courir aucun risque. Il allait laisser ces braqueurs prendre ce qu'ils voulaient, et rester en vie.

L'alarme fut neutralisée.

Cinq minutes ! s'écria l'homme au chronomètre.

Ils se dirigèrent d'un pas rapide vers la salle des coffres. Le directeur leur donna accès à la montagne d'argent liquide qui s'y trouvait. Le braqueur au pistolet attacha alors le directeur avec des liens en plastique puis les deux malfrats remplirent de billets six sacs de sport en toile. De l'argent pêle-mêle, des coupures pour l'essentiel déjà utilisées, ni répertoriées, ni numérotées.

Cet argent serait impossible à tracer. Une aubaine. D'ailleurs, le directeur de l'agence avait demandé à plusieurs reprises à la maison mère que les ramassages par des transporteurs de fonds soient effectués plus régulièrement. On ne l'avait pas écouté.

Lorsque le chronomètre indiqua sept minutes, le braqueur hurla à son comparse, en anglais : *Time!* Sur quoi, ils s'enfuirent immédiatement avec leur butin, chacun portant un sac sur son dos et un dans chaque main, abandonnant derrière eux le directeur ligoté.

C'est seulement deux heures plus tard que le directeur fut découvert par l'employé chargé de l'ouverture. Le petit chien, lui, libéré par les braqueurs, attendait sagement sur le trottoir, devant la place de parking.

Au moment où la police débarquait en force sur les lieux, le véhicule des braqueurs avait franchi la frontière italienne depuis longtemps.

Chapitre 13

8 jours avant le braquage

~~Lundi 20 juin (anniversaire de Sophie)~~

~~Mardi 21 juin~~

~~Mercredi 22 juin~~

~~Jeudi 23 juin~~

→ **Vendredi 24 juin 2022**

Samedi 25 juin

Dimanche 26 juin (La découverte de Greg)

6 heures 15 du matin, à proximité de la Maison de verre.

Depuis sa voiture, Greg était en immersion dans la chambre d'Arpad et de Sophie. Il constatait, avec un certain plaisir, que chez les Braun rien n'allait plus.

— Enfin, tu vas me dire ce qui se passe ? s'agaça Sophie pour que son mari sorte de son silence.

Arpad n'avait toujours pas eu le courage d'affronter Sophie. La veille, il était allé à son entraînement de squash hebdomadaire avec Julien sans passer par la maison. Il ne s'était pas vu jouer la comédie devant les enfants. Après le dîner au tennis-club, il avait encore traîné, seul, et n'était finalement rentré que vers minuit. Sa femme dormait déjà.

Sophie répéta sa question :

— Arpad, tu vas me dire ce qui t'arrive et pourquoi tu es si bizarre depuis deux jours ?

— Qu'est-ce que Fauve te veut ?

— Fauve ? Rien, rien du tout. Pourquoi tu me parles de lui ?

Elle jouait tellement bien la comédie, elle semblait tellement sincère, qu'il eut presque l'impression d'être fou et d'avoir monté lui-même cette histoire de toutes pièces. Il perdait complètement pied. Il était persuadé que s'il lui révélait ce qu'il avait vu la veille, elle parviendrait à le retourner comme une crêpe et à le convaincre qu'il affabulait. Ou même peut-être qu'elle le quitterait sur-le-champ. C'était arrivé à l'un de ses copains : celui-ci ayant découvert que sa femme avait un amant, il l'avait mise face à l'évidence. Elle n'avait pas nié, ni essayé de se justifier, elle lui avait simplement dit que, puisqu'il savait tout, il était désormais inutile de continuer cette comédie, et elle était partie avec l'autre. Arpad ne pouvait pas risquer de perdre Sophie. Il eut alors envie de dégoupiller la grenade qui anéantirait Fauve. Révéler à Sophie que, sous ses airs séduisants de baroudeur et d'esprit libre, il était en réalité un braqueur.

— Tu sais pourquoi je suis parti de Saint-Tropez du jour au lendemain il y a quinze ans?

— Tu avais trouvé un emploi à la banque, répondit Sophie avec un soupçon d'inquiétude dans la voix.

— Je t'ai menti, avoua Arpad. Depuis tout ce temps, je t'ai menti... Si je suis parti de Saint-Tropez, c'est parce que j'ai été obligé de fuir la région.

— Fuir la région? répéta Sophie dont le visage semblait se décomposer. Mais enfin, Arpad, de quoi tu me parles?

— Il s'est passé quelque chose il y a quinze ans, et il est temps que tu le saches.

— À Saint-Tropez? demanda Sophie.

— À Menton.

— À Menton?

Arpad se tut soudain. S'il se confiait à Sophie, elle en parlerait certainement à Fauve. Et Fauve l'avait toujours prévenu des conséquences s'il venait à révéler leur secret. S'il découvrait qu'Arpad l'avait trahi, il était capable de massacrer toute la famille pour que personne ne parle.

— Laisse tomber, dit alors Arpad en voulant contourner Sophie qui se tenait face à lui.

Elle le retint par le bras.

— Arpad, tu ne peux pas toujours fuir!

Il se défit d'elle, attrapa à la hâte des vêtements dans le dressing et quitta la chambre précipitamment.

Greg, depuis sa voiture, avait assisté à toute la scène. Rien ne lui avait échappé: qu'est-ce que c'était que cette histoire de fuite dont avait parlé Arpad? Qui était ce Fauve? Et que s'était-il passé à Menton quinze années auparavant? Il comptait bien tirer cette histoire au clair.

Au quartier général de la police, il interrogea les moteurs de recherche. Il commença par se pencher sur ce « *Fauve* », mais ce nom ne correspondait à rien. Greg avait déduit de l'échange tendu entre Arpad et Sophie qu'il s'agissait vraisemblablement d'un homme. Était-ce lui que Greg avait surpris en train de surveiller la maison des Braun? Le passé d'Arpad était-il en train de refaire surface?

Arpad avait dit à Sophie qu'il avait fui Saint-Tropez à la suite d'un événement survenu à Menton quinze ans plus tôt. Cela devait remonter à l'année 2007. Greg en eut la confirmation en consultant les registres officiels du canton de Genève: Arpad avait déclaré son domicile en Suisse à partir d'octobre 2007.

En remontant le fil des évènements survenus à Menton en 2007, Greg tomba sur le braquage d'une succursale de la banque postale le 17 septembre de cette année-là. Le directeur avait été pris en otage par deux individus cagoulés qui l'avaient forcé à leur ouvrir la banque et le coffre. Ils étaient repartis avec plusieurs millions d'euros et n'avaient jamais été pris. Est-ce qu'Arpad avait un lien avec ceci? Il avait débarqué en Suisse peu après la date du braquage, était-ce vraiment une coïncidence?

*

Ce jour-là, à midi pile, Sophie quitta l'immeuble qui abritait ses bureaux. Elle remonta à pied la rue du Rhône jusqu'à la rue Pierre-Fatio, sans remarquer qu'on la suivait. C'était son mari, cette fois, qui l'épiait. Elle entra dans le restaurant *Roberto*. Arpad s'approcha discrètement de la vitrine et vit sa femme rejoindre un vieil homme élégant qui l'attendait déjà: Samuel Hennel.

Arpad songea qu'elle n'avait pas menti. Pour une fois. Ce déjeuner correspondait bien à ce qui était inscrit dans son agenda électronique, auquel il avait accès. Mais s'il l'avait suivie, ce n'était pas tant pour vérifier ses dires que pour s'assurer qu'il aurait la paix durant les deux prochaines heures.

Arpad se rendit alors au cabinet de sa femme, dont il possédait un jeu de clés. Il savait maintenant que Sophie menait une double vie, mais il avait besoin d'une preuve tangible car le calme de sa femme, la façon dont elle s'adressait à lui comme s'il était le problème, le décontenançaient complètement. *Que se passe-t-il? Arrête de fuir! Parle-moi!* Il n'avait rien trouvé à la maison, il était certain de découvrir dans ce bureau des indices concrets de la liaison entre Sophie et Fauve. Que ferait-il ensuite pour sauver son couple? Comment se débarrasserait-il de Fauve? Il n'en savait encore rien.

Au moment où Arpad poussa la porte d'entrée des bureaux de Sophie, il entendit la voix de Véronique:

— Sophie, c'est toi?

Arpad pesta en son for intérieur: il avait oublié la présence potentielle de la collaboratrice de sa femme.

— C'est Arpad, s'annonça-t-il d'un ton faussement enjoué. Je viens récupérer des documents.

Véronique apparut, son sac à main en bandoulière. Elle était visiblement sur le départ.

— Oh, salut Arpad ! Sophie n'est pas là…

Il mentit avec aplomb :

— Je sais, je lui ai parlé.

— Je peux t'aider ? demanda gentiment Véronique. J'ai rendez-vous pour déjeuner, mais si je peux être utile…

— Non, tout va bien. J'en ai littéralement pour deux minutes.

— Alors je file…

Au moment où la jeune femme allait passer la porte, Arpad la retint :

— Si j'ai besoin d'imprimer un document, je peux utiliser l'ordinateur de Sophie ?

— Bien sûr. Tout fonctionne en réseau, c'est très facile.

— Il y a un code pour son ordinateur ?

— Oui. *Panthere.* Avec un *P* majuscule et pas d'accent sur le *e*.

Arpad resta perplexe quant au choix de ce mot de passe. Il pensait que la Panthère, c'était juste entre Sophie et lui.

Véronique s'en alla et Arpad prit aussitôt possession du bureau de Sophie. Il s'installa devant l'écran et saisit le mot de passe. Il avait à présent accès à tous ses documents et tous ses courriels.

La lecture des courriels ne donna rien. Il ne trouva que des échanges professionnels. Rien non plus dans les méandres de son ordinateur : hormis un dossier avec des photos de famille, il n'y avait rien de personnel dans le disque dur.

Arpad se mit alors à fouiller les tiroirs et les étagères, à la recherche d'un deuxième téléphone ou d'un deuxième ordinateur portable qui renfermeraient les secrets de Sophie. Mais il ne trouva rien. Soudain, son regard se porta sur une rangée de livres. Au milieu des manuels de droit et des codes de procédure, un livre d'art qu'il avait toujours vu sans le remarquer. Un ouvrage consacré au mouvement post-impressionniste dont Matisse avait été la figure de proue : les Fauves.

Arpad se saisit du livre et en parcourut les pages. C'est ainsi qu'il découvrit les lettres que Sophie cachait à l'intérieur. Il s'assit par terre et se mit à les lire. Elles commençaient toutes par *Ma Panthère* et elles étaient signées *Ton Fauve*. D'après ces lettres, méticuleusement datées, cela faisait quinze ans que Fauve et Sophie entretenaient une relation. Il découvrait, au fil de ses lectures, la double vie de Sophie et ces mensonges qui duraient depuis toujours.

La première lettre datait de décembre 2007, soit peu après qu'Arpad eut fui Saint-Tropez. Fauve écrivait à Sophie: *Je regrette que nos chemins se soient séparés… Tu me manques… ton corps me manque… Nous aurions pu être heureux ensemble.*

Mais les chemins ne s'étaient visiblement pas séparés pour longtemps. Il y eut des retrouvailles, à Paris notamment, puis en Espagne, en 2016. Dans une lettre postérieure à leur voyage, Fauve évoquait *la joie d'être avec toi à Saragosse (…) l'intensité de ces moments ensemble (…) les jours qui avaient passé trop vite.*

Au fil des années, Fauve donnait à Sophie ses nouvelles adresses, le plus souvent en poste restante, pour que Sophie puisse continuer à lui écrire.

L'avant-dernière lettre était datée de 2019. Fauve faisait allusion à un voyage à San Remo. *Je rêve de te retrouver là-bas, encore. Je veux revivre nos marches sur la plage, et retourner dans ce restaurant charmant où nous avons attrapé un fou rire.* Fort de ces souvenirs, il écrivait: *San Remo ne peut pas être notre dernière fois.*

La dernière lettre datait de quelques jours et consistait en une carte d'anniversaire kitsch à souhait.

> *Ma Panthère,*
> *Tu n'es pas faite pour cette vie en cage. Tu t'y es accoutumée, comme un animal dans un zoo. Mais ta routine et ton quotidien sont des barreaux. Ton bonheur est une illusion. N'oublie pas le juste rappel de Viscontini. Viens avec moi, je veux te faire goûter encore à la liberté.*
> *Je t'aime*
> *Ton Fauve*

Arpad reposa la carte. Il était dévasté. Comment avait-il pu ne rien voir? Comment avait-il pu être aussi naïf? Sophie se rendait régulièrement à Paris dans le cadre de son travail: elle avait d'abord retrouvé Fauve là-bas, puis elle avait sans doute profité de ce prétexte pour organiser leurs retrouvailles en amoureux à Saragosse et San Remo. Quand elle partait à Paris,

Arpad ne s'était jamais imaginé qu'elle puisse être en réalité dans une autre ville. Sa confiance en elle était telle qu'il n'avait jamais envisagé de vérifier, ou d'appeler à son hôtel.

Il voulut interroger leur agenda électronique. L'année 2016 avait été effacée de la mémoire informatique, en revanche il avait encore accès à 2019. En février de cette année-là, exactement aux mêmes dates, lui avait dû se rendre à Montréal pour la banque, et elle à Londres. Arpad se souvint qu'elle devait soi-disant y accompagner Samuel Hennel. Et s'il n'y avait jamais eu de voyage à Londres ? Sophie, sachant Arpad absent, en avait certainement profité pour rejoindre Fauve en Italie. Elle avait demandé à ses parents de venir à Genève pour garder les enfants. Tout ceci composait un plan machiavélique.

Pour en avoir le cœur net, Arpad retourna à l'ordinateur de Sophie. Il avait aperçu le dossier de comptabilité en fouillant le disque dur. Il retrouva l'année 2019 et parcourut les frais de voyages. Aucune trace d'un séjour à Londres. Par contre, aux dates du prétendu séjour dans la capitale anglaise, il y avait un aller-retour pour Nice. De là, San Remo n'était qu'à une heure de route.

*

3 ans plus tôt.
Février 2019.

Sophie déambulait dans une rue piétonne de San Remo en mode touriste, un appareil photo autour du cou, lorsqu'elle reçut l'appel d'Arpad. C'était les premières heures du matin à Montréal.

— Bon matin, lui dit Arpad en prenant l'accent québécois.

Sophie rit.

— Comment ça va, mon amour ?

— Hormis cet affreux décalage horaire, tout va bien. Et toi ? Quoi de neuf à Londres.

— Rien de spécial, mentit Sophie. Des rendez-vous dans des bureaux qui se ressemblent tous et du très mauvais café. Tu me manques, mon chéri.

Elle se tourna vers Fauve, qui marchait à côté d'elle, et lui adressa un clin d'œil.

Samedi 2 juillet 2022

Le jour du braquage

2 heures avant le début du braquage

7 heures 30 du matin.

Au quartier général de la police, dans la salle de briefing du groupe d'intervention, Greg donnait les instructions à ses hommes. Le départ était imminent.

— Notre cible s'appelle Arpad Braun, rappela Greg tandis qu'une photo d'Arpad s'affichait sur l'écran derrière lui. C'est un ancien gérant de fortune d'une banque privée. Il a été licencié il y a plusieurs mois. Il a fait un bref séjour en prison en France pour une histoire de vol de voiture. Il dispose d'un complice, un certain Philippe Carral. On les soupçonne d'avoir déjà braqué une banque ensemble, en France, il y a quinze ans. On sait qu'ils vont attaquer une bijouterie aujourd'hui. On ignore encore laquelle. On a perdu la piste de ce Philippe Carral, mais on suit à la trace Arpad Braun. Une équipe de la brigade d'observation est sur lui. Ils nous tiendront informés dès qu'il bouge de chez lui.

Chapitre 14

7 jours avant le braquage

~~Lundi 20 juin (anniversaire de Sophie)~~

~~Mardi 21 juin~~

~~Mercredi 22 juin~~

~~Jeudi 23 juin~~

~~Vendredi 24 juin~~

→ **Samedi 25 juin 2022**

Dimanche 26 juin (La découverte de Greg)

10 heures du matin, à la Verrue.

Les préparatifs du barbecue du soir allaient bon train. Karine, de très bonne humeur, achevait de confectionner son tiramisu. Greg, lui, était en train d'installer les guirlandes lumineuses dehors. Les garçons étaient partis pour la matinée chez leurs grands-parents et la maison était délicieusement calme.

Son dessert terminé, Karine alla inspecter la terrasse.

— Elles sont bien, ces guirlandes, non ? demanda-t-elle à son mari perché sur une échelle.

Greg se contenta d'acquiescer d'un signe de la tête. Il ne semblait pas convaincu.

— Tu trouves que ça fait plouc, c'est ça ? s'inquiéta Karine.

— Le seul terme de « guirlandes », ça fait déjà plouc, s'amusa Greg.

— Oh, t'es chiant ! se renfrogna Karine qui doutait facilement.

— Elles sont très bien, la rassura Greg.

— Je veux juste ne pas faire plouc devant les Braun…

— S'ils pensent qu'on est des ploucs, alors ce sont eux les ploucs.

Karine sourit à son mari. Puis elle retourna à la cuisine et prit son téléphone pour appeler Sophie.

À la Maison de verre, les enfants jouaient dans la piscine. Arpad, assis seul sur le canapé d'extérieur, les regardait. Sophie, elle, était en repli dans la cuisine. Elle avait compris que son mari avait compris. En tout cas, en partie. Il était passé à son bureau la veille, il avait accédé à son ordinateur, il avait fouillé les tiroirs et les étagères. Le livre d'art sur le fauvisme avait été déplacé, les lettres lues.

Son téléphone sonna. C'était Karine. Sophie avait envie de

renoncer au barbecue du soir. Elle n'avait pas l'énergie de jouer à la famille parfaite. Mais Karine était au comble de l'exaltation :

— Hâte de vous avoir à la maison ce soir ! Le match de football est à 16 heures. Avec la mi-temps et les prolongations, ce sera terminé vers 18 heures. Après, il y a encore la petite cérémonie habituelle puisque c'est le dernier match de la saison. Et ensuite vous venez directement chez nous si ça vous va ?

Sophie n'eut pas le cœur de lui faire faux bond.

— On se réjouit aussi, dit-elle. À tout à l'heure.

Après avoir raccroché, Sophie resta pensive. Elle avait échafaudé un plan pour désamorcer son mari avant qu'il n'explose, il était temps de passer à l'acte.

Elle sortit sur la terrasse avec deux tasses de café et le rejoignit sur le canapé d'extérieur. D'un geste spontané et tendre, elle posa sa tête contre son épaule. En images, tout semblait merveilleux : les enfants qui s'ébrouaient dans l'herbe, les parents assis ensemble. Puis, en bonne avocate, elle se mit à démonter les pièces à conviction avant même qu'il n'ait le temps de les présenter à la cour.

— Je sais que tu es passé au bureau, dit-elle d'une voix douce. J'imagine que tu as vu les lettres. J'aurais peut-être dû t'en parler à l'époque… et en même temps non… Il y a quinze ans, après ta disparition de Saint-Tropez, j'ai eu une aventure avec Fauve. Tu étais parti sans laisser de traces, je t'ai cherché partout. Désespérément. Durant cette période je me suis rapprochée de Fauve : il était ton ami, je pensais qu'il saurait où te trouver. Une chose en entraînant une autre, on a eu une brève liaison. Ça n'a pas duré, je n'étais pas du tout intéressée par lui.

Après un silence, Arpad demanda :

— Si ce n'était qu'une passade comme tu dis, pourquoi toutes ces lettres ?

— Après que j'ai mis un terme à notre liaison, Fauve m'a annoncé qu'il partait s'installer ailleurs. Quelques semaines plus tard, je recevais sa première lettre, qu'il m'avait adressée au *Béatrice*. Il me disait sa tristesse que je l'aie quitté. J'avoue que ça m'a touchée… Je lui ai répondu et il m'a écrit en retour quelque temps plus tard. Comme j'avais déménagé à Paris, mon père m'a fait suivre la lettre. Ça a été le début de notre correspondance. On s'écrivait régulièrement. Il était évident, au travers de ses lignes, qu'il ne s'était pas résigné à notre séparation, mais de mon côté j'ai toujours été très claire avec lui. D'ailleurs, mes lettres à moi parlaient surtout de ma vie de famille. Je lui ai même envoyé une photo de nous quatre. Crois-moi, il n'y avait rien d'ambigu. Est-ce que j'aurais dû te dire que j'avais correspondu avec Fauve pendant toutes ces années? Probablement. Surtout si ça t'a donné de fausses impressions.

— Pourquoi avoir gardé ces lettres si elles ne représentaient rien?

— J'ai toujours eu la manie de garder ma correspondance, tu le sais bien. J'ai gardé les lettres de Fauve comme je l'ai fait avec d'autres lettres et cartes diverses reçues au fil du temps. Dont des mots de ta main. Ce sont des souvenirs des différentes époques de ma vie.

— Si ces lettres étaient anodines, pourquoi les avoir cachées dans un livre, dans ton bureau?

— Au fil de nos déménagements à Genève, j'ai d'abord entassé ma correspondance dans un carton à chapeau, mais je trouvais ridicule cette boîte qui prenait la poussière. Alors j'ai tout glissé dans ce livre d'art. C'était davantage un rangement improvisé qu'une cachette. Et finalement le livre s'est retrouvé dans mon bureau. D'ailleurs, puisque tu as trouvé les lettres de Fauve, j'imagine que tu as trouvé les autres.

— Les autres *quoi*? s'enquit Arpad.

— Les autres lettres que je garde dedans. Je t'ai dit: des mots pour mon anniversaire, des cartes postales, les mots doux que tu me laisses parfois sur le pare-brise quand tu pars travailler avant moi.

Il ne s'en souvenait plus. Il n'avait pas fait attention. Sur le moment, il avait été tellement ébranlé par ces lettres de Fauve qu'il n'avait rien vu d'autre.

Sophie, qui connaissait bien son mari, sentit que celui-ci était en train de gober ses explications. Ce n'était pas encore gagné, mais elle avait semé le doute dans son esprit.

Arpad, troublé, s'efforça de remettre dans l'ordre les pièces du puzzle. Il demanda soudain:

— Et vos petites excursions?

— Quelles excursions?

— Saragosse... San Remo...

Elle joua superbement la surprise.

— Attends, de quoi tu parles? demanda-t-elle.

— De tes voyages à Saragosse et à San Remo avec Fauve.

Elle eut un rire amusé:

— Je ne suis jamais allée à Saragosse, ni à San Remo ni je-ne-sais-où avec Fauve. Ni avec qui que ce soit d'ailleurs.

Arpad monta soudain dans les tours:

— Arrête de me prendre pour un con, Sophie! J'ai lu une lettre de Fauve qui parle de vos retrouvailles à Saragosse en 2016, et une autre à propos de San Remo en 2019 dans laquelle il te dit *San Remo ne peut pas être notre dernière fois.*

Elle tint bon:

— Je ne suis jamais allée à Saragosse avec Fauve! Quant à San Remo, ça date de quinze ans, durant cette fameuse période pendant laquelle tu avais disparu de la circulation. Fauve avait absolument voulu m'emmener déjeuner là-bas. De Saint-Tropez, ce n'est pas très loin. On avait fait l'aller-retour dans la journée. Je m'étais d'ailleurs demandé ce que je fichais dans cette galère. C'est précisément après ça que je l'ai quitté.

— Je ne te parle pas d'il y a quinze ans, je te parle de 2019!

— Attends, mon chéri, dit-elle d'une voix très calme et pleine d'empathie, je crois qu'il y a un gros malentendu. San Remo, c'était il y a quinze ans comme je te l'ai dit. Quant à Saragosse, dans mon souvenir, Fauve a effectivement atterri là-bas à un moment donné, au fil de ses errances, mais je ne sais pas ce qui a pu te faire croire que j'étais avec lui. Il faut absolument tirer ça au clair.

Elle rentra brièvement à l'intérieur de la maison et revint avec une enveloppe contenant les lettres de Fauve.

— Avant de les jeter – ce que j'aurais dû faire il y a longtemps – je voulais te montrer qu'il n'y avait rien de compromettant. À part peut-être les fantasmes de Fauve. Mais laissons-lui cette liberté. Bref, je serais curieuse que tu me montres ces lettres concernant ces soi-disant voyages à San Remo et à Saragosse.

Arpad passa rapidement les lettres en revue et tomba sur ce qu'il cherchait. Saragosse en 2016. Il se mit à lire à haute voix les moments-clés de ce courrier:

— *Je voudrais être avec toi à Saragosse (...) La joie de ces retrouvailles me rappellerait l'intensité de nos moments à l'époque... ces jours ensemble qui avaient passé trop vite (...)*

Il interrompit sa lecture. Troublé. À la relecture, les mots prenaient un sens différent.

— *Je voudrais être avec toi* signifie justement que je n'étais pas avec lui, fit remarquer Sophie. Mon amour, t'es tellement mignon quand tu te fais des films !

Arpad resta perplexe. Est-ce qu'il avait lu trop rapidement la veille et mal interprété le texte ? Il remonta alors à la lettre de février 2019 qui revenait sur leur voyage à San Remo. Il lut à haute voix :

— *Je rêve de te retrouver là-bas, encore. Je veux revivre nos marches sur la plage, et retourner dans ce restaurant charmant où nous avons attrapé un fou rire. San Remo ne peut pas être notre dernière fois.*

— San Remo c'était il y a quinze ans, répéta Sophie. Combien de fois devrais-je te le dire ? Fauve rumine le passé. On a effectivement déjeuné dans un restaurant charmant près du port, mais j'en garde un souvenir affreux, visiblement pas lui. Quand il écrit *je rêve de te retrouver là-bas*, ou encore *je veux revivre ce que nous avons vécu*, c'est bien qu'il est dans la nostalgie de quelque chose de perdu.

Sophie était très convaincante. Mais Arpad n'avait pas dit son dernier mot.

— C'est étrange, parce qu'en février 2019, donc à l'époque de cette lettre, tu étais censée être en voyage à Londres. Or, j'ai parcouru la comptabilité de ton cabinet et les dates de ton supposé voyage à Londres, je n'ai trouvé qu'un billet d'avion pour Nice, soit à une heure de route de San Remo. Étrange coïncidence, non ?

Sophie s'attendait à cette question. La veille, Arpad avait oublié de refermer le dossier sur son ordinateur. Elle feignit néanmoins la surprise.

— Ça me semble étrange, dit-elle. Surtout que je me souviens très bien de ce voyage à Londres avec Samuel Hennel. Je veux immédiatement lever ce malentendu.

Elle alla chercher son ordinateur portable et, sous les yeux de son mari, elle se connecta à distance sur le serveur informatique de son cabinet. Elle cliqua sur le dossier *Comptabilité*, puis sur le sous-dossier de l'année en question et fit défiler les différents éléments jusqu'à tomber sur un billet d'avion. Elle ouvrit le document. C'était effectivement un billet d'avion Genève-Nice.

— Tu vois, dit Arpad. C'est un billet pour Nice. Tu peux m'expliquer ça?

Sophie pointa du doigt le nom du passager: Véronique Julienne.

— C'est Véronique qui s'est rendue à Nice. Pas moi. Et maintenant que je vois ce billet, je me souviens que c'était l'époque de mon client Perez, qui était en train de déménager de Genève à Monaco. Tu te souviens de lui?

Arpad ne sut que répondre. Il avait dû regarder la date, la destination du billet, mais pas le nom du passager. Sophie poursuivit son propre contre-interrogatoire:

— Ce qui est bizarre en revanche, c'est où est passé ce billet pour Londres s'il n'est pas ici? Cela signifie qu'il y a des erreurs de classement dans ma comptabilité et je n'aime pas ça...

Elle pianota sur le clavier de son ordinateur, donna quelques clics de souris et ouvrit un dossier *Voyages*. Elle déroula un onglet correspondant à l'année en question et fit défiler différentes notes de frais engendrés lors de déplacements, notamment à Paris. Elle avisa un document de la liste et l'ouvrit.

— Et voilà! s'écria-t-elle d'un ton satisfait.

Sur l'écran s'affichait un billet d'avion électronique au nom de Sophie Braun. Genève-Londres-Heathrow, aller-retour, aux dates indiquées de février 2019.

— Tu vois, reprit-elle, j'étais à Londres à ces dates.

— Quel hôtel? demanda Arpad.

Elle se rembrunit de sa question mais répondit du tac-au-tac:

— Le *Regent's*. Je n'ai pas la facture car c'est Samuel Hennel qui a tout pris en charge. Nous avions chacun notre chambre si tu as un doute. D'ailleurs, tu peux l'appeler si tu veux. C'était un voyage important et la seule fois où je l'ai accompagné à Londres. Il s'en souviendra forcément. Tu as encore son numéro de portable? J'imagine que oui, même s'il n'est plus client de la banque. Il n'a pas changé de numéro.

Elle fixa son mari avec aplomb. Son opération de persuasion était en train de fonctionner. Elle était parvenue à démolir chacune de ses certitudes.

Arpad poussa un long soupir de soulagement.

— Je me suis vraiment fait des films, admit-il.

Elle l'enlaça:

— Oh mon amour... Comment as-tu pu imaginer des choses pareilles? Je suis à toi, lui mentit-elle. À toi seul.

En fin de matinée, Samuel Hennel profitait d'un moment de tranquillité sur la terrasse de sa maison lorsque son téléphone sonna. En voyant le nom qui s'affichait sur son écran, il eut un instant d'appréhension. Il décida de décrocher. Pour elle.

— Allô ?

— Monsieur Hennel, c'est Arpad Braun à l'appareil.

— Arpad ! Quel plaisir de vous entendre ! Comment allez-vous ?

— Bien, merci, répondit Arpad qui s'était enfermé dans la chambre conjugale pour passer l'appel.

Il y eut un blanc. Arpad ne savait pas comment amener le sujet. Samuel reprit la conversation :

— Quel bon vent vous amène ? Vous désespérez de me revoir comme client de votre banque, c'est ça ?

Les deux hommes échangèrent un rire gêné.

— Pardon de vous déranger, monsieur Hennel. En réalité, je vous appelle pour vous poser une drôle de question. Ça va vous paraître idiot, mais cela concerne votre voyage à Londres avec Sophie.

— Oui, je vous écoute.

— Donc vous vous souvenez de ce voyage ?

— Bien sûr, c'était pour la vente d'une partie de ma galerie.

— Sophie m'avait parlé avec enthousiasme de l'hôtel où vous étiez restés, mais le nom de l'établissement m'échappe. Or, je planifie pour elle un petit voyage surprise en amoureux à Londres et j'aurais voulu aller dans cet hôtel…

— C'était le *Regent's*, répondit Samuel Hennel sans une hésitation. Magnifique hôtel, très bien situé, service impeccable. Si vous y allez, faites-le moi savoir, je préviendrai le directeur, je le connais bien.

— Le *Regent's*! répéta Arpad. Merci, monsieur Hennel. C'est très aimable à vous. Allez, je ne vous embête pas plus longtemps. Passez une bonne journée.

— Vous aussi, Arpad. À bientôt.

Samuel Hennel raccrocha, mal à l'aise. Il avait menti pour elle.

★

La veille, en fin d'après-midi.

Lorsque Sophie débarqua chez Samuel Hennel sans prévenir, celui-ci pensa d'abord qu'elle avait oublié de lui faire signer des documents pendant leur déjeuner. Mais en voyant sa tête, il comprit qu'il se passait quelque chose.

— Ça ne va pas du tout, Samuel, lui confia-t-elle d'emblée.

Il fut désolé de la voir en détresse, mais touché qu'elle se tourne vers lui. Il lui enjoignit de parler.

— Je vous écoute. Je suis là pour vous... Vous pouvez tout me dire.

— Je suis en train de détruire ma famille...

Il devina aussitôt qu'il s'agissait d'un autre homme.

— Un amant? demanda-t-il.

— Un ancien amant, qui a resurgi il y a quelques jours.

Samuel Hennel était gêné par cette confidence. Pourquoi Sophie lui racontait-elle tout cela?

— Vous voulez quitter Arpad?

— Non, non! Je l'aime. Je l'aime plus que tout. Mais ce que je vis avec cet autre homme est unique. Il est comme... il est comme une drogue. C'est plus fort que moi.

— Est-ce qu'Arpad est au courant?

— Il se doute de quelque chose. Je ne veux pas le perdre... Mais je ne peux pas choisir entre lui et l'autre. Je ne peux pas choisir... J'ai besoin des deux! Arpad est ma raison de vivre. Mais l'autre est comme une vie dans la vie.

Samuel comprenait de moins en moins pourquoi Sophie lui racontait tout cela. Elle ne semblait pas chercher des conseils. Elle avait l'air de savoir très bien ce qu'elle voulait.

— Sophie, lui dit-il, je ne suis pas certain de savoir comment je peux vous aider...

— Samuel, est-ce que vous me considérez comme une amie ?

— Bien sûr !

— Alors ce n'est pas votre avocate qui se tient devant vous, mais votre amie. Je vais vous demander de me rendre un immense service. Un service que seul un véritable ami pourrait me rendre. Il se peut qu'Arpad vous contacte. Il va vous parler d'un voyage que nous avons fait, vous et moi à Londres, il y a trois ans.

— Mais nous ne sommes jamais allés à Londres ensemble, fit remarquer Samuel.

— Justement. J'ai besoin que vous lui disiez que c'était bien le cas. Que nous étions ensemble à Londres pour rencontrer l'un des acquéreurs de votre galerie.

★

À la Maison de verre, Arpad venait de raccrocher après sa conversation avec Samuel Hennel. Il se laissa tomber sur son lit. Il s'était cru à l'abri des oreilles indiscrètes dans la chambre à coucher. Mais Sophie, derrière la porte, avait tout écouté. Elle esquissa un sourire. Son plan avait fonctionné à merveille. Elle redescendit discrètement au rez-de-chaussée. Elle était soulagée. La veille, à son cabinet, quand Véronique lui avait parlé du passage d'Arpad et qu'elle avait découvert que son bureau avait été fouillé, elle avait paniqué. Il lui avait fallu, à la hâte, imaginer un scénario plausible.

Pour les faux billets d'avion, ç'avait été très simple. Elle avait acheté des billets en ligne. Un vol vers Barcelone pour Véronique, et un vol vers Londres pour elle. Puis, avec un simple programme de lecture de documents, elle avait grossièrement modifié les dates. Elle avait ensuite fait une copie d'écran pour figer le document, puis l'avait enregistré dans le dossier comme s'il s'agissait d'un véritable billet d'avion. C'était une falsification artisanale, qui n'aurait pas échappé à un œil expert. Mais difficile à déceler lorsque rapidement présentée sur un écran d'ordinateur.

Elle avait dû ensuite faire appel à des aides extérieures. D'abord Samuel. Elle n'avait eu d'autre choix que de le mêler à tout cela.

Puis Fauve, qu'elle avait convaincu de rédiger une nouvelle

lettre à propos de Saragosse. Elle l'avait retrouvé en urgence pour lui dicter le texte.

— Arpad a trouvé tes lettres cachées dans mon bureau, avait-elle expliqué. Je vais pouvoir le balader sur une ancienne liaison entre nous deux, mais je vais avoir de la peine à expliquer Saragosse. À moins qu'il ne pense avoir mal lu.

— Tu crois qu'il va avaler ça ?

— Il ne va jamais imaginer que la lettre a été réécrite et remplacée.

— Tu le protèges trop ! s'était soudain agacé Fauve.

Depuis toutes ces années, c'était la première fois qu'elle voyait Fauve jaloux. Elle avait simplement répondu :

— Je n'ai aucune envie de tester sa fidélité…

Fauve s'était ensuite exécuté. Et c'était cette lettre qu'Arpad avait lue ce matin-là. Son mari était tombé dans le panneau. C'était du moins ce qu'elle croyait.

Car Arpad, dans la chambre à coucher, après avoir parlé avec Samuel Hennel, se plongea dans l'écran de son téléphone. Il relut la lettre de Saragosse, l'originale, qu'il avait prise en photo la veille. Celle dans laquelle Fauve lui disait comme c'était bon de l'avoir retrouvée en Espagne. Il avait aussi pris en photo le billet d'avion Genève-Nice au nom de Sophie, et non pas au nom de Véronique comme sa femme venait d'essayer de le lui faire croire. En février 2019, Sophie était bien à San Remo avec Fauve.

Non seulement elle lui mentait, mais elle le prenait pour un imbécile. Pourquoi toutes ces manigances ?

Il se laissa tomber sur le lit. Il était fatigué par ses insomnies. Il avait envie de fermer les yeux, mais quand il le faisait, une image lui revenait systématiquement en tête : Sophie, dans cette chambre avec Fauve, en train de baisser les stores.

Il n'avait pas dit son dernier mot. Il était bien décidé à poursuivre cet étrange jeu de dupes qui avait commencé entre Sophie et lui.

Pour la première fois, il entamait un duel avec sa femme.

Midi, ce jour-là.

Greg était sur le chemin du retour à Cologny avec la viande et le plateau de fruits de mer lorsque Karine lui téléphona :

— Il nous faudrait des glaçons et du beurre salé, s'il te plaît !

— Oui, madame la contrôleuse en chef.

Elle rit car elle méritait bien cette pique.

— Merci de faire tout ça pour moi, dit-elle sur un ton plein de tendresse. Je sais que je suis chiante avec mes guirlandes lumineuses et mes fruits de mer... Je veux juste... je veux juste que ce soit une belle soirée.

— Ce sera une belle soirée. Tu te donnes de la peine, c'est admirable. Je m'occupe de tout ça, on se voit à la maison.

Greg s'arrêta au supermarché Manor de Vésenaz. Il mit une éternité à trouver le beurre salé puis s'empara d'un sac de gros glaçons et d'un autre de glace pilée. Il s'apprêtait à rejoindre la caisse lorsqu'il tomba nez à nez avec Marion. Il eut aussitôt un mauvais pressentiment.

— Qu'est-ce que tu fais là ?

— Je voulais te parler. Comme j'imagine que chez toi avec ta femme et tes gosses c'est pas idéal, je m'arrange comme je peux.

— Tu m'as suivi ?

— Disons que j'ai attendu mon tour. C'était d'abord le boucher, ensuite les fruits de mer, et à moi maintenant.

Elle le suivait depuis la veille au soir. Elle l'avait pisté à son départ du quartier général de la police jusqu'à la Verrue. Elle voulait voir où il habitait. Elle était ensuite revenue se poster de bon matin devant la maison. Elle avait envie de voir à quoi ressemblait sa vie.

— Il faut que tu me laisses tranquille, dit Greg.

Marion inspecta le caddie.

— Tu fais une fête chez toi ce soir? demanda-t-elle.

— Ça ne te regarde pas! la rabroua Greg qui perdait patience. Qu'est-ce que tu me veux, bon sang?

— Je voudrais une deuxième chance. Tu ne peux pas me laisser tomber comme ça, comme une vieille chaussette...

Greg s'efforça de prendre une voix amicale:

— Marion, ce n'est pas toi, c'est moi. Je te l'ai dit... Je n'aurais pas dû... faire ce que j'ai fait. Je m'en veux. Je te demande pardon.

Marion poursuivit sa supplication:

— Tu ne peux pas me faire ça!

Elle avait parlé fort. Beaucoup trop fort. Autour d'eux les clients se retournaient. Greg devenait de plus en plus nerveux. Il n'était pas loin de chez lui et il craignait qu'un voisin ou une connaissance n'ait assisté à cette scène de ménage avec une femme qui n'était pas la sienne. Il n'avait plus d'autre choix que d'employer la manière forte. Il entraîna Marion dans un rayonnage peu fréquenté. Puis il lui attrapa la main et la tordit. Elle se contorsionna et étouffa un cri.

— Tu vas dégager de ma vie! lui siffla Greg. Je ne veux plus te voir, je ne veux plus entendre parler de toi!

Greg relâcha sa prise et s'en alla rapidement avec son caddie. Marion resta pliée en deux. Sa main lui faisait mal. Elle se mit à pleurer.

16 heures, au stade de Cologny-La Fontenette.

Le match de football venait de commencer. Dans les gradins, Karine et Sophie s'étaient assises côte à côte pour encourager les enfants. Arpad et Greg, qui tenaient la buvette, suivaient le match à distance.

Aucun des quatre parents n'était vraiment concentré sur le match. Chacun était préoccupé par un sujet plus important.

Karine pensait à son dîner. Elle regrettait d'avoir laissé le beurre salé au frigo. Elle aurait dû le conserver à l'air libre, dans la maison, pour qu'il ramollisse un peu et soit plus facile à tartiner sur les toasts qui accompagneraient les fruits de mer.

Greg pensait à Marion. Il avait honte de sa brutalité. La scène dans le supermarché le tracassait. Il ne se reconnaissait plus. Mais Marion l'avait poussé à bout. Cette petite empoisonneuse était en train de lui donner des sueurs froides.

Arpad pensait à Sophie. Les quelques fois où il avait regardé vers les tribunes, il l'avait vue plongée sur l'écran de son portable. À qui écrivait-elle ?

Sophie pensait à l'histoire de l'homme et de la panthère que Fauve lui avait fait lire un jour. Luchino Alani di Madura dans son palais de Toscane, au début du XXe siècle. C'est de cette histoire que s'inspirait son tatouage. Fauve avait toujours eu raison. Tout ceci était plus fort qu'elle. Tout ceci était en train de la dépasser.

Après le match (victoire de l'équipe des enfants), tout le monde se retrouva comme prévu à la Verrue pour le barbecue. La soirée fut une réussite, les fruits de mer un succès, et Greg excella derrière son grill. Après le repas, les enfants entamèrent une partie de cache-cache dans le jardin. À table, la conversation des adultes était joyeuse et animée. Les rires fusaient à mesure que les verres de rosé se vidaient pour se remplir aussitôt. C'était une de ces nuits d'été parfaites : l'obscurité tardait à tomber, l'air était doux. Tout le monde semblait s'amuser. Mais ce n'était que des apparences.

Greg ne cessait d'observer Arpad, comme pour tenter de percer le mystère de cet homme. Qui était-il vraiment ? Que cachait-il sous ses airs de mari parfait et de père modèle ? Était-il un braqueur qui avait trouvé refuge en Suisse depuis toutes ces années ?

Sophie était clairement ailleurs en pensée. Son esprit vagabondait entre Arpad et Fauve.

Arpad, lui, s'efforçait de conserver une certaine contenance. Il avait commencé la soirée avec son masque de bonne humeur sur le visage. Il était parvenu pendant un moment à être cet homme que tout le monde appréciait : affable, souriant, toujours un compliment à la bouche. Mais au fil du dîner, à force de regarder Sophie assise face à lui, il s'était peu à peu consumé de l'intérieur. Il avait envie que toute la tablée sache qu'elle lui mentait. Qu'elle avait une double vie. Il avait envie de hurler : « Cette femme n'est pas celle que vous croyez. » Il était tellement blessé. Et tellement amoureux. Ces deux sentiments ne pouvaient pas aller de pair. Pour garder son calme et éteindre l'incendie qui grondait en lui, il buvait. Mais l'alcool ne faisait que raviver les flammes.

Lorsque Karine se leva pour aller chercher les desserts, Arpad y vit l'occasion de s'absenter quelques instants pour reprendre ses esprits.

— Laisse-moi t'aider, dit-il en bondissant de sa chaise.

— Personne ne bouge ! décréta Karine.

Arpad lui emboîta le pas malgré tout jusqu'à la cuisine.

Elle sortit les desserts du frigo et les posa sur la table pour qu'Arpad s'en saisisse. Mais il regardait dans le vide.

— Ça va, Arpad ? lui demanda-t-elle. Tu n'as pas l'air dans ton assiette.

Le visage d'Arpad se décomposa :

— Sophie a un mec, lâcha-t-il.

Karine resta estomaquée.

— Quoi ?

— Sophie a un mec, répéta Arpad. Elle se tape un autre type que moi.

À 23 heures, les Braun quittèrent la Verrue. Ils étaient venus en voiture depuis le stade de foot. Greg suggéra à Arpad de laisser le volant à Sophie. Mais Arpad se rebiffa.

— Ça va, dit-il, agacé. J'ai pas bu tant que ça. Et puis on est littéralement à deux minutes. Tu ne vas pas me coffrer pour ça, hein, mon Greg?

Arpad rit tout seul et s'installa derrière le volant. Sophie, pressée de mettre un terme à ce moment gênant, fit asseoir les enfants à l'arrière et prit place à l'avant. Ils partirent.

— T'aurais pu faire un effort pour te tenir un peu, reprocha-t-elle à son mari. Tu es bourré et désagréable.

— Tu as des leçons à me donner? répliqua Arpad.

Sophie décida de ne pas envenimer la situation. Surtout pas devant les enfants.

Arpad s'engagea sur la route de la Capite. Encore trois cents mètres et ils atteindraient le chemin sans issue qui menait à la Maison de verre. Comme ils arrivaient à un croisement, Arpad marqua un arrêt au panneau stop. À cet instant, la voiture qui les suivait les dépassa pour s'arrêter à leur niveau en klaxonnant. C'était la Peugeot grise. Fauve baissa sa vitre, sourit à Arpad et salua toute la famille:

— Bonsoir, tout le monde! Alors ce barbecue chez les voisins? C'était sympa?

Ces mots prononcés, Fauve adressa un doigt d'honneur à Arpad et démarra en trombe. Arpad, ulcéré, lança furieusement sa Porsche à la poursuite de Fauve.

— Arpad, qu'est-ce qui te prend? hurla Sophie.

— Je vais lui régler son compte, à ton petit copain!

— Arrête, enfin! T'es fou!

À l'arrière, les enfants se mirent à crier. Mais Arpad, sourd aux suppliques des siens, accéléra de plus belle. Il rattrapa rapidement la Peugeot et la coinça contre le bas-côté. Les véhicules immobilisés, Arpad bondit hors de sa voiture pour aller ouvrir la portière de la Peugeot et extraire Fauve de force de l'habitacle. Il l'empoigna par le col avant de lui donner maladroitement un coup de poing qui l'effleura à peine.

Fauve prit un air amusé :

— Il va falloir faire mieux que ça, dit-il avec le plus grand calme.

Sophie, restée dans la voiture pour ne pas laisser les enfants seuls, implorait son mari de revenir. Mais Arpad était comme possédé.

— Tu vas me foutre la paix, c'est compris ? hurla-t-il à Fauve. Tu vas prendre ta bagnole de merde et te tirer très loin d'ici.

Fauve murmura alors à Arpad d'une voix très calme :

— Bien sûr que je vais me tirer. Bientôt. Mais d'abord, il y a ce braquage... Après, c'est promis, tu n'entendras plus parler de moi... Jusqu'au prochain !

Arpad n'avait plus qu'une idée en tête. Se débarrasser de Fauve une bonne fois pour toutes. Il devait mourir. Arpad se mit à lui asséner une succession de coups de poing furieux, qui, cette fois, l'envoyèrent au sol. Fauve, relevant la tête, la lèvre en sang, lui dit alors :

— Sophie est à moi.

Arpad se jeta alors sur Fauve pour le bourrer de coups de pied. Il visa le corps. Puis le visage. Il hurlait de rage tout en frappant. Fauve se laissait faire, se contentant de pousser des cris. On aurait dit le rire d'un damné. Dans la voiture, Sophie, épouvantée, avait pris contre elle Isaak et Léa qui pleuraient de terreur.

Les lumières des villas bordant la route s'allumèrent. Sophie, ne sachant que faire des enfants, finit par les enfermer dans la voiture et se précipita jusqu'à son mari. Elle le repoussa de toutes ses forces et l'éloigna de Fauve. Il resta en retrait, tandis que Sophie s'accroupissait auprès de Fauve pour s'enquérir de son état. Elle avait choisi son camp.

Fauve, le visage en sang, se blottit contre Sophie, puis, sans qu'elle le voie, il fixa Arpad dans les yeux et lui adressa un sourire victorieux.

— Arpad, tu as raconté à Sophie pour la banque ?

Arpad resta figé. Sophie se tourna vers lui, lui adressant un regard d'incompréhension. Fauve reprit :

— Oups ! J'espère ne pas avoir fait une gaffe. Tu n'es pas au courant, Sophie ? Arpad s'est fait virer de la banque.

Sophie se releva et dévisagea son mari comme si elle regardait un inconnu.

— C'est vrai, Arpad ?

Fauve jubilait. Il ne comptait pas s'arrêter là.

— Ça fait quasiment six mois qu'Arpad fait semblant d'aller travailler. Il passe ses journées à errer dans les rues, les parcs, les cafés.

Sophie était atterrée.

— Arpad, s'écria-t-elle, des larmes dans les yeux, dis-moi que ce n'est pas vrai !

Il sentit sa gorge se nouer.

— Je suis désolé... Soph'... Je suis vraiment désolé...

Des sirènes retentirent dans la nuit, et bientôt des gyrophares bleus illuminèrent l'obscurité. Des voisins, alertés par les cris, avaient prévenu la police. Plusieurs véhicules de patrouille déboulèrent.

Arpad, sous les yeux de sa femme et de ses enfants, fut menotté et installé à l'arrière d'une voiture de police.

Samedi 2 juillet 2022

LE JOUR DU BRAQUAGE

Le début du braquage

9 heures 29.

Arpad se dirigea vers la boutique Cartier.

Un policier, déguisé en employé municipal, alerta ses collègues sur la radio :

— Il va entrer chez Cartier ! Il va entrer chez Cartier !

Greg, qui se trouvait à proximité, effectua un passage en voiture. Il eut juste le temps de voir Arpad franchir la porte d'entrée du magasin. Puis les policiers le perdirent de vue. Les baies vitrées de la boutique, pour des raisons de sécurité, étaient obstruées par des présentoirs, et les rares interstices ne laissaient rien voir de loin.

Greg positionna ses hommes autour du bâtiment pour couvrir tous les accès. Il annonça à la radio : « Personne ne bouge pour le moment. On veut un flag' ! »

Quelques minutes s'écoulèrent. Le temps parut long. Greg, tapi dans son véhicule, scrutait la boutique. De l'extérieur, tout semblait paisible. Mais impossible de distinguer quoi que ce soit.

— On a besoin de quelqu'un pour un visu dans la boutique, réclama Greg à la radio.

— Je prends ! annonça aussitôt une jeune femme de la brigade d'observation.

Une silhouette qui poussait un landau vide se précipita vers le magasin.

— Je ne vois rien, dit la femme à la radio.

— Comment ça, *tu ne vois rien* ? interrogea Greg. Où est Arpad ?

— Je ne vois personne dans la boutique.

— Qu'est-ce que ça donne à l'arrière? demanda Greg.

— Rien à signaler, lui répondit l'un de ses collègues.

Greg n'aimait pas ça: le calme plat était en général mauvais signe. Il décida d'envoyer quelqu'un en éclaireur.

— Quelqu'un du groupe d'intervention pour entrer dans la boutique, ordonna Greg à la radio.

Un agent de la troupe d'élite, en tenue civile, apparut soudain à la porte du magasin, se présentant comme un client. Mais la porte lui résista.

— La porte est verrouillée, annonça le policier à la radio. C'est désert là-dedans…

Greg comprit aussitôt: si la porte était verrouillée et qu'il n'y avait personne dans la boutique, c'est que les employés étaient tous retenus quelque part à l'intérieur. C'était le moment du flagrant délit tant attendu.

Greg hésita un instant: il ne voulait pas que le braquage dégénère en prise d'otages. Mais il ne voulait pas non plus risquer une fusillade en pleine rue en interceptant les braqueurs au moment de leur fuite.

— On va donner l'assaut, annonça Greg. Tout le monde attend mon top.

Chapitre 15

6 jours avant le braquage

~~Lundi 20 juin (anniversaire de Sophie)~~

~~Mardi 21 juin~~

~~Mercredi 22 juin~~

~~Jeudi 23 juin~~

~~Vendredi 24 juin~~

~~Samedi 25 juin~~

→ **Dimanche 26 juin 2022 (La découverte de Greg)**

9 heures du matin, à la Verrue.

Karine tournait en rond dans la cuisine.

— Qu'est-ce qui va arriver à Arpad ? demanda-t-elle à Greg.

— J'en sais rien… Je passerai un coup de fil aux collègues tout à l'heure pour en savoir davantage. Mais qu'est-ce qui lui a pris de péter les plombs comme ça ?

La veille au soir, Sophie, en pleurs, avait appelé Karine, évoquant une bagarre avec un automobiliste sur la route de la Capite. La police était présente. Greg était accouru à la rescousse. Il avait trouvé Arpad en train de se faire embarquer, Sophie dans une profonde détresse et les enfants Braun tétanisés. D'après les policiers, un automobiliste avait fait un doigt d'honneur à Arpad et l'incident avait dégénéré en rodéo routier suivi d'une bagarre. Ou plutôt de l'acharnement d'Arpad sur l'autre conducteur. Ce dernier avait été amoché mais avait refusé d'être soigné. Comme il n'avait pas d'alcool dans le sang et ne souhaitait pas porter plainte, il était reparti sans demander son reste. Arpad, en revanche, dont l'éthylométrie indiquait un taux d'alcool deux fois supérieur à la limite légale, avait quitté les lieux à bord d'un véhicule de patrouille pour être placé en cellule de dégrisement. Sophie était tombée dans les bras de Greg, puis elle avait prononcé ces mots, murmurés à elle-même, mais que Greg avait entendus : « Tout est de ma faute. »

Ce coup de sang d'Arpad était resté assez mystérieux pour Greg. Jusqu'à ce que Karine, ce matin-là, lui confie :

— Arpad m'a révélé que Sophie avait un amant…

— Quoi ? Quand est-ce qu'il t'a dit ça ? demanda Greg.

— Hier soir, pendant qu'il m'aidait à la cuisine.

— Et c'est seulement maintenant que tu me le dis ?

— Avec tout ce qui s'est passé ensuite, j'ai oublié de t'en parler.

Greg se mit à réfléchir. Il imaginait mal Arpad, même très alcoolisé, tabasser un inconnu, surtout pour une futilité. Qui était donc cet autre conducteur ? Arpad le connaissait forcément et devait avoir une bonne raison de s'en prendre à lui. Était-ce l'amant de Sophie ? La veille au soir, les policiers n'avaient pas relevé l'identité de l'homme. De vrais amateurs. Mais Greg avait eu la présence d'esprit de noter le numéro de plaque de la Peugeot grise qu'il conduisait.

La technologie moderne permettait désormais aux flics d'avoir accès, depuis leur téléphone portable, aux différentes bases de données nationales, mais pas à celles des pays européens. Il attendrait le lendemain pour faire sa recherche depuis le quartier général de la police. Pour le moment, c'était Arpad qui occupait ses pensées.

Greg contacta la brigade routière pour prendre des nouvelles d'Arpad.

— Arpad Braun ? lui répondit un policier au téléphone. Il a été libéré il y a une demi-heure.

— Qu'est-ce que le procureur a retenu contre lui ?

— Uniquement l'infraction à la loi sur la circulation routière, à cause de son alcoolémie. Pour le reste, l'autre automobiliste n'a pas porté plainte.

Fort de ces informations, Greg quitta la Verrue pour se rendre à la Maison de verre. Lorsqu'il disparut au bout de la rue, la portière d'une voiture discrètement stationnée près de chez lui s'ouvrit. La conductrice, considérant que la voie était libre, sortit de l'habitacle. C'était Marion. Elle tenait à la main une enveloppe adressée à *Madame Liégean*. Elle trottina jusqu'à la Verrue, glissa son enveloppe dans la boîte aux lettres et repartit.

Greg était installé dans le salon des Braun.

— Sans sucre, hein? lui demanda Sophie en posant un expresso sur la table basse.

— Exactement, répondit Greg. Merci.

Elle commençait à connaître ses habitudes.

— Comme je te le disais, reprit-il, je viens de parler avec le procureur de garde. Je lui ai demandé de libérer Arpad sans délai, ce qu'il a accepté. Il ne devrait plus tarder.

— Merci d'être intervenu…

— C'est bien normal, dit-il d'un ton magnanime. C'est à ça que servent les amis. Sans être indiscret, est-ce que je peux te demander ce qui s'est passé hier soir?

— Arpad a pété un plomb. Ce type nous a fait un doigt d'honneur et Arpad n'a pas supporté.

Petite menteuse, songea Greg, qui avait la conviction que Sophie lui cachait la vérité.

— Et les enfants? s'enquit-il d'un ton faussement concerné.

— Ils dorment encore. J'ai une copine qui passera les prendre tout à l'heure et les emmènera se baigner au lac avec ses enfants à elle. Ça me permettra d'être tranquille avec Arpad.

*

Ce n'est qu'aux alentours de midi qu'Arpad réapparut à la Maison de verre.

Sophie avait passé la matinée à l'attendre et à tourner en rond. Elle avait essayé de l'appeler un nombre incalculable de fois, mais son téléphone sonnait dans le vide.

Lorsqu'elle vit sa silhouette fatiguée passer la porte d'entrée, tout ce qu'elle put dire fut:

— T'étais où? Ça fait des heures que tu as été libéré.

Sa question sonnait comme un reproche, mais sa voix trahissait son inquiétude.

Arpad eut un sourire amer. On aurait dit un spectre. Avec sa mine défaite, son air hagard après la nuit passée en cellule, ses vêtements froissés, il n'avait jamais eu aussi piètre allure. Il se tenait immobile sur le pas de la porte, comme s'il n'osait pas entrer. Comme s'il n'était plus chez lui. Il n'ouvrit pas la bouche, ce qui ne fit qu'accroître l'anxiété de Sophie : elle aurait préféré une bonne dispute. Finalement, il marmonna :

— Les enfants sont là ?

— Rebecca et Julien les ont emmenés au lac. Il fait tellement beau...

Elle regretta cette banalité qui trahissait son malaise. Elle ajouta :

— Tu sais, ils ont été très marqués par ce qu'ils ont vu hier soir.

Arpad ne sut comment réagir. Il changea de sujet :

— Tu as parlé à ton père ?

— Pourquoi tu me demandes ça ?

— Parce qu'il a essayé de me joindre au moins dix fois. J'imagine qu'il ne veut pas me parler de la météo.

Elle soupira. Elle avait demandé à son père de ne surtout pas appeler Arpad.

— J'avais besoin de me confier à quelqu'un, se justifia-t-elle. Mais je ne lui ai parlé que de ton licenciement.

L'emploi du *que* fit ricaner Arpad. Ça voulait dire qu'ils avaient d'autres problèmes bien plus importants.

— Que s'est-il passé à la banque ? demanda Sophie.

— Licenciement économique... Si au moins j'avais été mauvais... Mais non. *Bravo, Arpad, vous êtes vraiment incroyable, mais on vous vire quand même.*

— Pourquoi tu ne m'en as pas parlé ?

— Parce que je ne voulais pas que tu me regardes avec pitié comme tu es en train de le faire maintenant. Je ne voulais pas que tu appelles ton petit papa à la rescousse. Je voulais me débrouiller tout seul. Je voulais rebondir. Te montrer de quoi j'étais capable. Venir avec une solution. Je voulais que tu admires la façon dont j'avais surmonté l'adversité. Tu sais, Sophie, je me rends compte que tout ce que j'ai fait, depuis quinze ans, je l'ai fait pour que tu m'admires. Un seul compliment de ta bouche a toujours été pour moi comme la reconnaissance de la planète entière !

Arpad repensait à ces quinze années d'amour avec Sophie. De Saint-Tropez à Genève, du *Béatrice* à la banque, il n'avait avancé dans la vie qu'au travers de ses regards et de son admiration à elle. Son attitude conquérante, ses promotions à la banque, son corps parfait entretenu par des heures de sport hebdomadaires, l'étalage de son savoir, c'était pour qu'elle l'admire. Les prises de risque, le blanchiment de l'argent de Bernard, c'était pour qu'elle l'admire. L'appartement de l'avenue Bertrand, la Maison de verre, les Porsche, les vacances de rêve, les voyages en première, c'était pour qu'elle l'admire.

Il fit quelques pas à l'intérieur de la maison.

— Je suis juste venu récupérer quelques affaires, dit-il.

— Pour aller où ? s'inquiéta Sophie, peinant à contrôler les trémolos dans sa voix.

— Franchement, Sophie, tu crois que je vais m'allonger à côté de toi ? Tu crois que je vais dormir dans ce lit comme si de rien n'était ?

Elle chancelait.

— Arpad, on va surmonter tout ça... Je te le promets ! Ton boulot, on s'en fout !

— Ah bon ? On s'en fout ? Et comment on va payer pour cette baraque ! Et notre train de vie ? L'été en Méditerranée, Noël dans les Caraïbes, février dans les Alpes. Comment on va payer tout ça ?

— Mais je m'en fous de tout ça ! C'est toi que je veux !

— Arrête de mentir ! Tu veux juste protéger ton image de famille parfaite ! Tu veux la grosse baraque, les Porsche dans le garage, les enfants modèles et le mari qui va avec.

— C'est faux ! C'est parfaitement faux ! s'écria Sophie. Va te reposer un peu, on discutera au calme. Tu as eu une nuit difficile, je comprends que tu ne sois pas dans ton état normal.

— Je n'ai jamais été aussi lucide ! répliqua Arpad. Tu crois que je n'ai pas compris tes stratagèmes ? Tes faux billets d'avion, ta fausse lettre de Fauve !

Elle resta stupéfaite : comment avait-il découvert ses manigances ? Elle décida de jouer franc jeu :

— D'accord, j'ai merdé avec ces faux billets, je n'aurais pas dû ! Je voulais te protéger !

— Me protéger de quoi? De ta liaison avec Fauve? Et Samuel Hennel qui m'assure qu'il était à Londres avec toi... tu lui as demandé de mentir, hein?

Elle se mit à pleurer :

— Je suis désolée.

— Donc tout le monde est au courant de tes coucheries?

Elle se laissa tomber au sol.

— Juste Samuel, dit-elle d'un filet de voix.

— *Juste* Samuel ! Ah ! *Juste* Samuel !

— Je t'aime, Arpad, c'est avec toi que j'ai fait des enfants !

— Mais moi, je dois te partager...

— C'est compliqué...

— Qu'y a-t-il de compliqué?

— Je ne peux pas... je ne peux pas choisir entre Fauve et toi...

— Pourquoi?

— Il me donne des sensations que tu ne pourras jamais me donner. Je... je peux être avec toi et épanouie avec toi parce que Fauve existe.

— Merci pour ta franchise ! s'écria Arpad, avec ironie.

Il sentait la colère monter en lui et redoutait que sa rage ne le pousse à tout casser dans la maison. Il avait besoin de fuir. Vite. Ramasser quelques affaires et se tirer. Ne plus remettre les pieds ici.

Il se précipita à l'étage et entra en tempête dans la chambre conjugale. Il trouva un sac de voyage, le remplit de vêtements. Sur une commode, une photo de Sophie et lui, amoureux sur une plage grecque, le narguait. Il balança le cadre contre le mur. Il avait l'impression de perdre la tête. Le sentiment d'étouffer.

Son téléphone sonna. C'était Bernard. Encore. Cette fois Arpad décrocha. Il avait envie de tout détruire, saccager cette vie harmonieuse patiemment modelée. La capacité de construire va souvent de pair avec un talent pour la destruction.

— Mon cher Arpad, lui dit Bernard dans le combiné, je suis bien embêté pour toi des mauvaises nouvelles transmises par Sophie. Mais ne t'inquiète pas, on va t'aider à retrouver un emploi, je...

— Ta gueule, Bernard ! hurla Arpad de toutes ses forces. Je n'ai pas besoin de toi pour retrouver un boulot. Et puis, tout ça c'est de ta faute ! Avec ton arrogance ! Avec ton fric de merde ! Avec tes saloperies de cadeaux ! Avec tes feux d'artifice ! Va crever !

Bernard, à l'autre bout du fil, resta estomaqué. Arpad lui raccrocha au nez et balança son téléphone à l'autre bout de la pièce.

Sophie, restée étalée, en pleurs, sur le carrelage de l'entrée, entendait le raffut au-dessus de sa tête. Elle se demanda si elle devait prévenir la police. Elle commença par appeler Greg.

— Arpad est en train de disjoncter complètement, murmura-t-elle au téléphone.

— Il est à la maison ? demanda Greg.

— Oui. Il est seul dans la chambre. Je l'ai entendu hurler et jeter des objets contre le mur. Il a l'air d'être calmé à présent.

— Surtout, reste à distance, conseilla Greg. Je viens tout de suite.

— Merci.

Greg était déjà au courant de l'état de furie d'Arpad. Il venait de suivre la scène sur son écran, dans sa voiture, à l'orée des bois. Dire qu'il s'était senti en rivalité avec ce dément. Il regarda Arpad qui désormais pleurait, recroquevillé comme un enfant. À distance, ses sanglots résonnaient dans l'habitacle de la voiture. Greg espérait que Sophie entrerait dans la chambre, qu'il s'en prendrait à elle. Il interviendrait alors immédiatement. Il flanquerait une dérouillée à Arpad. Ça le démangeait.

Il téléphona à Karine. Elle le croyait parti promener Sandy.

— Je viens de recevoir un appel de Sophie. Arpad est rentré, il n'a pas l'air bien. Je vais faire un saut rapide chez eux pour lui remonter le moral.

— Greg Liégean, le complimenta sa femme, tu es un chic type !

Il raccrocha et se replongea dans son écran. Arpad était à présent immobile et silencieux.

Le téléphone de Greg sonna. C'était Fred, le responsable de l'équipement du groupe d'intervention. Greg s'étonna qu'il l'appelle un dimanche.

— Salut Fred, tout va bien ? demanda-t-il.

— Ça va, répondit Fred. T'es où ?

— Dimanche en famille. Pourquoi ? Y a une urgence ?

À cet instant, Greg entendit qu'on toquait contre la vitre côté passager. Il se tourna en sursaut. C'était Fred, qui le dévisageait, le téléphone encore collé contre son oreille.

Sans dire un mot, Fred ouvrit la portière et s'assit à côté de son collègue. Il y eut un instant de silence, puis Fred dit, en pointant du doigt l'écran posé sur les genoux de Greg :

— Le récepteur de la caméra émet un signal quand il est branché. Si tu connais la fréquence, quand le récepteur est branché tu peux le détecter. Ensuite, il suffit de trianguler. Ça prend un peu de temps, mais on y arrive. Putain, Greg, qu'est-ce que tu es en train de foutre ?

Greg resta tétanisé. Est-ce que Fred avait eu accès aux images ? Est-ce qu'il valait mieux tout avouer immédiatement ? Ou tout nier en bloc ?

Fred regardait l'écran : la chambre à coucher, le lit, Arpad par terre.

— Greg, tu filmes ce type ? Qu'est-ce qui se passe, mon vieux ? Tu sais que je ne vais pas pouvoir te couvrir. Je vais devoir prévenir le chef, alors tu ferais bien de m'expliquer ce qui se passe... Tu es l'un des meilleurs flics de l'unité. Tu as certainement une bonne raison pour avoir volé une caméra d'observation et avoir espionné illégalement un mec.

Greg s'efforça de mettre de l'ordre dans ses idées. Il devait sauver sa peau. Par tous les moyens. Il songea à parler du braquage de Menton dans lequel Arpad était peut-être impliqué, mais il manquait d'éléments concrets. Alors qu'il s'efforçait d'articuler un début de réponse, une sonnerie de téléphone retentit dans la voiture. Mais le portable qui sonnait n'était pas dans le véhicule. Il était dans la chambre à coucher.

Dans la chambre, Arpad se dressa d'un bond. Il ne connaissait pas cette sonnerie. Ce n'était pas son téléphone, ni celui de Sophie. La sonnerie continuait de plus belle.

Le téléphone vibrait tout en sonnant et Arpad parvint à localiser l'appareil. Derrière une plinthe, elle-même dissimulée par la table de nuit de Sophie. La pièce de bois n'était pas fixée au mur et en la soulevant Arpad découvrit un téléphone portable, d'un modèle relativement ancien. L'écran indiquait *numéro inconnu.*

Il décrocha.

À l'autre bout du fil, Fauve sut immédiatement que ce n'était pas Sophie. Elle aurait parlé. Là, l'interlocuteur restait silencieux. Il comprit que c'était Arpad.

Les deux hommes restèrent muets quelques instants, à écouter leurs silences. Fauve se demanda si c'était Sophie qui avait donné le portable à Arpad. Une façon de lui signifier que c'en était fini avec lui. Il n'avait pas eu de nouvelles d'elle depuis l'incident de la veille. Il regrettait sa provocation. Ç'avait été plus fort que lui. Il était terriblement jaloux. Il voyait bien que Sophie lui échappait de plus en plus.

Arpad, décidément perspicace, fut le premier à parler.

— Fauve? interrogea-t-il.

Après une hésitation à l'autre bout de la ligne, Fauve répondit:

— Oui.

Arpad n'en pouvait plus. Fauve devait disparaître. Et comme il avait été incapable de le tuer, il devait lui donner ce qu'il voulait. Il lui dit alors:

— C'est d'accord pour le braquage. Je vais le faire avec toi. C'est pour quand?

— Ce samedi.

— Ce samedi. C'est d'accord.

Dans la voiture, Greg n'en croyait pas ses oreilles. Fred lui adressa un regard ahuri et dit:

— Tu as pisté des braqueurs?

— Oui, mentit Greg qui comprit qu'il venait peut-être de se tirer miraculeusement d'affaire. Ce mec est un braqueur caché en Suisse depuis quinze ans. Et il s'apprête à recommencer.

Samedi 2 juillet 2022

LE JOUR DU BRAQUAGE

7 minutes depuis le début du braquage

À 9 heures 37, le groupe d'intervention donna l'assaut.

Tout se passa très rapidement. En moins de trente secondes.

Deux colonnes d'hommes en noir équipés d'armes longues et de boucliers se placèrent de part et d'autre de l'entrée de la boutique Cartier et firent sauter la porte.

Arpad ne vit rien venir.

Il entendit une première déflagration à l'extérieur, immédiatement suivie d'une deuxième, dans le magasin cette fois. Il resta un instant paralysé par le bruit et la lumière projetés par la grenade assourdissante qui venait d'être lancée. Une colonne de policiers cagoulés, protégés par un bouclier, déboulèrent dans le magasin et le mirent en joue.

Il fut jeté par terre sans ménagement.

L'adrénaline faisait battre son cœur. Ses oreilles sifflaient. Il sentit des bottes qui l'écrasaient. On lui passa les menottes.

Tout était terminé.

TROISIÈME PARTIE

Les jours qui précédèrent le braquage

Chapitre 16
5 jours avant le braquage

~~Dimanche 26 juin (La découverte de Greg)~~

→ Lundi 27 juin 2022

Mardi 28 juin

Mercredi 29 juin

Jeudi 30 juin

Vendredi 1er juillet

Samedi 2 juillet (Le jour du braquage)

4 heures du matin, à la Maison de verre.

Sophie se réveilla dans son lit vide. Elle se demanda où Arpad avait passé la nuit.

La veille, après son passage à la maison, il était reparti, sans même lui adresser un mot, emportant quelques affaires dans un sac. Dans la chambre conjugale, elle avait trouvé son deuxième téléphone par terre. Arpad avait donc découvert la petite cache, derrière la plinthe. Elle avait aussitôt appelé Fauve.

— Tu as parlé à Arpad?

— Je t'ai appelée sur *notre ligne* et c'est lui qui a répondu.

— Tu lui as dit quoi? Il est parti de la maison!

— J'ai rien dit!

— Mais pourquoi tu as parlé?

— Tu voulais quoi? Que je dise « Pardon, faux numéro! » et que je raccroche? Tu as un téléphone caché! Le mec n'est pas idiot!

En entendant « mec », Sophie s'était figée: elle et Fauve parlaient de son mari comme d'un étranger.

Elle avait à peine raccroché que son père l'appelait.

— Désolée, papa, ce n'est pas le moment...

Mais Bernard était hors de lui. Il s'était mis à vociférer:

— Si tu crois que je vais me laisser traiter de la sorte par ce petit merdeux! Pour qui se prend-il, celui-là?

— Qu'est-ce qu'il t'a dit exactement?

— Des ignominies! Moi je lui dis que je vais l'aider à trouver un nouveau boulot et le voilà qui m'agonit d'injures!

— Putain, papa! Je t'avais dit de ne pas *lui* en parler!

Bernard était resté interdit un instant: il était rare d'entendre Sophie jurer. Il avait ensuite essayé de se défendre maladroitement:

— Quand tu m'as dit de ne pas en parler, je pensais que tu faisais référence à ta mère ou à ta sœur.

— Papa, tu dois accepter que tu ne peux pas toujours te mêler de tout !

— Tu as sans doute raison, avait admis Bernard. Reste qu'il a eu des mots totalement déplacés à mon égard ! J'exige des excuses et…

Sophie lui avait raccroché au nez. Elle n'avait pas l'énergie d'affronter l'ego de son père en plus du reste. Et voilà que Fauve avait sonné au portail de la Maison de verre, débarquant pour une visite surprise. Mais Sophie lui avait crié par l'interphone du portail :

— Dégage ! Dégage ! Les enfants vont arriver ! Laisse-moi tranquille !

Elle était allée se réfugier dans son lit. Elle était bouleversée. Elle se rendait compte que tout ce qu'elle avait construit avec certitude et conviction, sa carrière, sa famille, son couple, cette maison, toute cette vie de perfection et de réussite sociale, de conventions bourgeoises, ce n'était pas elle. Ce chromo sur papier glacé, elle le vomissait. Elle voulait être libre. Elle voulait être sauvage. Elle ne voulait plus être Sophie Braun. Fauve le lui avait toujours dit : elle était une Panthère.

À 4 heures du matin, il était beaucoup trop tôt pour se lever, mais elle savait qu'elle ne se rendormirait pas. Elle descendit à la cuisine, il faisait encore nuit. Elle se fit machinalement un café. Elle avait espéré trouver un message d'Arpad, mais rien. En l'espace de quelques jours, cet homme qu'elle avait dans la peau depuis quinze ans était devenu comme un fantôme, un étranger. Elle ne le reconnaissait plus et, pire, c'était sa faute à elle. Si Arpad avait disjoncté, s'il avait fouillé dans son bureau, tabassé Fauve, et traité son père de tous les noms, c'était à cause d'elle.

Elle cogita jusqu'au réveil des enfants. Pour le petit-déjeuner, elle leur fit des crêpes.

— On fête quoi ? demanda Isaak, loin d'imaginer ce qui se passait.

— C'est presque les grandes vacances, se réjouit faussement Sophie qui, pour ses enfants, avait remis son masque de mère parfaite.

— Dernière semaine d'école ! s'écria Isaak.

— Encore quatre dodos ! annonça Léa qui aimait compter les jours en égrenant les nuits.

Sophie leur annonça alors la décision qu'elle avait prise la veille au soir, avec son père, lorsque celui-ci l'avait rappelée pour lui présenter ses excuses.

— Les enfants, à propos de vacances, j'ai une bonne nouvelle : vendredi, après l'école, on part chez Papy Bernard et Mamy Jacqueline à Saint-Tropez pour quelques jours.

Elle avait failli dire *quelque temps*, mais elle s'était ravisée. Elle ne voulait pas les déstabiliser.

À cette annonce, Isaak poussa un cri de joie. Léa se précipita vers les escaliers pour appeler son père qu'elle croyait être à l'étage :

— Papa ! On va à Saint-Tropez !

Sophie retint un sanglot :

— Papa n'est pas là, mes chéris...

— Il est où ? s'inquiéta Isaak.

— Il... il est parti quelques jours... pour le travail.

— C'est à cause de ce qui s'est passé l'autre soir ? La bagarre ?

— Non, non... tout va bien. C'est juste pour le travail.

— Il va venir avec nous à Saint-Tropez, hein ?

Sophie trouva une formule pour ne pas avoir à mentir :

— J'espère bien !

Elle distribua quelques sourires rassurants aux enfants qui n'étaient pas dupes.

— Est-ce qu'on peut l'appeler ? demanda Isaak.

— Évidemment !

Sophie composa aussitôt le numéro d'Arpad. Mais le téléphone sonna dans le vide.

Étendu sur le lit d'une chambre d'hôtel, Arpad laissa le téléphone sonner. Il se doutait que c'étaient probablement ses enfants qui voulaient lui parler. Mais il n'avait aucune envie du moindre échange avec Sophie.

Lorsque le téléphone se tut, il quitta son lit. Il y avait des heures qu'il était réveillé, mais il n'avait pas bougé. Il ouvrit les rideaux, laissant passer la lumière du jour. Face à lui, il pouvait voir le bâtiment principal de l'aéroport de Genève. La chambre était sommairement meublée, comme dans tous les établissements de cette chaîne de moyenne gamme. Le temps du luxe et des cinq-étoiles semblait lointain.

Arpad devait retrouver Fauve à midi pour parler du braquage. Le rendez-vous avait été fixé à *La Caravelle*, un café à proximité de l'aéroport. Arpad avait une idée en tête: il allait passer un marché avec Fauve. Il lui laisserait tout l'argent du hold-up, en échange de quoi Fauve s'engagerait à disparaître de sa vie à jamais. Fauve avait le sens de l'honneur, il tiendrait parole. C'était la seule solution qu'Arpad avait trouvée pour se débarrasser de lui définitivement.

Au même instant, Fauve, lui, était dans sa cache, un petit appartement situé dans un corps de ferme à Jussy, une commune de la campagne genevoise. À douze kilomètres seulement du centre de Genève, Jussy offre un contraste rural saisissant: l'essentiel du territoire communal est composé de champs et d'une vaste forêt. Les 1 200 habitants qui y vivent se répartissent entre le village central et quelques hameaux épars. Le reste n'est que nature et s'étend jusqu'à la France, dont le territoire est limitrophe. La frontière est invisible. Le promeneur peut passer d'un pays à l'autre sans même s'en rendre compte. C'était tout l'intérêt pour Fauve: selon la tournure que prendrait le braquage, il pourrait rester quelque temps à Jussy, où personne ne viendrait le chercher (il avait des liquidités pour tenir plusieurs mois), ou passer en France en évitant les contrôles douaniers et disparaître en Europe.

La Cache se trouvait ainsi à deux cents mètres de la France. Il l'avait dénichée via une annonce sur Internet. C'était l'endroit parfait et il avait souscrit à toutes les conditions du fermier propriétaire des lieux, notamment trois mois de loyer d'avance à son arrivée, en liquide évidemment. Si tout se passait bien, il serait probablement loin dans les jours qui suivraient le braquage, le temps que l'alerte aux frontières soit levée. Mais il devait endormir le fermier. N'éveiller aucun soupçon. Il n'avait rien laissé au hasard: il s'était présenté sous un faux nom, expliquant qu'il venait en Suisse pour travailler dans une plantation de tomates en permaculture. Il avait acquis quelques notions sur le sujet pour être capable de répondre si on lui posait des questions. Il avait également des faux papiers correspondant à son faux nom, au cas où le propriétaire aurait exigé une pièce d'identité à son arrivée. Mais le propriétaire ne lui avait rien demandé. Tant mieux. Les faux papiers relevaient d'un antique folklore : avec l'avènement du biométrique, ils ne trompaient plus grand monde.

En s'installant à la Cache, Fauve avait découvert que l'endroit était encore mieux que ce qu'il avait imaginé. Le domaine agricole était complètement isolé : il n'y avait rien autour, que des champs. On pouvait s'y rendre en évitant le village et les hameaux et rester ainsi sous les radars. Il l'avait expérimenté en fuyant la police depuis la maison des Braun. En outre, le bâtiment où se trouvait la Cache était à l'écart de l'habitation des exploitants : il pouvait aller et venir à des heures indues sans croiser personne. Ses bailleurs n'avaient pas l'air fouineurs, mais il valait mieux être prudent. Enfin, depuis son appartement, Fauve avait une vue parfaitement dégagée sur la route d'accès. Si la police débarquait de jour, il la verrait arriver de loin. De nuit, l'apparition de phares était si peu usuelle qu'il en serait alerté aussitôt.

L'appartement se trouvait au premier étage du bâtiment, au-dessus d'un hangar à machines agricoles. On y accédait par un escalier extérieur en pierre. L'habitation se composait d'une petite cuisine donnant sur une pièce à vivre, d'une salle de bains étriquée et d'une petite chambre à coucher. De la fenêtre de celle-ci, on pouvait facilement atteindre le toit du hangar, rejoindre ainsi la grange, et fuir ensuite à travers champs jusqu'à la forêt. C'était l'issue de secours. Primordial en cas d'arrivée de la police. À condition de réagir vite. Dans les bois, Fauve avait caché au cœur d'un taillis une petite moto, achetée à son arrivée. Une annonce sur Internet. Payée en liquide. Il y avait fixé une plaque d'immatriculation dérobée sur un scooter. La clé était déjà sur le contact. Rien n'était laissé au hasard. C'était sa marque de fabrique.

Dans la chambre à coucher de la Cache, Fauve regardait des photos de la famille Braun. Certaines lui avaient été envoyées par Sophie au fil du temps et de leur correspondance. Les autres, il les avait prises lui-même au cours des dix derniers jours et avait fait faire des tirages dans un magasin de photo. Ce n'était pas très prudent, mais pas très risqué non plus. L'employé du magasin, loin d'imaginer qu'il s'agissait d'instants volés, lui avait dit : « Vous avez une belle famille. » À ces mots, il avait ressenti une immense fierté. Une pointe de tristesse aussi. Il n'avait pas contredit son interlocuteur. Il avait aimé être Arpad, le temps d'une conversation.

Fauve se remémorait souvent sa première nuit avec Sophie. C'était au printemps 2007. À l'époque, Sophie et Arpad venaient régulièrement lui rendre visite à Fréjus. Il les emmenait dans des clubs *underground*, des squats ou des bars clandestins. Arpad aimait les fêtes, où qu'elles se passent. Sophie avait une attirance pour cette marginalité militante. Fauve y était comme un poisson dans l'eau. Un soir où ils avaient tous les trois beaucoup trop bu, ils atterrirent chez Fauve. Ni Arpad ni Sophie n'étaient en mesure de conduire. Arpad, qui était dans un état second, s'était écroulé sur le petit lit de la chambre. Fauve et Sophie s'étaient retrouvés dans le minuscule salon attenant. Ils avaient encore picolé un peu, mis de la musique, discuté de choses et d'autres. Ce soir-là, elle avait voulu en savoir plus sur lui. Elle lui avait demandé la raison de son surnom. Il lui avait parlé de son passé de braqueur. À cette évocation, les yeux de Sophie s'étaient mis à briller. Il s'était soudain rendu compte qu'elle était fascinée par lui. Il se savait très beau et était conscient de la façon dont les femmes le regardaient, mais il n'aurait jamais imaginé que son passé sulfureux ajoutât encore à son aura. Dans un élan un peu fou, il l'avait embrassée. Elle lui avait rendu son baiser. Ils avaient fait l'amour à quelques mètres d'Arpad qui dormait comme une souche. Le lendemain matin, leur sobriété retrouvée, Arpad et Sophie étaient repartis main dans la main. Quelques minutes après leur départ, Fauve avait remarqué qu'elle avait oublié son sac à main. La sonnette de la porte avait retenti. Elle se tenait seule sur le palier. Elle lui avait pris le visage et l'avait embrassé encore. Fauve avait d'abord cru à une pulsion passagère. Mais cette pulsion durait depuis quinze ans.

Ce matin-là, à l'arrêt de bus du centre de Cologny.

Cela faisait une demi-heure et quatre bus que Karine avait déposé ses enfants à l'école, mais elle faisait le pied de grue sur le trottoir. Elle attendait le passage de Sophie. Impossible qu'elle l'ait ratée, Isaak n'était pas encore en classe. Et ce n'était pas Arpad qui déposerait les enfants, puisqu'il avait pris ses cliques et ses claques. Greg le lui avait dit. Karine était avide de cancans, elle avait besoin de savoir. Ses messages à Sophie étaient restés sans réponse. Peu importait qu'elle soit en retard au travail ce matin (elle avait prétendu qu'un de ses enfants était malade), elle voulait des infos !

Finalement, Sophie arriva devant l'école. Elle descendit rapidement de voiture et accompagna ses enfants jusque dans le bâtiment. Alors qu'elle retournait à sa voiture une voix l'interpella : c'était Karine. En l'apercevant, Sophie reprit quelques couleurs : elle avait besoin d'être réconfortée. Les deux femmes se tombèrent dans les bras.

— Je te dépose ? suggéra Sophie.

Karine s'installa aussitôt dans le véhicule.

— Je me faisais du souci pour toi, dit-elle en bouclant sa ceinture.

— Merci pour tes messages. Je suis désolée, je n'ai pas eu le temps de répondre.

— Ne t'en fais pas pour ça ! Je sais que ça a été difficile ces jours-ci…

Sophie, pour toute réponse, hocha de la tête. Avant de s'autoriser à fondre en larmes.

— Oh ma chérie ! la réconforta Karine en enroulant ses bras autour d'elle. Tu verras, tout va rentrer dans l'ordre, assura-t-elle.

— Je ne pense pas, murmura Sophie.

— Pourquoi ? demanda Karine qui trépignait de tout savoir.

— C'est compliqué…, répondit laconiquement Sophie qui ne semblait pas vouloir en révéler davantage.

Karine, pour la pousser à parler, lui confia :

— Samedi soir, quand vous êtes venus chez nous, Arpad m'a dit que tu avais quelqu'un d'autre…

Sophie s'effondra à nouveau :

— Je suis en train de ficher mon couple en l'air…

Karine n'en croyait pas ses oreilles : c'était donc vrai, elle avait quelqu'un d'autre.

— Ça fait longtemps ? demanda-t-elle innocemment à Sophie.

— C'est trop compliqué pour en parler comme ça dans une voiture…

— Allons boire un café ! suggéra Karine.

— Je dois absolument aller au bureau. Je suis en retard dans tout et je pars à Saint-Tropez à la fin de la semaine.

— À Saint-Tropez ? C'était prévu ?

— Pas vraiment.

— Donc j'imagine sans Arpad… ?

— Probablement sans Arpad. Tout est encore tellement flou. Je… je ne sais plus où j'en suis…

— Tu peux en parler avec quelqu'un ? s'enquit Karine.

— Je t'en parle à toi.

Karine fut surprise d'être sa confidente, elles ne se connaissaient que depuis peu, au fond. Et tous ces amis qui étaient à l'anniversaire d'Arpad ? Sophie s'efforçait-elle de protéger son image à tout prix ? Un monde de faux-semblants et d'apparences.

Karine se décida finalement à lui prodiguer un conseil, qui s'apparentait à une leçon de morale et à une suggestion pour elle-même :

— Le couple, c'est ce qu'on a de plus important, au fond. Les enfants occupent moins d'espace que ce que l'on pense. On s'en rend compte lorsqu'ils quittent le nid.

Sophie acquiesça :

— Greg et toi semblez dans une bonne phase. C'était chouette de vous voir comme ça, samedi soir.

— Ça va plutôt pas mal. On part tous les deux ce week-end. Les enfants descendent en Provence avec mes parents. Greg et moi, on fait un petit détour par l'Italie. Le Piémont. On les rejoint ensuite.

— Bravo, approuva Sophie, je suis contente pour vous.

Karine se sourit à elle-même, satisfaite de la tournure que prenait sa vie. Oui, tout n'avait pas été simple, surtout cette dernière année qui avait mis son couple à rude épreuve. Entre le déménagement à la Verrue, la pression du travail à la boutique et Greg qui était happé par son boulot, ils s'étaient éloignés l'un de l'autre. Mais tout était en train de rentrer dans l'ordre, elle le sentait bien. Les choses s'amélioraient et ce week-end en amoureux dans le Piémont en était la preuve. Elle songeait qu'elle avait fait beaucoup de reproches à Greg au sujet de son travail. Or, il mettait les bouchées doubles car il aspirait à devenir le prochain chef du groupe d'intervention. Elle devrait l'encourager au lieu de le rabrouer. Elle ne lui disait jamais combien elle était fière de lui.

Mais la promotion de Greg était gravement compromise. Son chef, informé par Fred de l'identité du voleur de la caméra, était absolument furieux et venait de le convoquer dans son bureau :

— Nom d'un chien, Greg, il va falloir que tu m'expliques ! Qu'est-ce qui t'a pris de voler du matériel ? Tu es notre meilleur élément ! Tu es censé me remplacer comme chef du groupe d'intervention !

— Est-ce que Fred t'a raconté ce qu'on a découvert ? se défendit maladroitement Greg.

— Oui, Fred m'a raconté…

— Un braquage se prépare ! dit Greg pour noyer l'histoire de la caméra. Ils vont passer à l'acte ce samedi !

Mais le chef le rabroua aussitôt :

— C'est pas le braquage qui m'intéresse ! Je voudrais savoir pourquoi tu as installé illégalement une caméra d'observation ! Explique-toi ! Parce que moi, je suis censé prévenir l'IGS.

— Ne fais pas ça ! Si tu préviens l'IGS, c'est la fin de ma carrière ! Je sais, j'ai merdé. J'ai complètement merdé !

— Pour avoir merdé, ça tu as merdé, oui ! Alors explique-toi maintenant !

Greg avait eu le temps de se préparer. Ce matin-là, il était arrivé de bonne heure au quartier général pour faire quelques recherches qui lui avaient permis de monter un petit dossier d'enquête. Il avait d'ailleurs fait une découverte majeure : l'identité du conducteur de la Peugeot grise. Tout cela, enrobé dans un mensonge, allait lui permettre de justifier cette histoire de caméra. Surtout grâce au témoignage de Fred qui, par chance, avait lui aussi vu Arpad mentionner au téléphone un *braquage prévu pour ce samedi.*

— Je connais personnellement le propriétaire de la maison où j'ai placé la caméra, expliqua Greg. Il s'appelle Arpad Braun, un type au demeurant très sympa, genre golden-boy. Il habite avec sa famille pas loin de chez moi. On est tous les deux bénévoles au club de foot local. Bref, un soir, j'étais invité chez lui, et il a reçu un appel téléphonique. Il s'est isolé mais je l'ai discrètement suivi. Je ne sais pas pourquoi j'ai fait ça. Déformation professionnelle, sans doute. Il a parlé d'un incident à Menton, il y a quinze ans. Et tu sais ce qui s'est passé à Menton il y a quinze ans ?

— Un braquage ? devina le chef.

— Dans le mille, confirma Greg en plaçant devant son chef une coupure de presse. Un gros coup. Une succursale de la banque postale. Deux types ont pris en otage le directeur de l'agence au petit matin, ils l'ont forcé à ouvrir le coffre et ont embarqué une montagne de pognon. On ne les a jamais retrouvés…

— Tu as des éléments de preuve, en dehors d'une conversation que toi seul as entendue ? Qui te dit que l'évènement de Menton était un braquage ? Ça aurait pu être un incendie, un accident, ou quelque chose de plus personnel.

— J'ai un faisceau d'indices convergents, expliqua Greg qui s'attendait à cette remarque. D'abord j'ai passé en revue tout ce qui s'est produit à Menton cette année-là, et rien d'autre ne ressort que ce braquage. Surtout, à cette époque, Arpad Braun vivait à Saint-Tropez, donc pas loin de Menton. Figure-toi qu'immédiatement après le braquage, il s'est barré de Saint-Tropez et il est venu s'installer en Suisse pour ne plus en bouger.

Arpad a la double nationalité britannique et suisse et, comme tu le sais, la Suisse n'extrade pas ses ressortissants. À Genève, il a rapidement trouvé un bon boulot dans une banque. C'était les années fastes. Il y a gravi les échelons, il a gagné pas mal d'argent, s'est forgé un joli train de vie. Superbe villa, vacances au soleil, voitures de luxe et tutti quanti.

— Alors, pourquoi voudrait-il braquer à nouveau ? interrogea le chef.

— Parce qu'il s'est fait virer de la banque au mois de janvier.

— Comment le sais-tu ? demanda le chef.

Greg se garda bien de révéler qu'il l'avait appris en assistant, grâce à la caméra, à l'altercation téléphonique entre Arpad et un certain Bernard.

— J'ai appelé la banque ce matin, dit Greg. Je pense qu'Arpad est à sec. Il a besoin de pognon pour sauver la face. Et attends, j'ai gardé le meilleur pour la fin. Il y a environ dix jours, la femme d'Arpad a senti qu'on observait sa maison. Elle a fini par surprendre un rôdeur. Elle a appelé les flics et tout ça. À deux reprises. Tu verras, je t'ai mis les rapports d'intervention de police-secours dans le dossier.

— Et… ?

— Je pense que c'est le deuxième braqueur de Menton qui a refait surface. J'en ai eu confirmation par la police française pas plus tard que ce matin.

— Raconte…

— Samedi soir, Arpad en est venu aux mains avec un autre automobiliste. Ils se sont bagarrés pour une histoire saugrenue de doigt d'honneur. Pas le genre d'Arpad de se foutre sur la gueule avec un type pour un geste déplacé, encore moins avec sa femme et ses gamins dans la bagnole. Une fois encore, la police est intervenue. J'ai pu retrouver l'autre conducteur grâce au numéro d'immatriculation de son véhicule, une Peugeot grise aux plaques françaises.

Greg laissa planer le suspense et sortit une fiche que la police française lui avait transmise une heure avant. Le chef lut à haute voix le nom de l'homme qui s'inscrivait en gras sur la page : **Philippe Carral.**

— Philippe Carral, répéta Greg. Ce mec n'est pas n'importe qui. C'est un braqueur de haut vol, il a disparu de la circulation depuis des années. Il est officiellement domicilié chez sa mère, autant dire nulle part. Arpad Braun et Philippe Carral se connaissent très bien : ils ont été compagnons de cellule à Draguignan, quelques mois avant le braquage de Menton.

— Comment t'as découvert tout ça ?

— Un inspecteur du SRPJ d'Annemasse avec qui j'ai déjà travaillé par le passé. Je l'ai appelé ce matin pour avoir des infos sur la Peugeot. Et puis je lui ai demandé d'interroger le système au sujet d'Arpad Braun et j'ai ainsi appris qu'il avait été placé en détention provisoire pour vol de voiture.

— Putain, Greg, t'as fait du bon boulot ! concéda le chef d'un ton soudain adouci.

Greg eut l'impression d'être en train de s'extirper du bourbier dans lequel il s'était fourré.

Mais le chef se remit aussitôt à aboyer :

— Alors pourquoi avoir tout foutu en l'air en plaçant illégalement cette caméra au domicile du suspect ? Il faut vraiment être le dernier des idiots ! Cette seule caméra peut invalider toute la procédure !

— J'ai été stupide, je m'en rends compte maintenant. Au moment de la placer, je n'avais que des présomptions, rien de solide. Je craignais que personne ne me prenne au sérieux et qu'on passe à côté d'une grosse affaire. D'ailleurs, si j'avais demandé l'autorisation d'utiliser des moyens de surveillance, le procureur me l'aurait refusée. Ça me tracassait, j'avais besoin d'en avoir le cœur net. Alors, quand le week-end passé Arpad Braun m'a invité chez lui, avec ma famille, pour profiter de la piscine, je me suis dit que c'était une occasion à ne pas rater. Je l'ai fait. Sans prendre le temps de réfléchir. Je me suis dit que je régulariserais tout ça après coup. J'étais...

Le chef termina la phrase de Greg à sa place :

— Obsédé !

— Exactement ! reconnut Greg.

Il était obsédé. Par Sophie.

Greg poursuivit d'une voix suppliante :

— Je regrette. J'ai pensé à rien...

— Je vois ça ! constata le chef qui ne lui faisait grâce de rien. Et puis t'es pas enquêteur, t'es un putain de flic d'intervention ! Chacun son rôle ! Pourquoi, au lieu de faire cavalier seul et d'aller mettre cette stupide caméra, tu n'as pas fait remonter ces infos à la police judiciaire ?

Greg n'avait pas d'autre choix que de jouer jusqu'au bout la partition qu'il avait minutieusement composée.

— C'est la Crim' qui aurait pris le dossier, dit-il sur un ton fataliste.

— Oui, et alors ?

— Alors, j'ai couché avec une inspectrice de la Crim' et ça s'est mal terminé. J'ai eu peur qu'elle sabote le dossier !

L'explication de Greg était légèrement bancale, mais pas mensongère.

— Mais bordel, Greg ! s'emporta le chef. Tu as d'autres conneries à m'avouer ?

Greg joua alors la contrition et le flic passionné :

— J'ai merdé ! J'ai complètement merdé ! Mais n'invalide pas tout ce boulot pour une erreur, aussi grosse soit-elle. Si on décide d'ignorer ce que j'ai découvert, il va y avoir braquage samedi. Ces mecs ne sont pas des enfants de chœur : ils ont déjà pris un mec en otage par le passé. Samedi, des gens seront peut-être blessés, ou pire, et on n'aura rien fait pour empêcher ça.

Le chef se mit à tourner en rond dans son bureau. Finalement, il se rassit, décrocha son téléphone et convoqua Fred dans son bureau. Une fois que les trois hommes furent réunis dans le secret de la pièce, le chef déclara :

— On va couvrir Greg. Il a fait une connerie, mais on va se faire ces braqueurs. On va passer le dossier à la Crim', avec les éléments découverts par Greg, mais sans mentionner la caméra. Puis on va s'assurer que la Crim' demande au procureur l'autorisation d'installer une caméra. On dira que Greg connaît bien cet Arpad Braun et qu'il a une ouverture. Avec un peu de chance, on obtiendra l'autorisation et le tour sera joué.

— Et si le procureur refuse ? demanda Fred.

— Qu'il accepte ou qu'il refuse, une fois qu'on aura arrêté Braun, il y aura de toute façon une perquisition chez lui. On s'assurera d'en être. Le groupe d'intervention est généralement de la partie sur les opérations liées à des braquages. À ce moment-là, on récupérera cette foutue caméra. Et personne ne saura jamais ce qui s'est passé.

— Merci, dit Greg.

Le chef pointa alors un doigt menaçant en sa direction :

— Attention, Greg. Je t'ai sauvé les miches une fois, il n'y en aura pas de deuxième. Maintenant que je suis au courant de tes conneries, mon poste est en jeu. Si tu utilises encore une fois cette caméra, je te suspends sur-le-champ, je te dénonce immédiatement à la hiérarchie et tu pourras dire adieu au groupe d'intervention, voire probablement à la police. Est-ce que c'est clair ?

Midi, ce jour-là.

La Caravelle, où Fauve avait donné rendez-vous à Arpad, était une buvette assez sommaire qui jouxtait la piste de l'aéroport. Cette baraque en planches jouissait d'une vue imprenable sur le tarmac : on imaginait volontiers l'endroit régulièrement pris d'assaut par les passionnés d'aviation. Mais à midi ce jour-là, lorsque Arpad y arriva, il n'y avait personne. L'établissement était fermé et il attendit devant la porte.

Au bout de quelques minutes, la Peugeot grise arriva sur le parking désert. Arpad était nerveux. Fauve lui inspirait désormais un mélange de peur et de haine. Il avait envie de se jeter sur lui. De le tabasser à nouveau. Mais il savait que, cette fois, Fauve ne lui laisserait aucune chance. Il s'était volontairement laissé faire l'autre soir sur la route. Pour l'avoir vu en prison remettre à leur place quelques costauds, Arpad savait de quoi il était capable.

Fauve marcha lentement jusqu'à lui, sans un mot. Il portait un appareil photo en bandoulière et prit quelques photos de la piste, comme s'il s'intéressait aux avions. Puis il se tourna vers Arpad et lui dit :

— Viens voir les photos.

Il avait parlé comme si tout était normal, comme s'il montrait à un vieux copain, fana lui aussi d'aéronefs, les clichés qu'il venait de prendre. Arpad approcha et regarda l'écran. Au lieu d'images de carlingues, il y vit la devanture de la boutique Cartier. Fauve fit défiler une série de photos du bâtiment, notamment son accès arrière, destiné aux employés.

— Samedi matin, on va braquer la boutique Cartier.

Arpad sentit son cœur s'accélérer. Tout devenait réel. Il ne pouvait plus faire machine arrière. Fauve devina immédiatement que son acolyte était en train de fléchir.

— Concentre-toi, lui ordonna-t-il. Ça va bien se passer à condition que tu gardes l'esprit clair. Tu te souviens de ce que je t'avais dit à l'époque? Dans un braquage, ce n'est pas tant l'expérience qui compte que la confiance que l'on doit avoir l'un envers l'autre.

Arpad acquiesça. Fauve reprit:

— Tu connais bien la boutique Cartier, je crois. Très jolie d'ailleurs, la bague que tu as offerte à Sophie.

Fauve joua rapidement avec son appareil et fit défiler une série de photos qu'il avait prises d'Arpad, une semaine plus tôt, lorsqu'il s'était rendu chez Cartier pour acheter la Panthère.

Arpad sentit la colère monter:

— Ça fait combien de temps que tu me suis?

Fauve calma immédiatement le jeu:

— Sur ce coup-là, mon ami, c'est toi qui as débarqué dans la bijouterie alors que j'étais justement en train de faire du repérage. Tu vois comme le monde est petit. Mais bref, ne perdons pas le fil, s'il te plaît. On va attaquer à l'ouverture, à 9 heures 30. On doit éviter qu'il n'y ait trop de clients à l'intérieur.

— 9 heures 30, répéta Arpad.

Fauve distribua les rôles:

— Toi, tu vas passer par la porte principale du magasin. Comme si tu étais un client. Tu vas rapporter la bague que tu as achetée pour Sophie en prétextant un défaut. Là, tu feras diversion en t'arrangeant pour faire tomber la bague sans que le vendeur le remarque. Il va juste se rendre compte que le bijou a disparu, il va paniquer et il va alerter la sécurité. Pendant que tout le monde sera occupé à retrouver la bague, moi, je ferai irruption par l'arrière pour faire main basse sur les bijoux gardés dans l'arrière-boutique. C'est là que se trouvent les plus belles pièces. Si tout se passe bien, personne ne remarquera rien. Tout ce que tu as à faire, c'est garder tout ce petit monde occupé pendant sept minutes. Après ça, chacun se tire de son côté et on se retrouve plus tard. À cette heure-là, un samedi matin d'été, il y aura déjà beaucoup de monde dans les rues. Et ça, c'est idéal pour notre fuite. On pourra se fondre facilement dans la masse.

— C'est tout? demanda Arpad.

— C'est tout. Un braquage doit rester simple pour être efficace. Les numéros de haute voltige, c'est pour le cinéma. Évidemment, ne laisse rien par écrit, ne prends pas de notes et ne te fais pas je-ne-sais-quelle connerie de pense-bête avec les étapes du braquage. Tu as tout enregistré parfaitement dans ta tête. N'en parle pas non plus au téléphone.

— À qui veux-tu que j'en parle ? demanda Arpad qui trouvait cette remarque idiote.

— Je veux dire : considère-toi comme surveillé par la police. Et surtout, plus de contact entre nous. C'est moi qui t'appellerai vendredi soir, pour te confirmer que tout va bien et que le braquage est maintenu. Je te dirai : « Il fera beau demain, nous prendrons le bateau. » Ce sera le signal pour que, le lendemain à 9 heures 30, tu te présentes chez Cartier, comme prévu. Si je ne me manifeste pas, c'est qu'on abandonne. Compris ?

— Compris, acquiesça Arpad. J'ai juste un point à préciser concernant la fuite.

Fauve se rembrunit :

— Je t'écoute, dit-il d'un ton méfiant.

— Une fois le braquage terminé, on se sépare mais on ne se retrouve pas.

— C'est moi qui aurai les bijoux, indiqua Fauve, et ce sera impossible de se partager le butin pendant le braquage.

— Je te laisse ma part. Tout est pour toi.

Fauve resta interdit :

— Pourquoi tu ferais une chose pareille ?

— À ton avis, pourquoi j'ai accepté ce braquage ? interrogea Arpad.

— Parce que tu as besoin de fric...

— Pas de ce fric-là. Je veux juste que tu dégages de ma vie. Je t'aide à faire le braquage, et ensuite tu disparais. Pour toujours. Le monde est assez vaste, il y a assez de banques et de bijouteries à braquer pour que tu me laisses tranquille, moi et ma famille.

Fauve dévisagea Arpad puis dit simplement :

— Marché conclu. À samedi.

Comme il s'éloignait en direction du parking, Arpad le retint :

— J'ai trouvé la carte d'anniversaire que tu as écrite à Sophie.

Fauve se figea.

— Et... ? interrogea-t-il, faussement impassible. C'est interdit d'écrire des cartes d'anniversaire ?

Arpad, pour toute réponse, se saisit de son téléphone et lut à haute voix le texte qu'il avait photographié dans le bureau de Sophie.

— *Ma Panthère, Tu n'es pas faite pour cette vie en cage. Tu t'y es accoutumée, comme un animal dans un zoo. Mais ta routine et ton quotidien sont des barreaux. Ton bonheur est une illusion. N'oublie pas le juste rappel de Viscontini. Viens avec moi, je veux te faire goûter encore à la liberté. Je t'aime.*

Arpad avait lu sur un ton moqueur et Fauve en fut profondément blessé. C'était une lettre intime. Il s'était donné beaucoup de peine pour écrire ces lignes. C'est toujours délicat d'écrire à quelqu'un qu'on aime. Et puis, *Ma Panthère* dans la bouche de quelqu'un d'autre, ça sonnait faux. Ça faisait ridicule. Il se sentait humilié et il eut envie de se jeter sur Arpad pour lui démolir le portrait. Il y avait un moment que cela le démangeait. Mais il devait garder Arpad entier. Il lui serait utile. Et surtout, s'il l'abîmait, Sophie ne le lui pardonnerait pas.

En réalité, si Arpad avait évoqué ce courrier, c'était pour une raison bien précise.

— Qui est Viscontini ? demanda-t-il.

— Un écrivain italien, répondit Fauve.

C'était donc bien cela : Arpad s'était renseigné sur Internet et il avait effectivement trouvé une occurrence concernant un écrivain oublié du début du XXe siècle. Mais quel était le lien entre Viscontini, Sophie et Fauve ? Était-ce un auteur que Sophie appréciait ? Elle ne lui en avait pourtant jamais parlé. Il avait l'impression de redécouvrir sa femme au travers des yeux d'un autre.

— Pourquoi Viscontini ? interrogea Arpad.

Sa question était un aveu de faiblesse. Il était mortifié de devoir pénétrer dans l'intimité du couple que formaient Fauve et Sophie pour comprendre qui était vraiment sa femme.

— J'aime son œuvre, expliqua Fauve.

— Il y a autre chose…

— Ça t'étonne que j'aime lire ?

— Je sais qu'il y a autre chose ! s'agaça Arpad.

Fauve se délecta de sa frustration. Il lui dit alors d'un ton provocateur :

— Tu ne veux pas savoir…

— Si ! Si ! s'écria Arpad. Je veux savoir ! Je veux tout savoir !

Fauve, bien décidé à rester sur cette victoire, tourna les talons.

— À samedi, dit-il avant de disparaître. Et reste tranquille d'ici là. Ne me fais pas le même coup qu'à Menton !

L'après-midi touchait à sa fin.

Arpad tournait en rond dans sa chambre d'hôtel. Ses pensées se bousculaient dans sa tête : Sophie, son couple, le braquage. Il avait l'impression de perdre pied. Son téléphone brisa soudain le silence de la pièce. C'était Julien Martet, son ami et partenaire de squash. Arpad ne répondit pas, mais Julien insista jusqu'à ce qu'il décroche.

— Arpad, s'inquiéta Julien, pourquoi tu ne m'as pas dit que tu avais perdu ton travail ?

Julien avait été prévenu par Sophie. Arpad était mortifié d'avoir été ainsi démasqué. Il se sentait encore une fois trahi par sa femme.

— Sophie n'a pas à étaler nos problèmes sur la place publique ! pesta-t-il.

— Arpad, enfin, je suis l'un de tes meilleurs amis ! Je ne suis pas la place publique ! Et puis Sophie avait besoin de parler à quelqu'un, ça l'a chamboulée de découvrir que tu avais été viré il y a six mois. Pourquoi tu ne m'en as pas parlé ? On joue ensemble au squash chaque semaine. Chaque semaine !

— J'avais honte !

— Honte de quoi ? demanda Julien. Toutes les banques dégraissent en ce moment, ça en devient ridicule d'ailleurs.

Arpad se calma. Cela lui faisait du bien de parler à un ami. Il était soulagé de ne plus devoir jouer la comédie.

— J'avais honte par rapport à toi... tu fais une carrière flamboyante et moi je me fais virer. Je me sentais... inférieur.

— Arpad, tu es mon ami pour l'homme que tu es. Le reste n'a pas d'importance.

— Je le sais bien... Et pourtant...

— Écoute, dit Julien, je suis au Luxembourg pour le boulot

jusqu'à vendredi, mais on pourrait se prendre un verre vendredi en fin de journée ? D'ici là, je vais regarder s'il y a des postes ouverts chez nous. Sophie m'a dit que tu t'étais barré de la maison, tu es où ?

— À l'hôtel.

— Viens à la maison si tu veux. Même si je ne suis pas là, Rebecca sera contente de t'accueillir.

— Je ne vais pas m'imposer chez toi, déclina Arpad. Mais merci, tu es un vrai ami. À vendredi.

Au même moment, à Cologny, Karine, de retour de sa journée de travail, descendait du bus. D'ici cinq jours, elle serait en week-end en Italie avec Greg. Juste tous les deux. Elle déroula le programme dans sa tête : samedi matin, ses parents viendraient chercher les enfants, avec les valises et tout le tintouin, pour les emmener en Provence. Elle et Greg partiraient tranquillement dans la foulée. Ils déposeraient Sandy à la pension pour chiens puis prendraient la direction du Piémont.

En avisant sa maison, elle se sentit sereine. Elle se réjouissait même du joyeux bazar qui l'attendait lorsqu'elle passerait la porte d'entrée. Les enfants en train de tourner en rond et la nounou affalée sur le canapé. Elle embrasserait tout ce petit monde imparfait qui était le sien, car il valait mieux être heureuse à la Verrue que malheureuse dans la Maison de verre.

Avant d'entrer, elle releva le courrier dans la boîte aux lettres. Elle passa rapidement en revue les différentes enveloppes, essentiellement des factures. L'une d'elles cependant attira son attention : il y était simplement mentionné *Madame Liégean*, sans adresse ni timbre. Quelqu'un était venu glisser l'enveloppe directement ici. Karine la décacheta et découvrit avec effarement le mot anonyme glissé à l'intérieur :

Ton mari est un porc qui te trompe

Samedi 2 juillet 2022

Le jour du braquage

9 heures 45

Au moment où Arpad était arrêté à l'intérieur du magasin, une autre colonne du groupe d'intervention qui couvrait la sortie de secours interpella le second braqueur tandis qu'il passait la porte pour fuir.

Les deux suspects, une fois neutralisés, furent menottés et on leur banda les yeux. Les consignes étaient de les emmener immédiatement dans les locaux de la police judiciaire.

Greg, cagoulé et en tenue d'assaut, se fit un malin plaisir de traîner Arpad jusqu'à un véhicule de la brigade d'intervention et de le jeter sans ménagement à l'arrière. La voiture démarra aussitôt, sirène et gyrophare enclenchés. Arpad ne voyait rien, il entendait à peine. Son ouïe souffrait encore de la détonation. Il était en état de choc. Qu'allait-il lui arriver? Qu'allait-il devenir?

Sur le trottoir, Greg regarda le véhicule de police partir. Il jubilait. Il était comme un chasseur qui tenait sa proie. Mais Greg sonnait l'hallali trop tôt. La chasse ne se termine jamais avant la mise à mort.

Il faut se méfier des animaux blessés.

C'est dans cet état qu'ils sont le plus dangereux.

Chapitre 17

4 jours avant le braquage

~~Dimanche 26 juin (La découverte de Greg)~~

~~Lundi 27 juin~~

→ **Mardi 28 juin 2022**

Mercredi 29 juin

Jeudi 30 juin

Vendredi 1er juillet

Samedi 2 juillet (Le jour du braquage)

7 heures 45, dans sa chambre d'hôtel.

Arpad arrangea rapidement son lit pour que le décor ne soit pas trop désordonné. Il rajusta ensuite sa chemise, comme pour un rendez-vous important, puis il se saisit de son téléphone et appuya sur la touche *appel vidéo* à côté du numéro de Sophie.

Elle décrocha. Il vit la cuisine en arrière-plan. Ils échangèrent un bref regard, intense, puis résonnèrent les cris joyeux des enfants qui étaient en train de terminer leur petit-déjeuner.

— C'est papa ? hurla Isaak en attrapant le téléphone de sa mère. Salut papa, ça va ?

— Moi aussi je veux parler à papa, pleurnicha Léa en se collant contre son frère.

— Comment ça va, mes chéris ? demanda Arpad.

— Bien, répondit Isaak. T'es où ?

— À Londres.

— Avec Papi et Mamie ?

— Non, je suis à l'hôtel. Je suis venu pour le travail.

— Je croyais que tu étais parti à cause de la bagarre de l'autre soir...

— Non, non.

Il savait que les enfants avaient été choqués par ce qu'ils avaient vu le samedi précédent. La bagarre avec Fauve, la fureur de leur père, la police.

— Je regrette de vous avoir inquiétés, dit Arpad. Tout va bien maintenant.

— Tu rentres quand ?

— Le plus vite possible.

— On part à Saint-Tropez vendredi, pour les vacances. Tu vas venir avec nous, hein ?

Arpad s'efforça de masquer son étonnement. Sophie partait

avec les enfants? C'était donc la fin. Ce fut trop pour lui. Il se sentit submergé par l'émotion.

— Mes chéris, je dois raccrocher.

— OK papa, mais reviens vite, s'il te plaît, tu nous manques.

Arpad retint un sanglot dans sa gorge. Il dut se contenter d'un signe d'acquiescement et il s'empressa de raccrocher.

À la Maison de verre, Sophie avait les nerfs à fleur de peau. « Allez, en route pour l'école », décréta-t-elle en bousculant un peu ses enfants. Elle avait besoin d'être seule. Elle avait besoin de craquer. Elle déposa les enfants puis s'arrêta dans un parking proche et s'effondra en larmes. La chambre d'hôtel avait fait illusion pour les enfants, mais elle n'arrivait pas à se résoudre au délitement de sa famille. C'était insupportable. Et comme elle en était la cause, elle était aussi la solution. Elle ne pouvait plus continuer comme ça. Elle devait couper les ponts avec Fauve.

Lorsqu'il eut repris ses esprits et séché ses yeux, Arpad descendit prendre un rapide petit-déjeuner dans la salle à manger blafarde de l'hôtel. Il n'avait même pas faim, mais il avait envie de voir du monde autour de lui.

Une fois surmonté le choc du départ des enfants à Saint-Tropez, Arpad reprit peu à peu du poil de la bête: tout n'était pas fini pour son couple, tout pouvait au contraire recommencer. Il allait se battre. Ce serait un nouveau départ pour Sophie et lui. Il lui pardonnerait, ils surmonteraient ensemble cette épreuve et en sortiraient renforcés. Il allait faire ce braquage et serait à jamais débarrassé de Fauve. Il retrouverait sa femme pour lui tout seul. Sans jamais devoir craindre le retour du prédateur. Il se dit même que c'était une bonne chose que les enfants partent dès le vendredi: il valait mieux qu'ils soient loin de Genève. Après le braquage, il les rejoindrait dans le Sud. Ce serait la renaissance de son couple et de sa famille. Il pensa alors à Bernard et s'en voulut de l'avoir à ce point insulté. Il lui présenterait ses excuses. Bernard tirerait un trait sur cet incident. Tout redeviendrait comme avant.

Soudain, Arpad eut hâte de retrouver la maison de Saint-Tropez, hâte de se faire coincer sur la terrasse par Bernard, hâte d'être noyé sous les bavardages de Jacqueline, hâte de retrouver l'insupportable belle-sœur Alice et Mark, le mari chirurgien.

Quinze ans après avoir fait l'inverse, il fuirait Genève pour se réfugier à Saint-Tropez.

Arpad se rendit ensuite à la réception de l'hôtel et annonça qu'il prolongeait son séjour jusqu'au vendredi. Puis, pour donner corps à un futur alibi, il en profita pour raconter sa vie au réceptionniste : « Vendredi, je pars à Saint-Tropez. Les vacances scolaires commencent, j'emmène les enfants dans la famille de ma femme. » Si on l'interrogeait, l'employé pourrait confirmer le départ pour Saint-Tropez dès le vendredi. On n'était jamais trop prudent. Arpad quitta ensuite l'hôtel. Il récupéra sa voiture sur le parking et s'en alla.

La scène n'avait pas échappé à l'équipe de policiers qui surveillaient tous les faits et gestes d'Arpad depuis la veille au soir. Une policière qui jouait le rôle d'une cliente de l'hôtel avait intercepté l'échange entre Arpad et l'employé. Sur le parking, à bord d'un véhicule banalisé, l'inspectrice Marion Brullier et une collègue de la brigade criminelle regardèrent Arpad s'en aller. Sa Porsche serait prise en chasse par la brigade d'observation, rompue aux filatures.

— Il n'a pas une tête de braqueur, dit Marion en jouant avec un gobelet de café en carton.

— C'est quoi, une tête de braqueur ? demanda sa collègue en terminant son croissant.

Marion sourit :

— J'en sais rien. Mais il a l'air d'un type sans histoires.

— Les criminels en puissance sont d'abord des types sans histoires. Et puis, qu'est-ce qu'il fout à l'hôtel, en face de l'aéroport qui plus est, s'il n'a rien à se reprocher ?

— Il s'est peut-être disputé avec sa femme, suggéra Marion.

La collègue ne réagit pas. Marion ajouta :

— Le flic du groupe d'intervention qui nous a donné le tuyau, je le connais…

— Et… ?

— C'est un connard. Je me demande si ses infos sont crédibles.

— On peut être un connard et un bon flic. Son dossier tient parfaitement la route.

Marion haussa les épaules. Elle se demandait si la femme de Greg avait trouvé sa lettre.

Karine, assise dans le bus, sur le chemin du travail, ne pensait qu'à cette lettre. Elle n'en avait presque pas dormi. Est-ce que c'était vrai ? Est-ce que Greg la trompait ? Est-ce qu'elle était, elle aussi, l'une de ces idiotes naïves qui ne se doutent jamais de rien ? Est-ce que, lorsqu'il rentrait tard de ses interventions, il était vraiment en intervention ? Et qui était l'auteur de ces lignes atroces ? Il était écrit que Greg était *un porc*. Était-ce une de ses conquêtes qui se vengeait de lui ?

Elle n'avait évidemment rien dit à son mari. Elle n'était pas encore prête à l'affronter. Elle avait bien essayé d'accéder à son téléphone professionnel, mais il était protégé par un mot de passe que Greg ne donnait à personne. « C'est pas un téléphone, c'est un outil de travail », répétait Greg.

Karine commençait à se demander s'il n'y avait pas autre chose.

Arpad passa la matinée à chercher le livre.

Il fit le tour des librairies de la ville. Petites librairies de quartier, grandes enseignes, bouquinistes. Sans succès. Il fit également étape à la grande bibliothèque centrale ainsi qu'à la bibliothèque universitaire de la faculté de lettres. En vain. Il eut soudain l'idée de se rendre dans un magasin de livres anciens. Il en connaissait un dans la vieille-ville, qui vendait des éditions originales, des ouvrages rares et des cartes d'époque. Il le trouva là-bas. « Une édition unique, reliée en cuir véritable et dorée sur tranche », expliqua le libraire pour justifier le prix. Arpad paya sans rechigner. Il avait besoin de ce livre. Il avait besoin de comprendre.

*

Presque midi.

Dans une salle de réunion du quartier général de la police judiciaire, un point de situation allait commencer en présence des membres de la brigade criminelle, de la brigade d'observation, du groupe d'intervention, ainsi que du procureur qui suivait le dossier.

Greg, en prenant place avec son chef, remarqua Marion Brullier parmi les policiers présents. *La poisse*, songea-t-il.

Le chef de la Crim', dont la brigade dirigeait cette affaire, ouvrit la séance et invita Marion à le rejoindre :

— C'est l'inspectrice Marion Brullier qui est en charge du dossier pour le compte de la brigade criminelle, annonça-t-il.

Greg se pencha à l'oreille de son chef et chuchota :

— Putain, ils nous mettent une gamine à la tête de l'enquête... Elle va tout faire foirer. Voilà pourquoi il vaut parfois mieux se débrouiller seuls. Je suis sûr qu'elle couche avec tout le monde. Elle a la tête à ça.

Le chef de Greg pouffa. Le responsable de la brigade criminelle continua sa présentation :

— Marion, en dépit de son jeune âge, est l'un de nos très bons éléments, je sais qu'elle fera un boulot exemplaire. Je vous remercie par avance de toute l'aide que vous lui apporterez et je lui cède maintenant la parole.

Marion prit place devant ses collègues et commença son rapport :

— La surveillance du suspect a débuté hier après-midi. Il a été très facile de remonter sa trace. Il a pris une chambre dans un hôtel en face de l'aéroport, sous sa véritable identité. La filature a commencé à son retour à l'hôtel vers 17 heures, il est resté dans sa chambre, puis il a dîné dans une pizzeria à proximité. Retour à son hôtel à 20 heures et il n'en a pas bougé de la nuit.

— Et qu'a-t-il fait hier avant 17 heures ? demanda Greg.

— On n'en sait rien. On ne l'a localisé qu'à son retour à l'hôtel.

— Est-ce que son téléphone est sur écoute ? s'enquit le chef de Greg.

— Oui, confirma Marion.

Le procureur prit alors la parole :

— J'ai autorisé les écoutes. Par contre, pour les caméras d'observation requises par le groupe d'intervention, c'est niet. Ni à l'hôtel, ni chez lui. Encore moins chez lui, puisque visiblement il n'y est plus. On sait pourquoi d'ailleurs ?

— Problèmes conjugaux, expliqua Greg.

— Vous le connaissez bien ? demanda le procureur.

— Oui, c'est ce qui m'a permis de mettre le doigt sur son projet de braquage. Je connais bien sa femme aussi, je pourrais aller la voir sous un faux prétexte et profiter de la visite pour placer une caméra chez eux. Fatalement, il repassera par chez lui et ça nous rendrait service de voir ce qu'il fabrique.

— Je ne suis pas là pour vous rendre service, rappela sèchement le procureur. Je suis là pour vous empêcher de faire des conneries en violant des principes juridiques fondamentaux ! On n'est pas dans un cas de terrorisme. Poursuivez, inspectrice, s'il vous plaît !

Marion reprit la parole :

— Pour le moment, il y a très peu d'activité sur le téléphone du suspect. Il a reçu un appel hier d'un certain Julien Martet, qui serait l'un de ses amis. Arpad Braun a perdu son travail il y a six mois et n'aurait averti personne, pas même sa femme qui vient apparemment de le découvrir. Julien Martet lui a proposé de l'aider à trouver un boulot. Bref, rien de très intéressant pour nous. Après ça, sa femme a essayé de lui téléphoner deux fois hier soir, mais il n'a pas répondu. Ce matin, il a appelé ses enfants, il leur a fait croire qu'il était à Londres pour son travail.

— Aucun autre appel ? s'étonna le procureur.

— Aucun, confirma Marion.

— Il a un deuxième téléphone ! s'écria alors Greg. C'est sur ce deuxième téléphone que son complice l'a appelé l'autre soir.

— Comment le savez-vous ? interrogea le procureur.

— Je… je l'ai vu.

— Vous l'avez vu comment ?

— J'étais dans la maison.

— On a vu la mention d'un deuxième téléphone dans ton rapport, indiqua Marion, mais on n'en a trouvé aucune trace. Il se peut que ça soit un téléphone étranger à prépaiement, et ça c'est compliqué à remonter.

— Donc on a quoi de concret au-delà des suspicions ? demanda le procureur.

— Rien d'autre pour l'instant qu'une conversation interceptée par Greg Liégean concernant un braquage ce samedi.

— Banque ou bijouterie ? interrogea le procureur.

— Très probablement une bijouterie, indiqua Marion. Les banques sont fermées le samedi, et je ne pense pas que ce soit un distributeur de billets qui l'intéresse. Pour le reste, il y a effectivement un lien entre Arpad Braun et Philippe Carral, un braqueur français. Carral est fiché S par le Renseignement français pour ses liens avec des activistes violents d'extrême-gauche. Les deux hommes se connaissent, ils ont fait de la taule ensemble. D'après nos homologues français, les Renseignements ont perdu la trace de Philippe Carral depuis longtemps. Mais Carral a été vu à Genève, samedi soir dernier, après une altercation avec… Arpad Braun !

— Et maintenant, où se trouve ce Carral ? demanda le procureur.

— Aucune idée. Il s'est évanoui dans la nature.

— Et Arpad Braun ?

— Il a prolongé son séjour à l'hôtel jusqu'à vendredi. Il a indiqué qu'il partait ensuite à Saint-Tropez, rejoindre sa famille.

— Je croyais que le braquage était samedi, releva le procureur.

— Justement. Je pense qu'il se construit son alibi.

— Et où est-il maintenant ?

Le responsable de la brigade d'observation prit la parole :

— Il a commencé sa journée en faisant le tour des librairies de la ville. Et maintenant, depuis une bonne heure, il est assis à la terrasse d'un café sur la place du Bourg-de-Four.

— Seul ? demanda le procureur.

— Oui. Il lit le livre qu'il a passé la matinée à chercher. Là, il vient même de commander une salade de poulet et de l'eau minérale, si vous voulez tout savoir.

— Et c'est quoi ce bouquin ?

— Un livre rarissime, écrit au début du siècle passé par un écrivain italien. D'après les libraires chez qui il est passé, il le cherchait désespérément. Il l'a finalement dégoté dans une édition numérotée qu'il a achetée 900 francs, payés en liquide. *Animaux Sauvages* de Carlo Viscontini. *Animali Selvaggi* dans sa version originale. D'après nos recherches, c'est un recueil d'histoires autour d'un village de Toscane.

— Je voudrais bien savoir quel est le lien entre le braquage et un vieux livre italien ? interrogea alors le procureur.

À midi, ce jour-là, dans un restaurant du centre-ville.

Les clients étaient encore rares. Dans un coin discret, un homme attendait avec un bouquet de roses qu'il ne savait où poser. À l'évidence, c'était un rendez-vous galant.

Fauve décida finalement de laisser le bouquet par terre. Il aurait dû acheter du parfum, ça aurait été plus pratique.

Il était très excité par ce déjeuner avec Sophie. Il lui avait proposé de se retrouver à la Cache, lieu de leurs précédents rendez-vous depuis qu'il était arrivé à Genève. C'était plus discret. Mais elle avait suggéré une rencontre au restaurant et il ne s'était pas fait prier. Il avait l'impression de former avec elle un véritable couple. C'était bon de sortir de l'ombre.

Pour l'occasion, il avait acheté une chemise dans un magasin de prêt-à-porter. Il y avait longtemps qu'il n'en avait pas mis. Il se trouva même un petit air d'Arpad. Il avait décidé que lorsqu'elle arriverait, il lui ferait le baisemain. Il avait vu Arpad lui faire ce geste lorsqu'ils étaient sortis de l'Hôtel des Bergues, après le dîner d'anniversaire de Sophie.

Sophie apparut enfin. Belle comme jamais. Elle le gratifia de son plus beau sourire. Il se leva et lui prit la main. Elle crut qu'il voulait la serrer, ce qui l'étonna d'abord mais elle pensa que c'était par souci de discrétion, pour donner à leur rencontre l'apparence d'un rendez-vous professionnel, et ils échangèrent une lamentable poignée de main. Alors Fauve ramassa les fleurs par terre et les tendit vers Sophie. Elle eut soudain l'air gêné. Il se sentit mal à l'aise. Ils s'assirent et elle lui dit d'emblée :

— Fauve, ça ne peut pas continuer…

— Qu'est-ce qui ne peut pas continuer ?

— Nous. Il faut tout arrêter maintenant.

— Tu me laisses tomber ?

— Je suis désolée de t'annoncer ça comme ça...

Fauve était abasourdi. Il eut un réflexe de félin blessé: il voulait aller se cacher pour panser ses blessures. Il fit mine de se lever.

— Ne perds pas ton temps à déjeuner avec moi, dit-il en essayant de sauver la face. Je vais y aller.

Elle le retint:

— Fauve...

— Je voudrais redevenir Philippe.

— Tu seras toujours Fauve pour moi...

— C'est justement le problème.

Elle lui murmura alors d'un air navré:

— J'aurais tellement voulu qu'on puisse continuer ensemble pour toujours...

— Mais...?

— J'ai une famille, rappela Sophie.

— Ça ne t'a pas arrêtée par le passé...

— Les choses ont changé.

— Tu sais, dit Fauve, ce que je t'ai écrit sur ma carte d'anniversaire, je le pensais vraiment et je le pense toujours: cette gentille vie de bourgeoise accomplie n'est pas pour toi...

— C'est ma vie, et je l'aime comme ça.

— Si tu l'aimais vraiment, tu ne serais pas en face de moi en ce moment.

— Je suis en face de toi justement pour te dire que c'est fini.

Elle s'en voulut aussitôt de la dureté de sa phrase. Elle essaya de se rattraper:

— Tu dois comprendre, il y a deux Sophie. L'une qui est faite pour être avec toi, l'autre qui est faite pour être avec Arpad et les enfants. J'ai trois personnes qui comptent sur moi, je ne peux pas leur faire ça.

C'en était trop pour Fauve. Il se leva et s'enfuit. Arpad avait gagné. C'était lui qu'elle avait choisi. Il avait toujours redouté ce moment.

Sophie regarda Fauve disparaître. Elle brûlait de le retenir. Elle se détestait du mal qu'elle lui faisait. Mais elle devait le laisser s'en aller. Elle quitta le restaurant à son tour et retourna à son cabinet.

Véronique, qui mangeait une salade devant son ordinateur, s'étonna de voir sa patronne déjà de retour:

— Tu n'avais pas un déjeuner?

— Annulé, répondit laconiquement Sophie avant de s'enfermer dans son bureau.

Elle sortit d'un tiroir l'enveloppe avec tous les courriers de Fauve. Elle les jeta dans sa corbeille en fer et y mit le feu. D'abord, les flammes ne prirent pas. Le papier résistait. Il noircissait un peu, se tordait, mais les mots restaient bien là. Rallumant furieusement son briquet, elle répéta ses assauts jusqu'à ce que toute la corbeille s'embrase. Elle regarda se consumer une partie importante de sa vie. Elle espérait oublier Fauve à jamais. Comme elle ouvrait la fenêtre pour chasser la fumée, le courant d'air attisa les flammes qui devinrent menaçantes. Pour éviter leur propagation, elle déversa sur elles le contenu d'une bouteille d'eau qui éteignit le feu rageur. Le bas de sa carte d'anniversaire, en carton épais, était resté intact. Elle pouvait lire les mots de Fauve :

Je t'aime.
Ton Fauve

Puis Sophie quitta les lieux comme elle était arrivée : en tornade. Elle demanda à Véronique d'annuler ses deux rendez-vous de l'après-midi sans donner d'explications et disparut. Elle reprit sa voiture au parking du Mont-Blanc et téléphona à Arpad. Il était toujours en train de lire son livre au café du Bourg-de-Four.

— Rejoins-moi chez nous, lui dit-elle. Il n'y a plus que toi.

En entendant *chez nous*, Arpad comprit. Il remballa son livre et paya l'addition. Un quart d'heure plus tard, sa Porsche passait le portail de la Maison de verre. Les agents de la brigade d'observation qui l'avaient suivi en voiture restèrent en retrait pour ne pas être vus. La surveillance se resserrait autour de la maison. Déjà un couple de promeneurs insoupçonnables pénétrait dans la forêt adjacente.

Arpad entra dans la maison, le cœur battant.

— Soph' ? s'écria-t-il car il ne la vit pas.

Aucune réponse.

Il la trouva dans le salon. Ils se jetèrent dans les bras l'un de l'autre. Ils se retrouvaient enfin. Lui était au comble de la joie. Elle s'efforçait de se convaincre qu'elle avait fait le bon choix.

*

La lecture d'Arpad tarauda Greg tout au long de la journée. Instinct de flic. Le livre de Viscontini était effectivement introuvable, mais après de longues recherches, il parvint finalement à dénicher une copie numérisée sur le site Internet d'une bibliothèque universitaire au Québec.

Il ne put s'y plonger que le soir venu, chez lui. Installé à la table de la cuisine, il fit défiler les pages sur l'écran de son ordinateur portable. L'ouvrage semblait volumineux et il commença par la table des matières, à la recherche d'un indice qui puisse l'aiguiller. Le chapitre 7 attira immédiatement son attention. Il s'intitulait *La Panthère*. Il songea évidemment au tatouage qui marquait la cuisse de Sophie.

Greg se laissa complètement absorber par sa lecture. Il ne releva la tête qu'au son de son téléphone portable qui chargeait sur le comptoir de la cuisine. Il venait de recevoir un message. Il se leva pour le lire: c'était le responsable de la brigade d'observation qui indiquait qu'Arpad n'avait pas bougé de chez lui. Il reposa son portable pour retourner aussitôt à sa lecture. Il n'avait pas pris la peine de verrouiller l'écran, le téléphone se refermerait automatiquement après quelques secondes sans utilisation.

Mais Karine était là, juste à côté, à faire semblant de se préparer un thé. Elle attendait cet instant depuis le début de la soirée. D'un mouvement discret et rapide, elle se saisit du téléphone avant qu'il ne se bloque. Greg ne remarqua rien, il était retourné dans le village de Toscane qui était l'objet du livre de Viscontini.

Karine s'enferma dans les toilettes et passa en revue les photos et les vidéos contenues dans l'appareil. Et ce fut bientôt le choc. Comme un immense coup de poing dans le ventre, qui la laissa sonnée et hébétée.

La Panthère

Toscane, 1912

Giovanna avait longtemps attendu le retour de son patron.

En son absence, elle avait pris grand soin du château familial, un bâtiment en pierre inspiré des palais romains, juché sur une colline, dominant des hectares de champs d'oliviers et le village tout proche de Brachetto.

Giovanna avait veillé sur la propriété comme s'il s'agissait de la sienne, s'assurant que tous les employés accomplissaient leurs tâches avec diligence. Elle ne s'inquiétait pas pour les oliviers : les paysans savaient travailler et les champs ne souffraient d'aucune négligence. Mais le chauffeur, les jardiniers, la cuisinière et les femmes de chambre, dès que le patron partait pour l'un de ses longs voyages, en prenaient fort à leur aise. Giovanna devait veiller au grain. Du haut de ses soixante-cinq ans, dont cinquante au service de la famille di Madura, elle voyait bien qu'elle avait de moins en moins d'autorité sur les employés les plus anciens, qui savaient tous que leur patron était magnanime et d'une douceur sans pareille. Elle avait, en revanche, encore de l'influence sur les plus jeunes, qu'elle houspillait volontiers.

Giovanna était fière de travailler pour Luchino Alani di Madura, *le dernier des Madura*. Depuis des siècles, les membres de la famille di Madura avaient été les bienfaiteurs de Brachetto. Mais leur nom s'éteindrait avec lui. Luchino Alani di Madura était le dernier maillon de cette grande lignée. Il en était l'unique rejeton. Toujours célibataire à cinquante ans, il n'avait pas l'intention de faire souche. Il partirait comme il avait vécu : seul. Et avec lui, il emporterait dans la tombe son nom et ses armoiries.

Giovanna connaissait Luchino depuis sa naissance. Elle était entrée au service de ses parents lorsqu'elle avait quinze ans. Et cinquante ans plus tard, elle veillait sur lui et le maternait comme l'enfant qu'elle n'avait jamais eu.

Luchino Alani di Madura avait le goût de l'aventure. Il aimait les voyages lointains et les explorations. Une fois par an, il partait. Pour quelques semaines ou pour quelques mois. Il décrivait à Giovanna ses projets sur des cartes du monde qu'il conservait dans son bureau. Puis, du jour de son départ à celui de son retour, elle montait la garde au château, avec une fidélité canine. Lorsqu'il revenait, c'était une fête pour elle. Il débarquait en général avec un cortège de véhicules qui transportaient tout ce qu'il avait glané au fil de ses expéditions : meubles, sculptures, trophées de chasse, luminaires. Chaque objet avait une histoire que Luchino racontait à Giovanna. Elle restait dans son rôle et le gourmandait : avait-il vraiment besoin de s'encombrer de cet immense fauteuil en bois ramené du Brésil ? Qu'allait-il faire de cette collection de figurines en ivoire d'un peuple d'Asie ? Et que dire de ce spectaculaire ours mâle empaillé qu'il avait ramené d'une partie de chasse dans les forêts russes ?

Cette fois, c'était l'Afrique qui l'avait happé. Depuis la Libye, il avait rejoint l'Éthiopie, puis était descendu jusqu'à la colonie anglaise du Kenya. Giovanna avait suivi ses déplacements sur une carte au fil de ses lettres. Mais celles-ci étaient devenues de plus en plus courtes et de plus en plus espacées. Dans la dernière, il disait rentrer bientôt. Mais ce *bientôt* datait déjà de nombreuses semaines.

Depuis l'annonce de son retour imminent, Giovanna faisait chaque jour préparer un repas à son intention. Mais son attente restait vaine. Or, voilà qu'un dimanche matin, des gamins du village déboulèrent au château.

— Madame Giovanna ! Madame Giovanna !

— Que voulez-vous, mes enfants ?

— *Il* est de retour !

Elle sentit son cœur battre fort dans sa poitrine. Une joie immense l'envahit et un large sourire illumina son visage d'ordinaire si sévère.

— Et où est-il maintenant ?

— Au village, madame Giovanna, répondit l'un des enfants qui espérait une récompense. Il s'est arrêté pour saluer tout le monde.

Giovanna sonna l'alerte générale, même si tout était prêt. Le repas était cuisiné, la table de la salle à manger dressée. Les arbustes du jardin avaient été taillés la veille, les jets de la grande fontaine venaient d'être révisés. Le château des Madura n'avait jamais été si beau.

Les gamins porteurs de la bonne nouvelle furent dirigés vers la cuisine pour recevoir des friandises, et Giovanna se mit en faction sur les marches du château.

Le cortège de véhicules arriva une demi-heure plus tard. Luchino descendit de voiture pour se précipiter dans les bras de sa gouvernante.

— Giovanna ! Ma bonne Giovanna ! s'exclama-t-il en l'enlaçant.

— Ciel, Luchino ! Je me suis fait tant de mouron ! Je pensais que vous ne reviendriez jamais !

— Je ne pars que pour mieux revenir, ma bonne Giovanna.

La gouvernante jeta un regard réprobateur aux camionnettes débordantes de souvenirs encombrants. Des hommes étaient en train de décharger une grande caisse en osier.

— Ne m'entassez pas ces horreurs dans la cour ! les réprimanda-t-elle vivement.

— Cette horreur, intervint Luchino, amusé, c'est notre nouveau compagnon. Je ne suis pas rentré seul.

— Un compagnon ? s'étonna Giovanna.

Luchino ouvrit la caisse et y plongea ses mains. Il en ressortit un charmant animal qui ressemblait à un chaton tacheté. Luchino le présenta à la gouvernante :

— Giovanna, voici *Gattino*.

Elle lui jeta un regard consterné. Ils avaient déjà des chats à ne plus savoir qu'en faire. L'avant-veille, on avait trouvé une portée de neuf nouveau-nés dans l'écurie !

Le petit animal se mit à miauler et Luchino décréta qu'il avait faim. Il réclama du lait, et Giovanna fit un aller-retour à la cuisine. Elle revint en trottinant avec un bol, dont elle s'efforça de ne pas renverser une goutte.

— Du lait ! s'écria-t-elle. Du lait pour le petit chat !

Luchino éclata d'un rire merveilleux :

— Ma bonne Giovanna, vous avez passé trop de temps ici ! La prochaine fois, je vous emmènerai avec moi en voyage.

— Non, merci. Mais qu'ai-je dit de si amusant ?

— Allons, Giovanna, ne voyez-vous donc pas que Gattino n'est pas un chat ?

Giovanna se sentit idiote. Elle resta muette de perplexité.

— Mais qu'est-ce, si ce n'est pas un chat ? demanda-t-elle finalement, honteuse de son ignorance.

— Une panthère, Giovanna. C'est un bébé panthère.

*

Au cours des mois qui suivirent, Gattino devint la coqueluche non seulement du château, mais également de tout le village de Brachetto. La petite panthère, mignonne comme un cœur, était parfaitement apprivoisée. Au château, elle ne quittait pas la meute des chiens de Luchino, dont elle mimait les comportements. Sous la houlette de Mama, une vieille chienne de berger qui dirigeait la petite troupe, la panthère jouait à la balle dans le parc, faisait des siestes sur le tapis du bureau, réclamait des caresses aux employés, s'installait dans les remorques des tracteurs pour parcourir paresseusement l'oliveraie et, la nuit, dormait avec les autres dans la chambre du maître. Une fois sevrée, elle partagea le régime de ses amis les chiens, de la pâtée que l'on servait dans des gamelles en fer. Et chaque jour, lorsque Luchino buvait son thé dans la véranda, la panthère, comme un chien de salon, tendait la patte pour obtenir un biscuit.

Au village, où Luchino ne manquait pas de l'emmener, Gattino était l'attraction. Les enfants délaissaient le petit carrousel de la place du village pour aller caresser le félin, qui se laissait faire. Il n'était ainsi pas rare de voir le dernier des Madura, installé au café ou déambulant dans les allées du marché, son petit fauve en laisse à ses côtés.

Régulièrement, Luchino faisait venir le vétérinaire du zoo de Rome pour s'assurer que la panthère se portait bien.

— Elle grandit parfaitement, confirmait le praticien à chacune de ses visites. Elle est en parfaite santé. Même nourrie de pâtée pour chiens.

— Elle se comporte d'ailleurs comme un chien, expliqua Luchino, amusé.

— Elle pense qu'elle est un chien, répliqua le vétérinaire.

— Que voulez-vous dire ?

— Gattino n'a pas conscience d'être une panthère. Elle ne

survivrait pas une journée dans la savane africaine. Elle a perdu ses réflexes de prédateur et serait incapable de chasser. Elle vit intégrée à cette troupe de chiens, elle pense qu'elle est un chien elle aussi.

Un an après son arrivée au château, la panthère avait atteint sa taille adulte. De chaton délicat, elle s'était métamorphosée en un félin à la taille impressionnante. Mais d'un calme et d'une placidité sans pareils. Elle était plus douce, plus câline et plus joueuse que les autres chiens.

À la différence de ces derniers, dressés selon des règles de vie strictes, les privilèges de la panthère étaient sans limite : elle partageait le lit de Luchino, pataugeait avec lui dans la grande piscine, prenait ses repas sur le tapis de la salle à manger, dans une assiette en porcelaine, et l'accompagnait systématiquement lors de ses visites à Brachetto, pour le plus grand bonheur des enfants qui montaient sur son dos.

La réputation de Gattino s'étendit dans toute la région. On en parla dans les journaux. Des curieux vinrent à Brachetto à seule fin d'apercevoir le fauve. Des directeurs de cirque proposèrent des sommes faramineuses à Luchino pour acheter cette panthère de salon, mais ces importuns étaient systématiquement éconduits par Giovanna. Même elle, d'abord réticente, s'était laissé complètement charmer par l'animal. Et puis, depuis l'arrivée de Gattino, Luchino n'avait plus songé à repartir en voyage. Comment laisser seule sa belle panthère ? Elle était devenue sa compagne.

*

Pendant les trois années qui suivirent, la panthère fit le bonheur de son maître. Jusqu'à ce malheureux soir.

Il était tard. Le château était éteint à l'exception du bureau de Luchino. Installé à sa table de travail, il traitait sa correspondance. Autour de lui, étalés sur le tapis, ses chiens et la panthère dormaient paisiblement, les uns sur les autres. Le plus grand calme régnait. On n'entendait que le souffle des animaux assoupis et la plume de Luchino qui courait sur le papier.

Le drame se produisit lorsqu'il voulut ouvrir une enveloppe reçue le jour même. Un ami de Milan qui lui écrivait et dont il avait hâte d'avoir des nouvelles. Son geste avec le coupe-papier fut trop brusque : la lame traversa le dos de l'enveloppe et vint lui entailler la main. Rien de grave, une coupure superficielle. Mais un filet de sang se mit à couler de la blessure. Le temps d'attraper un mouchoir, Luchino sentit soudain quelque chose de chaud et râpeux sur son entaille. La langue de Gattino. La panthère se mit à lécher le sang, d'abord doucement, puis avec frénésie.

Luchino comprit à cet instant que sa panthère apprivoisée, en retrouvant le goût du sang, était redevenue le prédateur qu'elle avait toujours été. Luchino savait que, s'il retirait sa main, la panthère le tuerait. Alors, lentement, de sa main libre, il ouvrit le tiroir de son bureau et en sortit un revolver. Il approcha le canon de la tête de la panthère qui continuait de lécher avidement la plaie et il appuya sur la détente.

C'est Giovanna qui les découvrit le lendemain.

Dans la pièce, les chiens tournaient en rond, effrayés. Luchino était effondré au sol. Il pleurait encore. Il enlaçait le corps de sa panthère adorée, étendue dans un bain de sang.

Après avoir expliqué les circonstances du drame à Giovanna, Luchino conclut :

— Elle est morte à cause de moi…

— Mais enfin, Luchino, elle vous aurait sûrement tué !

— J'ai voulu faire d'une panthère un chien de salon. Or, les animaux sauvages sont comme les hommes. On peut les amadouer, les grimer, les déguiser. On peut les nourrir d'amour et d'espoir. Mais on ne peut pas changer leur nature.

Chapitre 18
3 jours avant le braquage

~~Dimanche 26 juin (La découverte de Greg)~~

~~Lundi 27 juin~~

~~Mardi 28 juin~~

→ **Mercredi 29 juin 2022**

Jeudi 30 juin

Vendredi 1er juillet

Samedi 2 juillet (Le jour du braquage)

4 heures 30 du matin, à la Verrue.

Greg ouvrit les yeux. À côté de lui, Karine dormait profondément. Il se glissa hors du lit et descendit à la cuisine. Il se fit un café qu'il alla boire dehors, sur la terrasse. Il faisait encore nuit noire. L'air sentait bon l'herbe coupée. Il alluma la guirlande lumineuse et observa le jardinet : tout était bien arrangé. Tout était paisible. À l'intérieur de la maison, en revanche, quelques heures plus tôt, tout avait explosé entre Karine et lui.

★

Quelques heures plus tôt.

Greg était installé à la table de la cuisine, en train de lire cette histoire de panthère écrite par Viscontini. Plongé dans sa lecture, il n'avait pas vu que Karine s'était emparée de son portable. Elle apparut soudain devant lui, le visage déformé par les larmes. Il crut d'abord que quelqu'un était mort. Il aurait préféré.

— T'es qu'un pauvre type ! se mit-elle à vociférer. Un gros dégueulasse ! Un sale porc !

Elle lui mit sous les yeux l'écran de son propre téléphone sur lequel s'affichait Sophie dans son moment de plaisir solitaire.

Greg sentit la panique l'envahir. Il s'était fait prendre comme un bleu. Il ne sut ni quoi dire, ni quoi faire. Lui qui savait gérer les situations de crise et qui était rompu à l'art de la négociation, était pris au dépourvu. Il bredouilla « Attends, attends, attends, c'est pas du tout ce que tu crois... », mais c'était bien faible pour arrêter Karine, qui n'était plus qu'un volcan d'injures et de hurlements. Faute de mieux, il joua la carte des enfants :

— Ne crie pas comme ça, tu vas réveiller les garçons…

Mauvaise tactique. Karine s'époumona de plus belle :

— Tant mieux ! Comme ça, ils sauront que leur père est un gros dégueulasse qui trompe leur mère.

— Je peux tout t'expliquer ! assura Greg.

— Alors vas-y, explique !

Il devait trouver une histoire plausible. Et vite. Sa seule issue de secours fut d'évoquer l'enquête. En le faisant, il violait le secret qui s'imposait à sa fonction. Mais avait-il le choix ?

— Arpad est sous surveillance policière, révéla-t-il alors. Je ne peux pas t'en dire plus, mais on a installé une caméra dans sa chambre à coucher.

Karine resta interdite un instant.

— Qu'est-ce c'est que cette histoire ? Et quel est le lien avec cette vidéo de Sophie ?

Il mentit avec aplomb :

— Une blague idiote d'un collègue. Regarde la vidéo, tu verras que c'est filmé d'un écran de surveillance.

— Je n'ai aucune envie de revoir cette horreur !

— Je te comprends, assura Greg, improvisant un plaidoyer. Le collègue était en charge de la surveillance quand Sophie a eu… une envie. Il a eu le mauvais goût de filmer l'écran avec son téléphone et il a envoyé ça à des gars de la brigade, ce qui est non seulement indigne d'un flic mais parfaitement illégal. Ça nous est remonté jusqu'au chef et moi. Tu sais que le chef me considère un peu comme son second. On va sanctionner le policier.

— Mais pourquoi est-ce que tu as conservé ça sur ton téléphone ?

— C'est une vidéo de boulot sur mon téléphone de boulot. On a d'ailleurs rendez-vous avec l'IGS demain pour traiter de l'affaire. Il faut bien que je puisse la montrer aux collègues.

Karine se calma un peu. Greg, constatant que son numéro de voltige était en train de faire effet, en rajouta une couche : « C'est malheureux, je me rends compte que j'ai plus de photos de boulot sur ce téléphone que de photos de famille. Je crois vraiment que je devrais avoir deux portables, d'ailleurs. Un pour le travail, et un pour la famille. Il faut être capable de couper. Pas tout mélanger, quoi ! »

Après un moment de silence, Karine demanda :
— C'est quoi cette histoire d'enquête sur Arpad ?
Elle avait visiblement cru à l'histoire de la vidéo.
— Je ne peux rien te raconter de plus, argua Greg. Je t'en ai même déjà trop dit.
— Oh, comme c'est pratique de te cacher derrière le secret professionnel ! Et comment je sais, moi, que tu n'es pas en train de me raconter des craques ? Qu'est-ce qui me dit que tu ne sautes pas Sophie ?
— Parce que je ne te ferais jamais une chose pareille ! promit Greg. Elle ne m'excite même pas !
— Oh, je t'en prie ! Je vois bien qu'elle excite tout le monde ! Prouve-moi qu'il y a bien une enquête sur Arpad !
Greg montra à Karine le groupe de messagerie sur lequel les agents de la brigade d'observation envoyaient en temps réel des informations sur Arpad. Il lui fit lire les messages et voir les photos. Découvrant que son mari ne mentait pas, elle demanda :
— De quoi est soupçonné Arpad pour que la police place une caméra chez lui ?
— Arpad est un braqueur. Il n'en est pas à son coup d'essai et il s'apprête à recommencer. Le type avec qui il s'est battu samedi soir, sur la route, en partant de chez nous, est son complice.
— Pourquoi se serait-il battu avec ce type s'ils s'apprêtent à commettre un braquage ensemble ?
— Les esprits s'échauffent à l'approche du moment-clé. Comportement classique chez des braqueurs : les mecs sont stressés, il suffit de pas grand-chose pour qu'ils vrillent. T'as remarqué dans quel état de nerfs était Arpad samedi soir pendant le dîner ? T'as vu la quantité d'alcool qu'il a ingérée ?
Karine ne put qu'acquiescer. Greg enfonça le clou :
— D'ici samedi, tu auras la preuve que tout ceci est vrai.
— Comment ça ? avait demandé Karine qui n'avait pas compris à quoi son mari faisait allusion.
— Tu verras. Je ne peux vraiment pas t'en révéler davantage.
— Tu te souviens que samedi on est censés partir en Italie ? lui rappela Karine.
— Bien sûr que je le sais, et je m'en réjouis, assura Greg qui avait complètement oublié.

*

Quelques heures après cet incident, Greg estimait qu'il l'avait échappé belle. Il pensait avoir endormi les soupçons de sa femme. Mais Karine, à l'étage, qui était réveillée elle aussi, repensait à ce que son mari lui avait dit: *Je ne te ferais jamais une chose pareille.* S'il n'avait rien fait, pourquoi cette lettre l'accusant d'être un porc? Quoi qu'il ait fait, elle voulait se battre pour son mari et sa famille. Ne pas devenir un autre de ces couples déchirés. Ne pas finir comme sa copine Justine, seule avec ses trois gosses sur le dos depuis qu'elle avait mis son mari à la porte, peinant à boucler ses fins de mois et réduite à la solitude. Fallait-il tout détruire pour une incartade? Ou simplement croire Greg et fermer les yeux?

Elle ne pouvait s'empêcher de repenser au barbecue du samedi précédent. À la façon dont Greg regardait Arpad et dont Arpad regardait Sophie. À force de penser à cette scène, Karine finit par comprendre: Arpad brûlait de jalousie ce soir-là. Il avait certainement découvert ce qui se passait entre Greg et Sophie. Sinon, pourquoi s'en était-il ouvert à elle? Ils n'étaient pas si proches. Il ne s'agissait pas d'une confidence: il lui en avait parlé parce que ça la concernait directement. L'amant de Sophie, c'était Greg! Et Arpad était revenu à la Verrue pour y glisser ce message anonyme dans la boîte aux lettres.

Karine était désormais convaincue qu'il y avait quelque chose entre son mari et Sophie. Cette petite salope ne s'en tirerait pas comme ça. Elle devait agir.

À la Maison de verre, ce matin-là, l'ambiance fut des plus joyeuses. À la table du petit-déjeuner, Arpad amusait les enfants avec des pitreries charmantes. Isaak et Léa riaient aux éclats. Sophie considérait sa petite tribu retrouvée avec bonheur. La famille Braun se relevait de ses cendres.

— Programme du jour, annonça Arpad aux enfants. Je vous dépose à vos activités du matin. Après ça, je vous emmène déjeuner en ville.

— On peut aller manger des hamburgers ? demanda Isaak.

— Adjugé pour les hamburgers, approuva Arpad.

Le déjeuner de hamburgers déclencha des vivats.

— Et on fait quoi après ? demanda Léa.

— Ce que vous voulez, décréta Arpad. Vous décidez.

— On pourrait aller au musée d'histoire naturelle, suggéra Isaak.

— Il fait tellement beau, fit remarquer son père, on devrait trouver une activité de plein air, non ?

Le garçon insista :

— Allez, s'te plaît, papa ! Ça fait hyper longtemps qu'on n'a pas été là-bas ! Et puis tu as dit *que c'était nous qui décidions.*

Léa imita son frère :

— Oui, s'te plaît, papa !

— En plus, ajouta Isaak, quand tu fais les voix des animaux empaillés, c'est trop drôle !

— Les voix des animaux ? s'amusa Sophie.

— Longue histoire, éluda Arpad.

— C'est trop marrant, maman. Tu dois absolument voir ça. Tu viens avec nous ?

— Bonne idée, approuva Arpad, pourquoi tu ne viendrais pas ?

— J'ai du boulot, malheureusement, déclina Sophie. Mais je viendrai déjeuner avec vous.

— Personne ne peut résister à l'appel des hamburgers ! s'écria Arpad de façon théâtrale en mettant ses mains autour de sa bouche à la façon d'un porte-voix.

Sophie rit. Il était l'heure pour elle de partir au travail. Elle embrassa ses enfants, s'accrocha au cou d'Arpad. La famille idéale. Le couple parfait. Tout était oublié.

Un peu plus tard ce matin-là.

Arpad venait de déposer les enfants à leurs activités du mercredi lorsqu'il reçut un appel d'un numéro inconnu. Il répondit.

— Allô ?

Pour toute réponse, une voix qu'il reconnut aussitôt lui intima :

— Samedi matin je compte sur toi.

C'était Fauve.

— Je laisse tomber, dit Arpad.

Sophie était revenue. Il n'avait plus besoin de participer à ce braquage pour se débarrasser de Fauve puisque celui-ci n'était plus une menace.

— Tu ne peux pas, le somma Fauve. Tu m'as promis que tu le ferais.

— Je laisse tomber, je te dis !

Arpad raccrocha et éteignit son téléphone.

Cet après-midi-là, conformément à leur souhait, Arpad emmena ses enfants au musée d'histoire naturelle. Ils commencèrent la visite tous ensemble, passant d'une vitrine à l'autre en rangs serrés, admirant les animaux qui se présentaient devant eux. Arrivés au deuxième étage, Isaak et Léa partirent de leur côté, au travers des dioramas représentant la faune africaine. Arpad se retrouva seul face à des félins empaillés. Une panthère, les crocs dehors, semblait le fixer droit dans les yeux. Isaak rappliqua bientôt vers lui, un morceau de papier à la main.

— Papa, il y a un monsieur qui m'a donné ça pour toi.

Il tendit le mot à son père.

— Un monsieur? demanda Arpad.

— Le monsieur qui était chez nous l'autre soir et qui était aussi celui de la bagarre dans la voiture.

Arpad déplia le papier.

Retrouve-moi aux toilettes du 3e étage.

— C'est écrit quoi? demanda Isaak.

— Rien, répondit Arpad en fourrant le message dans sa poche. Allez, venez, c'est l'heure du goûter.

Arpad récupéra Léa qui admirait des perroquets et installa ses enfants à la cafétéria, située au même étage. Il leur acheta tout ce qu'ils voulurent: jus de fruits, chips, glaces, biscuits et bonbons. Puis il leur donna pour consigne de ne pas bouger de là. « Je vais vite aux toilettes. »

Il prit l'ascenseur jusqu'au troisième. C'était l'étage des expositions temporaires, mais il n'y en avait pas à ce moment-là. Tout était désert, il n'y avait même pas un gardien. Il se rendit dans les toilettes : personne. Mais soudain, la porte d'une cabine s'ouvrit et il vit apparaître Fauve.

— Putain, Fauve ! dit Arpad sur un ton qui oscillait entre la menace et la supplication. Il faut que tu me laisses tranquille !

— Je dois te parler du braquage.

— C'est terminé. Il n'y a plus de braquage ! Tu as perdu. Sophie ne veut plus de toi, et moi je ne compte pas me laisser embarquer dans tes conneries.

— Quand on a été braqueur un jour, on est braqueur pour toujours, dit Fauve. On a ça dans le sang. C'est un poison dont on n'a pas l'antidote.

Arpad s'agaça :

— Je n'ai pas ça dans le sang ! Je ne suis pas un braqueur ! C'est pour ça que je me suis barré de Saint-Tropez. Dès que j'ai su que tu avais braqué la banque postale de Menton, j'ai fait tout comme tu m'avais dit : je me suis enfui. Je ne suis pas un braqueur, bordel ! Je n'ai pas ça dans le sang !

— Je le sais bien, répondit Fauve. Ce n'est pas de toi que je parle.

À ces mots, tout en fixant Arpad dans les yeux, Fauve retira son t-shirt, dévoilant son torse nu.

Arpad, en découvrant le tatouage que Fauve arborait sur le pectoral gauche, resta hébété.

C'était un tatouage de panthère.

Exactement le même que Sophie avait sur la cuisse.

15 ANS PLUS TÔT
SEPTEMBRE 2007
Saint-Tropez

Fauve avait demandé à Arpad de le retrouver à Fréjus, à son appartement. Il avait besoin de le voir et il avait précisé « seul ». C'est-à-dire sans Sophie.

Arpad avait subodoré qu'il se passait quelque chose de grave. À son arrivée, Fauve lui servit un verre d'alcool fort et lui dit :

— Faut que je te parle d'un truc.

— Tu peux tout me dire, lui assura Arpad.

— Je suis sur un gros coup, confia Fauve.

— Un gros coup ? s'inquiéta Arpad.

— Un braquage. La banque postale de Menton. Il y a beaucoup d'argent à se faire. De quoi être à l'abri pour très longtemps.

Arpad resta interdit.

— Pourquoi tu me racontes ça ? finit-il par demander.

— Je cherche un partenaire. Quelqu'un qui sache conduire, si tu vois ce que je veux dire.

Arpad, qui ne savait que répondre, crut nécessaire de préciser :

— Je… je n'ai jamais braqué.

Fauve eut un sourire rassurant :

— Dans un braquage, plus que l'expérience, c'est la confiance qui compte. Il me faut un type de confiance, un type comme toi. On fait notre coup, on disparaît en Italie. J'ai une planque d'enfer, une bergerie en Toscane où on sera tranquilles quelque temps.

Arpad dévisagea longuement Fauve. Il se demanda ce qu'il entendait par « beaucoup d'argent ». Mais peu importait la somme, il avait goûté à la prison quelques mois plus tôt et n'avait aucune intention d'y retourner. Il déclina fermement :

— Merci de ta confiance, mais je ne m'en sens pas capable.

— Tu l'es, insista Fauve.

— Je sais que non.

— Comment peux-tu le savoir si tu n'as jamais braqué ?

— C'est non, Fauve. Je ne braquerai pas une banque avec toi.

Fauve suggéra à Arpad de prendre quelques jours de réflexion. Mais c'était tout réfléchi.

*

Fauve prit le refus d'Arpad comme un affront et coupa les ponts avec lui. Les deux hommes se revirent néanmoins une dernière fois, la veille du braquage. Ce soir-là, en rentrant chez lui après son service au *Béatrice*, Arpad trouva Fauve dans son appartement. Il l'attendait, assis sur une chaise de la cuisine, une arme à la main.

Arpad crut d'abord qu'il allait se faire descendre.

— Tu vas m'écouter attentivement, lui intima Fauve. Et suivre exactement mes consignes. Si tu fais ce que je te dis, tu resteras en vie. Je veux que tu quittes Saint-Tropez. Tu vas démissionner de ton boulot, rendre ton appartement et te tirer d'ici. Tu vas retourner à ta petite vie de merde à Londres, ou ailleurs. Mais tu te tires !

Arpad était terrifié mais il fit tout pour garder la face.

— Tu vas faire ton braquage, c'est ça ? Et tu as peur que je te balance ?

Fauve acquiesça à demi :

— Tu es perspicace. Je ne crains pas que tu me balances, mais si la police t'interroge, j'ai peur qu'ils te fassent craquer et que tu me trahisses. Et tu sais que, pour les traîtres, c'est la peine de mort !

À ces mots, Fauve se jeta sur Arpad, l'attrapa par les cheveux et lui enfonça le canon de son arme dans la bouche. Arpad, la voix étouffée par le pistolet, hurla de terreur.

— Fais pas le malin avec moi, petit connard. C'est pas ton

diplôme de génie de la finance qui va te sauver. Barre-toi, tu m'entends ? Barre-toi avant qu'il ne soit trop tard !

Le lendemain, lundi 17 septembre 2007, à l'aube, le directeur de la banque postale de Menton fut pris en otage par deux individus qui le forcèrent à ouvrir le coffre de la banque. En 7 minutes, les braqueurs firent main basse sur plusieurs millions d'euros puis disparurent à bord d'une puissante voiture.

Le véhicule fonça en direction de l'Italie. Lorsque les braqueurs comprirent qu'ils étaient hors d'atteinte, ils laissèrent éclater leur joie et retirèrent leurs cagoules. Fauve conduisait. À côté de lui, un fusil à canon scié sur les genoux, se tenait Sophie.

Chapitre 19

2 jours avant le braquage

~~Dimanche 26 juin (La découverte de Greg)~~

~~Lundi 27 juin~~

~~Mardi 28 juin~~

~~Mercredi 29 juin~~

→ Jeudi 30 juin 2022

Vendredi 1er juillet

Samedi 2 juillet (Le jour du braquage)

10 heures du matin, au quartier général de la police judiciaire.

Les membres des différentes brigades impliquées dans la surveillance d'Arpad, ainsi que le procureur en charge du dossier, étaient réunis pour un point de situation fait par Marion Brullier.

— On pense avoir repéré Philippe Carral au musée d'histoire naturelle hier, annonça-t-elle à ses collègues. Il s'y trouvait en même temps qu'Arpad Braun.

Elle projeta au mur des photos prises la veille par les agents de la brigade d'observation. Sur l'une, on voyait Arpad et ses enfants pénétrer dans le musée, sur une autre un homme qui y entrait à son tour. Marion mit côte à côte cette dernière image et le seul cliché officiel de Philippe Carral, qui datait de son incarcération, vingt ans plus tôt.

— C'est lui ou c'est pas lui ? s'enquit le procureur.

— C'est plutôt ressemblant, répondit Marion.

— Je préférerais une confirmation nette. Les *plutôt* n'ont pas beaucoup de poids face à un bon avocat de la défense.

Marion acquiesça :

— Nous avons demandé à un contact à la Crim' de Paris de se procurer auprès des Renseignements français une image plus récente, puisque Philippe Carral est fiché chez eux.

— Et donc Philippe Carral et Arpad Braun avaient rendez-vous ? demanda le procureur.

— C'est très probable, répondit-elle. Pour ne pas dire évident.

— Permettez-moi de reformuler ma question, inspectrice : est-ce qu'ils ont été vus ensemble ?

— Non, concéda Marion. Mais ils étaient au même endroit au même moment. Il y avait très peu de visiteurs au musée hier après-midi, ce n'était donc pas simple de les suivre à l'intérieur sans se faire repérer. Le temps d'entrer dans le musée à leur suite, Philippe Carral avait disparu. Quant à Arpad Braun, on a dû rester à distance. À un moment donné, il a laissé ses enfants à la cafétéria et il a pris l'ascenseur. On n'a pas pu anticiper l'étage vers lequel il se dirigeait et on l'a perdu. Il est réapparu à la cafétéria environ six minutes plus tard. Il a récupéré ses gamins et il s'est tiré.

— Et selon vous, ce serait pendant ce laps de temps que Braun se serait entretenu avec Philippe Carral? interrogea le procureur.

— C'est ce que nous pensons, confirma Marion.

— Et vous n'avez plus revu Philippe Carral du tout?

Le responsable de la brigade d'observation prit la parole:

— Comme Marion vous l'a dit, nous avons perdu la trace de Philippe Carral après son entrée dans le musée. On l'a vu passer la porte principale, après ça il s'est volatilisé. On ne l'a plus vu à l'intérieur du bâtiment, et on ne l'a pas vu en ressortir non plus.

— Le musée dispose de caméras?

— Une seule, à l'entrée. L'image est en noir et blanc, vous voyez le niveau. En même temps, c'est un musée avec des animaux empaillés et des bocaux remplis d'alcool avec des serpents dedans. On n'est pas au Louvre. Il y a bien quelques gardiens, on les a évidemment interrogés, mais personne n'a rien vu. Il y a cependant eu un incident: l'alarme d'une issue de secours s'est déclenchée à 15 heures 47, soit au moment où Arpad retrouvait ses enfants à la cafétéria. On pense que Philippe Carral est sorti par là. L'arrière du musée donne sur un petit parc boisé, il est très facile de disparaître ainsi sans être vu.

Marion reprit son exposé:

— On a interrogé des collègues français au sujet de Philippe Carral: ils nous ont raconté qu'il s'était fait surnommer Fauve parce qu'il était insaisissable. Apparemment, malgré son gabarit imposant, le type peut se trouver à deux pas de vous sans que vous vous en rendiez compte. Comme un prédateur, il voit sans être vu.

— Si je comprends bien, dit le procureur, on n'a rien de plus concret sur ce braquage…

— J'allais y venir, répondit Marion. Hier matin, on a intercepté un appel sur le téléphone d'Arpad qui confirme que le braquage est prévu pour samedi matin. Mais Arpad semble renâcler.

Elle diffusa la séquence. La voix d'Arpad résonna dans la pièce.

> *Arpad:* Allô?
> *Voix d'homme:* Samedi matin, je compte sur toi.
> *Arpad:* Je laisse tomber.
> *Voix d'homme:* Tu ne peux pas. Tu m'as promis que tu le ferais.
> *Arpad:* Je laisse tomber, je te dis!

— Après ça, Arpad a raccroché et a éteint son téléphone. L'appel venait d'un numéro prépayé en Estonie. On a fait une demande à Tallinn, via Interpol, pour avoir plus d'informations, mais je ne sais pas quand on aura une réponse.

— Qui est l'homme qui parle? demanda le procureur. Philippe Carral?

— Très probablement, mais nous n'avons aucun moyen de le savoir, concéda Marion. Ce qui est étrange, c'est la raison pour laquelle Philippe Carral, qui est un bandit de haut vol, prendrait le risque d'appeler sur une ligne qui n'est pas sécurisée?

— Je croyais qu'il y avait justement un autre téléphone pour les échanges entre les deux hommes, fit remarquer le procureur.

— J'ai vu de mes propres yeux Arpad Braun avec un deuxième téléphone, affirma Greg.

— Mais nous n'en avons trouvé aucune trace, le tacla Marion.

— Est-ce que la cible du braquage se précise? demanda le procureur.

— Non, regretta Marion. Mais on voudrait mettre le téléphone de la femme d'Arpad Braun sur écoute également. Si son mari hésite, il se peut qu'il lui fasse une confession.

— C'est d'accord, dit le procureur après un instant de réflexion. (Il se tourna ensuite vers Greg et son chef.) Je voudrais que le groupe d'intervention se prépare à intercepter les suspects pendant le braquage. Je veux un flag'. On n'a pas assez d'éléments pour les interpeller en amont.

Une fois la séance levée, le chef du groupe d'intervention annonça à Greg :

— C'est toi qui vas diriger l'opération de samedi.

— Merci.

— Ne me remercie pas. Ce n'est pas une récompense, mais l'occasion de rattraper tes conneries. Je veux un sans-faute samedi.

17 heures 30, à Cologny.

Alors que Greg roulait à travers le village, il remarqua Marion Brullier sur le parking de la boulangerie où il avait ses habitudes. Il se gara aussitôt, dans une manœuvre inutilement brusque, descendit de voiture et fonça vers elle.

— Qu'est-ce que tu fous là ? demanda-t-il, furieux.

— T'es con ou quoi ? C'est moi qui supervise l'enquête sur Arpad Braun. Tire-toi, tu vas nous griller !

— Est-ce que t'as parlé à ma femme ?

Elle ne put retenir un sourire narquois :

— Pourquoi ? Tu as des problèmes de couple ?

— Qu'est-ce que tu lui as dit ? s'emporta Greg. Putain, Marion, si tu...

À cet instant, la collègue de Marion sortit de la boulangerie avec des sandwichs et des boissons.

— Tout va bien, Marion ? s'enquit-elle.

— Oui, tout va bien... Je te rejoins dans la voiture.

Marion attendit que sa collègue se soit éloignée pour dire à Greg :

— Écoute-moi bien, ducon : lâche-moi la grappe ou je porte plainte pour viol ! C'est compris ?

— Pour viol ? répéta Greg d'un ton de défiance alors qu'il n'en menait pas large.

— Un rapport sans consentement, c'est un viol, non ?

— Sans consentement ? Mais c'est toi qui m'as envoyé ces photos, qui m'as invité chez toi et qui m'es montée dessus ! Tu avais clairement envie de sexe, tu ne peux pas prétendre le contraire !

— J'avais envie de sexe, mais pas du tout comme ça s'est passé ! C'était un viol, Greg ! Mais si tu as vraiment un doute, la prochaine fois qu'on voit le procureur, on devrait lui poser la question.

Greg repartit. Il était très contrarié. Depuis sa voiture, il écrivit un message à Karine :

Je suis coincé au boulot. Je rentrerai tard.

Il se mit en route, dépassa la Verrue et continua en direction de la Maison de verre. Il contourna la forêt et laissa sa voiture sur un chemin agricole, avant de s'enfoncer à pied dans les bois. Il tomba bientôt sur deux policiers jouant les employés municipaux, qui s'affairaient autour d'un tronc mort.

— Alors ? leur demanda Greg.

— Il est chez lui, avec ses enfants. Rien à signaler.

— Très bien, nota Greg. Tenez-moi au courant si ça bouge. Vous êtes combien de la brigade d'observation en ce moment ici ?

— Il y a nous deux dans la forêt, répondit l'un des agents, et on a un collègue positionné sur la route, dans un véhicule, pour suivre le suspect s'il quitte la maison. On a aussi deux inspectrices de la brigade criminelle au centre du village pour prendre le relais sur une filature.

— Quelqu'un dans les champs derrière ? interrogea Greg.

— Non, personne. Pourquoi ?

— Je demandais juste pour connaître le dispositif.

Greg retourna à sa voiture. Elle était un peu loin de la maison, mais il espérait que le système de captage fonctionnerait. Il sortit l'écran et le récepteur qu'il avait gardés avec lui. Il avait conscience de jouer avec le feu, mais c'était plus fort que lui. Il se promettait néanmoins d'utiliser cette caméra pour la dernière fois.

Greg attendit un moment que le signal de connexion apparaisse, mais l'écran restait éteint. Il réinitialisa le système plusieurs fois, tout en jetant des coups d'œil nerveux autour de lui. Si on le surprenait, c'était la fin de sa carrière. Soudain, à l'écran, apparut la chambre conjugale des Braun. Greg ne put retenir un petit cri d'excitation.

Arpad se trouvait seul dans la chambre à coucher. Sophie était encore au travail et il avait mis les enfants devant la télévision. Il avait besoin d'avoir la paix.

Assis par terre, il passait en revue des albums de photos de famille étalés devant lui. C'était Sophie qui avait toujours pris soin de les constituer. De l'époque de Saint-Tropez jusqu'à la fête des quarante ans d'Arpad, quinze années de la vie des Braun étaient consignées dans des albums de tous formats.

Il s'arrêta sur des images de Sophie. Il était complètement ébranlé par ce qu'il avait découvert à propos d'elle. Il repensait sans cesse à la scène de la veille, dans les toilettes du musée d'histoire naturelle, lorsqu'il avait dit à Fauve qu'il n'avait pas l'âme d'un braqueur et que Fauve lui avait répondu : *Je le sais bien. Ce n'est pas de toi que je parle*, avant de lui révéler le tatouage de panthère qu'il arborait sur le pectoral gauche. En voyant le dessin similaire à celui qui marquait la cuisse de Sophie, Arpad avait immédiatement compris. C'était d'elle que Fauve parlait. Il l'avait pressé de questions, mais Fauve ne lui avait fourni aucune autre explication. « C'est à Sophie de t'en parler », avait-il dit, avant de disparaître. Arpad était rentré à la Maison de verre en état de sidération. C'était comme si le sol s'ouvrait devant lui à chacun de ses pas. Il était néanmoins parvenu à cacher son trouble jusqu'au coucher des enfants. Puis il avait affronté Sophie.

★

La veille au soir.

Sophie, en redescendant de l'étage, rejoignit Arpad dans le salon.

— Les enfants dorment, dit-elle.

Elle remarqua alors que son mari la fixait étrangement.

— Tout va bien, chéri ? demanda-t-elle.

— Tu ne t'es jamais expliquée sur les raisons de ton tatouage...

Elle sembla surprise par cette évocation.

— Pourquoi ça te tracasse spécialement maintenant ?

Arpad répondit sans détour :

— Parce que j'ai croisé Fauve cet après-midi et qu'il m'a montré le sien...

Sophie se liquéfia. Elle fut incapable de prononcer la moindre parole. Elle tomba à genoux, comme si ses jambes ne la portaient plus.

— Tout cet argent à la banque, dit Arpad, ça n'était pas l'argent de ton père…

— Non, murmura-t-elle en larmes.

— C'était l'argent d'un braquage, c'est ça ?

— Je suis désolée, je suis tellement désolée !

— Tu es *désolée* ? s'emporta Arpad. Tu m'as fait blanchir l'argent d'un braquage ! Putain, Sophie, tu te rends compte que tout ce qu'on a construit, toute notre vie, notre appartement, puis notre maison, tout a été payé avec de l'argent sale !

— Ce qu'on a construit, Arpad, c'est grâce à notre amour !

Elle trouva la force de se lever et se précipita contre lui.

— Tu es l'amour de ma vie, lui dit-elle dans une salve de sanglots.

Elle voulut le couvrir de baisers, mais il la repoussa. Il fit quelques pas, nerveux, autour du canapé.

— Et Fauve ? demanda-t-il en adressant à sa femme un regard noir. Il est aussi l'amour de ta vie, lui ?

— Fauve n'est pas mon amant. Il l'a été. Brièvement. Après ta disparition de Saint-Tropez, mais ça, je te l'ai déjà dit.

— Arrête de mentir ! Je suis parti de Saint-Tropez le lendemain du braquage de Menton. Si tu as braqué cette banque avec Fauve, c'est qu'il se passait déjà quelque chose entre vous !

— Bon, peut-être, admit Sophie.

— Peut-être ? répéta Arpad. Mais tu t'entends ? Tu m'as fait cocu avec ce type !

— C'était il y a quinze ans, se défendit Sophie ! C'était une espèce de coup de foudre, un truc incontrôlable !

— *Une espèce de coup de foudre* ? dit Arpad partagé entre le dégoût et l'exaspération. Non, mais tu te fous de moi ?

— Alors, appelle ça un coup de folie si tu préfères ! s'écria Sophie. Arrête de jouer sur les mots, tu n'écoutes pas ce que j'essaie de t'expliquer !

— Qu'est-ce que tu essaies de m'expliquer ? hurla Arpad, fou de colère.

— Qu'à l'âge de vingt-cinq ans, moi la petite princesse bourgeoise dans mon cocon de Saint-Tropez, je me suis éprise d'un type plus âgé. Un voyou, avec des convictions anarchistes à mille lieues de mon éducation. J'avais envie de sensations fortes, j'avais envie d'envoyer bouler mon père devant lequel tout le monde s'aplatissait, y compris toi qui dissimulais ta relation *avec la fille du patron*! Alors, oui, j'étais irrésistiblement attirée par ce que Fauve représentait: la subversion, le refus de l'autorité. Ça me fascinait, moi qui étais la fille parfaite, polie, gentille, aimable, sage et bonne élève. Un jour, Fauve m'a proposé de participer à une expérience unique, qui me procurerait de l'adrénaline et des sensations comme je n'en vivrais jamais ailleurs... J'ai tout de suite dit oui, sans même savoir de quoi il s'agissait. Et quand il m'a expliqué qu'il s'agissait d'un braquage, j'ai été encore plus excitée! Ça peut paraître fou... J'étais totalement inconsciente de ce que cela représentait réellement. Mais ça sentait le danger et j'avais envie de danger. J'avais envie de me mettre en danger. De repousser mes limites. Ce n'était pas pour l'argent. J'en avais rien à faire de l'argent. J'avais juste besoin de me sentir vivante...

— C'était le braquage de la banque postale de Menton, dit Arpad.

Sophie acquiesça:

— Oui. Et tu sais quoi? Ça a probablement été l'une des expériences les plus fortes de ma vie. Le jour où j'ai commis ce braquage, je me suis débarrassée de cette Sophie dans laquelle je me sentais enfermée pour devenir une femme. Enfin. C'est probablement pour ça que j'ai éprouvé le besoin de recommencer.

— Comment ça, *recommencer*? s'étrangla Arpad. Il y a eu d'autres braquages?

Elle resta interdite:

— Fauve ne t'a pas raconté?

— Raconté quoi? Parle! Il y a eu combien de braquages après Menton?

— Deux autres. L'un à Saragosse et l'autre à San Remo.

Il resta hébété: les voyages secrets en Espagne et en Italie, ce n'était pas des séjours adultères, mais des braquages. Il ne savait plus ce qui était le pire. Et il comprenait maintenant comment le coffre à la banque avait été réalimenté.

— Mais putain, Sophie! s'écria Arpad. Je ne peux même pas croire que nous ayons cette discussion. Tu es allée braquer une banque alors que tu étais mère de famille!

— À San Remo, c'était une bijouterie, crut-elle nécessaire de préciser.

— Je ne veux même pas le savoir! hurla Arpad. Je ne veux

même pas t'imaginer une arme à la main en train de menacer des gens !

Elle avait un regard désespéré.

— Je le sais bien ! dit-elle. C'est pour ça que je ne t'en ai jamais parlé. Pourtant, ce sont ces braquages qui me font telle que je suis. La Sophie que tu aimes tant, la Sophie qui attire tous les regards, elle existe parce que j'ai commis ces braquages. Que ça te plaise ou pas ! Ces braquages sont une partie de moi. Une partie secrète, enfouie aussi profond que possible, dont je ne peux parler à personne...

— À part Fauve, fit remarquer Arpad.

— À part Fauve, acquiesça Sophie. C'est ce qui me lie à lui de façon aussi... forte.

— Plus que forte, vous vous écrivez des lettres d'amour.

— *Il* m'écrit des lettres d'amour, nuança Sophie. Moi pas.

— Tu vas essayer de me faire gober que, hormis votre liaison il y a quinze ans, vous n'avez jamais baisé ensemble depuis ?

— Jamais !

— Je vous ai pourtant vus ici, jeudi dernier. Dans notre chambre !

— Fauve est venu ici pour préparer le braquage. En principe, on se retrouve à sa planque, mais jeudi dernier il a voulu venir ici.

★

Le jeudi précédent.

Dans la cuisine de la Maison de verre, Sophie s'agaça. Elle avait tourné le dos le temps de faire des cafés et Fauve avait disparu.

Elle le retrouva en pleine exploration de la chambre conjugale. Il avait levé les stores pour mieux inspecter la pièce.

— Qu'est-ce que tu fais là ?

Fauve ne répondit pas. Il ouvrit le tiroir de la table de nuit et brandit la paire de menottes qui s'y trouvait.

— Range ça, s'il te plaît ! lui ordonna Sophie.

Il éclata de rire :

— Qui se fait attacher ? Toi ou Arpad ?

— Ça suffit, range ça tout de suite ! s'énerva-t-elle en baissant les stores électriques.

La pièce fut plongée dans l'obscurité.

— Sors d'ici maintenant ! J'aurais jamais dû accepter que tu viennes chez moi.

— Oh ! minimisa Fauve. Un peu d'humour...

*

— J'ai baissé les stores et je l'ai viré de la chambre, assura Sophie. Arpad, tu dois me croire. Tu es l'homme de ma vie. Après le braquage de Menton, je me suis cachée un mois en Italie. C'est pour ça que tu n'as pas réussi à me joindre après ton départ de Saint-Tropez. Et c'est pour ça que je me sentais coupable de t'avoir perdu. Depuis que je t'ai retrouvé, je ne t'ai jamais trompé... sexuellement.

Elle regretta aussitôt sa formulation. Arpad murmura, dévasté :

— Mais tu m'as trompée intellectuellement, c'est ça ? Ce que tu es en train de m'avouer, c'est que tu es amoureuse de Fauve ?

Elle resta muette.

— Parle ! s'emporta Arpad. Parle, bon sang ! Est-ce que tu es amoureuse de Fauve ?

Elle murmura :

— Je n'ai ni envie de te répondre, ni envie de te mentir !

Il voulut soudain tout casser. Se saisir du mobilier autour de lui et démolir toute cette maison. Leur couple n'existait plus. Il ne voulait plus être ici.

Elle lui dit avec toute la tendresse dont elle fut capable :

— Je t'aime plus que tout, Arpad ! Plus que n'importe qui ! Tu es l'homme de ma vie !

— Mais tu l'aimes aussi, lui ! En fait, tu aimes deux hommes !

Elle donna cette explication incroyablement maladroite :

— Tu n'as pas à être jaloux, il est ce que tu ne peux pas être.

— Ah ! la belle affaire ! Merci, je me sens beaucoup mieux !

— Mais c'est avec toi que je veux être ! C'est avec toi que j'ai fait ma vie ! C'est toi qui es le père de mes enfants !

— Ce que tu es train de me faire, c'est horrible ! Tu ne me ferais pas subir ça si tu m'aimais vraiment !

Elle se mit à sangloter. Sa fragilité le rendit encore plus virulent :

— Arrête de gémir, tu n'es pas la victime dans cette histoire !

— Tout ça, c'est plus fort que moi ! Je suis victime de mes pulsions et de mes besoins !

— Ce sont plus que des pulsions, Sophie : ce sont des sentiments !

— Et que peut-on contre des sentiments ? Ils sont notre seule vraie liberté.

Ils restèrent silencieux un long moment. Tous les deux anéantis. Arpad éprouva le besoin de boire. Il dénicha une bouteille de cognac dans le bar et en remplit deux grands verres. Elle en but plusieurs gorgées avant de terminer sa confession :

— San Remo devait être notre dernier braquage. Je me l'étais promis. Pas tant par peur du danger, mais parce que je voyais bien que le rythme s'accélérait. Je redoutais de devenir accro. Chaque nouvelle expérience était encore plus forte que la précédente. C'était comme s'il y avait un poison qui coulait dans mes veines. Il fallait impérativement que tout s'arrête.

Arpad se remémora les lignes d'une lettre de Fauve : *San Remo ne peut pas être notre dernière fois.*

Elle poursuivit :

— Il y a quelques semaines, Fauve m'a téléphoné. Il m'a dit que je lui manquais et qu'il voulait venir me voir pour mon anniversaire. Nous avons convenu d'un rendez-vous ensemble.

— Eh quoi, tu pensais vraiment qu'il venait juste pour une visite de courtoisie ? Ne me prends pas pour un imbécile !

— Depuis San Remo, il semblait avoir respecté mon souhait d'arrêter. Ses lettres s'étaient faites rares. Mais pour être totalement honnête, quand il m'a dit qu'il venait à Genève, j'ai espéré au fond de moi que c'était pour un braquage. Qu'il allait m'arracher à mon vœu pieux et me faire vibrer encore. Quand je l'ai vu, le jour de mon anniversaire, il m'a donné une carte et il m'a dit que le cadeau suivrait...

— Et ce cadeau, c'est le braquage de samedi, comprit Arpad.

Elle acquiesça d'un signe de tête.

— Ce braquage sera le dernier, assura-t-elle. Je te le promets. Mais je ne le ferai pas si tu t'y opposes.

Arpad prit rapidement la mesure du dilemme qui se présentait à lui :

— Tu m'assures que c'est ton dernier braquage. Mais comment est-ce que je peux être certain qu'un beau jour tu ne seras pas, malgré tes belles promesses, à nouveau reprise par tes pulsions ? Tu viens de me raconter que tu avais déjà voulu raccrocher après San Remo, mais c'est visiblement plus fort que toi !

— Cette fois j'essayerai de tenir bon... Pour toi...

— Mais ce n'est pas certain que tu tiennes...

Elle était acculée face à ses contradictions.

— Je ferai tout ce que je peux pour ne pas recommencer, je te le promets !

— Si je te demande de renoncer à ce braquage, tu m'en voudras probablement pour toujours. Ça brisera quelque chose entre nous. Notre couple n'y survivra peut-être pas. Mais si je te laisse le faire et que ça tourne mal, si tu te fais abattre ou prendre par la police, ce sera de ma faute. Car j'aurais pu t'en empêcher. Donc, dans les deux cas, je risque de te perdre.

*

Dans les deux cas, je risque de te perdre. Arpad, seul dans sa chambre à coucher, ressassait son dilemme. Il songea qu'il n'y avait qu'une personne qui pouvait l'aider : Fauve. Et il savait comment le contacter. Il déplaça la table de nuit de Sophie et enleva la plinthe : le téléphone était là. Il s'en empara et composa le seul numéro dans le répertoire, un numéro étranger dont le préfixe lui était totalement inconnu.

Fauve venait de rentrer à la Cache. Il était allé changer la plaque d'immatriculation de la moto qu'il dissimulait dans la forêt jouxtant le corps de ferme, en cas de fuite précipitée. La veille, il avait violé ses sacro-saintes règles de sécurité en enfourchant cette moto pour se rendre au musée d'histoire naturelle. La moto serait utilisée pour le braquage et d'ici là elle ne devait servir qu'en cas d'urgence. De retour du musée, il avait balancé la plaque d'immatriculation dans une poubelle. Il en avait volé une autre pendant la nuit, qu'il venait d'installer. Tout était réglé à présent, mais il n'aimait pas ce qui était en train de se passer : il perdait le contrôle de la situation, ce qui le poussait à prendre des risques inutiles. Lui qui avait toujours été si rigoureux, il se laissait aller à des erreurs de débutant.

Son téléphone sonna soudain, l'arrachant à ses réflexions.

Ce ne pouvait être que Sophie qui appelait sur cette ligne. Il décrocha. C'était Arpad, qui lui demanda d'emblée :

— Il y a quinze ans, quand tu m'as forcé à fuir Saint-Tropez, tu avais peur que je te donne aux flics ou est-ce que tu voulais m'éloigner de Sophie ?

— Les deux, répondit Fauve. Tu sais, je te dois des excuses.

— Des excuses ?

— Oui. Tout ça n'a jamais été contre toi, mais pour Sophie.

— Mais alors, explique-moi pourquoi tu as cherché à m'impliquer dans le braquage de samedi si tu voulais le faire avec elle ?

— Ce n'était pas mon intention première. Je t'ai dit que j'étais venu à Genève pour un braquage, mais je n'ai jamais dit que je voulais le faire avec toi…

— Ça, je l'ai compris maintenant. Mais alors, à quoi rimait ce rendez-vous à *La Caravelle* ?

— La semaine dernière, Sophie m'a dit qu'elle voulait renoncer. Pour toi. Qu'elle s'était juré que San Remo serait la dernière fois et qu'elle devait s'y tenir. J'étais sur le point d'abandonner moi aussi, c'est d'ailleurs pour ça que je l'ai appelée dimanche dernier : pour lui dire que je la laisserais tranquille désormais. Mais c'est toi qui as répondu et tu as soudain décrété que tu participerais au braquage. J'ai saisi cette occasion, en espérant que ça pourrait la faire changer d'avis. Je t'ai fixé ce rendez-vous sans même savoir pourquoi. Je ne sais pas ce que j'avais en tête, ça n'a fait que créer encore plus de complications.

— Et maintenant ? demanda Arpad.

— Maintenant *quoi* ?

— Que va-t-il se passer ?

— Comme je te l'ai dit : elle va renoncer, pour toi. Mais tu vas la perdre.

— Je sais, acquiesça Arpad. Qu'est-ce que je dois faire ?

Le voilà qui se retrouvait à demander des conseils matrimoniaux à Fauve.

— Tu dois la laisser être ce qu'elle est : un animal sauvage.

— *Le juste rappel de Viscontini* dans la carte d'anniversaire, c'est à propos de ça, hein ?

— Oui, elle est la panthère de Viscontini. Aucune cage ne pourra l'empêcher d'être ce qu'elle est. Tu dois respecter sa nature. Ce sera ta plus belle façon de l'aimer.

Il y eut un silence. Puis Arpad demanda :

— Si je la laisse faire ce braquage, tu disparaîtras ensuite pour toujours ?

— Promis, répondit Fauve. Mais ce n'est pas à toi que je le promets, c'est à elle. Je m'y suis déjà engagé. Ce braquage sera le dernier.

— Très bien, dit Arpad. Alors je veux en être.

— Quoi ?

— C'est ma condition.

— Tu en as parlé avec Sophie ?

— Non. Et elle n'en saura rien. Elle le découvrira samedi matin, à la dernière minute. Le plan que tu m'as détaillé à *La Caravelle* tient toujours ?

— Évidemment, assura Fauve.

— Et donc le rôle que tu m'as assigné, si je comprends bien, c'était le rôle de Sophie, c'est bien ça ?

— C'est exact. Elle passe par-devant et se fait ouvrir par le vigile. En plus une femme, personne ne s'en méfie. Et moi je passe par l'arrière…

— Alors voilà ce que je propose, dit Arpad. Je garde, moi, ce rôle. C'est moi qui passerai par l'entrée principale, exactement comme on se l'est dit. Et vous deux, ensemble, vous passez par-derrière. Comme ça, tu ne la lâches pas. Tu veilles sur elle. Jure-moi qu'il ne lui arrivera rien. Et s'il y a du grabuge, tu l'évacues, tu t'assures de la mettre à l'abri. S'il le faut même, en cas de confrontation avec la police, tu la prends en otage, comme si elle s'était trouvée au mauvais endroit au mauvais moment. Tu plongeras pour elle.

— On plongera pour elle, précisa Fauve.

— C'est d'accord, dit Arpad. Surtout, ne lui en parle pas. On la mettra devant le fait accompli samedi. Elle risque de renoncer si elle sait que je suis de la partie. Je veux qu'elle puisse assouvir son besoin, et je veux sauver mon couple.

Dans sa voiture, Greg, les yeux rivés sur son écran, était stupéfait de ce qu'il venait d'apprendre : il y aurait trois braqueurs, dont Sophie.

15 ANS PLUS TÔT

20 SEPTEMBRE 2007

Brachetto, Toscane

(Trois jours après le braquage de Menton)

Au milieu des oliviers se dressait une petite bergerie en pierre. Les herbes hautes et la nature foisonnante ne laissaient aucun doute sur l'état de jachère de ce qui avait été une exploitation agricole florissante.

Le soleil du matin annonçait un jour glorieux. Devant la bâtisse, une terrasse improvisée : deux chaises autour d'une table en fer, dressée pour le petit-déjeuner. Fauve faisait du café sur un réchaud à gaz. Sophie, elle, était assise sur une souche, à quelques mètres de là. Elle embrassait du regard leur horizon sauvage. Personne ne viendrait les chercher ici.

Cette oliveraie abandonnée serait leur royaume pour les quatre prochaines semaines. Fauve l'avait avertie : ils devraient se faire oublier quelque temps. Pour que son absence ne suscite pas d'inquiétude, Sophie avait fait croire à ses parents qu'elle partait seule pour un tour de l'Italie. La veille du braquage, elle les avait appelés d'une cabine pour leur dire qu'elle avait cassé son téléphone portable et qu'ils ne devraient pas s'inquiéter du peu de nouvelles qu'elle leur donnerait. Elle avait, en revanche, disparu de la circulation sans prévenir Arpad. Sur le moment, cela lui avait semblé plus sûr. Il aurait posé des questions et il ne fallait prendre aucun risque. Et puis, l'attirance qu'elle éprouvait pour Fauve avait pris dessus.

Après le casse de la banque postale de Menton, Fauve et elle étaient passés en Italie sans encombre, en empruntant des routes secondaires. La fuite avait été minutieusement planifiée.

Ils avaient abandonné leur voiture à Ventimiglia, où un autre véhicule les attendait, acheté légalement quelques semaines plus tôt et doté de plaques italiennes. Ils avaient ensuite roulé jusqu'en Toscane, pour atteindre finalement Brachetto et, sur les hauteurs, cette bergerie, aménagée avec tout le confort. Fauve y avait amassé des vivres et de l'eau pour tenir un mois. Il y avait également quelques caisses de très bon vin et des livres. De quoi les occuper et passer du bon temps.

Fauve apporta une tasse de café à Sophie et s'assit à côté d'elle sur la souche. Elle se colla contre lui. Depuis trois jours, ils avaient beaucoup fait l'amour. Elle était euphorique : les images du braquage lui revenaient sans cesse en tête. Elle se sentait bien avec Fauve, à l'abri de tout. Le seul rappel du monde civilisé était le petit village de Brachetto, que l'on pouvait apercevoir au loin.

— Comment se fait-il que ces champs d'oliviers aient été abandonnés ? demanda Sophie.

— Ils appartenaient à une grande famille de la région, les Madura. La lignée s'est éteinte avec la mort du dernier des leurs, Luchino Alani di Madura, qui n'a jamais eu d'enfants.

— Personne n'a repris possession des lieux ?

— Personne. Je crois que ça appartient désormais à la commune, qui n'a pas les moyens d'entretenir tout ça.

Sophie avisa un château en ruine sur la colline opposée.

— Il habitait là, ton Luchino di Madura ?

— Exactement. On peut aller l'explorer tout à l'heure si tu veux.

C'est ce qu'ils firent.

Le château des Madura était devenu une ruine romantique, envahie par la végétation. En y arrivant, ils dérangèrent une harde de sangliers. Autour du bâtiment principal, les restes d'un jardin à la française désormais reconquis par la nature. Fauve, qui connaissait visiblement bien les lieux, entraîna Sophie jusqu'à un point de vue spectaculaire sur toute la région. Il y avait là trois tombes. Sophie s'en approcha.

La première stèle portait le nom d'une certaine Giovanna Montenapolino, décédée en 1921. Un peu plus loin, la sépulture du dernier maître des lieux, Luchino Alani di Madura, mort en 1931. Et juste à côté un petit mausolée sur lequel avait simplement été gravé :

GATTINO
1912-1915

— Qui était Gattino ? demanda Sophie en découvrant les dates d'une courte vie. Un enfant ?

— Une panthère, répondit Fauve.

À la bergerie, Fauve conservait un exemplaire des *Animaux Sauvages* de Carlo Viscontini. Sophie fut passionnée par le livre, en particulier par le chapitre sur la panthère, qui lui fit forte impression. « Je m'identifie à elle », expliqua-t-elle à Fauve. Si bien qu'il se mit à l'appeler *Ma Panthère*.

Au début, cela plut à Sophie d'être la panthère de Fauve, tous deux libres dans leur oliveraie. Mais après trois semaines, la bergerie était devenue comme une prison pour elle. Elle était gagnée par un ennui profond. Elle avait envie de retrouver Arpad qui lui manquait terriblement. Elle se rendait compte à présent combien elle était attachée à lui. Elle s'en voulait d'avoir disparu sans le prévenir.

*

À la mi-octobre, après quatre semaines de réclusion à la bergerie, Fauve et Sophie firent une première sortie à Brachetto, qu'elle ne connaissait que par le livre de Viscontini. Ce soir-là, elle s'empressa d'appeler Arpad d'une cabine téléphonique. Mais son téléphone était coupé. Elle essaya de le joindre au *Béatrice*, mais le gérant lui indiqua qu'il était parti.

— Parti où ça ? demanda-t-elle, désemparée.

— J'en sais rien, répondit le gérant. Il a eu une opportunité de travail. À Londres j'imagine. Et toi ça va ? Ton père nous a dit que tu étais en vacances en Italie.

Sophie ressentit le besoin immédiat de rentrer à Saint-Tropez et retrouver la trace d'Arpad. Comme elle ne voulait pas révéler à Fauve la véritable raison de son retour précipité en France, elle invoqua les cours à l'université qui avaient déjà repris. Fauve considérait que c'était trop tôt, qu'il fallait encore rester cachés quelque temps, mais il ne pouvait pas la forcer. Elle était une panthère, elle ne supportait aucune contrainte.

Avant de se séparer, ils passèrent deux jours à Florence. Les lumières de la ville leur firent du bien. À l'initiative de Sophie, ils décidèrent de marquer sur leur peau le souvenir de l'expérience intense qu'ils avaient vécue. Dans le salon d'un tatoueur, elle fit dessiner une panthère sur sa cuisse. Fauve fit reproduire la même image sur son torse.

Sur le quai de la gare, lorsque Fauve enlaça Sophie avant qu'elle ne monte dans le train pour Milan, il se garda de lui dire qu'il l'aimait. Il sentait que ce n'était pas réciproque. Il en avait le cœur brisé.

Sophie, sans imaginer encore la nature du poison qui coulait désormais dans ses veines, se sentait transformée par son expérience. Elle était prête à vivre sa vie. Surtout, elle avait pris conscience de ses sentiments pour Arpad. Elle comptait bien officialiser leur relation. Ils ne se cacheraient plus. Elle l'imposerait à son père.

Mais de retour à Saint-Tropez, elle découvrit, à son grand désespoir, qu'Arpad avait totalement disparu de la circulation.

Chapitre 20
La veille du braquage

~~Dimanche 26 juin (La découverte de Greg)~~

~~Lundi 27 juin~~

~~Mardi 28 juin~~

~~Mercredi 29 juin~~

~~Jeudi 30 juin~~

→ Vendredi 1er juillet 2022

Samedi 2 juillet (Le jour du braquage)

10 heures du matin, au quartier général de la police judiciaire.

Dans une salle de réunion, on planifiait les derniers détails de l'opération du lendemain. Dans vingt-quatre heures, un braquage allait avoir lieu à Genève et les seuls à pouvoir changer le cours des choses étaient les policiers des différentes brigades qui surveillaient Arpad sans discontinuer depuis quelques jours. Il fallait établir un flagrant délit et Greg précisait avec ses collègues les grandes lignes de la tactique.

Le lendemain matin, dès la première heure, vingt agents du groupe d'intervention seraient mobilisés. Ils se répartiraient en neuf véhicules : trois unités seraient stationnées sur la rive droite, trois sur la rive gauche et trois autres à proximité du domicile d'Arpad Braun. Puisqu'ils ignoraient le lieu du braquage, Greg définissait le dispositif comme une nasse qui se resserrerait autour des suspects au fil des indications de la brigade d'observation.

— On restera suffisamment loin pour ne pas gêner la filature, mais suffisamment proches pour intervenir très rapidement, indiqua Greg.

Il brûlait de partager avec tout le monde sa découverte de la veille : il y aurait trois braqueurs, dont une femme, Sophie, et ils pénétreraient dans la bijouterie par deux accès différents. Mais il ne pouvait en faire état sans s'exposer à une révocation immédiate pour avoir utilisé une caméra de service non autorisée par le procureur. Il essaya néanmoins de se faire comprendre en évoquant son intuition :

— On sait que la cible sera très probablement une bijouterie, les banques étant fermées le samedi. Je pense donc qu'il va y avoir une attaque simultanée par l'avant et l'arrière.

Ses collègues accueillirent ces propos avec circonspection.

— Attends, l'interrompit l'un d'eux. *Avant* et *arrière* de quoi ? On ne sait même pas quel bâtiment est visé.

Greg ne se laissa pas démonter :

— J'ai fait quelques recherches. Les bijouteries avec pignon sur rue disposent toutes d'une issue de secours. Notamment pour des questions de sécurité incendie en raison du blindage des vitrines. Et s'il y a deux accès au magasin, pourquoi les braqueurs s'en priveraient-ils ?

— Parce que c'est plus compliqué, objecta le responsable de la brigade criminelle. Les braqueurs veulent agir le plus vite possible : ils entrent et sortent généralement par la porte principale. C'est mon expérience de ces dix dernières années à la tête de la Crim'.

— Tant mieux si les braqueurs passent par la porte principale, dit Greg, ce sera plus simple pour les appréhender. Moi, je me contente d'évoquer toutes les hypothèses possibles pour que le groupe d'intervention soit prêt à faire face à toutes les situations.

Greg aurait voulu en révéler davantage, mais il risquait de se compromettre. La Providence cependant lui vint en aide quelques instants plus tard, lorsque Marion Brullier fit un point sur l'avancée de l'enquête : les inspecteurs avaient interrogé tous leurs indics et toutes leurs sources, mais personne n'avait connaissance d'un braquage imminent.

— En revanche, indiqua Marion, on a pu confirmer avec encore plus de certitude que c'était bien Philippe Carral qui était au musée d'histoire naturelle mercredi. La photo dont nous disposions datait d'une vingtaine d'années, au moment de sa dernière incarcération. Nous avons obtenu, via un contact de la Crim' à Paris, une photo du Renseignement français. Elle date de sept ans, c'est pas tout récent, mais c'est mieux que ce que nous avions jusque-là.

Elle diffusa l'image sur grand écran pour que ses collègues puissent la voir. On y voyait Fauve, en maillot de bain, attablé à un restaurant de plage.

— Ce sont les braqueurs en vacances, ironisa un policier, déclenchant quelques rires.

— Cette photo a été prise sur une plage de Porto Vecchio, expliqua Marion. Les gars autour de lui sont des malfrats appartenant à la pègre de Rimini et au Milieu corse. Tous ont été impliqués dans des braquages.

En découvrant l'image, Greg resta stupéfait. La photo n'était pas de bonne qualité, mais il remarqua, sur le torse nu de Philippe Carral, un tatouage similaire à celui de la cuisse de Sophie. Il s'écria alors, interrompant Marion :

— Je connais ce tatouage !

Il se leva pour aller pointer du doigt le torse de Fauve et poursuivit :

— Sophie Braun, la femme d'Arpad, a exactement le même tatouage sur la cuisse.

La photo sur l'écran était un peu floue et le tatouage n'était pas net. On devinait un animal sans pouvoir vraiment le discerner. Greg était pourtant certain qu'il s'agissait, trait pour trait, du même dessin que celui qu'arborait Sophie.

— C'est un loup ? demanda l'un des flics.

— Non, c'est une panthère, affirma Greg.

— Moi, je vois un loup, maintint le flic.

Marion intervint :

— Tu es sûr qu'il s'agit du même tatouage, Greg ?

— Certain, je l'ai vue en maillot de bain. Elle a cette panthère tatouée sur la cuisse.

— Ils ne sont sûrement pas les seuls, fit remarquer un policier. On en voit souvent, des tatouages d'animaux sauvages : tête de lion, tête de tigre, tête de loup…

— C'est une panthère, je vous dis ! s'agaça Greg.

— Si on faisait un agrandissement ? proposa le procureur.

— On a évidemment essayé, dit Marion, mais la qualité de la photo est trop mauvaise. Plus on agrandit, plus il y a de grain. On ne parvient pas à le gommer.

— C'est exactement le même tatouage, répéta Greg. J'en mets ma main à couper. Ça ne peut pas être anodin !

— Donc cette Sophie Braun pourrait être en lien avec Philippe Carral ? récapitula le responsable de la brigade criminelle, pour recentrer la discussion.

Greg sauta sur l'occasion :

— Il y aurait donc trois braqueurs, dont une femme !

— C'est un peu hâtif comme conclusion, tempéra le procureur. Je vous rappelle que les *mains à couper* n'ont pas beaucoup de valeur légale. Mais il faut tirer cette histoire de tatouage au clair. La femme d'Arpad Braun est déjà sur écoute téléphonique, c'est bien ça ?

— Oui, confirma le responsable de la brigade d'observation. Comme nous l'avons décidé hier en espérant une confession de son mari avant le passage à l'acte. Mais aucune communication n'a attiré notre attention.

— Il faut la placer sous surveillance elle aussi, décréta le procureur. Ne la lâchez pas d'une semelle.

À 11 heures du matin, les agents en filature virent la Porsche de Sophie entrer dans un tunnel de lavage de la rue Dancet. L'un d'eux envoya un bref point de situation sur le groupe de messagerie :

Les Braun viennent de faire quelques courses au supermarché, et maintenant ils lavent leur voiture.

Lorsque la Porsche disparut dans le tunnel de lavage, engloutie par les brosses géantes, Sophie attrapa le visage d'Arpad et lui dit, reconnaissante :

— Merci. Merci de me laisser faire ça…

— Ça va aller demain ? demanda-t-il.

Elle détourna les yeux :

— Ne parlons pas de demain. Pourquoi tu ne viens pas à Saint-Tropez avec nous cet après-midi ?

— J'ai rendez-vous avec Julien tout à l'heure, il a peut-être un boulot pour moi. Et puis, comme ça je serai par là demain quand tu seras…

Il y eut un silence. Sophie ignorait évidemment tout de l'implication de son mari dans le braquage, et lui se garda bien de révéler son pacte avec Fauve. Il faillit se trahir en posant la question qui le taraudait :

— Comment tu vas faire pour être à Saint-Tropez ce soir et ici demain matin ?

Elle eut un air suspicieux :

— Comment tu sais que ça aura lieu le matin ?

— Je connais le plan. Fauve m'en a parlé.

— Ne parlons pas de demain, répéta Sophie.

— Comment ne pas parler de demain ? s'agaça Arpad.

Tu imagines bien que c'est la seule chose à laquelle je puisse penser. Et si ça se passe mal ?

— Tout va bien se passer. Je te le promets. Aie confiance en moi, aie confiance en Fauve…

Arpad soupira. Sophie ajouta alors :

— Maintenant, écoute attentivement ce que je vais te dire…

Il acquiesça pour lui montrer qu'elle avait toute son attention. Elle poursuivit :

— Si les flics viennent te poser des questions…

Il l'interrompit aussitôt :

— Pourquoi les flics me poseraient-ils des questions ?

Elle décida d'éluder cette remarque. Il y avait une bonne raison pour que ça tourne mal, mais elle n'allait évidemment rien révéler à son mari.

— Écoute-moi attentivement, Arpad. Ne pose pas de questions et écoute-moi, s'il te plaît ! Si les flics t'interrogent, voici ce qu'il faudra leur répondre.

Elle lui énuméra une liste de comportements à adopter et de réponses toutes prêtes à donner aux policiers. Quand elle eut terminé, elle ne put s'empêcher d'ajouter :

— Si ça tourne mal…

Il l'interrompit encore :

— Si ça tourne mal ? Pourquoi ça tournerait mal ?

Elle ne répondit pas et reprit :

— Si ça tourne mal et que je suis en fuite, retrouve-moi à la Cache.

— La Cache ?

— Elle se trouve dans une ferme, à Jussy. Mémorise l'adresse. C'est un appartement auquel on accède par des escaliers juste à côté de la grange.

Si le braquage tournait mal et que Sophie devait fuir, elle ne reverrait plus les siens pendant très longtemps. Et, si elle devait disparaître, elle voulait revoir Arpad. Une dernière fois.

À 15 heures cet après-midi-là, Sophie, au milieu d'autres parents, attendait ses enfants devant l'école de Cologny. La sortie des classes, en ce dernier jour avant les vacances d'été, tournait en un joyeux brouhaha. Tout le monde semblait très détendu.

À distance, Karine observait Sophie qui embrassait Isaak et Léa et les entraînait jusqu'à sa voiture. Ils montèrent tous à bord. Elle aperçut des valises dans le coffre. La Porsche démarra et disparut rapidement. Elle ignorait sa destination, mais elle était soulagée de la voir partir.

Sophie prit les quais bordant le lac Léman puis traversa le quartier des Eaux-Vives pour rejoindre la route de Malagnou, un axe qui reliait le centre de Genève à la frontière française. Elle n'avait pas remarqué le très discret ballet des voitures de police qui se relayaient sur ses traces.

— Elle vient de passer la bifurcation vers Thônex, à mon avis elle roule en direction de la douane de Vallard, annonça l'un des inspecteurs à la radio.

Lorsque Sophie arriva au poste-frontière, un douanier s'approcha d'elle comme pour un contrôle de routine.

— Bonjour, madame. Où est-ce que vous allez ?

— À Saint-Tropez.

— Pour combien de temps ?

— Tout le mois de juillet. Peut-être plus. Mes parents vivent là-bas.

Le douanier jeta un œil à l'intérieur du véhicule.

— C'est bon, dit-il, vous pouvez y aller.

Elle repartit et le douanier composa aussitôt le numéro que lui avait transmis sa centrale.

— Elle vient de passer la frontière, annonça-t-il à son interlocuteur. Elle va à Saint-Tropez, chez ses parents, pour tout le mois de juillet.

— Merci, dit le responsable de la brigade d'observation en raccrochant.

Le policier se trouvait dans une salle de crise du quartier général de la police judiciaire.

— Apparemment, elle va passer l'été à Saint-Tropez, annonça-t-il à ses collègues présents.

Les policiers suisses ne pouvaient pas suivre Sophie en territoire français sans autorisation expresse du ministère de l'Intérieur. Le responsable de la brigade d'observation contacta immédiatement le procureur pour adresser une demande à Paris, mais ce dernier lui rétorqua, d'un ton fataliste :

— Un vendredi après-midi, c'est foutu. On aura une réponse des Français en milieu de semaine prochaine.

— Je peux détacher une équipe à Saint-Tropez en toute confidentialité, suggéra le responsable de la brigade d'observation.

— Vous êtes fou ! tonna le procureur. S'ils se font griller, ça va créer un incident diplomatique. Vous, je ne sais pas, mais moi je n'ai pas spécialement envie que ma carrière se termine ce week-end.

⋆

À 18 heures, comme ils en étaient convenus en début de semaine, Arpad retrouva son ami Julien Martet dans un bar du centre-ville.

— Tout va s'arranger, assura Julien.

— J'espère, répondit Arpad.

Arpad avait toujours admiré Julien : ambitieux, travailleur, doué, généreux de son temps, toujours présent quand on avait besoin de lui. Dans son costume impeccable, il lui renvoyait l'image de ce qu'il aurait voulu être.

— Écoute, dit Julien, ça reste entre nous, mais j'ai fait mes petites recherches au sein de la boîte. Ils cherchent en interne quelqu'un pour gérer les clients français. Je sais que tu as le profil. On étudie les candidatures lundi. Je peux essayer de suggérer un outsider et te proposer pour le poste.

— Tu serais un ami en or, le remercia Arpad.

— Rien de garanti, mais je vais faire mon possible. Et si ce n'est pas ça, on trouvera autre chose. Compte sur moi, tout va s'arranger.

Les deux hommes partagèrent quelques bières. La conversation prit une tournure légère. Mais Arpad avait l'esprit ailleurs : il comptait les heures jusqu'au braquage. D'ailleurs, il se fichait bien de l'emploi que Julien lui proposait. Ce rendez-vous lui servirait surtout d'alibi. Celui de Sophie était en béton : elle était à Saint-Tropez. Quant à lui, si on lui demandait pourquoi il n'était pas parti avec sa femme et ses enfants, il se justifierait en invoquant cet important rendez-vous professionnel.

*

21 heures, à la Verrue.

Les enfants étaient couchés. Leurs valises étaient bouclées et attendaient dans l'entrée de la maison. Tout était prêt pour le lendemain. Karine rejoignit Greg dans la cuisine. Il venait de terminer la vaisselle. Il lui tendit un verre de vin :

— À notre week-end en amoureux, dit-il.

Elle trinqua avec lui et s'efforça de jouer la bonne humeur. Elle ne pensait qu'à cette lettre qui accusait Greg d'être un porc et à la vidéo de Sophie. Elle se demandait qui était réellement son mari. Mais il se donnait de la peine et elle devait en faire autant. Elle avait décidé de donner une chance à son couple, elle devait aller au bout de l'effort.

— Mes parents viennent chercher les garçons à 10 heures, dit-elle. Si on part nous aussi à ce moment-là, on sera en Italie à temps pour le déjeuner. J'ai trouvé ce petit restaurant près d'Alba, qui a de très bonnes critiques… Ça pourrait être sympa.

Greg ne l'avait pas encore prévenue. Il savait qu'elle lui ferait une scène et il avait sans cesse repoussé ce moment.

— Ce serait mieux de partir en début d'après-midi, suggéra-t-il. À cause du trafic.

— Tu crois ?

— Oui, tout le monde va se mettre en route au même moment, demain matin. Il y aura des kilomètres de bouchon au tunnel du Mont-Blanc.

— Pas à 10 heures du matin, décréta Karine. Et puis on s'en

fout, on n'aura pas les enfants pour nous crier dans les oreilles. On se lève ici, on déjeune en Italie, le pied !

Elle joignit le geste à la parole en agitant le pied droit pour que Greg remarque qu'elle avait fait une pédicure. Mais Greg ne réagit pas.

— T'aimes pas la couleur ? s'inquiéta-t-elle.

Il se trouva lâche d'avoir tant attendu.

— Écoute, se lança-t-il, je ne sais plus si je te l'avais dit ou pas, mais je bosse demain matin…

Elle s'étrangla :

— Tu… quoi ? Comment ça, *tu bosses* ?

— Bah oui, tu sais l'affaire dont je t'ai parlé…

— Greg, tu te fous de moi ?

— Tu sais bien que mon boulot comporte des imprévus !

— Ça fait combien de temps qu'on parle de notre week-end ? Tu ne pouvais pas trouver quelqu'un pour te remplacer ?

— Je ne peux pas être *remplacé* comme ça, Karine. Je suis membre d'un groupe d'intervention, pas vendeur en boutique.

Il regretta aussitôt sa phrase.

— Tu sais ce qu'elle te dit, *la vendeuse en boutique* ?

— Karine, je me suis mal exprimé. Écoute, ne gâche pas tout…

— C'est toi qui gâches tout !

— J'aurai fini à midi ! promit-il. On part dans la foulée. Qu'on prenne la route à 10 heures ou à midi, ça ne change pas grand-chose. Et puis, on n'a qu'à déjeuner tard ! Vers 15 heures ! C'est l'habitude en Italie, non ? Tu ne m'avais pas prévenu que tes parents viendraient chercher les enfants de si bonne heure.

— Je ne peux pas croire que tu me fasses un coup pareil !

Elle avait envie de pleurer. Mais pas devant lui. Elle tourna les talons et se dirigea vers les escaliers.

— Ce soir, tu peux dormir sur le canapé, lui intima-t-elle.

Greg fit mine de lui emboîter le pas :

— Enfin, Karine, ne le prends pas comme ça ! l'implora-t-il. C'est une grosse opération !

— Et toi, t'es un gros con !

Elle monta à l'étage, il resta au rez-de-chaussée. Elle s'enferma dans la chambre et s'écroula sur son lit, en sanglots.

Au même moment, à Saint-Tropez, dans la villa des parents de Sophie, on terminait un joyeux dîner. Une demi-heure plus tôt, Bernard avait accueilli sa fille et ses petits-enfants en leur servant des pizzas qu'il avait confectionnées lui-même.

Tandis que Jacqueline débarrassait la table, les enfants raclaient le fond de leur bol de glace et Bernard discutait avec Sophie des plans pour les vacances : sorties en bateau, excursions, plages. L'été serait merveilleux.

Ils furent interrompus par la sonnette de la porte d'entrée. C'est Sophie qui ouvrit. Devant elle, deux inspecteurs de la police judiciaire, qui lui présentèrent leurs cartes professionnelles.

Les deux policiers expliquèrent qu'ils venaient d'intervenir dans l'une des maisons en contrebas à la suite d'un cambriolage et qu'ils faisaient le tour de toutes les habitations alentour à la recherche d'éventuels témoins. Sophie appela son père : Bernard prit évidemment l'affaire très au sérieux. Il n'avait rien vu, mais il avait très envie de participer à l'enquête. Puis Jacqueline rappliqua à son tour pour se mêler à la conversation. C'est finalement Sophie qui délivra les pauvres inspecteurs, au moment où Bernard s'apprêtait à leur faire visiter la terrasse : « Papa, je crois que ces messieurs ont autre chose à faire. » Les policiers s'en allèrent. Une fois à bord de leur voiture, l'un des deux passa un coup de fil à leur supérieur :

— On a vu la femme. C'est même elle qui nous a ouvert la porte... Oui, elle correspond bien à la photo... Elle est avec ses enfants et ses parents. Le père en tient une couche... J'ai cru qu'il allait nous inviter à dormir chez lui... Oui, on a vu sa voiture. Une Porsche noire immatriculée à Genève. Oui, on a pu mettre une balise dessous.

Depuis son bureau du SRPJ de Toulon, le chef des policiers contacta immédiatement le responsable de la brigade criminelle à Genève qui lui avait demandé de l'aide dans une affaire de braquage imminent. La procédure exigeait de passer par la voie officielle pour ce genre de requête, mais entre flics on savait que le temps était précieux et les échanges de bons procédés n'étaient pas rares.

— Mes gars sont passés à la villa. La femme s'y trouve, ils l'ont formellement identifiée. Ils ont aussi posé une balise sous sa voiture. Si elle bouge, on le saura.

— Merci pour tout ça.

— Désolé de ne pas avoir pu faire davantage. Mais vu les effectifs, impossible de mettre en place une véritable filature.

— Tu as déjà fait beaucoup, assura le responsable de la brigade criminelle. Mille fois merci et à charge de revanche.

À la Maison de verre, Arpad gambergeait dans le salon. Il était nerveux. Il appréhendait la journée du lendemain. La sonnerie de son téléphone vint troubler le silence. C'était un appel vidéo de Sophie.

Il répondit. Elle apparut à l'écran, avec le salon de ses parents en arrière-plan. Elle était radieuse :

— Comment s'est passé ton rendez-vous avec Julien ?

— Bien. Très bien, même. Il dit qu'il aurait peut-être un poste pour moi au sein de son fonds.

— C'est génial, se réjouit-elle. Rejoins-nous vite, tu nous manques.

Il n'eut pas le temps de parler car Isaak et Léa, en pyjama, s'emparèrent du téléphone. Ils s'apprêtaient à aller se coucher.

— Bonne nuit, mes chéris, leur dit Arpad, le cœur serré.

— Papa, s'écria Isaak, papy Bernard a fait des pizzas ! C'était délicieux !

Bernard apparut à l'image, rieur.

— Alors Arpad, et cet entretien d'embauche ? demanda-t-il en adressant à son gendre un sourire chaleureux.

Il semblait avoir passé l'éponge et se comportait comme si leur récente altercation n'avait jamais eu lieu.

— Je vois que les nouvelles vont vite, s'amusa Arpad. C'était informel, mais une bonne piste potentielle.

— Tant mieux ! Quand nous rejoins-tu ici ?

— Demain après-midi.

— J'ai hâte que la famille soit de nouveau réunie, dit Bernard.

— Moi aussi, répondit Arpad.

Chapitre 21
Le jour du braquage

~~Dimanche 26 juin (La découverte de Greg)~~

~~Lundi 27 juin~~

~~Mardi 28 juin~~

~~Mercredi 29 juin~~

~~Jeudi 30 juin~~

~~Vendredi 1er juillet~~

→ **Samedi 2 juillet 2022 (Le jour du braquage)**

4 heures du matin.

Sophie venait de franchir incognito la frontière suisse en pénétrant dans la commune de Jussy par un chemin isolé qui passait à travers champs. Elle rejoignit l'exploitation agricole et se gara devant le corps de ferme qui abritait la Cache.

Elle avait quitté Saint-Tropez vers 22 heures 30. Personne ne l'avait vue sortir de la maison. Ses parents étaient déjà couchés. Le lendemain matin, ce seraient eux qui s'occuperaient des enfants dès leur réveil et les emmèneraient à Cannes pour la journée, la laissant faire la grasse matinée. Sophie avait tout arrangé avec son père.

Elle était sortie de la maison par la porte de la cuisine et avait traversé l'arrière du jardin. Elle avait ensuite discrètement descendu la colline rocheuse sur quelques dizaines de mètres pour rejoindre un petit chemin de gravier. Après quelques minutes de marche, elle arriva à un parking utilisé par les promeneurs. Fauve y avait laissé une voiture à son intention : sa Peugeot grise. Sophie disposait d'un double de la clé. Elle s'était mise en route en direction de la Suisse. Si elle n'attirait pas l'attention, si elle respectait les limitations de vitesse, payait les péages en liquide et passait la frontière par un chemin de traverse, personne ne saurait qu'elle était revenue à Genève.

À la Cache, Fauve l'accueillit avec un repas, mais elle n'avait pas faim. Elle était nerveuse. Elle l'était toujours avant un braquage.

*

5 heures du matin.

À la Verrue, Greg, qui avait dormi sur le canapé, fut réveillé par un coup de langue amical de Sandy. Il lui donna une caresse et se leva. Il se fit un café et envoya le chien dans le jardin. Il s'en voulait de sa dispute avec Karine. Il avait besoin de retrouver de l'harmonie entre eux. Mais il déplorait son incompréhension. Son métier n'était pas une activité quelconque. Un braquage allait avoir lieu : il ne pouvait pas laisser tomber ses équipiers au seul motif que la date du crime ne l'arrangeait pas. Avant de quitter la maison, il laissa un mot sur la table de la cuisine.

De retour à midi. Et départ pour l'Italie.
Je t'aime

C'était la première fois qu'il partait en intervention sans embrasser sa femme.

Pendant ce temps, à la Maison de verre, Arpad répétait dans sa tête le ballet du braquage. Il était réveillé depuis longtemps. La nuit avait été courte et agitée. Les sept minutes qui l'attendaient lui paraissaient d'avance une éternité.

À quelques kilomètres de là, à la Cache, Fauve, assis sur un fauteuil, contemplait Sophie qui s'était endormie. Il déplia délicatement sur elle une couverture. Il la réveillerait au dernier moment. Elle avait besoin de se reposer.

★

6 heures 45 du matin.

Au quartier général de la police, Greg finissait de se préparer dans les locaux du groupe d'intervention. Il était encore seul dans les vestiaires.

Il avait revêtu, de façon quasi rituelle, son uniforme noir. Sa tenue de combat. Il attendrait la fin du briefing pour enfiler son gilet pare-balles, sa cagoule et son casque tactique.

Il se contempla longuement dans le miroir. Jusqu'à l'irruption de ses premiers collègues. Pendant que les autres se changeaient et se harnachaient, il se rendit dans la salle de briefing.

Aujourd'hui, c'était le jour de l'affrontement.

7 heures 15 du matin.

Dans la Maison de verre, Arpad buvait un dernier café. Il se tenait debout à la fenêtre, scrutant l'extérieur, comme le faisait si souvent Sophie.

Il était presque l'heure de partir.

Il relut une dernière fois les consignes que Sophie lui avait données la veille, au cas où le braquage tournerait mal et où la police l'interrogerait. Il les avait griffonnées sur un morceau de papier pour les mémoriser. Il brûla ensuite ses notes dans l'évier pour qu'il n'en reste aucune trace.

*

7 heures 30 du matin.

Au quartier général de la police, dans la salle de briefing du groupe d'intervention, Greg donnait les instructions à ses hommes.

— Notre cible s'appelle Arpad Braun, rappela Greg tandis qu'une photo d'Arpad s'affichait sur l'écran derrière lui. C'est un ancien gérant de fortune d'une banque privée. Il a été licencié il y a plusieurs mois. Il a fait un bref séjour en prison en France pour une histoire de vol de voiture. Il dispose d'un complice, un certain Philippe Carral. On les soupçonne d'avoir déjà braqué une banque ensemble, en France, il y a quinze ans. On sait qu'ils vont attaquer une bijouterie aujourd'hui. On ignore encore laquelle. On a perdu la piste de ce Philippe Carral, mais on suit à la trace Arpad Braun. Une équipe de la brigade d'observation est sur lui. Ils nous tiendront informés dès qu'il bouge de chez lui.

*

8 heures du matin.

Arpad monta à bord de sa voiture, quitta la Maison de verre et roula en direction du centre-ville. Il aurait été impossible, même pour un œil averti, de repérer les policiers qui le suivaient.

Il laissa sa voiture dans le quartier des Tranchées, rue François-Bellot. Il continua à pied. Sa casquette vissée sur la tête. Il marcha un long moment à travers la ville, avant de se rapprocher de la rue du Rhône.

*

9 heures du matin.

Greg était stationné à proximité de la gare Cornavin, avec plusieurs autres véhicules du groupe d'intervention, lorsqu'il reçut l'information de la brigade d'observation : Arpad tournait en rond dans la rue du Rhône depuis un petit moment. Il allait probablement s'en prendre à l'une des nombreuses bijouteries installées sur cette artère prestigieuse.

Greg décida d'envoyer tous ses hommes là-bas. Les neuf véhicules banalisés qui composaient son unité convergèrent vers la rue du Rhône et prirent discrètement position.

À 9 heures 30, après une énième boucle sur la rue, Arpad se dirigea vers la boutique Cartier. Un policier, déguisé en employé municipal, alerta ses collègues à la radio :

— Il va entrer chez Cartier ! Il va entrer chez Cartier !

Greg, qui se trouvait à côté, effectua un passage en voiture. Il eut juste le temps de voir Arpad franchir la porte d'entrée du magasin. Puis les policiers le perdirent de vue. Les baies vitrées de la boutique, pour des raisons de sécurité, étaient obstruées par des présentoirs, et les rares interstices ne laissaient rien voir de loin.

Greg positionna ses hommes autour du bâtiment pour couvrir tous les accès. Il annonça à la radio : « Personne ne bouge tant qu'ils n'ont pas braqué. On veut un flag' ! »

Les deux braqueurs venaient de pénétrer simultanément par deux accès de la bijouterie. Tandis que le premier était tout simplement entré par la porte du magasin comme un client ordinaire, l'autre était passé par une issue de secours qui faisait également office d'entrée de service. Il avait suffi de guetter l'arrivée d'une employée dont les braqueurs connaissaient les horaires. Celle-ci n'avait rien vu venir. Elle avait été tétanisée en découvrant l'ombre cagoulée qui la menaçait d'un fusil à canon scié, posant un doigt devant sa bouche pour lui imposer le silence et pointant le clavier numérique de la porte pour qu'elle l'ouvre.

Évidemment, l'employée avait obtempéré. Une fois dans l'arrière-boutique, elle avait été attachée et enfermée dans un local technique. Le braqueur à la cagoule avait alors rapidement rejoint son comparse à la casquette dans le magasin. Tout s'était passé en une fraction de seconde. La Cagoule brandit son fusil, la Casquette dégaina le revolver qu'il gardait à la ceinture et se mit à hurler : « C'est un braquage, personne ne bouge ! »

La Cagoule, du bout de son fusil, repoussa le vendeur et le directeur du magasin dans l'arrière-boutique. Le braqueur à la casquette força l'agent de sécurité à verrouiller la porte du magasin avant de l'entraîner à son tour à l'abri des regards. Si quelqu'un passait devant la vitrine, il ne verrait qu'un magasin vide.

Greg, tapis dans son véhicule, scrutait la boutique. De l'extérieur, tout semblait paisible. Mais impossible de distinguer quoi que ce soit.

— On a besoin de quelqu'un pour un visu dans la boutique, réclama Greg à la radio.

— Je prends ! annonça aussitôt une jeune femme de la brigade d'observation.

Une silhouette qui poussait un landau vide se précipita vers le magasin.

— Je ne vois rien, dit la femme à la radio.

— Comment ça, *tu ne vois rien* ? interrogea Greg. Où est Arpad ?

— Je ne vois personne dans la boutique.

— Qu'est-ce que ça donne à l'arrière ? demanda Greg.

— Rien à signaler, lui assura l'un de ses collègues.

Greg n'aimait pas ça : le calme plat était en général un mauvais signe.

À l'intérieur de la bijouterie se jouait un ballet parfaitement orchestré. Les braqueurs savaient exactement ce qu'ils faisaient. Le vigile et le vendeur avaient été immobilisés avec des colliers de serrage en plastique et laissés sous la surveillance de la Cagoule. Le seul à ne pas être saucissonné était le directeur du magasin, qui fut entraîné jusqu'au coffre principal par la Casquette qui l'obligea à le déverrouiller.

La Casquette ouvrit un à un les tiroirs du coffre, sans toucher à leur contenu. Il cherchait quelque chose en particulier et esquissa un sourire victorieux en le trouvant. D'énormes diamants roses. Il se saisit d'un sac en velours et mit les pierres précieuses à l'intérieur.

Dans sa voiture, Greg venait de décider d'envoyer quelqu'un en éclaireur.

— Quelqu'un du groupe d'intervention pour entrer dans la boutique, ordonna Greg à la radio.

Un agent de la troupe d'élite, en tenue civile, apparut soudain à la porte du magasin, comme un client. Mais la porte lui résista.

— La porte est verrouillée, annonça le policier à la radio. C'est désert là-dedans...

Greg comprit aussitôt : si la porte était verrouillée et qu'il n'y avait personne dans la boutique, c'est que les employés étaient tous retenus quelque part à l'intérieur. C'était le moment du flagrant délit tant attendu.

Greg eut un instant d'hésitation : il ne voulait pas que le braquage dégénère en prise d'otages. Mais il ne voulait pas non plus risquer une fusillade en pleine rue en interceptant les braqueurs au moment de leur fuite.

— On va donner l'assaut, annonça-t-il. Tout le monde attend mon top.

Le coffre vidé de ses diamants, la Casquette se précipita vers l'arrière-salle de la bijouterie où étaient retenus les otages.

— On est prêts à partir, indiqua-t-il d'un ton très calme à son comparse. Je vais vérifier que la voie est libre.

La Cagoule acquiesça d'un mouvement de tête et la Casquette s'en alla discrètement jeter un œil à la rue par la vitrine.

La tension était en train de monter d'un cran.

La sortie de la bijouterie et la fuite étaient les moments les plus périlleux du braquage.

Greg, au moyen de ses jumelles, scruta une dernière fois l'intérieur de la boutique. Il repéra soudain la silhouette d'Arpad, sa casquette vissée sur la tête, qui observait la rue depuis la vitrine.

— Braqueur en visu ! Top intervention !

Ces mots à peine prononcés, deux colonnes d'hommes en noir équipés d'armes longues et de boucliers se placèrent de part et d'autre de l'entrée de la boutique Cartier et firent sauter la porte.

Arpad ne vit rien venir.

Il entendit une première déflagration à l'extérieur, immédiatement suivie d'une deuxième, dans le magasin cette fois. Il resta un instant paralysé par le bruit et la lumière projetés par la grenade assourdissante qui venait d'être lancée. Une colonne de policiers cagoulés, protégés par un bouclier, déboulèrent dans le magasin et le mirent en joue.

Il fut jeté par terre sans ménagement.

L'adrénaline faisait battre son cœur. Ses oreilles sifflaient. Il sentit des bottes qui l'écrasaient. On lui passa les menottes.

Tout était terminé.

Au moment où Arpad était arrêté à l'intérieur du magasin, une autre colonne du groupe d'intervention qui couvrait la sortie de secours interpella le second braqueur tandis qu'il passait la porte pour fuir.

Les deux suspects, une fois neutralisés, furent menottés et

on leur banda les yeux. Les consignes étaient de les emmener immédiatement dans les locaux de la police judiciaire.

Greg, cagoulé et en tenue d'assaut, se fit un malin plaisir de traîner Arpad jusqu'à un véhicule de la brigade d'intervention et de le jeter sans ménagement à l'arrière. La voiture démarra, sirène et gyrophare enclenchés. Arpad ne voyait rien, il entendait à peine. Son ouïe souffrait encore de la détonation. Il était en état de choc. Qu'allait-il lui arriver? Qu'allait-il devenir?

⋆

À Saint-Tropez, Bernard était affairé dans la cuisine à préparer un plateau de petit-déjeuner pour Sophie, sous le regard de sa femme et de ses petits-enfants. Il apporta ensuite le plateau dans la chambre de sa fille. La pièce était déserte, comme il était le seul à le savoir. Il entra à l'intérieur et s'adressa de sa grosse voix au lit vide, s'assurant que Jacqueline et les enfants l'entendaient à distance: « Bonjour ma chérie, tu as bien dormi? (...) Te reposer encore un peu? Bien sûr. Rendors-toi, à tout à l'heure. »

De retour à la cuisine il annonça:

— Sophie est crevée. Il faut la laisser dormir un peu. Nous irons à Cannes sans elle.

⋆

Le tohu-bohu régnait devant la boutique Cartier. La présence policière massive avait ameuté des hordes de badauds depuis les rues marchandes bondées en ce samedi d'été. À l'intérieur du périmètre de sécurité, deux inspecteurs de la brigade criminelle étaient en train de prendre la déposition du directeur du magasin.

— Quand tous ces policiers ont débarqué, expliqua celui-ci, j'ai d'abord cru qu'il s'agissait d'un braquage. Est-ce que quelqu'un va m'expliquer ce qui se passe?

Les deux inspecteurs échangèrent un regard circonspect.

— Comment ça, *ce qui se passe*? demanda alors l'un d'eux.

Le procureur pénétra d'un pas furieux dans la boutique Cartier. Il fut immédiatement conduit dans une pièce où s'étaient réunis les différents policiers responsables de l'opération.

— Dites-moi que c'est une blague ! s'écria-t-il.

Personne n'osa piper mot. Le directeur de la boutique, qui était également présent, demanda alors :

— Qu'est-ce que c'est que cette histoire de braquage ? J'aimerais bien avoir des explications. Vous avez vu dans quel état se trouve le magasin ?

À la requête du procureur, le directeur revint sur la visite du premier client de la journée. Au mur, un écran affichait les enregistrements des caméras-vidéo et tout en parlant, le responsable de la boutique diffusa les images correspondant à son récit.

*

30 minutes plus tôt.

Arpad poussa la porte de la boutique. Un employé, avisant l'homme élégant qui venait d'entrer, vint l'accueillir avec déférence.

— Bonjour monsieur, bienvenue chez Cartier, que puis-je faire pour vous ?

— J'ai acheté chez vous, il y a deux semaines, une bague qui s'est dessertie, expliqua Arpad.

Il sortit de sa poche la bague en forme de tête de panthère offerte à Sophie.

L'employé, voyant le bijou, conduisit le client dans un salon privé. Une fois installé, Arpad posa la bague sur le plateau en velours que lui tendait l'employé. Ce dernier enfila un gant blanc pour se saisir de l'objet.

— Il manque un des diamants qui forment le contour des yeux, expliqua Arpad.

— J'ai de la peine à voir comme ça. Permettez-moi d'aller chercher une loupe.

L'employé s'absenta du salon quelques instants. Lorsqu'il revint, une loupe en main, il constata que la bague n'était plus sur la table.

— Où est la bague ? demanda l'employé.

— La bague ? Mais je pensais que vous l'aviez prise, répondit Arpad.

*

— La bague était tombée au sol, expliqua le responsable de la boutique. Comme vous pouvez le voir sur les images de vidéosurveillance, le client, une fois seul dans le salon, a voulu renouer les lacets de ses chaussures. Il a heurté la table sans s'en rendre compte et la bague a roulé par terre. Comme le sol est recouvert de moquette, il n'a rien entendu. Et là regardez, mon collègue revient dans la pièce avec sa loupe et remarque que le bijou a disparu. Et aucun des deux ne voit la bague par terre.

— Qu'avez-vous fait ? demanda le procureur.

— Mon collègue a immédiatement prévenu la sécurité. La procédure est claire : on verrouille les portes. Plus personne ne rentre ni ne sort. Comme il n'y avait pas d'autres clients dans le magasin, tous les agents de sécurité sont venus ici. Le client a voulu sortir de la pièce, l'un des agents lui a demandé de ne pas bouger. Ça a été très bref : on a tout de suite retrouvé la bague. Pour moi, l'incident était clos. Mais le client s'est montré soudain très agacé.

*

25 minutes plus tôt.

— Toute cette mise en scène était-elle vraiment nécessaire? demanda Arpad en s'adressant avec humeur au responsable de la boutique. C'est très désagréable d'être maintenu de force quelque part.

— Je regrette, monsieur, c'est la procédure.

— De séquestrer un client?

— Ce n'était pas exactement une séquestration, monsieur. Mon agent de sécurité vous a poliment demandé de rester dans la pièce.

— Nous n'avons pas la même conception de la politesse. Vous m'avez traité comme un voleur. Est-ce une façon de traiter les gens, surtout s'ils ne regardent pas trop à la dépense? Rendez-moi la bague, s'il vous plaît, j'irai la faire réparer ailleurs à moindres frais.

— Ne le prenez pas sur ce ton...

— De toute façon, je dois filer, j'ai un rendez-vous important.

*

— Et au moment où il allait partir, expliqua le responsable du magasin, tous ces policiers en cagoule ont débarqué.

Le procureur se tourna vers le responsable de la brigade criminelle:

— Et cet autre type que vous avez arrêté quand il essayait de fuir par la sortie de secours? C'est qui? Philippe Carral?

Le policier pointa un homme en costume à l'écran:

— C'est l'un des employés du magasin, répondit-il, penaud. Il a paniqué au moment de l'assaut, il a cru à un braquage et il a voulu prendre le large.

Le procureur ne put retenir un juron. Puis s'écria:

— On est en train de passer pour des clowns, là! Vous avez vu les journalistes dehors? Qu'est-ce que je vais leur dire?

— Mais enfin, se défendit le policier, vous avouerez que c'est louche cette histoire. Arpad n'est pas net. Il vient dans le magasin, sa bague tombe par terre comme par hasard, on la lui retrouve, et lui fait une scène et part.

— C'est apparemment un énergumène, constata le procureur. Mais il n'a commis là aucune infraction.

— Et si c'était un coup monté ? suggéra le policier. Regardez, au moment où il entre dans le magasin, il enclenche discrètement le chrono de sa montre. Puis il contrôle l'heure sans cesse. Mais je pense qu'il calcule le temps qui s'écoule.

— Où voulez-vous en venir ? demanda le procureur.

— On dirait qu'il chronomètre le temps de réaction des agents de sécurité. C'est peut-être un test, pour un futur braquage…

— Un *futur braquage* ? s'étrangla le procureur. Ça me fait une belle jambe, inspecteur ! Et là, je l'incrimine pour quel motif ? On était sur un braquage et il n'y a pas eu de braquage !

— Enfin, vous savez comme moi qu'il y a des zones d'ombre ! Comme ses liens avec Philippe Carral, leur étrange rendez-vous au musée d'histoire naturelle. Ce coup de fil à propos de ce quelque chose qui devait avoir lieu ce matin…

— Justement : qu'est-ce qui devait avoir lieu ce matin ? s'agaça le procureur. On nage complètement !

— Laissez-nous interroger Arpad Braun, demanda le policier. On ne sait jamais. On passe à côté de quelque chose, c'est évident, mais je ne sais pas quoi.

— Va pour interroger Arpad Braun, concéda le procureur. Mais jouez serré : le dossier est vide, vous ne pourrez pas le garder longtemps.

Dans la forêt de Jussy, Fauve et Sophie venaient de cacher la moto dans le bosquet. Ils laissèrent leurs casques dessus, puis marchèrent d'un pas rapide à travers champs pour rejoindre le corps de ferme. Lorsqu'ils furent à l'intérieur de la Cache, ils explosèrent enfin de joie et s'enlacèrent. Le braquage s'était parfaitement déroulé. Sophie sentait son cœur battre fort. Elle était submergée par les émotions. Comme une douce ivresse.

Fauve alluma son ordinateur portable et se brancha sur le site de la *Tribune de Genève*. Il vit alors s'afficher en une :

TENTATIVE DE HOLD-UP CHEZ CARTIER

— Ah ces cons ! s'écria-t-il, fièrement. Ils ont mordu à l'hameçon !

10 heures 30.

La bijouterie Stafforn, un établissement petit mais prestigieux, avait été braquée depuis une heure, sans que quiconque ne s'en soit encore rendu compte.

La boutique se trouvait dans la vieille-ville, à quelques pas de la place du Bourg-de-Four, bondée en ce samedi matin d'été. Les cafés ne désemplissaient pas et un flot incessant de passants s'écoulait sur cette intersection piétonne.

Fauve et Sophie étaient arrivés et repartis sans se faire remarquer. Personne n'avait prêté attention à ce couple qui était passé par là, une heure plus tôt, semblable à tant d'autres. À cet endroit, aucune caméra de sécurité publique pour retracer leur route depuis la bijouterie Stafforn jusqu'à une moto garée rue Saint-Léger, quelques mètres en contrebas.

À la Cache, Fauve savourait son succès.

Deux mois plus tôt, à la fin du mois d'avril, lorsqu'il s'était vu proposer un casse facile et largement rémunéré à Genève, il avait sauté sur l'occasion. Le commanditaire était un receleur qui avait toute sa confiance. Un Estonien à la réputation bien établie et au carnet d'adresses long comme le bras parmi les gangs de braqueurs européens. L'Estonien, comme on l'appelait dans le Milieu, appréciait beaucoup Fauve : c'était un loup solitaire, un type qui bossait à l'ancienne, de façon toujours efficace et propre, toujours réglo, avec un code de conduite qui n'était plus guère appliqué désormais. Le marché était envahi des gangs de l'Est qui agissaient en bandes. Ils étaient bavards, violents et imprudents. L'une de ces équipes avait fait foirer un gros braquage à Paris parce que deux d'entre eux, avant le casse, avaient trouvé malin de commettre un vol à l'arraché sur un touriste. Ils s'étaient fait prendre et les flics avaient remonté une partie de la filière. Fauve, c'était autre chose.

Une fois par mois, l'Estonien et Fauve se retrouvaient sur le ferry qui reliait Helsinki à Tallinn. C'étaient des rendez-vous professionnels, mais depuis le temps qu'ils se connaissaient, ils commençaient par boire un café en bavardant. Puis l'Estonien parlait de ses affaires : des commandes qu'il recevait pour des diamants ou des bijoux, et pour lesquelles il cherchait un braqueur-mercenaire capable de faire le coup. Fauve sélectionnait soigneusement les offres. Il était prudent. Ce n'était pas une tête brûlée, et c'est ce qui expliquait sa longévité dans le métier. Il avait arrêté de s'en prendre aux banques parce que la part d'aléatoire était trop grande. Dans le Milieu, tout le monde le connaissait et le respectait.

L'Estonien était la seule personne à être au courant pour Sophie. Il l'appelait *la petite copine*. Fauve ne travaillait avec personne, sauf elle. C'était l'Estonien qui avait proposé les braquages de Saragosse et San Remo, entre autres. Et, deux mois plus tôt, il avait proposé celui de Genève.

*

Deux mois plus tôt.
29 avril 2022.

Sur le ferry Tallinn-Helsinki, quelque part au milieu de la mer Baltique. Seuls sur le pont battu par les vents, l'Estonien et Fauve buvaient du café. L'Estonien, qui avait le sens de l'hospitalité, avait apporté une gourde thermos et deux gobelets en plastique.

— J'ai un joli coup pour toi, dit-il à Fauve, dans un français sans accent. C'est chez *ta copine*.

— À Genève ?

— Oui. Un bijoutier qui s'est endetté. Cet imbécile a acheté pour une fortune des pièces invendables. Des diamants roses dont personne ne veut. Trop gros, trop chers, j'en sais rien. Bref, le mec veut se faire braquer pour toucher l'assurance ensuite.

Il y a cinq diamants qui valent vingt-cinq millions d'euros. Tu me fais le casse, je te les prends à 15 % de leur valeur.

Fauve réagit aussitôt.

— Je veux 20 %, exigea-t-il.

— Cinq millions pour un braquage qui sera un jeu d'enfant, calcula l'Estonien, c'est cher payé. Le bijoutier a donné toutes les infos sur l'accès à la bijouterie, les horaires des employés et les systèmes de surveillance. Tu n'auras plus qu'à te servir.

— C'est mon prix.

L'Estonien ne fit pas à Fauve l'affront d'une contre-offre.

— Marché conclu, dit-il en lui tendant la main.

Fauve la serra, puis il indiqua :

— Je vais le faire début juillet.

— Ce serait mieux avant.

— Pas possible, décréta Fauve.

— Tout est possible avec toi, releva l'Estonien. Tu dois avoir une bonne raison.

— Le 20 juin c'est l'anniversaire de Sophie.

L'Estonien sourit :

— Et ce braquage sera son cadeau ?

— Oui, répondit Fauve dont le visage s'illumina d'un immense sourire.

— Tu ne souris que quand tu parles d'elle, remarqua l'Estonien. Va pour début juillet.

*

À la Cache, tandis que Fauve se remémorait sa dernière conversation avec l'Estonien, Sophie, elle, suivait avec inquiétude les informations en ligne concernant la tentative de braquage chez Cartier. Elle fulminait.

— Je ne peux pas croire que tu aies fait une chose pareille ! reprocha-t-elle à Fauve. Tu es complètement inconscient ! Tu as utilisé Arpad pour faire diversion ?

Fauve n'avait jamais eu l'intention de s'encombrer d'Arpad pour le braquage de la bijouterie Stafforn. C'était son moment avec Sophie.

— Je t'assure que lorsque j'ai inventé ce braquage chez

Cartier, plaida-t-il, je ne savais pas encore qu'il nous serait utile.

— Utile?

— Je veux dire que la police soupçonnerait quelque chose et que cela ferait diversion.

— Il fallait laisser Arpad en dehors de tout ça!

— C'est lui qui a insisté pour se joindre au braquage!

— Non! Non! C'est toi qui es à l'origine de tout ça, avec tes provocations! Si tu ne t'étais pas montré, Arpad n'aurait pas su que tu étais à Genève et on aurait fait notre coup tranquillement!

— C'est toi qui m'as invité chez vous, fit remarquer Fauve.

— Parce que tu as insisté et que j'ai voulu te faire plaisir, comme une idiote!

Cette remarque le blessa. C'était son dernier moment avec elle et, au lieu d'en profiter, ils se disputaient.

— Arpad pensait que je voulais l'embarquer dans un braquage, du coup j'ai été obligé de jouer la comédie, se justifia Fauve. J'ai inventé ce soi-disant braquage chez Cartier, car je l'avais vu s'y rendre pour acheter cette bague. Mon scénario tenait la route. Mais c'était uniquement pour te protéger, toi. Qu'est-ce que je pouvais faire d'autre? Lui révéler que c'était toi ma complice?

— C'est ce que tu as fait finalement!

— Parce que ça devenait le bordel.

— À cause de toi! l'accula Sophie.

— Peu importe, se défendit Fauve. Ce que j'essaie de t'expliquer c'est que, lorsque Arpad a compris que ce braquage c'était toi et moi, il a insisté pour en être.

— Il fallait lui dire non!

— Alors il t'aurait demandé de renoncer. Il voulait absolument être là pour te protéger, s'assurer que tu t'en sortes. Mais il n'a aucune expérience, c'était un trop grand risque de le mêler à tout ça. Je l'ai donc envoyé chez Cartier, en me gardant évidemment de lui dire que c'était une diversion, sinon il aurait refusé. Et comme on s'est accordés, lui et moi, pour ne rien te dire jusqu'à la dernière minute, il n'a jamais su qu'il ne participait pas au vrai braquage.

Sophie comprenait à présent pourquoi Arpad était resté à

Genève, sous le prétexte de son rendez-vous avec Julien qui lui avait peut-être trouvé un emploi. Elle avait été naïve.

Elle consulta le fil d'actualité en ligne consacré à l'intervention policière chez Cartier.

— Ils disent qu'un suspect a été arrêté, lut-elle avec inquiétude. C'est forcément lui !

— Arpad ne court aucun risque, assura Fauve. Il n'y a pas eu de braquage. Les flics ne peuvent rien contre lui.

— Et s'ils font le lien avec Stafforn ?

— Si la police avait déjà découvert le vrai braquage, les médias en parleraient.

— Pas forcément, dit Sophie. Pas si les flics ont fait le lien entre les deux et comprennent que Cartier n'était qu'un leurre.

Fauve s'efforça de la rassurer :

— Et même si c'était le cas ? Arpad a le meilleur des alibis puisqu'il était chez Cartier au même moment. Tu te fais du souci pour rien. Arpad est plus solide que tu ne le penses. Il va s'en tirer sans encombre.

Au même instant, à seulement quelques kilomètres de là, à Cologny.

Comme convenu, les parents de Karine venaient d'arriver à la Verrue pour chercher les enfants. Agnès s'inquiéta de la mauvaise mine de sa fille :

— Tout va bien, ma chérie ?

— Oui, oui. Tout va bien.

— Greg n'est pas là ?

— Il a eu une petite urgence de boulot. Il sera de retour à midi et on part ensuite.

À la Cache, Fauve scrutait l'horizon par la fenêtre.

— Il est temps de partir, non ? demanda Sophie.

Elle était censée reprendre la Peugeot grise et retourner à Saint-Tropez. Le plus vite serait le mieux, mais Fauve avait envie de prolonger ce moment. Il avait prévu du champagne et du caviar pour fêter leur dernier braquage. Il sentait pourtant que le moment était mal choisi pour sortir ses victuailles. Il voulait juste un dernier bon moment avec elle. Le dernier souvenir qu'il emporterait d'eux. Après cela, il disparaîtrait de sa vie pour toujours, non seulement pour tenir sa promesse, mais parce qu'il avait compris son erreur : les braquages étaient la véritable cage de Sophie. Ils l'empêchaient de vivre pleinement son existence à Genève. C'était à la Maison de verre, avec Arpad et ses enfants, qu'elle s'épanouissait désormais.

Il devait disparaître pour lui rendre sa liberté.

S'il l'aimait vraiment, il devait renoncer à elle.

11 heures du matin, au quartier général de la police judiciaire. Arpad était interrogé dans les locaux de la brigade criminelle. Il sentait – mais sans comprendre pourquoi – que la situation tournait en sa faveur. Au moment de son arrestation brutale chez Cartier, il avait cru que tout était terminé. Mais après un bref passage en cellule, on l'avait conduit, sans menottes et avec tous les égards, dans une salle d'interrogatoire. Une jeune inspectrice lui posait des questions sans agressivité et sans même l'accuser de quoi que ce soit. Surtout, elle n'avait pas prononcé une seule fois le mot « braquage ».

Marion Brullier demanda à Arpad pour la troisième fois :

— Que faisiez-vous chez Cartier ?

— Je vous l'ai déjà dit : j'ai acheté la semaine dernière une bague dont l'un des diamants s'est desserti. Est-ce que je peux savoir ce qui se passe ? Et pourquoi j'ai été traité comme un malfrat ?

Elle éluda :

— Il s'est passé un incident chez Cartier. Pouvez-vous m'en parler ?

— Un incident ? Je n'appellerais même pas ça un incident. Est-ce que ce sont eux qui vous ont prévenus ?

Marion avait peu de marge de manœuvre : Arpad était libre de quitter les lieux s'il le souhaitait. Mais, pour le moment, il n'en avait pas conscience. Elle tentait de le pousser à parler.

— Que s'est-il passé chez Cartier ? insista-t-elle.

— J'ai amené la bague défectueuse pour qu'ils puissent la réparer. Elle est tombée par terre sans que personne ne le remarque et cela a créé une confusion. La sécurité est intervenue, ils ont fait tout un cirque inutile. Ce sont eux qui vous ont prévenus ? C'est pour cette raison que j'ai été jeté par terre et menotté ? Vous savez, je compte porter plainte.

Arpad avait prononcé cette dernière phrase pour tester la policière. Elle ne le contredit pas. Cela signifiait-il qu'ils n'avaient rien contre lui ? Mais une question le préoccupait par-dessus tout : qu'était-il arrivé à Fauve et Sophie ? Il lui manquait des pièces du puzzle, mais il s'efforça de ne rien laisser paraître devant la policière.

Marion reprit le fil de ses questions :

— Pourquoi êtes-vous à Genève ? demanda-t-elle.

— J'habite à Genève, répondit Arpad du tac au tac.

— Votre femme et vos enfants sont partis hier à Saint-Tropez...

— Comment le savez-vous ?

Elle éluda encore :

— Pourquoi n'êtes-vous pas avec eux ?

— Je dois justement les rejoindre aujourd'hui.

— Pourquoi ne pas être parti hier ?

— J'avais un rendez-vous hier en fin de journée pour un éventuel emploi dans un fonds de gestion de fortune. C'était la première véritable opportunité de travail depuis des mois, Saint-Tropez pouvait bien attendre. Excusez-moi, mais que me reproche-t-on exactement ?

Marion sentait qu'elle ne pourrait pas garder Arpad beaucoup plus longtemps. Elle abattit ses dernières cartes :

— Vous connaissez un certain Philippe Carral ?

Arpad se figea. Il reprit rapidement ses esprits en se remémorant les conseils prodigués par Sophie, la veille, dans le secret de leur voiture, au milieu du tunnel de lavage. *Si les flics te parlent de Fauve, dis-leur toute la vérité. C'est là qu'ils pourraient te coincer. Ils sont très bien renseignés, ne les sous-estime pas, ne les prends pas pour des idiots.*

— J'ai fait de la prison avec Philippe, expliqua Arpad. C'était il y a plus de quinze ans. J'ai été mis injustement en détention préventive en France, mais aucune charge n'a ensuite été retenue contre moi. Un stupide quiproquo à propos d'une voiture que je devais descendre de Londres à Saint-Tropez pour le compte de quelqu'un...

— Et depuis la prison, vous l'avez revu ?

— Oui, d'abord à Saint-Tropez. Il m'avait protégé en prison, alors j'ai voulu l'aider en retour. Je lui ai trouvé un boulot, mais il n'a pas tenu très longtemps. On a fini par se perdre de vue et moi, je me suis installé à Genève.

— Et vous ne l'avez plus jamais revu ?

— Pas pendant quinze ans. Mais c'est drôle que vous parliez de lui, parce que la semaine dernière, il est réapparu sans crier gare.

— Qu'est-ce qu'il vous voulait ?

— Je n'en suis pas certain. De l'argent, je pense. C'est un marginal, vous savez. Il m'a suivi à deux reprises, c'était à la limite du harcèlement. Samedi dernier, j'en suis venu aux mains avec lui. Je lui ai foutu une raclée. Je n'ai plus entendu parler de lui ensuite…

À ces mots, Marion lui dit :

— Vous mentez.

En silence, l'inspectrice déposa deux photos devant Arpad, prises trois jours plus tôt devant le musée d'histoire naturelle. Sur l'une, on voyait Arpad et ses enfants qui entraient dans le bâtiment. Sur l'autre, Fauve qui y pénétrait à son tour.

— Vous avez retrouvé Philippe Carral au musée d'histoire naturelle mercredi dernier.

Arpad vacilla. Il repensa à ce que Sophie lui avait dit : *Si à un moment donné tu as l'impression de perdre pied, rappelle-toi que tu as réussi à me cacher pendant des mois que tu avais été licencié. Tu sais embobiner les gens. Ne le prends pas mal, ce n'est pas une critique. C'est une force.* Il repartit de plus belle :

— Ça alors ! Vous pensez qu'il voulait en découdre après notre bagarre de samedi ? Vous voyez, quand je vous dis que ce cinglé me suit partout ! D'ailleurs, je voudrais porter plainte contre lui. Il faudrait une mesure d'éloignement ou quelque chose comme ça.

— Donc vous ne l'avez pas vu au musée ?

— *Si je l'ai vu au musée* ? Si je l'avais vu, inspectrice, je ne serais probablement plus devant vous en ce moment. Je doute qu'il soit venu voir les animaux empaillés. J'imagine qu'il n'a pas osé passer à l'acte dans un lieu public.

— Vous affirmez donc que depuis cette bagarre, samedi dernier, vous n'avez plus eu de contact avec lui ? demanda Marion.

— Plus aucun.

Marion eut un sourire victorieux. Elle diffusa un enregistrement sonore :

Arpad : Allô ?
Voix d'homme : Samedi matin, je compte sur toi.
Arpad : Je laisse tomber.
Voix d'homme : Tu ne peux pas. Tu m'as promis que tu le ferais.
Arpad : Je laisse tomber, je te dis !

— Vous avez eu un échange téléphonique avec Philippe Carral mercredi matin, dit Marion. Quelques heures avant de le retrouver au musée d'histoire naturelle…

Arpad tressaillit. Sophie, la veille, l'avait averti : *Ils auront peut-être enregistré des conversations avec Fauve, mais ils ne pourront pas confirmer qu'il s'agit bien de lui.* Comment avait-elle pu anticiper ça ? Il se sentait dépassé par la situation mais s'efforça de rester concentré et suivit les précieuses indications de sa femme. *Si on te diffuse ces conversations, tu dis que c'est…*

— Elmar, un ami estonien, expliqua Arpad.

— *Un ami estonien* ? répéta Marion.

— Un ami qui vit en Estonie si vous préférez.

— Qu'est-ce qu'il vous voulait ? Il semble très pressant sur l'enregistrement.

Elmar t'a demandé d'acheter pour lui une montre de collection dans une vente aux enchères privée, avait indiqué Sophie.

— Que j'aille lui acheter une montre à une vente aux enchères privée, expliqua Arpad. Mais je n'avais pas que ça à faire, je voulais partir à Saint-Tropez. Je l'ai envoyé sur les roses. Il est agaçant, Elmar : on lui donne la main et il vous prend le bras. Vous n'avez qu'à l'appeler pour vérifier.

— Nous avons essayé, indiqua Marion, mais sa ligne est coupée.

Arpad, sentant que c'était le moment de vérité, décida de jouer son va-tout. Il prit une voix indignée :

— Puis-je vous demander de quel droit vous avez enregistré mes conversations téléphoniques ? Je veux maintenant savoir pour quelle raison on me retient ici.

Marion était à court de cartouches. Elle dit simplement à Arpad :

— Je reviens. Ne bougez pas.

Elle quitta la salle et se rendit dans une pièce adjacente d'où le procureur et d'autres policiers, dont Greg, suivaient l'interrogatoire.

— Il a réponse à tout, dit le procureur. Je n'ai rien pour l'inculper. Il n'y a même pas eu de braquage. Il faut le laisser partir.

— Il nous mène en bateau, s'exaspéra Greg. Je suis certain que c'est la voix de Philippe Carral sur cet enregistrement, et pas un soi-disant ami estonien !

— On n'a aucun moyen d'authentifier cette voix, rappela le procureur. À moins que vous ayez Carral sous la main ? Et surtout : dois-je vous rappeler qu'il n'y a pas eu de braquage ? Merci pour le tuyau !

Greg se consumait intérieurement. Il avait envie de hurler tout ce qu'il savait. Qu'il avait mis une caméra dans la chambre conjugale des Braun et qu'avant-hier encore il avait surpris une conversation entre Arpad et, probablement, Fauve à propos du braquage. Ils avaient échafaudé tout un plan, Arpad entrerait par l'avant, Fauve et Sophie par l'arrière. Mais s'il révélait l'existence de la caméra devant le procureur, sa carrière était terminée. Et tout ça pour rien : il n'y avait même pas eu de braquage ! Ou alors il n'avait pas encore eu lieu. Ils étaient tous en train de se faire rouler dans la farine et ça le rendait fou.

Il songea au deuxième téléphone caché derrière une plinthe de la chambre à coucher. Il avait vu Arpad l'utiliser à deux reprises pour parler à Fauve. Si les enquêteurs mettaient la main dessus, cela changerait la donne.

— Il faut faire une perquisition chez les Braun ! s'écria Greg, prenant tout le monde de court.

La proposition, au regard de la discussion entre les enquêteurs et le procureur, semblait particulièrement incongrue.

— On ne peut pas faire de perquisition sans une inculpation préalable, rappela le procureur.

— On trouvera un motif, répondit Greg sans réfléchir.

— Mais on n'a rien ! s'agaça le procureur. On s'est plantés sur toute la ligne, on s'est ridiculisés. On a perdu assez de temps et de ressources sur cette affaire. Il faut libérer Arpad Braun. Et lever la surveillance. Plus rien ne la justifie.

Dans la salle d'interrogatoire, Arpad se remémorait le dernier conseil de Sophie : *Si on te parle de ce téléphone, caché dans notre chambre, derrière la plinthe, tu dis que c'était pour tes clients, à la banque, qui n'avaient pas forcément déclaré tous leurs gains et qui craignaient que les lignes officielles soient sur écoute.*

L'inspectrice n'avait pas mentionné le téléphone caché, mais cette remarque de Sophie le perturbait : comment la police aurait-elle su qu'il y avait un téléphone derrière la plinthe ? Il comprit à cet instant que Sophie savait quelque chose qu'il ignorait. Une fois encore, elle ne lui avait pas tout dit. Mais il n'eut guère le temps d'y songer davantage, car Marion réapparut dans la salle d'interrogatoire et lui annonça :

— Personne ne vous retient. Vous êtes libre de partir.

Arpad quitta l'hôtel de police à bord d'un taxi. Direction : le quartier des Tranchées, pour récupérer sa voiture. Le chauffeur, qui était un bavard, demanda à Arpad :

— Vous avez suivi ce qui s'est passé ce matin rue du Rhône ?

Arpad ne répondit rien et le chauffeur fut fier de lui en livrer la primeur :

— La police a cru qu'un braquage avait lieu chez Cartier. Ils ont donné l'assaut. Ça a été un sacré bordel.

— Comment ça, *la police a cru à un braquage* ?

— Je sais pas comment ils ont fait leur compte mais ils se sont plantés. Sur Internet, ils parlent d'une méprise. Ils y sont pas allés de main morte : ils ont envoyé le groupe d'intervention et tout ça. Ils ont même pété la porte du magasin. Ça fait cher la méprise. Et vous savez avec quel argent l'État va rembourser les dégâts ? Nos impôts ! C'est quand même un scandale.

Arpad n'y comprenait plus rien. Où était Sophie ? Où était Fauve ? Il repensa à la Cache, dont Sophie lui avait parlé. Pour éviter que sa voiture soit repérée là-bas, il décida de s'y rendre en taxi.

— Changement de destination, dit-il au chauffeur. On va à Jussy.

Midi sonnait au clocher de l'église du petit village de Jussy.

Le taxi traversa la rue principale. Il continua ensuite sur une route qui serpentait entre des champs de blé. Le panorama était bucolique à souhait.

Arpad aperçut bientôt l'exploitation agricole. Il sut que c'était là parce que Sophie avait parlé d'un grand panneau en bois annonçant la vente d'œufs frais. « Au panneau, tu tournes à gauche et tu continues jusqu'à un corps de ferme. C'est là. » Il donna consigne au chauffeur qui bifurqua.

La voiture longea des hangars et, bientôt, Arpad avisa les bâtiments dont Sophie avait parlé. Puis il remarqua également la Peugeot grise de Fauve. Il était arrivé à la Cache.

Il demanda au taxi de le déposer là.

Il n'avait pas remarqué le véhicule qui l'avait suivi discrètement depuis qu'il avait quitté les locaux de la police judiciaire.

Le procureur avait certes ordonné de lever la surveillance d'Arpad, mais Greg ne l'entendait pas de cette oreille. Bien décidé à prouver à tous ses collègues qu'ils se trompaient, il avait suivi Arpad dès que celui-ci avait quitté l'hôtel de police à bord d'un taxi. En voyant le véhicule prendre la direction de la campagne, Greg avait compris que quelque chose se tramait.

Pour ne pas se faire repérer, Greg était resté à bonne distance du taxi et il avait fini par perdre sa trace à la sortie du village de Jussy. Il en déduisit que le véhicule avait certainement pris l'un des nombreux chemins agricoles. Mais lequel ?

Il était en train de tourner en rond lorsqu'il avisa le taxi qui revenait, sans son passager. Greg colla son gyrophare sur le toit et fit signe au taxi de s'arrêter.

— Où avez-vous déposé votre client ? demanda-t-il au chauffeur.
— Devant une ferme, juste là-bas. Vous prenez cette route et, quand vous voyez un panneau *Vente d'œufs frais*, vous tournez à gauche et vous suivez le chemin jusqu'à un petit groupe de bâtiments. Vous verrez d'abord les hangars, mais ce n'est pas là. Il faut continuer un peu plus loin.

Dans la Cache, Fauve, trop pris par sa discussion avec Sophie, n'avait pas remarqué l'arrivée du taxi dans la cour.
Il s'était décidé à ouvrir le champagne pour profiter de ses derniers instants avec elle. Ensuite, il faudrait partir.
— À toi, dit Fauve en trinquant avec Sophie.
— À nous, répondit Sophie.
Fauve but une gorgée de champagne. Il eut finalement le courage de lui avouer :
— Tu es la plus belle chose qui me soit arrivée.
Ils s'enlacèrent et il lui murmura :
— Je t'ai aimée toute ma vie.
— Je sais, lui dit Sophie avec tendresse.
À cet instant, la poignée de la porte de l'appartement se mit à grincer. Quelqu'un essayait d'entrer mais la porte était verrouillée. Fauve, en une fraction de seconde, dégaina son arme et s'approcha sans bruit du judas.

— Arpad ? Qu'est-ce que tu fous là ? demanda Fauve, hors de lui, après l'avoir fait rapidement entrer à l'intérieur.

Sophie se précipita vers son mari et l'enlaça.

— Putain, Soph', s'emporta Fauve, c'est toi qui lui as donné l'adresse de notre planque. T'es inconsciente ?

Arpad tiqua en entendant Fauve utiliser lui aussi le diminutif *Soph'*.

— Vous vous planquez de quoi ? s'énerva-t-il en avisant la bouteille et les deux flûtes. Et qu'est-ce vous fichez à boire du champagne ? Pourquoi vous n'êtes pas allés au bout de votre stupide braquage ? Qu'est-ce qui se passe, bordel ?

— Le braquage a eu lieu, dit Sophie. Mais les flics ne le savent pas encore.

— De quoi tu me parles ? demanda Arpad, confus.

— Cartier était un leurre, confessa alors Fauve.

— Un *leurre* ? Comment ça, *un leurre* ? Vous m'avez utilisé ?

— Ça n'était pas initialement prévu comme ça, expliqua Fauve. Quand tu as cru que c'était à toi que je proposais de participer à un braquage, et que je t'ai donné rendez-vous à *La Caravelle*, j'ai inventé un casse chez Cartier parce que je ne pouvais pas te révéler que ta femme était une braqueuse.

— Et après ça ? interrogea Arpad. Pourquoi m'avoir envoyé chez Cartier malgré tout ?

— C'était trop risqué de te mêler au vrai braquage.

— Donc, si je comprends bien, dit Arpad, tu m'as envoyé chez Cartier pour avoir la paix avec Sophie et faire votre petite affaire tous les deux, tranquillement. Quelle bijouterie avez-vous braquée ?

— Stafforn, dans la vieille-ville, lui répondit Sophie. Mais je n'avais aucune idée de cette diversion organisée par Fauve. Ni même de ton intention de participer au braquage.

— Mais s'il n'y a pas eu de braquage chez Cartier, pourquoi la police a débarqué là-bas ? demanda Arpad. Les flics m'ont même parlé de toi, Fauve. Mon téléphone était sur écoute. Ils avaient l'air au courant de tout.

— Ils étaient effectivement au courant de tout, dit Fauve, et nous le savions.

— Comment ça, *vous le saviez* ? s'étrangla Arpad. Qu'est-ce que vous saviez ?

Sophie confia alors :

— Mercredi après-midi, Karine est venue me voir.

*

Trois jours avant le braquage.
Mercredi 29 juin 2022.

Sophie rentrait de sa pause-déjeuner lorsqu'elle tomba sur Karine qui l'attendait devant son bureau.

— Coucou, *ma belle*, la salua Sophie, pensant que leur rencontre était le fruit du hasard.

— Épargne-moi tes salades ! siffla Karine. T'es qu'une belle salope !

Sophie tomba des nues :

— Enfin, Karine, qu'est-ce qui t'arrive ?

— Je sais que tu te tapes Greg ! s'écria Karine qui tremblait de rage.

Sophie, qui ne comprenait rien, essaya de calmer le jeu :

— Attends, attends, je crois que tu te trompes complètement. Pourquoi est-ce qu'on n'irait pas parler de tout ça dans mon bureau ?

Véronique était absente du cabinet ce jour-là : les deux femmes y seraient seules. Sophie suggéra à Karine qu'elles s'installent dans la salle de réunion, mais Karine était trop en colère pour s'asseoir. Elles se tenaient toutes les deux, face à face, dans l'entrée exiguë du cabinet.

— Tu veux un café ? proposa Sophie, mal à l'aise.

— Ce que je veux, c'est que tu dégages !

— Écoute, je ne sais pas ce qui te fait croire qu'il y a quelque chose entre Greg et moi, mais je t'assure que c'est faux. Absolument faux!

— Ne me prends pas pour une conne, s'il te plaît! On voit bien, de toute façon, que t'as besoin de plaire à tous les hommes.

— Karine, ça suffit maintenant! Je n'ai pas l'intention de me laisser insulter. Tu es visiblement chamboulée. Donc soit tu me dis ce qui se passe, soit tu t'en vas.

— J'ai reçu une lettre anonyme m'annonçant que Greg me trompait.

— Avec moi?

— Ce n'était pas précisé. Mais j'ai trouvé, dans le téléphone de Greg, une vidéo de toi en train de te masturber.

— Quoi? s'exclama Sophie, épouvantée. Enfin, c'est impossible!

— Oh, crois-moi, c'est bien toi!

— Karine, répéta Sophie, c'est impossible! Je ne te ferais jamais une chose pareille. Ni coucher avec Greg, ni te nuire, ou te faire du mal d'une façon ou d'une autre.

— Pourquoi est-ce que je te croirais?

— Parce que…

Sophie s'interrompit. Comme si elle hésitait. Puis elle se lança:

— Parce que tu es une de mes rares amies. Peut-être la seule personne avec qui je me sente véritablement… moi-même.

Karine eut un rire cynique:

— Et tous ces gens qui étaient à la soirée d'anniversaire d'Arpad?

— Véronique, ma collaboratrice. Julien, un bon copain d'Arpad, et sa femme Rebecca. Des cousins d'Arpad. Et quelques connaissances… Tu vois, je ne suis finalement pas aussi populaire que tu le crois. Mais à cette soirée, j'ai rencontré une amie. Une personne entière, droite, drôle, étonnante. Toi.

Karine dévisagea Sophie. Elle était prise dans un tourbillon de sentiments contradictoires. Finalement, elle lui dit:

— La police a placé une caméra dans votre chambre à coucher. C'est comme ça que Greg a eu cette vidéo de toi.

— Quoi?

— Les flics soupçonnent Arpad de vouloir commettre un braquage…

Il y eut un silence pesant. Les deux femmes s'observèrent. Karine, au bord des larmes, dit alors :

— Si cette histoire est vraie, alors tirez-vous, Arpad et toi, très loin, avant que les flics ne vous mettent la main dessus. Je ne veux pas qu'Arpad se retrouve en taule ici, et que toi tu te retrouves seule, dans ta grande baraque à deux encablures de chez nous. Ça serait très mauvais pour Greg. Il passerait son temps à vouloir t'aider et te soutenir. Je le connais. Je l'entends déjà me dire : « Quoi qu'Arpad ait fait, il faut soutenir Sophie. C'est une amie. » Tout ça pour te tourner autour, comme un petit chien qui espère des caresses. Tu vas le rendre fou. Tu l'as déjà rendu fou, en fait. Mais jusqu'à présent j'étais trop aveuglée par toi pour m'en rendre compte. Depuis l'anniversaire d'Arpad, Greg est comme envoûté. Depuis ce soir-là, il n'est plus le même homme. Je suis bien décidée à récupérer mon mari, Sophie. Il est tout ce que j'ai.

⋆

— Il y a une caméra dans notre chambre ? dit Arpad, sidéré par le récit de Sophie.

— Oui. Vissée dans le haut de notre armoire. De la haute technologie. Un truc de flics, c'est certain.

— Mais comment est-ce possible ?

— Je l'ignore. Mais lorsque j'en ai parlé avec Fauve, il a vu ça comme une opportunité.

Fauve expliqua alors :

— Avec Sophie, on a fait la liste de ce que les flics pourraient savoir s'ils avaient truffé votre maison de micros et de caméras et mis vos téléphones sur écoute. On est revenus sur toutes les conversations qui auraient pu y avoir lieu. Sophie et moi avons notre propre protocole de sécurité depuis toujours, justement pour garder votre famille loin de tout ça.

— Tu parles de votre téléphone secret ?

— Entre autres, acquiesça Fauve. Pour être totalement franc, le téléphone caché chez vous était une ligne de secours. Mais comme tu l'avais trouvé, nous savions que ce téléphone était grillé. Et que les flics l'avaient peut-être vu via la caméra. De même que j'avais commis l'erreur de t'appeler sur ton téléphone, le mercredi matin, alors que tu étais probablement sur écoute. Bref, j'ai dit à Sophie que les soupçons convergeaient vers toi et que tous les flics de la ville seraient sur ton dos, pendant qu'on serait tranquilles pour notre braquage.

Sophie enchaîna :

— Fauve m'avait convaincue que, ce matin, pendant que nous serions en train d'attaquer la bijouterie, les flics seraient tous occupés à te surveiller à la maison.

— C'est pour ça que tu m'as donné tous ces conseils dans le tunnel de lavage ? en déduisit Arpad.

— Exactement. Mais moi, à ce moment-là, j'ignorais cette histoire de faux braquage chez Cartier.

Arpad se tourna vers Fauve :

— Tu nous as embobinés, Sophie et moi, et tu m'as envoyé chez Cartier pour faire croire aux flics que le braquage avait lieu là-bas, et créer ainsi une vraie diversion.

— Je ne pouvais pas passer à côté d'une occasion pareille, se justifia Fauve. Grâce à toi, on a eu la voie complètement libre.

— Mais comment tu pouvais être certain que ça marcherait chez Cartier ? demanda encore Arpad.

— Les protocoles de sécurité sont tous les mêmes dans les bijouteries. Un jeu d'enfant.

Arpad était sidéré. Fauve, constatant l'heure à sa montre, décréta alors :

— Maintenant, il faut vraiment se tirer.

Il jeta alors un coup d'œil machinal à la fenêtre qui donnait sur la cour et s'écria :

— Putain, il y a un flic !

Greg, dans sa tenue d'intervention, était en train d'inspecter la Peugeot grise.

Fauve referma aussitôt le rideau et dégaina son arme. Il se précipita vers les autres fenêtres et observa rapidement les alentours.

— Qu'est-ce qu'on fait ? demanda Sophie, le cœur battant.

— Je ne vois personne à l'arrière. Emmène Arpad avec toi et suis le protocole d'urgence.

— Et toi ? s'inquiéta Sophie.

Fauve l'attrapa par les épaules et répéta :

— Emmène Arpad avec toi et suis le protocole d'urgence !

Elle obéit. Elle prit la main d'Arpad et l'entraîna vers la chambre. Ils sortirent par la fenêtre et, protégés par la façade du bâtiment, ils trottèrent sur la corniche jusqu'au premier étage de la grange.

Fauve les regarda disparaître et murmura : « Au revoir Sophie, je t'ai tellement aimée… » Puis il ouvrit la porte d'entrée de la Cache, son arme à la main, et se mit à tirer sur Greg.

Sophie et Arpad descendaient l'échelle de la grange lorsqu'ils entendirent des échanges de coups de feu. Les détonations venaient de la cour. Sophie se dirigea vers une petite trappe en bois au fond de la grange. Elle la poussa puis y passa la tête pour inspecter les champs. Personne. La voie était libre. Elle s'extirpa hors de la grange et intima à Arpad de la suivre. Celui-ci, gêné par son gabarit, se retrouva coincé au niveau du buste. Pris au piège.

Dans la cour, les coups de feu continuaient. Fauve, depuis l'escalier extérieur de l'appartement, arrosait Greg sous un feu nourri, l'obligeant à s'abriter derrière une machine agricole.

Alors que Fauve s'attendait à affronter une colonne d'intervention, il constata que le policier était seul. C'était étrange. La fusillade cessa brièvement.

Sophie attrapa Arpad par les bras et tira d'un coup sec. Il parvint à se dégager et à sortir de la trappe. Ils coururent alors à toutes jambes en direction de la forêt. Les coups de feu s'étaient tus.

Fauve ne voyait plus le policier. Il descendit l'escalier et avança prudemment. Il entendit un bruit et se tourna brusquement. Personne. Soudain, Greg apparut face à lui et lui vida son chargeur dessus.

Neuf balles l'atteignirent à la poitrine, une à la tête.

Sophie tressaillit en entendant la rafale. Ils étaient déjà dans la forêt, à l'abri derrière les rangées d'arbres. Elle s'arrêta un instant et regarda en direction de la ferme qu'elle ne voyait plus. Puis elle avisa le bosquet. Elle sortit la moto, donna un casque à Arpad, enfila le second. Elle prit le guidon, Arpad s'installa derrière. Elle démarra et la moto fila à toute allure sur le chemin forestier.

13 heures, à Jussy.

L'exploitation agricole était bouclée par la police. Les champs et la forêt alentour étaient ratissés par l'unité canine. Dans la cour, devant le corps de ferme, Greg était examiné par un ambulancier. Simple vérification. Il n'avait rien. Il regardait des experts de la police scientifique s'activer autour du corps de Fauve. Marion Brullier, dépêchée sur place avec ses collègues de la brigade criminelle, s'approcha de Greg.

— Ça va ? s'enquit-elle.

— Ça va.

Elle posa une main amicale sur son épaule.

— C'est bien Philippe Carral ? demanda Greg.

— Ça en a l'air. On va rapidement confirmer ça avec une analyse ADN. Il était seul ?

— Je n'ai vu que lui. Je suis arrivé ici et soudain il est apparu là-haut et m'a canardé.

— Comment t'as su qu'il était là ?

— J'ai croisé la Peugeot grise par hasard, alors que je rentrais chez moi, mentit Greg. Je l'ai suivie jusqu'ici.

Il s'en tint à cette explication, jugeant inutile de mentionner Arpad. Il n'y avait aucune trace des Braun dans la ferme et il craignait que son acharnement finisse par lui attirer des ennuis à cause de la caméra qu'il avait installée chez eux.

Il était temps de tourner la page des Braun.

Il voulait oublier Arpad.

Oublier Sophie.

Il voulait juste rentrer chez lui, retrouver sa femme et partir avec elle en Italie.

Mais, de retour à la Verrue, il trouva la maison étrangement calme. Sandy ne vint pas l'accueillir. La valise de Karine avait disparu. Il comprit qu'elle était partie. Elle l'avait quitté.

Dans la cuisine, un message laconique écrit à la main :

Tu as choisi.

Il s'effondra.

*

16 heures, dans la vieille-ville de Genève.

La bijouterie Stafforn semblait fermée. Toute la journée durant, les clients avaient trouvé porte close. Il en fut de même pour la femme du directeur du magasin qui, inquiète de ne pouvoir joindre son mari, venait d'arriver sur les lieux. Comprenant que quelque chose clochait, la femme donna l'alerte. La police débarqua en force et découvrit, à l'intérieur de la boutique, le directeur, ses employés et un agent de sécurité attachés avec des colliers de serrage en plastique.

Au même instant, Arpad et Sophie filaient sur une autoroute du sud de la France. Depuis la Cache, ils avaient rejoint à moto le centre de Genève. Ils avaient abandonné leur engin dans le quartier des Tranchées, à proximité de la voiture d'Arpad, à bord de laquelle ils avaient pris la direction de Saint-Tropez.

À 18 heures 30, ils arrivèrent finalement devant la maison des parents de Sophie. En entendant le véhicule, Isaak et Léa sortirent pour accueillir leurs parents. Suivis de Bernard et Jacqueline.

Arpad se précipita pour embrasser ses enfants. Sophie, elle, resta quelques instants dans l'habitacle. Elle jouait avec un petit sac en velours que lui avait donné Fauve juste avant qu'Arpad ne débarque à la Cache. À l'intérieur, il y avait les diamants du braquage. Elle découvrit alors le petit mot qui y avait été glissé :

Joyeux anniversaire
Je t'aime pour toujours
Fauve

4 mois après le braquage

23 NOVEMBRE 2022

Le braquage de la bijouterie Stafforn n'avait pas été élucidé.

La seule certitude des enquêteurs était que Fauve y avait pris part. Ils avaient retrouvé dans sa cache des vêtements identiques à ceux portés par l'un des braqueurs. Une casquette et un foulard, qui correspondaient exactement à ceux que l'on voyait sur les enregistrements de vidéosurveillance.

Mais ni son complice, ni son butin ne furent retrouvés. Les enquêteurs n'avaient aucune piste. Ils s'étaient évidemment penchés sur le couple Braun, mais Arpad disposait d'un solide alibi : au moment du braquage il était chez Cartier. Quant à sa femme Sophie, elle était à Saint-Tropez. D'après les relevés, son téléphone n'avait pas quitté la maison de ses parents, sa voiture n'avait pas bougé et Bernard comme Jacqueline confirmèrent qu'elle était chez eux ce matin-là. De même, il ne put être établi de lien entre elle et Fauve sur la base d'un prétendu tatouage commun, car celui qu'arborait Fauve sur la poitrine avait disparu sous les impacts de balles. Il ne restait que des lambeaux de chair marqués par l'encre, et on ne pouvait plus rien identifier.

Pendant qu'à Genève les enquêteurs de la brigade criminelle s'apprêtaient à laisser ce dossier de côté pour des affaires plus urgentes, quelque part au milieu de la mer Baltique, sur le pont d'un ferry reliant Tallinn à Helsinki, un trio se retrouvait.

Le temps était à la brume et à la pluie. Tous les passagers étaient à l'intérieur, sauf eux trois.

Un homme, emmitouflé dans un manteau d'hiver, une gourde thermos à la main, servait du café dans trois gobelets en plastique.

— Je suis content de vous rencontrer enfin, dit l'Estonien à Sophie. Fauve m'a tellement parlé de vous.

— C'est réciproque, répondit Sophie en prenant le gobelet qu'il lui tendait.

Derrière elle se tenait son père, Bernard. L'Estonien lui offrit également un café. Bernard le remercia d'un signe de la tête.

Sophie et l'Estonien bavardèrent pendant une bonne heure. Puis elle lui remit les diamants, et l'Estonien, en échange, lui donna un sac rempli de billets de banque. L'homme s'en alla après une accolade affectueuse avec Sophie. Il la rencontrait pour la première et dernière fois, mais il avait l'impression de la connaître depuis quinze ans.

Sophie et Bernard restèrent seuls sur le pont.

Elle eut un sourire triste, puis, fixant l'horizon, elle éclata d'un sanglot inconsolable.

Des grands deuils, le temps ne répare presque rien.

ÉPILOGUE

Un an et demi après le braquage

31 décembre 2023

Greg resta un moment à observer la Verrue depuis sa voiture.

Karine venait de partir avec les enfants sans remarquer sa présence. Il se postait là presque tous les jours, pour voir les siens. Sa vie de famille lui manquait. Une semaine sur deux, les enfants passaient le week-end chez lui, dans son petit appartement du quartier de la Jonction. Le reste du temps, il se sentait terriblement seul.

En quittant la Verrue, il fit un détour par la forêt toute proche. Il laissa sa voiture au bord de la route et s'engouffra dans les bois. Il n'en aurait pas pour longtemps. Au bout de quelques minutes de marche, il vit la Maison de verre apparaître entre les arbres. Il s'approcha discrètement de la limite de propriété et observa, à travers les baies vitrées, la famille d'Anglais qui vivait là depuis quelques semaines.

Un couple et ses deux enfants. Ils avaient l'air sympathiques. Comme les Braun, mais en moins bien.

À neuf mille kilomètres de Genève, sur une plage du Costa Rica, Arpad et Sophie, enlacés sur le sable, regardaient leurs enfants qui jouaient dans la mer des Caraïbes.

— Tu savais que le bar est à vendre ? dit Arpad en désignant une cahute en planches au loin.

— Eh quoi ? Tu voudrais le racheter ? demanda Sophie.

— On pourrait le racheter et le rebaptiser *El Beatriz*, plaisanta Arpad.

Elle éclata de rire.

— Tu diras ça à mon père quand il viendra nous voir la semaine prochaine.

— J'imagine déjà la tête de ta mère : « Enfin, Bernard, tu ne vas quand même pas acheter un bar ici ? »

Elle rit encore et se leva.

— Tu viens te baigner?

— J'arrive.

Elle marcha jusqu'à la mer pour retrouver ses enfants.

Arpad observa avec tendresse sa petite famille. Puis il admira Sophie qui entrait lentement dans l'eau. Au rythme de ses mouvements, le tatouage sur sa cuisse semblait bouger.

Comme si la panthère prenait vie.

Imprimé en France par
CPI Brodard & Taupin
en janvier 2024

Dépôt légal : mars 2024
N° d'édition : 14
N° d'impression : 3055517